Arnaque
à l'amnésie

Caprice Crane

Arnaque
à l'amnésie

Traduit de l'américain par Maud Desurvire

•MARABOUT•

À mon père, Les Crane,
à qui je dois sans doute
mon sens de l'humour tordu.
Tout est sa faute !

1

Mon premier mariage

Je me suis mariée à l'âge de sept ans. Je m'en souviens comme si c'était hier. L'heureux élu était mon voisin, Todd Beckett. Grand phobique de l'engagement, Todd était totalement réfractaire à cette idée (réaction typiquement masculine, me direz-vous, pourtant il ne savait encore rien des joies de la vie conjugale vu que ce n'était pas au programme de CE1). Mais, finalement, comme il n'avait rien de mieux à faire ce jour-là, il a fini par accepter, et c'est Catherine Parker, ma meilleure amie, qui a présidé la cérémonie.

On était en plein mois de juillet et le temps était idéal pour un mariage : une légère brise, vingt-quatre degrés, un grand ciel bleu. Heureusement d'ailleurs, car ça m'a permis de porter ma tenue préférée, à savoir : bermuda en jean Jordach et haut de maillot de bain à rayures arc-en-ciel. Cat portait le short en éponge rapiécé de toutes les couleurs qu'elle adorait, ainsi qu'un vieux tee-shirt de hard rock Van Halen subtilisé depuis longtemps à son grand frère, et Todd un polo de surfeur Hang Ten sur un pantalon en velours côtelé. Ciel bleu ou pas, il ne se séparait jamais de son pantalon en velours et de sa paire de Vans, quelle que soit la température extérieure.

La cérémonie s'est déroulée dans le jardin de mes parents sous le portique de balançoires, où Todd et moi nous nous tenions solennellement face à Cat.

— Et vous, Jordan Landau, dite Jordy Jelly, acceptez-vous de prendre Todd Beckett pour légitime époux, de l'aimer et de le chérir pour le meilleur et pour le pire jusqu'à ce que la mort vous sépare ?

Je n'en avais pas voulu à Cat d'avoir évoqué le surnom dont mon beau-père m'avait affublée en l'honneur des bonbons à la gelée dont je raffolais. J'avais bien conscience qu'elle était furieuse de devoir endosser le rôle de juge de paix plutôt que de celui de jeune mariée.

— Oui, je le veux, avons-nous répondu tour à tour, Todd et moi.

— Par conséquent, je vous déclare à présent *mari infâme*. Vous pouvez embrasser la mariée – mais ça doit durer trois secondes, *heure du Mississippi !*

Alors, on s'est embrassés. Du moins, nos lèvres sont entrées en contact sans qu'on fasse bouger le moindre muscle, pendant que Catherine comptait *un Missis-*

sippi, deux Mississippi, trois Mississippi. Et voilà tout. Moi, pieds nus avec des fleurs dans les cheveux… un mariage très simple en somme. Ni disputes familiales, ni tension du fait d'avoir invité trop de monde, ni paperasserie administrative. Zéro souci. En revanche, un gâteau. Ça, c'était prévu. À la télé, on avait souvent vu des couples se barbouiller mutuellement le visage de gâteau et on était persuadés que ça faisait partie intégrante du protocole.

— C'est l'heure du gâteau ! s'est écriée Cat.

On s'est aussitôt équipés pour s'en mettre partout.

Environ une heure avant nos noces, j'avais sorti deux génoises au chocolat Sara Lee du congélateur que j'avais superposées l'une sur l'autre dans l'espoir d'obtenir un effet pièce montée comme dans les films. En cachette, j'ai donc flanqué un petit coup sur le bord de ma confection et fourré un doigt enrobé de sucre dans ma bouche : le gâteau était décongelé, parfaitement à point. Alors je me suis emparée d'une poignée de génoise et j'ai badigeonné Todd des pieds à la tête. Il en a fait autant en prenant soin de ne pas m'en mettre dans les cheveux. Enfin, au début. Après, il a vite remarqué à quel point j'appréciais qu'il épargne ma frange soigneusement fleurie. Résultat, en un rien de temps, bye-bye la jolie coiffure et bonjour le sucre glace. Cat a osé rire, alors on l'a elle aussi barbouillée de gâteau ; en partie pour se venger, mais surtout pour qu'elle ne se sente pas exclue.

Je me souviens que peu de temps auparavant, on avait vu le film *Karaté Kid 2*, et que dans une des scènes, il y avait une sorte de rituel d'amitié où un couple de Japonais buvait une gorgée de thé dans la tasse de l'autre. Du coup, on s'est dit que nous aussi on devait sceller nos liens d'une façon ou d'une autre. Comme il faisait trop chaud pour boire du thé, Todd et moi, on a chacun mâché un morceau de chewing-gum Hubba Bubba au raisin, puis soufflé une bulle, nez à nez, jusqu'à ce qu'elles restent collées l'une à l'autre... et nous lient à jamais. Sans oublier qu'en cadeau de mariage, Todd m'a offert un paquet entier de Bubblicious, goût pastèque.

C'était une journée du tonnerre. Je me souviens surtout que tout a été hyper simple. Il n'a pas fallu plus de cinq minutes entre le moment où j'ai organisé le programme du jour et mon « oui, je le veux ». Mais ça, c'était avant que je me mette à angoisser d'être tombée enceinte à cause du baiser de trois secondes. Plus j'y pensais, plus j'étais inquiète. Alors j'ai attrapé Todd par la manche :

— Dis, tu crois que je viens de tomber enceinte à cause du bisou ?

— J'en sais rien. Tu crois, *toi* ?

— Si je le savais, je te poserais pas la question !

On s'est regardés sans rien dire pendant quelques minutes ; Todd plissait les yeux en haussant les sourcils.

Finalement, il a haussé les épaules.

— De toute façon, on vient de se marier, donc au pire, c'est pas grave si t'es enceinte. Ce serait plus embêtant si c'était pas officiel.

— Ouais, t'as raison.

Problème réglé. La fête a repris son cours, et on a consommé notre union en jouant à chat.

Mes noces avec Todd étaient peut-être ma façon à moi d'essayer d'établir un mariage plus harmonieux ou, disons, moins catastrophique que celui de mes parents. Je me souviens du jour où, quelques années plus tôt, mon premier père m'avait fait asseoir en posant les mains sur mes épaules.

— Jordan, je veux que tu saches que je t'aime très fort, ne l'oublie jamais ! avait-il dit en me regardant droit dans les yeux.

J'avais éprouvé un sentiment de crainte – même si à l'époque je ne savais pas exactement à quoi ça correspondait, mais c'était désagréable, ça j'en étais sûre. Du coup, j'avais détourné mon attention sur les poils de nez un tout petit peu trop longs de mon paternel.

— Tu sais combien je t'aime, Jordan, n'est-ce pas ?

Clignant des yeux, j'avais observé le poil gris isolé qui dépassait de sa narine gauche, comme une petite souris blanche perdue parmi ses congénères noirs vérifiant que la voie était libre.

— Jordan ?...

— Oui, p'pa ?

— Tu comprends ce que je dis ?

— Hum-hum, avais-je affirmé sans grande conviction, au risque de le décevoir.

— On ne va peut-être pas se revoir avant longtemps mais je ne serai jamais loin…

Ses mots s'étaient peu à peu engouffrés dans un mutisme poignant, tandis que ses poils de nez sifflotaient dans le silence. J'étais comme hypnotisée. Puis, soudain prêt à conclure, il était sorti de sa torpeur :

— Il faut que tu saches que ton père t'aime pour que tu ne deviennes pas une lesbienne sexiste et dégoûtée des hommes !

J'avais à peine cinq ans. Un million de pensées s'étaient alors bousculées dans ma tête. Des tas de questions que j'aurais voulu lui poser, mais en vain, je me sentais paralysée. *Pourquoi tu me dis ça ? Où pars-tu ? Quand reviendras-tu ? C'est quoi une lesbienne ? Et surtout, est-ce qu'un jour tu finiras par te couper les poils de nez ?*

Mais rien n'était sorti de ma bouche. Du moins, pas une seule des questions qui tourbillonnaient dans mon cerveau, comme une pluie de météores foudroyant mon esprit avant d'être engloutis, à bout de force, dans le néant.

« OK », c'était tout ce que j'avais réussi à dire.

Mon père avait approuvé d'un signe de tête, « c'est bien, ma fille », et puis il était parti.

Lorsque ma mère était revenue du jardin quelques minutes plus tard, elle ne m'avait pas crue quand je lui avais annoncé que papa ne reviendrait probablement pas. Elle m'avait grondée d'avoir osé dire une telle atrocité et m'avait demandé si je me prenais pour « un devin ». Je lui avais répondu que non, que je n'étais ni devin, ni lesbienne ; même sans savoir ce que voulaient dire ces mots, ça m'avait semblé une bonne idée de dire ça car je voyais bien que ma mère avait besoin de réconfort.

Mais, contre toute attente, elle s'était mise à hurler.

Alors, je lui avais expliqué. Je lui avais répété tout ce que mon père m'avait dit, quasiment au mot près. De toute évidence, j'avais plutôt bien compris le sens de tout ça puisque après, elle était partie pleurer pendant trois heures, enfermée dans la salle de bains.

Ma mère était finalement réapparue dans le salon, le visage lavé de toute trace de larmes et la tête haute. Manifestement, elle avait passé un petit moment dans sa penderie « spéciale tenues chic » ; elle portait une robe noire que je n'avais jamais vue et un collier de perles à deux rangs autour du cou. Ça lui donnait un look très classe et un brin sexy, mais pour être franche, cette scène a anéanti pour toujours l'effet « petite robe noire » à mes yeux. Ensuite, on était allées dans ma chambre et elle m'avait fait enfiler ma jolie robe en velours, avant de me peigner et de m'attacher les cheveux avec deux barrettes à ruban. On était toutes les deux assises sur le lit, quand maman avait soudain décrété qu'on allait tout recommencer à zéro. Et c'est exactement ce qui s'est passé.

Trois ans plus tard, ma vie avait complètement changé. Nouvelle maison, nouveau papa et nouvelle petite sœur. On aurait pu penser que tout ça me traumatiserait – et c'est peut-être le cas, mais à l'époque, je n'en souffrais pas du tout. Walter Landau a vite fait irruption dans notre vie. Il a épousé maman et m'a aussitôt demandé de l'appeler « papa ». Mon « nouveau et meilleur papa », comme l'appelait ma mère, sauf que moi, je ne voyais pas très bien où était le problème avec l'ancien. Walter m'offrit Mme Butterworth, une espèce de chienne croisée au pelage marron, avec une rayure blanche sur la tête qui me faisait penser à une barre de nougat. Mme Butterworth et moi, on était inséparables. Elle se couchait sous mes pieds pendant le dîner, me suivait partout jusqu'aux toilettes (en général, elle m'attendait sagement derrière la porte) et dormait avec moi toutes les nuits. On formait une joyeuse famille, sans compter Cat, ma meilleure amie, et Todd, mon nouveau mari.

Eux et moi, on était les Trois Mousquetaires. On faisait toujours tout ensemble. Question apparence, Cat et moi, on était aux antipodes. J'étais brune aux cheveux longs, avec une peau claire et le nez couvert de taches de rousseur, alors qu'elle était blonde et constamment bronzée. Côté silhouette, on faisait à peu près la même taille mais elle a toujours été plus mince que moi. On était devenues sœurs de sang en se piquant le doigt et en croisant nos index l'un contre l'autre. Notez qu'on était trop jeunes pour être au courant du sida et pour savoir que ce genre de contact n'était peut-être pas la meilleure chose à faire. À l'époque, la vie était plus simple vu qu'en CP, il était considéré comme prématuré de faire l'amour sans protection ou de se shooter à l'héroïne. Donc tout s'est bien fini.

Mon mariage avec Todd avait eu lieu un mois avant mon anniversaire et je me souviens que cette année-là, je voulais absolument un vélo Schwinn bleu métallique, avec un siège en forme de banane et un panier blanc en osier recouvert de fleurs fluorescentes. C'était ce vélo et rien d'autre. Et ce matin fatidique où mon beau-père me demanda d'aller chercher le journal dehors, au premier coup d'œil, j'aperçus le vélo de mes rêves, le Schwinn tant convoité. J'étais tellement aux anges que j'ai poussé un hurlement de victoire qui déclencha un torrent de larmes chez ma petite sœur – et par la même occasion, une profonde rivalité entre nous qui durerait deux décennies.

Jusqu'à cette période, j'ai plutôt de bons souvenirs d'enfance, même si quelque chose me dit que ce ne sont pas du tout des souvenirs mais des histoires que je me suis inventées à partir de photos et de films de famille. La vérité, c'est qu'après le départ de mon vrai père, ma mère a cultivé une peur profonde de l'abandon et du dénuement et sa réaction fut de devenir horriblement matérialiste à tout point de vue. Au fond, ma nouvelle famille était devenue une alliance boiteuse entre un homme qui gagnait beaucoup d'argent et deux femmes qui aimaient le dépenser, à savoir : maman et ma sœur Samantha, laquelle deviendrait une copie conforme de ma mère. Quant à moi, je me fondais dans la masse, plus comme un ingrédient résiduel de la famille ratée que comme un élément parfaitement intégré à la nouvelle. Mais peut-être que je me faisais des idées après tout ; excepté qu'un jour, Samantha m'a dit que mon vrai père devait avoir des gènes sacrément *moches* pour que je ressemble aussi peu à maman. Peut-être que ce n'était que des chamailleries entre sœurs... si tant est que ce soit normal que des chamailleries finissent par une côte cassée.

Si nos souvenirs étaient le récit fidèle de tout ce que nous avons vu et ressenti, bon nombre d'entre nous seraient probablement accablés, voire épouvantés par le passé. Néanmoins, en ce qui me concerne, j'ai atteint mon huitième anniversaire dans de bonnes dispositions. Premier vélo, premier jour d'école, premier mariage... tout ça, c'était fait. En revanche, ma première voiture, mon premier boulot et ma première imprudence sexuelle étaient encore à des années-lumière.

Quoi qu'il en soit, la vie était belle, et j'adorais qui j'étais.

2
Chic de rue

Arrivée à l'âge de vingt-cinq ans, je ne pouvais plus me voir en peinture. Ni moi, ni le moindre truc en rapport avec ma vie. Ça faisait déjà un moment que j'avais troqué mon Schwinn contre un Cannondale à dix vitesses, mais je haïssais ce vélo sans doute autant que j'avais adoré mon Schwinn. Ou plutôt, je détestais le fait de rouler avec dans les embouteillages. Et pour cause : être encore en vie à vingt-cinq ans relevait de l'exploit étant donné que j'habitais New York et que je risquais tous les jours ma peau entre les taxis jaunes et les énormes bus de cette ville.

D'un point de vue général, parcourir les rues de cette mégapole en deux-roues n'a rien d'une partie de plaisir. Mais quand en plus, on a la bonne idée, comme moi, de prendre son vélo pour aller travailler tout en essayant de minimiser l'effort global pour éviter d'arriver en sueur dans son tailleur, ça devient carrément le parcours du combattant. Mon salaire étant digne de celui d'une ouvrière agricole immigrée, j'avais choisi ce moyen de locomotion non pas en raison d'un généreux élan de préservation de la planète contre le réchauffement climatique, ni par amour du grand air, mais parce que le prix d'une course en taxi jusqu'à mon bureau était à peu près aussi abordable qu'un voyage en Europe. Quant au bus et au métro, cela aurait été synonyme de marche à pied et de correspondances interminables.

Quand j'étais petite, faire du vélo consistait juste à détaler dans le néant ou bien à se rendre chez quelqu'un ou à la petite épicerie de quartier pour acheter des bonbons. Seulement, maintenant que l'objectif était de me rendre à mon boulot chez Splash Direct Media (l'agence de publicité sur laquelle reposaient tous mes espoirs et où mon travail était quasiment aussi gratifiant que de nettoyer les toilettes publiques de la gare de Grand Central), ça commençait à devenir sérieusement casse-pieds. Cela dit, si le temps le permettait, je m'efforçais de pédaler et qui plus est, de rester en vie.

Ma dernière bête noire, c'étaient les « cyclistes de gauche » : ces gens qui me doublaient pendant que j'essayais de ne pas transpirer. Chaque fois qu'ils passaient en trombe à côté de moi, ils me fusillaient du regard en hurlant « *Attention à GAUCHE !* » À force d'entendre ces mots, machinalement, j'ai fini par avoir l'impression d'être de droite.

Techniquement, je n'étais pas censée rétorquer quoi que ce soit quand ces types me doublaient : eux m'avaient prévenue de leur présence, et moi, j'en étais informée. Point. Mais, un jour, ça a commencé à m'agacer. Alors, de temps en temps, après qu'ils m'avaient dit « *À gauche !* » je répliquais « *À droite !* » Et si vraiment j'étais de mauvais poil, je leur criais la première chose qui me passait par la tête, juste pour me défouler. « *Poursuis tes rêves !* » ai-je ainsi lancé un jour à un type vêtu d'un cycliste en élasthanne lisse et brillant (d'ailleurs, j'aurais juré que c'était Lance Armstrong). Deux rues plus loin, le pauvre s'est écrasé contre un camion-poubelles, la tête encore tournée vers moi et l'air totalement perplexe.

Il m'arrivait aussi de me retrouver au feu rouge à côté d'un coursier en deux-roues. Spontanément, on se faisait un signe de tête, et quand le feu passait au vert, j'étais toujours tentée de faire la course. En général, je pensais à cette scène de *Better Off Dead* avec la voix de l'Asiatique qui parle comme Howard Cosell, et ça m'incitait vraiment à me lancer. Du moins, en théorie, parce que la plupart du temps, je ne réagissais pas.

Cependant, le pire quand j'étais à vélo, c'était de me faire doucher par une gerbe de boue, et manifestement, j'y avais droit à peu près une fois par mois. Le scénario était généralement le suivant : une bobo bien prétentieuse au volant de son Range Rover en train de se mettre du rouge à lèvres et d'aboyer dans son téléphone portable m'aspergeait d'eau boueuse à défaut d'avoir réussi à me renverser. Ceci, bien sûr, quand je n'étais plus qu'à un ou deux pâtés de maisons du bureau. En règle générale, que je sois en pantalon ou en jupe avec caleçon intégré, je m'éloignais en arborant une belle auréole noire des mollets jusqu'aux pieds. Sans parler des sombres traînées qui ornaient mes cuisses, voire mon corsage et mes manches. Pour information, si je dis « eau boueuse », c'est parce que pour n'importe qui n'habitant pas New York, c'est de ça qu'il s'agirait. Mais la vérité, c'est que les flaques d'eau de cette ville ressemblent plutôt à une sorte de dépôt toxique verdâtre tellement répugnant qu'on en vient à regretter la bonne vieille gadoue.

Malheureusement pour moi, ces épisodes n'avaient rien d'exceptionnels. À croire que Dieu me faisait une farce et que tous les figurants fortuits de ma vie étaient de mèche avec lui. Je me suis même demandé si une de ses assistantes ne lui avait pas communiqué mon emploi du temps un jour où il était enrhumé, moyennant quoi, pour la peine, il aurait décrété que tous les troisièmes lundis du mois seraient Jour de Gadoue pour ma pomme.

Quand ça arrivait, je n'avais généralement pas le temps de repasser chez moi pour me changer. Par conséquent, j'arrivais en traînant la patte dans les couloirs du bureau, non sans croiser les regards interloqués de certains collègues et supérieurs hiérarchiques. Ils devaient sûrement se demander ce qui clochait chez moi, et pourquoi je persistais à débarquer au bureau barbouillée comme un tableau de Jackson Pollock.

Évidemment, il fallait bien que je finisse par tomber sur monsieur Billingsly, le président de l'agence, pile un jour où je me serais fait doucher. Et ce jour-là est arrivé.

Comme je l'avais vu venir à l'autre bout du couloir, j'ai essayé de garder la tête baissée pour qu'il ne me reconnaisse pas. Malheureusement, le sort a voulu qu'on fonce droit l'un sur l'autre, donc il n'a pas pu me rater. Une belle ironie étant donné que la plupart du temps, je me sentais invisible au bureau et que la seule fois où j'avais justement voulu l'être, c'était comme si j'étais habillée en fluo.

Contrairement à ce qu'on pourrait penser à première vue, Billingsly est vraiment intimidant. En apparence, il a l'air d'un directeur d'école primaire bedonnant, peut-être même le genre de type à se déguiser en Père Noël pendant les fêtes de fin d'année : cheveux blancs, visage rougeaud, grassouillet et ridé. Sauf que dès qu'il ouvre la bouche, le masque tombe : face à ses remarques cinglantes, Rudolph le petit renne verrait son nez rouge se ratatiner et tomber au lieu d'éclairer sa lanterne. Par chance, Billingsly est toujours pressé, donc en général, le moindre dialogue avec lui a une durée de vie d'une demi-seconde. Excepté ce jour-là.

— Tout va bien Jordan ? m'a demandé le président.

— Qui ça, moi ?… Oui, parfaitement bien !

Jusqu'à ce que je réalise qu'il faisait référence à mon état de débraillement du jour.

— Ah… *ça* ? C'est la nouvelle mode : le chic de rue ! ai-je ajouté, espérant tirer le meilleur parti de la situation.

— Sauf que vous n'êtes pas dans la rue, ici. Alors, à l'avenir, épargnez-moi cet accoutrement.

Étant donné que l'humour ne marchait pas, j'ai opté pour une autre tactique.

— En fait, j'ai été éclaboussée. D'ailleurs, je propose de devenir la mascotte de la maison, un peu comme dans le film *Splash*, vous voyez ?

Je me suis penchée en avant, les mains en éventail de part et d'autre du visage en guise de courbette. Billingsly, lui, m'a dévisagée l'espace d'une seconde, pas du tout amusé, puis, jugeant sans doute qu'il perdait son temps, il a brusquement tourné les talons. Me réduisant, au passage, au statut de looseuse trempée de boue.

Grossièrement, voilà comment on pouvait résumer l'équipe de Splash Media : des handicapés de première. Le boulot des chefs de pub était de s'assurer que toutes les questions de clientèle soient traitées — et dans les bonnes agences, en principe, ces gens-là font du bon boulot, de sorte que tout le monde ou presque soit toujours content. Seulement, nos publicitaires *à nous* étaient des lèche-bottes geignards qui passaient leur temps à soûler leurs collègues, et qui auraient peut-être mieux fait de travailler directement pour le client que pour Splash. Leur truc, c'était d'aller voir les créatifs et de leur donner « gentiment » les instructions dudit client, par exemple :

— Ce type est cinglé, j'suis complètement d'accord avec vous là-dessus, les gars, mais pour l'instant, on se contente de faire ce qu'il dit, OK ?

Ensuite, le chef de pub en question apportait la nouvelle version du projet au client et la présentait telle quelle :

— Je vous suis parfaitement, messieurs, et je pense que nous pouvons encore nous améliorer mais en attendant, toutes les idées sont là !

En somme, nos boss travaillaient les deux points de vue de façon retorse et se comportaient comme des girouettes suivant le sens du vent.

Nos créatifs, eux, étaient en grande majorité des divas qui pensaient que tout ce qu'ils pondaient valait de l'or. Si vous aviez le malheur de changer un mot ou de réduire un graphisme, ils hurlaient comme des poivrots à qui on aurait arraché une bouteille des mains. Inutile de préciser que si j'avais une dent contre eux, c'était parce qu'au fond, je mourais d'envie d'être l'une des leurs.

Quant à notre équipe de production, elle était principalement composée de personnes bien intentionnées et sympathiques, mais qui étaient soumises au règne despotique de Marylin Mason. Elle, c'était une experte de la manipulation psychologique appelée « agressivité active » ; à ne pas confondre avec la tendance « passive » car pour le coup, Mason cherchait *volontairement* à n'en faire qu'à sa tête et se fichait pas mal des autres. Résultat, les gens de notre département production étaient constamment à cran, dans une sorte d'état de panique générale. En plus, le nom de leur chef se rapprochait tellement de Marilyn Manson (et, partant de là, on faisait d'une pierre deux coups avec « Charles ») qu'on avait fini par surnommer l'équipe de production « La Famille ». Du reste, ils avaient tous en commun un sens messianique de l'objectif, persuadés que sans eux, rien ne pouvait être accompli. Et si l'envie leur prenait un beau matin, on pouvait tous y passer. Au sens figuré, j'entends. Enfin, espérons.

En ce qui me concerne, je travaillais au service trafic depuis deux ans et demi. Ce département, c'était les yeux et les oreilles de toute la boîte. On connaissait le point faible et le petit secret de chaque personne mais *la plupart* d'entre nous n'en abusaient pas. Notre secteur avait un chiffre d'affaires assez bon mais les gens qui restaient et qui voulaient faire carrière dans la pub finissaient généralement par passer à la production. Certains réussissaient à devenir directeur de clientèle ou bien changeaient de camp pour aller travailler chez le client. Personnellement, aucune de ces voies ne m'intéressait, mais vu la tournure que prenait ma carrière, j'avais de plus en plus tendance à faire preuve de mauvais esprit malgré mon tempérament d'ordinaire agréable et flexible. Splash avait tenté de dissimuler nos fonctions merdiques derrière le nouveau titre de « chef de projet » mais quel que soit l'intitulé, je savais très bien qu'on était juste les larbins de service. C'est nous qui mettions au point toutes les réunions de la boîte en changeant de casquette d'un département à l'autre, et à mon humble avis, nous qui faisions tourner la boutique.

La majorité de mes journées consistait à jongler avec des flots de données contradictoires : passer une centaine d'appels, essayer de rester en éveil réunion après réunion toutes aussi infernales les unes que les autres, consulter les correcteurs pour avoir leur avis, batailler sur les délais avec les créatifs, m'occuper d'un scribouillard arrogant en studio, me charger d'un ensemble d'originaux pour ce qu'on appelle un « round », puis tout retransmettre à chaque département pour vérifier que chaque modification ou problème avait été ajusté. Même si ce boulot m'exaspérait, il me permettait à tout moment de prendre le pouls de l'agence. Et sachant à quel point je détestais le sport, c'était le meilleur moyen pour moi d'avoir une activité cardiovasculaire.

J'avais accepté ce poste parce que je tenais à mettre un pied dans ce marché plus que saturé. Demandez à n'importe quel serveur de New York le métier qu'il voudrait vraiment faire et il y a quatre-vingt-dix pour cent de chances qu'il vous réponde « acteur ». Posez la même question au type qui fait la plonge, et selon la même probabilité, la réponse sera « rédacteur publicitaire ». En outre, je pensais que le fait d'intégrer le service trafic me donnerait accès à toutes les campagnes de pub. La directrice artistique pour laquelle je travaillais d'arrache-pied s'appelait Lydia Bedford et on peut dire que dans son domaine, elle forçait le respect de toute la profession. Surtout qu'elle le *forçait* d'ailleurs.

Dans ma description de poste, il n'était mentionné nulle part que je devais rédiger ou corriger des épreuves ou encore préparer des gros titres, des slogans ou des pages d'annonces. Toutefois, de temps en temps, on me confiait ce genre de mission. Si j'avais une meilleure idée, je la suggérais du bout des lèvres ou sur le ton de la plaisanterie mais mine de rien, presque chaque fois, mes modestes indications étaient insérées dans les compos et parfois même dans une campagne. Lydia adorait profiter de mon zèle créatif et de ma prédisposition à me laisser exploiter et à vrai dire, ça ne me dérangeait pas. Notamment à l'époque où ayant quelques problèmes personnels, elle avait quasiment déserté le bureau pendant deux semaines. En fait, elle était là, mais sans vraiment l'être, et pendant ce temps, j'avais mis en place un catalogue et une campagne par publipostage pour un concurrent en ligne d'IKEA. Autant dire que j'avais *tout* fait de A à

Z. Le client avait adoré, l'agence aussi, et les consommateurs, encore plus. Seul bémol : je n'y avais gagné aucun mérite. Peu importe. Je m'étais dit que ce n'était qu'une question de temps, que tôt ou tard Lydia se montrerait reconnaissante de ma contribution et que j'obtiendrais une promotion.

Sauf que je n'étais pas la seule à vouloir monter en grade. Kurt Wyatt, un autre commercial – un type embauché sept mois *après* moi – semblait vouloir me doubler. Ça crevait les yeux qu'il cherchait à se distinguer, seulement il ne faisait rien pour. Rectification : il caressait nos chefs dans le sens du poil ; tout ce que je détestais. Mais d'un point de vue créatif, *nada*. Contrairement à lui, je n'aimais pas sortir le soir avec mes collègues. La plupart n'étaient pas des gens que j'aurais fréquentés si je n'avais pas été payée pour.

L'agence avait mis en place un planning d'apéros nocturnes, prétextant que certaines journées étaient une bonne occasion d'aller se détendre autour d'un verre. Le seul souci, c'est qu'entre l'enfer du lundi, le malaise du mardi, le mercredi merdique, les *happy-hours* du jeudi et les vendredis de dingues, c'était tous les jours l'occasion d'un pot. Pour participer à ces conciliabules, il fallait non seulement avoir un agenda personnel complètement vide mais aussi être alcoolique. Chaque soir, Kurt était de la partie, jouait le jeu et se faisait mousser. Parfois j'y allais pour ne pas me laisser distancer, mais j'étais toujours mal à l'aise. Ce n'est pas mon truc de faire la conversation. Je déteste ça.

Ça, presque autant que le fameux « T'as passé un bon week-end ? » du lundi matin. Je déteste qu'on me pose cette question, surtout de la part de quelqu'un qui n'en a strictement rien à cirer. Que ce soit dans l'ascenseur en arrivant au bureau ou au coin cuisine alors que je viens juste chercher le café dont j'ai tant besoin, ça m'horripile. Pareil quand je passe en courant pour essayer de récupérer une épreuve à la créa (qu'ils finiront de toute façon par modifier à la dernière minute), que je dois ensuite faire expédier fissa en studio : à tous les coups, j'ai droit au « T'as passé un bon week-end ? » de Harry qui, au final, prend un air absent ou, pire, tourne les talons au beau milieu de ma réponse.

J'avais un emploi rémunéré, et rien que pour ça, je suppose que j'aurais dû m'estimer heureuse. Mais j'avais l'impression d'être coincée dans mon boulot. Chaque fois que j'essayais de me faire entendre, je me faisais rembarrer. Soit par un abruti sorti d'école de commerce, soit par un artiste raté prétentieux en pseudo col roulé noir Armani Exchange, soit par une harpie à queue-de-cheval et aux lèvres cramoisies, furieuse qu'un en-tête soit placé beaucoup trop à gauche d'une colonne, *tout ça pour satisfaire les nouvelles normes graphiques de Power Place Gym et maintenant le client va piquer une crise, alors est-ce qu'on ne pourrait pas caler une simple maquette de base sur ce foutu encart ?* (fin de citation).

À m'entendre, certains diraient sûrement : « T'as déjà de la chance d'être là, alors arrête de râler. »

Ceux-là, je leur aurais volontiers cédé ma place. Toutefois, ces questions d'imposture ne m'empêchaient pas de dormir. J'attendais patiemment qu'on se donne la peine de venir me chercher.

Donc, après ma séquence « humiliation » avec Billingsly, je me suis installée dans mon box au milieu de la fosse, un espace commun à tout le service trafic. Contrairement aux autres, mon bureau n'était pas encombré d'objets personnels pour la simple et bonne raison que dans un tel espace au vu de tout le monde, j'avais l'impression que le moindre truc exposé était examiné à la loupe et jugé. Par conséquent, les seules choses qui faisaient office de décoration étaient un poster volontairement ringard de David Hasselhoff supposé faire rire, et une photo de Johnny Cash pointant le majeur destinée à éviter les conversations post-week-end, autrement dit, en principe, tout type de discussion.

En ouvrant ma boîte de réception électronique, j'ai découvert un déluge d'e-mails de mes parents – un problème récurrent que j'avais moi-même provoqué. Quelques années plus tôt, dans un accès de dépit inhabituel de ma part, j'avais reproché à ma mère son indifférence flagrante vis-à-vis de mes sentiments, de mes opinions, etc. Alors, mon beau-père, d'un naturel posé, avait proposé la solution suivante (l'idée était déplorable mais j'étais trop gênée par la puérilité que je venais de manifester pour faire marche arrière) : à l'avenir, ils me mettraient en copie de tous les e-mails qu'ils échangeraient. La plupart du temps, l'objet des messages ne me concernait absolument pas. Ça allait du banal au ridicule, sans oublier les « C'est pas vrai ! Pourquoi ils veulent que je lise un truc pareil ?! »

Pour la quinzième fois, j'ai donc décidé de mettre un terme à ces correspondances et décroché le téléphone pour appeler ma mère, qui m'a fait patienter pendant qu'elle baragouinait en espagnol à la gouvernante. (Seule explication possible à ce que cette femme soit restée plus de dix ans au service de cette maison : en tant que fervente catholique, elle devait briguer la canonisation.)

Lorsque ma mère m'a enfin accordé son attention, la première chose qu'elle m'a demandée, c'était si Dirk, mon petit ami, avait l'intention de venir pour Thanksgiving. Précisons que je n'aurais jamais imaginé sortir un jour avec un type appelé Dirk (ni Kip ou Chet, d'ailleurs), mais en fait, ce n'était pas son vrai prénom. Il s'appelait Michael Dirkston, or quand il était petit, il y avait plusieurs Michael dans son école. Du coup, il avait écopé d'un diminutif, d'abord Dirks, puis Dirk, et c'était resté. Au début, il n'aimait pas trop ce surnom imposé. Jusqu'au jour où il avait appris qu'en écossais, Dirk signifie « longue dague ». Depuis, il trouvait que ça lui allait très bien.

— Non, maman, je te l'ai déjà dit : Dirk ne pourra pas venir, il est occupé ce soir-là.

— Trop occupé pour toi ? insista ma mère.

Je la voyais bien en train de hausser les sourcils à l'autre bout du fil.

— C'est ça : il est trop occupé pour moi.

Ce n'était pas la peine de débattre avec elle.

— Eh bien, je ne trouve pas ça normal !

— Maman, je te rappelle que lui aussi a une famille...

— Moi, j'ai *toujours* été la priorité absolue des hommes de ma vie !

Raison pour laquelle, sans doute, son premier mari l'avait laissée avec une gamine de cinq ans sur les bras ; pour une raison ou pour une autre, je gardai cette réplique pour moi et ma mère continua son forcing.

— ... d'ailleurs, Dirk est un garçon merveilleux, Jordan. Qu'est-ce que tu lui as fait ?

— Mais rien ! À moins que le fait de ne pas être apparentée à lui soit un crime ? Je te répète qu'il va passer Thanksgiving avec *sa* famille.

Si quelque chose ne se passait pas comme prévu, ma mère insinuait systématiquement que c'était ma faute. Sans compter que Dirk était dans ses petits papiers. Non seulement il flattait son égo en l'appelant mon « autre sœur » mais il exerçait aussi le prestigieux métier de juriste (ce qui cadrait parfaitement avec le rêve de toute mère d'avoir un gendre avocat ou médecin). Elle estimait donc que, contrairement à moi, il ne pouvait pas être en tort.

Ma mère mesure un mètre cinquante-sept et pèse à peu près quarante-cinq kilos. La perfection physique incarnée. Les cheveux courts et dégradés façon Meg Ryan, elle est constamment habillée comme si elle avait dix ans de moins mais sur elle, ça passe toujours. Pour ma part, je mesure un mètre soixante-dix et mon apparence est ce qu'on peut qualifier de « normale ». À l'inverse, ma mère aime me faire remarquer qu'elle a de petits os, tout comme sa copie conforme de fille Samantha. Toutes les deux se prêtent des vêtements que je n'oserais même pas tenir devant moi de peur que les coutures ne se déchirent rien qu'en me voyant ; d'ailleurs, elles se demandent toujours comment j'ai pu devenir si *charpentée*. Il va sans dire que leur jubilation permanente sur cette question métaphysique a un merveilleux impact sur mon égo.

Je n'étais pas si mécontente que Dirk fasse l'impasse sur ce repas de famille. Lors du dernier Thanksgiving, tante Sally et Stewart, son troisième mari, avaient fait une partie d'escrime avec le couteau à viande et, moyennant un coup habile, Stewart avait accidentellement poignardé l'avant-bras de mon beau-père. Bonne pâte comme il est, Walter avait plaisanté en affirmant qu'un Thanksgiving sans un bon coup de couteau n'était pas un vrai Thanksgiving. L'année précédente, ma mère s'était prise d'un engouement maladif (comprenez : psychotique) pour les noix en raison du bienfait des « nouveaux » produits sur la santé, et avait donc insisté pour que tous les plats soient à base d'oléagineux. Les haricots verts aux amandes, pas de problème. Les patates douces nappées de crème de noisettes grillées, succulentes. Et la tarte aux noix de pécan, incontestable. Mais la sauce de viande aux noix de cajou… non. Ça, c'était juste pas possible ! Et puis, l'année d'avant encore, mon cousin Jeff avait bu un peu trop de Budweiser en regardant le foot à la télé pendant qu'on préparait le dîner. Alors que la nappe venait d'être posée, il avait vomi pile à côté de la farce, et à vue d'œil, la similarité m'a dégoûtée à vie de la dinde farcie. Non, franchement, je ne peux pas dire que j'en voulais à Dirk de se défiler.

J'étais en train d'essayer de changer de sujet lorsque Lydia est passée à proximité. La meilleure façon de décrire ma boss serait de la comparer à un perroquet. Son visage était très anguleux, et sa peau toujours d'un rouge vif dû à une surconsommation de Retin-A ; à croire que tous les matins, elle passait se faire un peeling chez le dermato avant de venir au bureau. Elle avait un nez pointu, des petits yeux de fouine, et des cheveux teints en roux naturellement bouclés mais qu'elle s'évertuait à lisser presque tous les jours, soi-disant pour produire un « effet d'ensemble ». Malheureusement, les dégâts capillaires dus à la coloration permanente et au sèche-cheveux la faisaient plutôt ressembler au mannequin des premières pubs Frizz-Ease. À sa place, j'aurais laissé les boucles naturelles, ça aurait sans doute adouci un peu ses traits. Mais Lydia persistait et, au final, on avait toujours l'impression qu'elle avait mis le doigt dans une prise.

— Dites, Jordan, ça vous ennuierait de lever le pied sur les appels perso le temps de régler mon dilemme avec KidCo ? me lança Lydia d'une voix exagérément indignée et faussement bienveillante, comme si j'avais passé la matinée au téléphone.

Certes, pour l'instant, je n'avais rien fait d'autre. Mais il y avait à peine cinq minutes que j'étais au téléphone et mon café ne faisait même pas encore son effet.

— Maman, il faut que je te laisse, bafouillai-je avant de raccrocher.

En passant devant mon box, Art, le type du service courrier, m'a tapé dans la main en guise de bonjour, sans pour autant me regarder ni manifester le moindre intérêt à mon égard. Ce type de salut impersonnel, c'était notre truc. Lui et moi, on avait un rapport professionnel idéal. On partageait plus qu'un simple hochement de tête mais on se passait des civilités et autres baratins de bienséance propres à la plupart des relations sociales. Quand il était absent, je le remarquais, mais je ne ressentais pas le besoin de l'appeler pour savoir où il était, et de toute façon je n'avais pas son numéro. C'était donc la relation de bureau parfaite.

En ouvrant le document KidCo dans ma boîte de réception, j'ai tout de suite compris pourquoi Lydia était dans tous ses états. Ses idées étaient complètement nulles. Bon, « nul », c'est peut-être un peu fort comme mot, mais on peut dire que Lydia n'était vraiment pas inspirée. Ce n'était sûrement pas avec ce genre d'idées qu'elle était arrivée à son poste.

Avant d'avoir eu le temps de me plonger dans une quelconque réflexion susceptible de l'aider concrètement, j'ai entendu le bip de ma boîte de réception signalant l'arrivée d'un nouveau message. Une fois de plus, j'étais en copie d'un e-mail que mon beau-père adressait à ma mère :

De :wallygator317@hotmail.com
À :judypatootie521@hotmail.com
Objet :Poulet au dîner… ou overdose de volaille ?

Ma Patoo, on se fait du poulet ce soir ou bien c'est trop tôt étant donné qu'on en a déjà mangé mercredi ? Dis-moi aussi si des fèves, ça te tente, parce que je vais en acheter. C'est sympa comme accompagnement.

Je trouvais ça étrange que deux personnes mariées depuis vingt ans ignorent si leur conjoint aimait les fèves ; et une fois de plus, j'étais stupéfaite que mon beau-père se sente obligé de me mettre en copie de ce genre de message.

Le soir, en rentrant à vélo, après avoir affronté un nombre incalculable de queues de poisson, j'ai fini par hurler sur un chauffeur de taxi moustachu pendu à son téléphone portable.

— Fais gaffe, connard ! brailla-t-il en me coupant encore la route.

— Euh... conn*asse* plutôt !
— Toi-même !
Vive New York !

★

★ ★

Une fois arrivée devant mon immeuble, je suis descendue de vélo, et alors que je m'apprêtais à le hisser en haut des marches du perron, j'ai aperçu la sympathique SDF du quartier.

La femme s'est approchée de quelques pas et m'a lancé un coup d'œil de biais d'un air très sérieux. Il y avait du désespoir dans sa voix :

— « *Oh, maman, j'ai peur pour ma vie, peur du long bras de la justice*[1]... »

Après m'être assurée que personne ne se trouvait à proximité, je lui ai donné la réplique en la regardant droit dans les yeux :

— « *Le bourreau descend de la potence, et il ne me reste plus longtemps à vivre...* »

Comme à son habitude, elle a acquiescé en hochant son long cou, et elle a passé son chemin. Depuis le premier jour ou presque de mon arrivée dans cet appartement, elle et moi dialoguions par le biais de paroles de chansons. Quand on n'est pas au courant

---

1. Extrait de la chanson *Renegade*, interprétée par le groupe de rock américain Styx dans les années 1970. (*N.d.T.*)

de son penchant mélomane, la majorité des trucs qu'elle sort ont de quoi vous faire flipper. Un jour, par exemple, je l'ai vue s'approcher d'un homme en manteau long et le faire quasiment fondre en larmes avec : « *Je suis à bout, j'ai l'impression que je vais devenir fou...* »

Je suis entrée dans le hall d'immeuble et me suis retrouvée dans l'ascenseur en même temps que le type louche à la coupe en brosse qui habite trois portes plus loin sur mon palier. C'est un de ces colosses bodybuildés toujours vêtu d'un short en Lycra et d'un maillot moulant de kick-boxeur, genre Tiger Schulmann. Il m'a gratifiée d'un sourire tout en dents tandis que j'appuyais avec insistance sur le bouton de notre étage. Je ne pourrai jamais être attirée par ce genre d'homme ; c'est important de le préciser parce que je dois aussi dire qu'il a le plus gros pénis que j'aie jamais vu (un pénis constamment mis en relief par son éternel short en Lycra noir). Son machin étant toujours exposé aux yeux du monde de façon crue et déplacée comme le Washington Monument, il faut faire un effort *monumental* pour détourner le regard. Je vivais dans le même immeuble depuis quatre ans (hivers glacials new-yorkais compris) et je ne l'avais jamais vu habillé autrement qu'en short.

— Salut, Jordan, me lança-t-il avec un grand sourire.

On n'avait jamais été présentés mais ça ne l'empêchait pas de m'appeler par mon prénom.

— Salut, répondis-je, bien contente de ne pas connaître le sien.

— Quand est-ce que vous allez vous mettre au karaté avec moi ?

— Euh… je ne sais pas, dis-je poliment (sous-entendu : *jamais*).

— New York est une ville dangereuse, ajouta-t-il, lorsque les portes de l'ascenseur s'ouvrirent.

Face à moi, son pénis gargantuesque me narguait.

— N'hésitez pas à frapper au 5B un de ces quatre, je vous montrerai quelques mouvements !

— Oui, oui, répliquai-je, toujours dans l'espoir de lui faire comprendre que je n'étais pas intéressée, ni par lui, ni par son engin.

Moi vivante, il ne me verrait jamais chez lui pour prendre des cours de karaté !

Je me suis engouffrée dans mon appartement et j'ai commencé à feuilleter le courrier. Rien de réjouissant :

Une facture de Citibank. En retard.

Mon loyer. En retard aussi.

Un catalogue Williams-Sonoma. Une offre de Capital One terriblement tentante qui m'incitait à transférer les fonds de mes autres cartes de crédit en souffrance. Des bons de réduction ValPak. L'invitation d'un opérateur de télévision par câble à résilier mon fournisseur actuel, dont la facture — si elle avait été dans la pêche du jour — aurait elle aussi été en retard. Sans oublier une note de mon propriétaire écrite à la main : « *Toujours pas vu passer votre chèque de loyer pour le mois dernier. Ces retards à répétition vont finir par ne plus me laisser le choix. Merci de faire diligence sur cette affaire.* »

De faire diligence ? La formulation pseudo-injonctive du message était pire que le simple fait d'être réprimandée pour mon manque de ponctualité. Néanmoins, le message était clair. En décodé : magnez-vous d'approvisionner mon compte ou je vous fous à la rue. Moi, première SDF de la famille Landau. Bientôt, je me retrouverais à causer chansons à plein temps avec mon amie.

Je m'imaginais bien réaliser un petit film d'auteur sur ma vie. Ça s'appellerait *Une Existence misérable*, et ce serait l'histoire d'une femme qui pense qu'elle aurait mieux fait de ne jamais naître. D'ailleurs, à la fin, après avoir passé vingt-quatre heures à ses côtés, son ange gardien serait d'accord avec elle.

3

Considère que c'est fait

J'e sortais avec Dirk depuis environ deux ans. Notre histoire était dans une sorte d'impasse, version « on n'est pas heureux ensemble, mais ce n'est pas la guerre non plus ». On avait commencé à sortir ensemble deux ans après la fac, et comme ça allait mal entre nous ces derniers temps, tout ce que nous avions vécu de bien au début ne compensait pas.

La première fois qu'on s'était rencontrés, c'était chez Slate, un bar sportif du centre-ville, lors d'un match des Notre Dame Fighting Irish.

Dirk travaillait chez Stanton, Seal, Shafer & Long LLP comme juriste d'entreprise (sa mission : achats, ventes, introduction de sociétés en Bourse, et principalement, fusions et acquisitions). En règle générale, il fallait huit ans de maison pour devenir actionnaire mais Dirk semblait progresser rapidement et essayait coûte que coûte de s'associer. Il devait facturer au moins deux mille cinq cents heures par an, ce qui signifiait travailler à peu près dix à douze heures par jour et quelquefois le week-end.

Dirk était extrêmement fier de travailler autant et de trouver quand même le moyen de sortir après le boulot − plus souvent que *nous*, les publicitaires. En dépit du fait que je m'étais juré de ne jamais sortir avec un type qui *met autant d'énergie dans son travail que dans ses loisirs* (dixit Dirk), je lui avais laissé le bénéfice du doute.

Ce soir-là, j'étais de sortie avec une copine et on était dans notre phase Chasse Aux Mecs. Contre l'avis général, elle avait décrété que les hommes ne se trouvaient ni au supermarché ni dans les librairies, et qu'il fallait qu'on aille soit dans les bars les soirs de matchs, soit dans les grill-rooms en semaine, soit dans les boîtes de strip-tease ; là, peu importe le jour, du moment qu'on aurait suffisamment de courage. Les restaurants grills me tentaient moyennement. Bien sûr, il y aurait sans doute des tas de types en train de dîner là-bas. Mais, de dîner justement. Je veux dire, ce serait un peu l'horreur de rôder entre les tables comme des chiens à l'affût d'un os, non ?

Quant aux boîtes de strip-tease... je n'étais pas franchement à l'aise avec cette idée. Sans compter que ça aurait été trompeur. Ce n'était pas comme si j'avais été une habituée de chez Flash Dancers, et je n'aurais pas voulu qu'un éventuel futur petit copain ait cette idée de moi. Ou qu'il pense que je n'avais rien contre, une fois qu'on aurait commencé à sortir ensemble. Ça aurait été de la publicité mensongère. Alors déjà que je portais un Wonderbra…

Bref, exit les boîtes de strip-tease. Il ne restait donc plus que les bars sportifs.

J'ai repéré Dirk alors que j'étais en pleine partie de billard ; il se trouve que j'avais un très bon jeu ce soir-là, ce qui n'est pas mon genre à la base. Il était grand et bien bâti, avec des cheveux bruns et de grands yeux qui plissaient sur les côtés quand il souriait. Le sosie de George Clooney mais en plus jeune. Terriblement mignon et très sûr de lui. Le genre de mec sur qui n'importe quelle fille se retourne.

Je me suis aperçue que Dirk me regardait, alors j'ai essayé d'avoir l'air super cool au tir suivant. Évidemment, j'ai éraflé le tapis. Mais au même moment, il est venu se présenter. C'est là que j'aurais dû comprendre : sa proie de prédilection, c'était les faibles. Naturellement, avec ses airs de beau garçon et son sourire charmeur façon Bill Clinton accueillant les nouvelles stagiaires à la Maison-Blanche, je suis tombée amoureuse.

Dirk et moi venions tous les deux de subir le contrecoup symptomatique lié à la fin des études – lui sortait de la faculté de droit de Columbia, et moi d'un master à NYU –, et on se soutenait mutuellement pour passer ce cap délicat. Certaines personnes de ma connaissance considéraient les années fac comme une mêlée générale, une course à la débauche de quatre ans (sept, dans le cas de Dirk), impliquant, par exemple, de se faire payer pour trouver une partenaire d'une nuit aux copains. Puis, était venue la période de récession post-fac. La pénurie des coups d'un soir. Une époque difficile, couronnée par le fait qu'on ne pouvait plus organiser son job comme ses cours pour ne pas travailler avant onze heures ou le vendredi. La vie active était une sacrée déception.

Pendant un temps, Dirk et moi sommes chacun sortis avec d'autres personnes. Pour ma part, si j'ai fini par sortir exclusivement avec lui, c'est simplement parce que j'avais du mal à gérer plusieurs types à la fois. Dirk, lui, a surtout réalisé que le fait de sortir avec plusieurs femmes en même temps l'obligeait à payer beaucoup de dîners sans que ça finisse forcément au lit, alors que sortir avec une seule fille, c'était la partie de jambes en l'air assurée et peut-être même la note de restaurant divisée par deux. S'il y avait bien une chose qui caractérisait Dirk, c'était son sens pratique. Certes, la démarche n'était pas follement romantique mais c'est comme ça que c'est arrivé.

Au début, il n'était pas trop à l'aise avec le côté « couple », mais un jour, après environ trois semaines passées ensemble, quelque chose a changé. C'était la période des fêtes et ils étaient en train d'installer les guirlandes lumineuses sur l'arbre du Rockefeller Center. Bien sûr, habitant tous les deux New York depuis longtemps, on avait déjà vu ce gigantesque arbre illuminé. En revanche, aucun de nous n'avait assisté au lancement des illuminations, alors on s'était dit que ce serait sympa d'aller assister au spectacle. Ce jour-là est toujours un événement. Des milliers de gens s'entassent dans les rues du quartier pour apercevoir des pop stars en train de chanter des chants de Noël en playback et assister aux festivités. Ils en avaient parlé pendant toute la semaine à la télé et à la radio et on savait qu'il y aurait foule, donc on avait décidé d'y aller tôt.

C'était de loin la journée la plus froide de l'année, mais je ne sais pour quelle raison absurde, on a choisi d'y aller à pied. Ce n'était pas très loin de mon bureau mais il faisait tellement froid qu'on était quand même frigorifiés. À mi-chemin, on s'est arrêtés dans un Starbucks pour se réchauffer. J'ai pris un café *latte* à la menthe et lui un chocolat chaud Chantico – boisson qu'il surnommait « crackito » parce qu'elle rendait accro. Ça nous a réchauffés pour le restant du périple.

On a beaucoup ri et discuté, et en dépit du froid, cette balade était chaleureuse et très agréable. À mesure qu'on approchait du Rockefeller Center, on s'est mis à paniquer à l'idée de ne pas avoir un bon emplacement – entre la couverture médiatique, les badauds et les touristes, ça risquait d'être bondé, alors on s'est quasiment mis à courir sur les derniers mètres.

Pourtant, l'endroit était étonnamment désert. Il y avait bien quelques panneaux indiquant aux gens où aller, mais des gens, aucun. On a traversé Saks Fifth et on est directement entrés dans le Rockefeller Center :

vide aussi, à l'exception de quelques patineurs sur la glace. L'arbre était là, mais ses décorations étaient éteintes.

C'est là qu'on a vu une affiche annonçant le lancement des illuminations pour mardi. Or on était lundi. Nous étions donc en avance de vingt-quatre heures et douze minutes, très exactement. Dirk et moi, on s'est regardés et on a éclaté de rire au point d'en avoir les larmes aux yeux – peut-être à cause du froid, mais surtout parce qu'on était pliés de rire. Il m'a embrassée à côté de l'arbre éteint, mais je peux vous jurer que pendant une fraction de seconde, j'ai quand même vu des étincelles. Finalement, c'était tellement sympa de se balader main dans la main et de courir comme des dératés pour rien, que c'était cent fois mieux que si on avait dû jouer des coudes dans la foule. En fait, ça nous a tellement amusés de tout faire de travers qu'on a décidé de ne même pas essayer de refaire ça bien.

À l'époque, j'avais cru qu'on vivrait toujours perchés sur notre nuage. Malheureusement, la descente s'était amorcée presque immédiatement. Comme les membres d'une expédition sur l'Everest se dépêchant de redescendre avant que l'oxygène ne vienne à manquer et que l'orage n'éclate. Néanmoins, je continuais à regarder derrière nous, bêtement persuadée qu'un jour je reverrais un bout de ciel bleu.

À ce jour, je n'ai toujours pas vu le lancement des illuminations au Rockefeller Center, mais à partir de ce moment, tout a changé entre Dirk et moi. En bien, au début. Alors qu'avant il n'aimait pas trop le concept de « petite amie », subitement, il a commencé à m'inviter à ses réceptions de bureau. J'ai été présentée à tous ses associés et ils m'ont rapidement intégrée au sein de leur grande famille − sans se gêner pour nous inciter à fonder la nôtre. Soit parce qu'ils pensaient qu'on formait un couple formidable, soit parce qu'ils aimaient l'idée que leurs avocats aient des emprunts immobiliers sur le dos, ainsi qu'une femme et des enfants. Quoi qu'il en soit, ils ne nous lâchaient pas avec ça.

Quelle que soit sa charge de travail, Dirk m'appelait toutes les deux ou trois heures juste pour entendre ma voix (par la suite, ses coups de fils « pour entendre ma voix » devinrent surtout un moyen pour lui de vérifier que j'étais bien à la maison et qu'il ne risquait pas de se faire prendre en train de faire je ne sais quoi avec je ne sais qui).

Toutefois, pendant les premiers mois de notre relation, il me donna l'impression d'être la fille la plus heureuse du monde. Dans la rue, il me prenait par la main et marchait avec cet air fanfaron qui faisait que je me sentais zen et décontractée ; ça non plus, ce n'était pas dans mes habitudes. On cuisinait ensemble, enfin, techniquement, je cuisinais pour lui mais il me tenait compagnie dans la cuisine en jouant les commentateurs sportifs :

— À présent, Jordan s'apprête à casser un œuf ! Voyons si elle parviendra à ne pas faire l'erreur de laisser tomber un morceau de coquille dans le jaune comme c'est souvent le cas dans cette action ! Le niveau de difficulté est d'environ sept sur dix mais Jordan s'avère très douée pour cette épreuve...

Parfois, il brandissait même une pancarte avec une note. Si le résultat n'était pas à la hauteur de mes aptitudes, je faisais la moue. Mais généralement, il était plutôt juste.

Au début de notre relation, notre vie sexuelle était assez torride. Il avait deux ans de plus que moi et il était beaucoup plus expérimenté ; on peut même dire qu'il m'a aidée à m'épanouir sur ce plan. Avant lui, je pense que je n'ai jamais été au top niveau. En fait, je crois même que j'étais le coup le plus ennuyeux de la planète. Mais personne ne s'en est jamais plaint, donc je ne risquais pas de m'améliorer. La plupart des types étaient juste contents de baiser, point. Alors que Dirk, lui, m'a fait découvrir un nouvel univers, et rien que pour ça, je lui serai éternellement reconnaissante.

Le fait est qu'on était très liés. Les six premiers mois furent si romantiques que chaque fois qu'il avait une heure de retard, il essayait de me préparer le petit déjeuner au lit : des œufs pochés inexorablement brûlés mais joliment présentés sur un plateau, avec une rose et un bon fait maison pour un « savoureux petit déjeuner non carbonisé dans notre cafétéria préférée ». Il fut une époque aussi où si un soir il me laissait sans nouvelles, deux jours plus tard il se pointait chez moi sans prévenir parce qu'il mourait d'envie de me voir.

Nos liens étaient si forts qu'ils m'ont permis de surmonter les difficultés ultérieures dans l'espoir que notre histoire se remettrait sur les rails. J'ai bien essayé de redonner du piment à notre couple de temps à autre, mais en général, j'échouais misérablement.

Voilà où on en était deux ans plus tard. Et on peut dire que les choses avaient changé. Du moins, entre nous. L'appartement de Dirk ressemblait toujours à une chambre d'étudiant, fouillis et odeurs comprises. Il partageait un deux-pièces avec Jim Murphy, un copain de sa confrérie étudiante (qui avait abandonné ses études de droit) et pour une raison qui m'échappe, dont il n'arrivait pas à se séparer ; comme si le fait de vivre seul aurait signifié qu'il était officiellement devenu adulte. Du coup, on était rarement chez lui. Pour autant, je ne voulais pas forcément passer du temps là-bas, au milieu des canettes de bière qui dégageaient encore la légère puanteur de l'alcool éventé et face aux bois de cerf qu'il avait gagnés à une partie de poker. Sans oublier, bien entendu, la chose à laquelle il tenait le plus : ce poster de Farrah Fawcett des années 1970 où on voit ses tétons.

De temps en temps, après avoir bu quelques bières, il attirait mon attention sur ces seins comme s'il les voyait pour la première fois. Je n'ai jamais su s'il s'attendait à ce que je lui tape dans la main comme un pote ou à ce que je déchire mon chemisier devant lui par défi. D'ordinaire, je me contentais de hocher la tête : oui, Dirk, ce sont les seins de Farrah Fawcett.

On avait prévu de passer une soirée seuls chez lui, et j'avais apporté des bougies achetées chez Pottery Barn pour créer une petite ambiance. Ce fut une de mes dernières tentatives pour essayer d'insuffler un peu de vie à cette relation en pleine agonie. Je nous ai donc préparé un dîner romantique et, Dieu sait pourquoi, histoire de parfaire le décor sans doute, j'ai même apporté des fleurs que j'ai disposées à différents endroits sur la table. Ensuite, j'ai placé une des bougies entre nos deux assiettes, pendant que le morceau *Love Me Tender* passait à la radio. Dirk s'est mis à chanter en chœur en faisant la pire imitation d'Elvis que je n'aie jamais entendue.

— Arrête, Dirk ! J'adore cette chanson ! Du moins, je préfère la version originale *!*

— Je vais t'en donner du *Love Me Tender*, moi ! Tu vas tellement le sentir passer que tu ne pourras même plus t'asseoir !

Et il m'a donné une claque sur les fesses avant de quitter tranquillement la pièce. Un vrai charmeur ce Dirk.

Ensuite, en voulant allumer une bougie, je me suis brûlée le doigt avec une allumette.

— Aïe !

Mais Dirk n'a pas même pas levé les yeux du poste de télé. J'ai eu beau faire la grimace et crier un peu plus fort pour susciter une réaction de sa part, il n'a pas bougé.

— Aïe-euh ! Je viens de me brûler le doigt ! Tu viens me faire un bisou pour que ça aille mieux ?

— Considère que c'est fait ! a-t-il répondu sans me regarder.

À quoi il jouait, bon sang ? J'aurais pu être furieuse qu'il me réponde un truc pareil ! J'aurais *dû* être furieuse, même. J'aurais pu répliquer : « Dans ce cas, considère que t'as dîné ! » et emporter mon succulent repas ailleurs. Ou : « Dans ce cas, considère que t'as baisé » et me tirer avec mon succulent vagin. Mais je n'ai pas bronché.

— Super, merci, ai-je simplement dit.

Je suis restée et j'ai continué à faire la cuisine, jusqu'à ce que quelqu'un frappe à la porte.

— Tu attends quelqu'un, Dirk ?

— Ouais, Tony et Greg viennent regarder le match. J'ai oublié de te prévenir. Tu penses qu'il y aura assez pour nous tous ?

— Euh…

Je me suis tue quelques secondes le temps de rassembler mes pensées, pendant que ma jambe gauche flageolait nerveusement.

— J'adore tes collègues, Dirk, surtout Tony et Greg… mais je croyais que c'était *notre* soirée ? C'est bien pour ça que Jimmy n'est pas là, non ? ai-je demandé en continuant à remuer les pâtes.

— Mais c'est notre soirée, bébé ! Comme *chaque* soir !

— Oui, mais je pensais qu'on dînerait en tête à tête. C'est ce que tu avais dit. Je ne veux pas passer pour la fille qui pleurniche et fait tout le temps des reproches mais j'ai l'impression que ces derniers temps, tu n'as pas vraiment envie d'être seul avec moi.

J'ai immédiatement regretté d'avoir dit ça. Si je ne voulais pas passer pour une emmerdeuse, pourquoi avoir terminé cette satanée phrase ? Je n'aurais même pas dû la commencer ! Furieuse contre lui autant que contre moi-même, je me suis mise à remuer les pâtes comme une forcenée, à deux doigts de renverser l'eau de la casserole.

— Jordan, je te rappelle qu'avant toi, je sortais avec trois, quatre, cinq filles en même temps ! J'ai eu plus de copines à la fois que toi de copains dans toute ta vie, s'est-il vanté, en détournant les yeux de la télé pour la première fois de la soirée. Et je sais que tu sais qu'on se fait *bien* draguer quand on fait nos soirées entre mecs chez Keen's...

Il a attendu une quelconque confirmation de ma part mais j'ai continué à mélanger mes spaghettis sans un mot, agacée par son raisonnement. Alors, il a enchaîné.

— Tu te rends compte que j'ai décidé d'être uniquement avec toi ? C'est une énorme décision pour moi !

— Je sais, ai-je répondu, tandis qu'une larme salée tombait dans la casserole.

— Tant mieux. Alors, il y aura assez pour tout le monde ?

— Oui, sans problème.

— Super. Et pour notre dîner en tête à tête, on pardonne et on oublie, OK ?

Pardonner et oublier. C'était le dicton fétiche de Dirk ; et mon principe de base pendant presque toute la durée de notre histoire. Pardonner, ça, j'y arrivais bien, mais oublier, honnêtement, beaucoup moins. Cette manière bancale qu'il avait d'essayer de se faire passer pour un petit ami − ou même un être humain − était quasiment impossible à effacer de ma mémoire.

Oui, j'étais nulle. J'en avais bien conscience. Je n'aurais pas dû le laisser me traiter comme ça. Et encore, si je l'admets aussi franchement, c'est parce que la soirée n'a fait qu'empirer. Je suis restée à les observer pendant qu'ils regardaient le match en se tapant dans la main à tout bout de champ à propos de je ne sais quelle idiotie. Se taper dans la main, c'était une vraie manie chez Dirk. Je m'étais promis que le prochain type avec qui je sortirais ne ferait *pas* ça. Jamais. Sauf peut-être de façon ironique, une fois de temps en temps. Après tout, dans la vie, plein de choses passent par une phase parodique.

Au bout de deux heures de foire, la bière fut en rupture de stock. Vu que je m'ennuyais déjà, j'ai proposé sans enthousiasme d'aller en acheter.

— Merci, chérie, m'a lancé Dirk en m'ébouriffant à moitié les cheveux.

Je sais bien qu'il vaut mieux s'abstenir plutôt que de suggérer de faire quelque chose à contrecœur, je me suis mise dedans toute seule. Au même moment, j'ai entendu un coup de tonnerre. Alors, j'ai dévisagé Dirk avec l'air d'attendre quelque chose, comme par exemple, qu'il change d'avis.

— N'oublie pas ton parapluie ! a-t-il simplement ajouté, presque innocemment.

Plus ça allait, plus j'étais choquée par sa lâcheté. Et ce soir-là ne fit pas exception.

— Tu vas pas la laisser sortir sous la pluie, vieux ! est intervenu Tony, toujours galant. Laisse Jordan, je vais y aller !

— Non, non, c'est bon.

Si j'ai insisté, c'était un peu pour appâter Dirk dans l'espoir qu'il comprenne que mon offre était valable *avant* que l'orage éclate et qu'il ait mauvaise conscience.

— Tu es sûre que ça ne t'ennuie pas ? a demandé Tony en nous regardant tour à tour, Dirk et moi.

— Pas du tout. J'adore me balader sous une pluie torrentielle, ai-je affirmé, débordante de sarcasme.

Seul hic, les gens qui adorent se taper dans les mains avec le plus grand sérieux ne comprennent rien au sarcasme.

— Super, merci, a ajouté l'un d'eux (difficile d'identifier lequel étant donné le coup de tonnerre assourdissant qui a éclaté dans le même temps).

Et me voilà partie sous le déluge, en quête d'un pack de bières à dix heures du soir. D'ailleurs, au moment de partir, j'ai entendu Dirk blaguer avec ses copains sur le fait que j'étais bien dressée. J'ai eu envie de lui rentrer dans le chou pour m'avoir quasiment traitée de caniche, mais je déteste les confrontations et je ne voulais surtout pas lui donner raison en me comportant comme une chienne. Alors je suis allée chercher la bière.

Sur le chemin de l'épicerie, je me suis fait complètement doucher. C'était un de ces déluges new-yorkais qui s'abattent diagonalement, donc quelle que soit la façon de tenir son parapluie, on se fait rincer. J'avais tellement froid (et pour cause, j'étais trempée jusqu'aux os) et j'étais tellement en colère, que le temps d'arriver au magasin, j'étais au bord des larmes. Après avoir passé les différentes marques de bière en revue, j'ai finalement opté pour la Pete's Wicked Ale, et c'est là que je me suis aperçue que Dirk avait, comme par hasard, oublié de me passer de l'argent. Et comme un fait exprès, je n'avais évidemment pas assez de liquide sur moi, or le distributeur le plus proche était à au moins trois cents mètres. Donc, rebelote, me voilà repartie sous la pluie, et pour le coup, en larmes. Mais juste quelques secondes. Un genre de crise de larmes mais sans larme. Comme quand on est ému face à la pub AT&T où la petite fille appelle son père un dimanche, et que l'instant d'après on est happé par une pub sur la lessive, et d'un simple claquement de doigt, on n'en a plus rien à faire de la gamine parce que tout ce qui compte, c'est de savoir si la tache d'herbe finira par partir.

De retour chez Dirk, j'ai essayé de prendre part à la conversation ou du moins, de la lancer, mais ils n'ont pas arrêté de me faire *chut*, alors j'ai fini par m'endormir sur ce que Dirk appelait son « Fauteuil d'Homme ». Quand je me suis réveillée une demi-heure plus tard, les gars étaient partis et Dirk ronflait ivre mort dans le canapé. Je me suis levée et j'ai été sentir les fleurs que j'avais apportées – d'après le proverbe, il faut parfois prendre le temps de regarder la rose qui va éclore. Mais mes fleurs, elles, ne sentaient pas la rose comme on dit aussi ; en fait, elles m'ont même levé le cœur, alors je les ai jetées dans le vide-ordures. J'ai essayé de dire bonne nuit à Dirk mais il n'y avait pas moyen de le réveiller. Vu le désastre de la soirée, je suis donc partie sans attendre qu'on me raccompagne.

4

Il a pissé dans ta penderie !

Dès que je suis rentrée chez moi, j'ai appelé Todd. Mon fidèle Todd. Mon meilleur ami et accessoirement, ex-mari depuis l'âge de sept ans. J'ai balancé mon sac à main et retiré mon sweat-shirt encore trempé en agitant les bras au-dessus de la tête d'un geste écœuré, tout en lui résumant la piteuse soirée que je venais de subir. Si quelqu'un avait eu l'idée de jeter un œil à ma minuscule fenêtre, il n'aurait sûrement pas été déçu du spectacle à me voir gesticuler comme une enragée en soutien-gorge. C'est alors qu'une épouvantable idée m'a traversé l'esprit : si ça se trouve, Monsieur Muscle pouvait me voir depuis sa fenêtre et sauterait sur l'occasion pour venir me réconforter avec ses cours de karaté ? Voulant soudain à tout prix quitter l'immeuble, j'ai proposé à Todd de me rejoindre pour un café.

Mon rapport à la caféine était particulier. Un peu comme ma relation avec Todd. L'un comme l'autre, ils me remontaient le moral quand ça n'allait pas, m'aidaient à tenir la route quand j'étais sur le point de tomber à plat, et me faisaient uriner en permanence – c'est l'inconvénient d'avoir un ami qui vous fait rire tout le temps. Todd avait bien grandi. Il était frêle mais dans le sens *tendance* du terme, et il passait sa vie en tee-shirts (tee-shirts à l'effigie de groupes que personne à part lui ne connaissait), en jeans et en Puma. Il travaillait comme maquettiste dans une autre agence de pub, et bien que la sienne soit une vraie agence, peuplée d'autre chose que d'incapables, il me comprenait quand je me plaignais du chantier que je devais gérer. On avait même inventé notre propre poker sur le mode « je parie que mon boulot est pire que le tien » : il écoutait le récit de mes malheurs puis surenchérissait en me racontant les siens.

On était en train de décider du lieu de rendez-vous, lorsque j'ai aperçu un énorme cafard rampant sans scrupule le long de mon mur. Je l'ai tout de suite reconnu. Lui et moi, on se fréquentait depuis longtemps et je l'avais même surnommé Major Deegan en souvenir d'une voie express de New York. Major Deegan s'est brièvement interrompu en me voyant et on s'est toisés pour voir qui baisserait les yeux le premier. Une situation sans issue digne d'un western. Moi contre la blatte, chacune revendiquant le territoire qui lui revenait. Après tout, on était à New

York et tout le monde sait que dans cette ville, une location à moins de mille deux cents dollars par mois, c'est forcément cafards compris. Dans n'importe quelle autre région du pays, on peut trouver moyen de se loger décemment pour cette somme. Mais à New York, ça vous donne juste le droit à un appart de la taille d'une boîte à chaussures, incluant une douzaine de colocataires à six pattes qui ne participeront pas au loyer mais qui se sentiront quand même libres de répandre leurs crottes partout.

J'étais tellement absorbée par le cafard que je n'entendais même plus la voix de Todd. Finalement, Major Deegan s'est lassé et a poursuivi son chemin en haut du mur, alors j'ai repris le fil de la conversation. Manifestement, il était convenu qu'on se retrouve au Cozy's Soup' n Burger.

— Rendez-vous dans quinze minutes, me dit Todd avant de raccrocher.

J'ai enfilé un pull propre et sec et quitté l'appartement, sachant parfaitement que je me sentirais cent fois mieux après avoir râlé et pleurniché auprès de Todd, et que Major Deegan serait bien content d'avoir l'endroit pour lui tout seul.

Sur le chemin, j'ai croisé ma vagabonde lyrique qui s'est arrêtée en me dévisageant des pieds à la tête. Brusquement, elle a relevé le nez en posant un œil interrogateur sur moi :

— « *À présent la ville est prise d'assaut...* »

— « *... Et le proc' a bien du mal à dormir.* »

J'ai répondu en la regardant droit dans les yeux, la tête légèrement penchée.

Elle a accepté ma réponse, avec ce que je pris au début pour un timide clin d'œil mais qui était en fait l'amorce d'un éternuement. Bruce Springsteen. *Atlantic City*. Celle-là je ne pouvais pas la louper ! Chacune a continué sa route, et ce faisant, je me suis demandé s'il lui arrivait de penser à moi quand je n'étais pas dans le coin, et de chercher une chanson qui pourrait me sécher, ou bien si, contrairement à la majorité de ceux qu'elle accostait, le fait que je connaissais la réponse était un vrai soulagement pour elle.

En arrivant chez Cozy's — notre endroit préféré parmi les bistrots ouverts vingt-quatre heures sur vingt-quatre —, j'ai vu que Todd était déjà assis à notre table et nous avait commandé à chacun un café et une part de gâteau ; une de cheesecake et une des spécialités de Brooklyn, le fameux *blackout cake* tout chocolat. Todd, c'était le confident homo idéal. Sauf qu'il n'était pas homo. En réalité, il avait plus de nanas dans sa vie que tous les types de mon entourage, y compris tous les Don Juan de copains avocats de Dirk. Todd avait un petit quelque chose de Woody Allen, mais uniquement par sa névrose et son intelligence. Pas du point de vue physique. Le genre cool et tendance qui semblait faire craquer toutes les New-Yorkaises lui allait comme un gant. Pourtant, en dépit de son succès, aucune de ses relations ne durait ; et ce n'est pas faute de filles qui essayaient. Todd trouvait toujours quelque chose qui n'allait pas chez elles. Un détail ridicule, comme de trouver un exemplaire du recueil de poèmes de la chanteuse Jewel sur une étagère ou un enregistrement pirate des Phish dans sa collection de CD ou une paire de bottes Uggs au fond de sa penderie. Pour lui, c'était rédhibitoire.

Par ailleurs, Todd haïssait Dirk.

— Tu *dois* rompre avec ce type, prêcha-t-il d'entrée de jeu.

— Il n'est pas si méchant…

— Non, c'est vrai.

Il s'est agité sur la banquette en prenant un air paniqué.

— Mon Dieu, en fait, je crois que je suis assis sur lui ! Ah non, attends, je me suis trompé : c'est juste un furoncle qui suppure sous mon cul. Désolé pour cette méprise.

On est restés sans rien dire pendant quelques minutes mais je savais qu'il n'en avait pas fini. Il était en train d'élaborer sa stratégie. Il allait me rappeler certains trucs innommables que Dirk m'avait faits et moi j'allais le défendre jusqu'à ce que je sois à court d'arguments, et au final, on serait tous les deux d'accord pour dire qu'il avait raison, que je devais rompre avec Dirk mais que je n'en avais pas le cran.

— Il a oublié ton anniversaire !

— De toute façon, je déteste les anniversaires.

— Personne ne déteste ça ! Personne n'aime vieillir mais tout le monde adore le jour de son anniversaire.

— Non, pas moi. Je hais vraiment les anniversaires !

Et c'était vrai. Ça avait commencé le jour de mes six ans, quand je m'étais persuadée que mon père serait là. Même s'il m'avait dit qu'on risquait de ne pas se voir pendant longtemps, je ne pensais vraiment pas que ce serait *aussi* longtemps, et j'étais certaine qu'il serait de retour pour mon anniversaire. Évidemment, il n'est jamais venu. Ensuite, il y a eu mes neuf ans ; cette année-là, c'était garçons *et* filles. Walter avait organisée une boum hip-hop pour fêter mon anniversaire parce qu'à cette époque, ce genre musical commençait à faire fureur et il pensait que les gosses adoreraient danser là-dessus. Mais les garçons étaient restés dans leur coin, et les filles dans un autre. Le seul moment où tout le monde s'était mélangé, cela avait été au cours d'une partie de softball entamée par Billy Engbert qui voulait juste frimer avec son lancer et qui m'avait expédié la balle en pleine figure. Sans parler de mes quatorze ans. Inoubliable ! Et pour cause, personne ne s'en est rappelé. Mon anniversaire est complètement passé à la trappe. Au début, j'étais persuadée que c'était en hommage au film *Sixteen Candles*, qu'on me faisait une farce et que tout ça se terminerait par une fête-surprise. Mais au final, pas de fête. Donc entre ça et tous les autres fiascos liés à mon anniversaire, j'avais sincèrement de quoi détester cette fête. L'argument de Todd ne tenait pas la route avec moi, et comme il le savait, il a trouvé un biais.

— Il a quand même dragué ta sœur !

— Mais non, il essayait juste de faire connaissance avec ma famille.

— Parce que dans ta famille, c'est de coutume d'accueillir les étrangers en fourrant sa langue au fond de leur gorge ?

À son ton, je sentais qu'il commençait à s'emporter ; il poussait un peu trop les décibels pour un bar comme Cozy's.

— Il n'y a jamais eu d'histoire de langue. Et de toute façon, Sam est une traînée.

— OK, donc ce sont tous les deux des ordures ! Mais ça n'excuse pas Dirk pour autant !

— Je sais…

— Je continue ou t'en as assez ?

— Vas-y, fais-toi plaisir.

— D'accord, alors *primo* : il a pissé dans ta penderie, et ça c'est… inexplicable !

— Je te l'ai déjà dit : ce soir-là, il faisait une crise de somnambulisme après avoir bu trop de bières ! Il croyait qu'il était dans la salle de bains.

Todd m'a lancé un regard, comme pour dire : « Et tu crois que je vais avaler ça ? »

— Mais c'est vrai !

— *Secundo*, il n'est pas venu à l'enterrement de ton grand-père.

— Les enterrements le font flipper. Les morts, c'est pas son truc.

— Parce que tu crois que c'est le mien ?! Arrête un peu, Jordy ! Ce mec est un vrai fumier. En tant que mari, je t'ordonne de quitter ton petit ami ! En vertu de notre union, t'es censée m'obéir, non ?

— C'est bon, j'en ai assez entendu. Je vais y réfléchir.

Dirk était un pauvre type et je le savais. Si seulement j'arrivais à m'en tenir à ce que je ressentais en cet instant précis, j'aurais le courage de rompre avec lui. Mais j'allais rentrer chez moi, me mettre au lit, me réveiller, et demain serait un autre jour. Un jour de plus à espérer naïvement que les choses soient soudain différentes de la veille. Que Dirk change du tout au tout et devienne plus gentil, qu'il se conduise mieux envers moi, qu'il se souvienne de la bonne époque et qu'il essaie de me reconquérir, pour que tout ça en vaille la peine. Après tout, pourquoi pas ? Peut-être qu'un jour on finira aussi par inventer cette pilule qui permet de manger tout ce qu'on veut sans jamais grossir, qui sait ?

Dirk, *changer* ?! C'était une illusion. Mais une illusion nécessaire. Je m'accrochais au rêve que les choses redeviennent comme avant parce que, outre mon angoisse de la confrontation, je n'aimais tout simplement pas l'idée de jeter l'éponge. On peut voir ça comme une faiblesse, mais aussi comme une force. Une capacité de résistance et une détermination à faire en sorte que ça marche parce que je ne pouvais pas accepter l'échec. Bien que parfois, la force qu'il faut pour admettre ses erreurs ait autant de valeur que la volonté de ne pas lâcher prise. Donc voilà : je faisais du surplace en me battant pour une relation avec un type dont j'aurais, à vrai dire, mieux fait d'oublier l'existence.

5

Deviendrai rédac' pub'
dans l'alimentaire

En arrivant chez moi, j'ai tout de suite consulté mon répondeur. Encore un message de Citibank. EFFACER. J'ai vidé mon tiroir de bureau pour trouver le relevé de compte en question et suis restée abasourdie par le montant à rembourser. J'ai l'impression que c'est toujours pareil avec les découverts bancaires. Ouais, ça fait onze mille dollars de dépenses mais en attendant, elle est où la voiture ?! Et la chaîne hi-fi, l'écran plasma quinze pouces, ils sont où ? Qu'est-ce que j'ai fait de cet argent ? Je l'ai mangé ? Mes seules dépenses allaient dans la nourriture alors est-ce que ça voulait dire que j'avais fait pour onze mille dollars de courses alimentaires ? D'accord, j'avais un solide appétit mais, bon sang, pas à ce point quand même !

Je me suis précipitée face au miroir en pied, subitement persuadée de peser au moins trois cents kilos. Finalement... non. Mais je me suis retrouvée tiraillée entre le soulagement et une sorte de déception de ne pas valoir mon poids en dettes.

La cause de ma restriction budgétaire était simple : pas assez de marge entre les revenus et les dépenses ; comme un chauffeur de taxi impatient qui essaie de créer une troisième file dans une petite rue à deux voies. Autrement dit, l'impasse. La situation en chiffres : trente mille dollars de prêt universitaire, plus onze mille dollars de découvert, plus le loyer, les charges, la participation forfaitaire à l'assurance maladie et toutes les subtilités du quotidien (comme la nourriture) qui, bizarrement, ont du mal à s'ajuster à un salaire annuel de trente-quatre mille dollars nets d'impôts. Incroyable, non ? L'emprunt étudiant aurait peut-être pu être évité mais, à l'époque, j'avais bravement − et à moitié sérieusement − proposé de couvrir une partie de mes frais, et ma mère n'avait jamais été aussi fière ou, disons, aussi regardante. Inutile de préciser que les frais sont toujours plus importants que prévu, même si je n'ai jamais été très dépensière ; « stupide » serait plus approprié.

J'ai rangé mon extrait de compte dans le tiroir (ironiquement entre deux pages de mon guide Zagat[1]) et me suis mise à écrire dans mon journal intime. J'ai commencé par dresser une liste des pour et des contre concernant Dirk. Parfois, quand on met tout à plat noir sur blanc, ça permet d'y voir plus clair. Bizarrement, la liste a rapidement pris la forme d'un graphique en camembert. Quelle angoisse. Sachant combien on me facturait pour l'alimentaire, je me suis dit que je ferais mieux de laisser le fromage en dehors de tout ça. J'ai vite refermé mon journal pour me mettre à l'ordinateur. Résultat : une page entière de présentation PowerPoint. Ça faisait un tout petit peu trop propre, alors j'ai fermé le document sans prendre la peine d'appuyer sur ENREGISTRER.

Parfois, ça a ses avantages de se sentir minable. Le génie créatif découle souvent d'une grande détresse. Vu que question désastre, j'étais blindée et que je n'avais rien de mieux à faire, j'ai décidé de ranger mon appartement et me suis mise à penser au boulot. Plus précisément, j'ai réfléchi à cette campagne KidCo sur laquelle travaillait Lydia. KidCo était un centre régional de loisirs pour enfants, avec des cours de théâtre pour tous les âges et un grand nombre d'activités artistiques, musicales et sportives ; si j'étais gosse, honnêtement, j'aurais du mal à me décider dans tout ce choix. Soudain, les idées ont commencé à fuser dans mon esprit. Alors j'ai couru à l'ordinateur et passé une bonne

---

1. Équivalent américain du *Guide Michelin*. *(N.d.T.)*

partie de la nuit à les mettre en forme pour pouvoir les présenter le lendemain.

Lorsque j'ai débarqué dans le bureau de Lydia, on ne peut pas dire qu'elle avait l'air ravie de me voir. Si je n'avais pas été dans cette boîte depuis deux ans, je me serais inquiétée d'avoir commis un impair ; mais je connaissais Lydia et je voyais bien qu'elle faisait juste son habituelle tête d'insatisfaite. On avait souvent l'impression qu'elle était gênée par une odeur désagréable. Un jour, j'avais fait l'erreur de lui poser la question parce qu'elle semblait réellement mal à l'aise.

— Vous trouvez que ça sent mauvais ?

— Pas du tout.

Elle m'avait répondu d'un air effaré, insinuant que j'étais folle.

— Pourquoi, vous trouvez, vous ?

— Non.

On était restées face à face quelques minutes, toutes les deux embarrassées. Elle me fixait, l'air à la fois légèrement horrifié et intrigué, comme si j'étais Tara Reid sur le tapis rouge, les seins à l'air et souriant aux photographes. Puis elle avait haussé le sourcil d'un air de dire « Autre chose, Jordan ? »

— Bon, parfait. C'était juste pour un sondage ! avais-je dit. Ça fait donc trois « *non, je ne sens rien* » contre un « *oui mais c'est sans doute dû aux flatulences de mon camarade de box* ».

Ça, c'était moi essayant de faire de l'humour. Une tentative ratée que je m'étais résignée à consigner avec toutes les autres comme autant de pépites pour ce bon vieux trésor qu'est l'humilité. Elle m'avait dévisagée d'un air consterné, puis m'avait donné de quoi m'occuper pour trois jours, histoire d'être certaine que je ne ferais plus la tournée des bureaux pour sonder mes collègues.

Donc, ce matin-là, quand je suis arrivée toute zélée dans son bureau pour lui présenter mes idées, Lydia faisait à peu près la même tête. Comme elle était au téléphone, elle a écarté le combiné de son anguleuse mâchoire crispée.

— Oui, c'est pour... ?

— Je crois que j'ai trouvé de bonnes idées pour la campagne KidCo !

Elle a fait semblant d'être dérangée par mon intrusion, mais sous ses abords glacials, j'ai deviné une certaine excitation. Une hypothèse confirmée par le fait qu'elle a aussitôt indiqué à son interlocuteur qu'elle le rappellerait plus tard ; or elle ne raccrochait jamais le téléphone pour moi. Elle faisait mine d'être affligée et exaspérée mais *je savais* qu'elle brûlait d'envie d'entendre mes propositions comme une pucelle au bal de fin d'année !

— Alors ! Dites-moi tout, Jordan !

C'était la chance de ma vie. Lydia allait être emballée par mes idées et me donnerait enfin une chance de rédiger des textes pour l'agence. Mon seul lien avec les gens du service trafic serait de les éviter au quotidien ! Je ferais une brillante rédactrice de pub !

J'ai pris une profonde inspiration.

— Bon… j'ai plusieurs idées, plus ou moins sur le même thème. Imaginez une salle de conférence avec un groupe de bambins en costard-cravate en train de parler stratégies marketing, IPO, etc. Rien que l'image, c'est mignon, non ? Bref, c'est là que la voix off intervient : « *Chez KidCo, ce sont vos enfants qui commandent !* »

Lydia s'est contentée de me regarder sans rien dire, en hochant simplement la tête ; je me demandais bien ce qui pouvait se passer dans son cerveau. Elle ne m'a pas vraiment invitée à poursuivre, alors je suis passée à l'idée suivante.

— OK. Deuxième visuel : un gosse dessine un autre enfant en train de trébucher. Le dessin prend vie et l'enfant qui trébuche atterrit dans une mer de ballons. Ensuite, les ballons giclent dans les mains d'un jongleur, dont les pieds deviennent ceux d'un autre enfant qui danse avec un prof, lequel pointe du doigt vers un arrière-plan. Ce plan devient un tableau noir couvert de leçons qu'un autre enfant révise avant de rejoindre d'autres enfants en tapant dans les mains, et au final, tout le monde chante puis se roule par terre en riant. La voix off dirait alors : « *KidCo. On apprend, on joue et on en redemande !* »

Une fois de plus, Lydia n'a pas réagi, mais elle a griffonné sur son bloc-notes.

— Continuez.

— Bien. Cette fois il faut imaginer une audition pour un spectacle à Broadway. Depuis la pénombre des fauteuils d'orchestre, la caméra s'élève vers les candidats sur scène – des instructeurs, des enseignants ou des assistants KidCo. C'est alors qu'on entend une voix d'enfant : « *Excellent en dessin, stupéfiant pour le cours de danse, et en gym, beau travail ! Pareil pour les sorties éducatives, la musique, les langues, la lecture, le goûter : vous êtes tous engagés !* » Puis on aperçoit un type en costume un peu empoté qui hausse les épaules l'air déçu. La voix off se fait de nouveau entendre : « *Merci d'être venu monsieur Ennui ! On vous rappellera.* » Et ça finirait sur : « *KidCo, des séances en matinée, un spectacle toute l'année !* »

Lydia a noté autre chose. Je n'arrivais pas vraiment à lire ce qu'elle écrivait mais à mon sens, si elle prenait des notes, c'est qu'elle aimait bien mes idées, du moins un peu. Donc, j'ai enchaîné.

— Nouveau visuel : imaginez la chaîne de montage d'une usine et des enfants assis dans de gros cartons qui remontent le tapis roulant. La voix off intervient : « *Chez KidCo, on ne fabrique pas des enfants...* », et là, gros plan sur un enfant dégringolant joyeusement le long d'un toboggan dans une piscine de ballons colorés : « *... on fabrique leur bonheur !* »

Pour la première fois, Lydia a souri. Le premier sourire depuis des semaines. Je croyais que c'était parce qu'elle était contente. Qui plus est de *moi* ! J'avais l'impression d'être Sally Field à la remise des Academy Awards quand elle a dit : « *Vous m'aimez ! Vous m'aimez vraiment !* » J'étais sur le point de laisser éclater ma joie quand le sourire de Lydia est soudain devenu narquois. Presque méprisant.

— Bien, j'apprécie votre investissement mais je crains qu'il ne soit trop tard pour que tout ceci ait un impact. Enfin, nous verrons. En attendant, continuez à travailloter, on ne sait jamais...

— Entendu.

J'ai bredouillé sans bouger, un peu abasourdie.

— Vous pouvez disposer.

Elle m'avait déboutée, mais peu importe. Au fond, je savais que je l'avais impressionnée. Ce serait forcément un nouveau départ pour ma carrière.

En sortant du bureau, j'ai retrouvé Cat à la salle de gym pour notre séance de torture bihebdomadaire sur le tapis de jogging. Sa forme physique était bien meilleure que la mienne donc pour des questions de motivation, c'était toujours bon de la voir courir à mes côtés. Après Todd, Cat était mon autre meilleure amie. Je me sentais plus proche d'elle que de ma propre sœur Samantha (ce qui n'est pas très difficile quand on a une sœur qui vous prépare encore votre lit en portefeuille chaque fois que vous êtes en vacances chez les parents).

J'ai raconté à Cat mon entretien du jour avec Lydia.

— J'en connais une qui va bientôt prendre du grade !

— Tu crois ?

— J'en suis certaine ! Tes idées sont vraiment super. De grands changements vont se produire dans ta vie, je le sens !

Cat avait toujours cette capacité à *sentir* les choses. Et à les voir aussi. Pas des événements du futur, non, mais des choses qui n'existaient pas. Des gens, pour être plus précis. Cat voyait des stars de cinéma, des vedettes télé et des pseudo-célébrités environ cinq fois par jour. Une fois, par exemple, on marchait dans la rue et elle m'a soutenu qu'on venait de croiser Bon Jovi.

— Cat ? Ce type était une femme !

— Ah ? Ah bon.

Même si elle s'emballait à chacune de ces apparitions fictives, elle ne se laissait jamais démonter quand je lui expliquais que, non, on ne venait pas de croiser Elvis Presley (c'est vrai, quoi, ce type était mort depuis un demi-siècle !). Je ne sais pas pour quelle raison elle s'acharnait à essayer de repérer des célébrités. Peut-être que ça servait en partie d'exutoire à son travail de thérapeute à force d'entendre en permanence tous les détails triviaux de la vie de ses patients. Ou alors, comme elle était trop heureuse en couple, le fait de voir des stars était sa façon à elle de pimenter un peu sa vie. De manière générale, Cat était la personne la plus équilibrée que je connaissais.

Elle s'était mariée avec Billy un an et demi après avoir emménagé à New York, et tous les deux possédaient un magnifique appartement dans SoHo. Sur le plan professionnel, c'était un génie, une spécialiste en psychologie tenant un cabinet au rez-de-chaussée de son immeuble. Elle pratiquait peu les séances individuelles ou en groupes ; la majorité de sa clientèle venait la voir pour des sessions d'improvisation et de dramatisation, des jeux de rôles basés sur l'instinct pendant lesquels ses patients extériorisaient leurs peurs, leurs traumas, leurs souvenirs, *et cætera*.

— Ne t'arrête pas ! m'encouragea Cat en augmentant la vitesse de son tapis à 7,5 (du jamais vu pour moi, à part dans les magazines de fitness).

— Quand j'aurai eu ma promotion, tu m'autoriseras à ne plus venir au sport ?

— Sûrement pas. Ça te donnera des forces !

J'ai commencé à ralentir la cadence de mon tapis.

— Ne fais pas ça, m'avertit Cat, pressentant à juste titre que j'allais mettre les voiles. Et si on faisait une séance de jeu de rôle, là, tout de suite ? Ce serait amusant !

— Oh non… pas ça, Cat !

Quelque temps auparavant, pour essayer de me secouer et de sortir de ma « zone de confort », mais aussi pour faire travailler une autre partie de mon cerveau, m'aider sur le plan créatif autant que personnel, entretenir ma spontanéité et peut-être, je dis bien peut-être, développer des facultés qui me feraient un jour devenir une superstar de sitcom, je m'étais bêtement laissé convaincre par Cat d'effectuer un exercice de jeu de rôle.

C'était une prof formidable, et moi, une élève lamentable. D'une part parce que c'était Cat : aussi professionnelle soit-elle, on se connaissait sous toutes les coutures, donc j'étais incapable d'incarner quelqu'un d'autre sans être considérablement gênée. De l'autre, parce que je n'arrivais tout simplement pas à me lâcher. C'était comme si j'étais destinée à avancer dans la vie en enchaînant les faux pas, à n'être rien de plus que Jordan Landau.

— Tu as été promue. Tu es sûre de toi et couronnée de succès…

— 5,2…, annonçai-je en réduisant davantage la vitesse de mon tapis. 4,1… 3,7… Fini les exercices psycho, et l'exercice tout court d'ailleurs ! En revanche, je vais de ce pas *exercer* mon droit d'aller manger de la glace Ben & Jerry's !

Cat avait l'air déçu mais d'une certaine façon, je gérais. Après tout, je l'avais bien méritée cette glace. Pas pour me consoler mais pour fêter mon entretien avec Lydia. Même si quinze secondes après elle m'avait rabaissée, j'avais perçu un semblant de sourire sur son visage mesquin. Je savais que mes idées l'avaient inspirée. J'allais enfin connaître mon heure de gloire ! Alors place à la glace de la victoire !

Une fois dehors, je voyais encore Cat à travers la fenêtre et vice versa. Elle me regardait pendant que j'essayais vainement de héler un taxi. J'ai fini par en arrêter un, mais malgré les appels de phare du chauffeur indiquant qu'il m'était réservé, une fille a surgi devant moi et me l'a piqué. Cat et moi avions un lourd passif avec les taxis et, intuitivement, j'ai senti qu'elle voulait que je me défende, que je m'impose davantage. Je n'ai jamais le réflexe de réagir quand quelqu'un me pique un taxi. Surtout, je l'admets, parce que les confrontations me rebutent, mais aussi parce la vie est trop courte pour se faire suer avec ce genre de broutilles. De toute façon, il y aura *toujours* des gens pour vous voler votre taxi, alors si c'est leur seul péché, estimez-vous béni.

Décidant finalement que je n'avais pas besoin de taxi, j'ai pris le bus de la ligne 15 jusqu'à la station St. Marks et me suis arrêtée chez l'épicier sur Astor Place pour inspecter leur rayon glace qui manquait sérieusement de réserves. J'ai longuement hésité entre la Brownie Batter, celle au chocolat avec des morceaux de brownie au caramel, et la bonne vieille glace à la vanille. En fait, j'aurais bien aimé de la vanille *avec* des morceaux de brownie ; chocolat plus chocolat, ça faisait trop, alors que vanille plus brownie, cela aurait été parfait.

À vrai dire, un jour j'ai même écrit un courrier à Ben & Jerry's en leur suggérant de créer ce parfum. Gratuitement, sans demander de royalties, ni d'avoir. À mes yeux, le simple fait que mon parfum de glace existe aurait été suffisamment gratifiant. Bon, évidemment, cela aurait été sympa qu'ils baptisent cette glace en mon honneur mais vu les noms qu'ils donnaient à leurs produits — Chunky Monkey, Cherry Garcia et consorts —, Dieu sait quel nom ils auraient donné à mon parfum. Chunky Jordan ? Jordan Cherry ? Pire, Jordan Cherry Monkey ? Non, vraiment, je préférais qu'ils laissent mon nom en dehors de tout ça.

Finalement, on m'a répondu par une lettre type (manifestement, je n'étais pas la première à leur proposer un nouveau parfum) : Ben & Jerry's me remerciait pour ma suggestion et m'offrait un bon de réduction sur mon prochain achat de glace de sa marque. Je m'étais imaginée un truc délirant avec un camion s'arrêtant chez moi un beau matin et des types incroyablement mignons m'apportant les uns après les autres des cageots entiers de glace Jolie Jordan. Un défilé de beaux mecs vendeurs de glace, transportant des pépites de brownie sur un tapis rouge de glace vanille ! La surprise aurait été orchestrée par Ben & Jerry's parce qu'ils auraient amélioré mon parfum et qu'ils auraient voulu que je sois la première à y goûter. Et bien entendu, mes vendeurs de glace auraient été torse nu et en sueur à force de transporter tous ces cageots du camion à chez moi. À tel point qu'il aurait été tout à fait normal que je les invite à déguster un peu de glace et, bon, je vous laisse imaginer la suite. (Quoique, n'allez pas croire non plus que ça aurait donné lieu à une orgie ! Ce n'est pas du tout mon genre. J'aurais juste choisi le plus mignon d'entre tous, voilà tout. *Maintenant*, je vous laisse imaginer la suite.) N'importe comment, les vendeurs ne se sont jamais pointés, donc je n'avais plus qu'à me contenter du bon d'achat.

J'ai apporté ledit coupon à Ernie Le-Sourcil, le type au mono-sourcil façon Frida Kahlo qui tenait généralement le comptoir de l'épicerie. Prix de consolation : il transpirait abondamment lorsqu'il prit mon coupon en ronchonnant et qu'il me rendit la monnaie d'un air aigri.

Peu importe, j'avais ma glace aux pépites de chocolat et éclats de cookies ; au passage, je m'étais aussi pris un pot de beurre de cacahuète. Juste en cas d'urgence.

En traversant la rue entre Broadway et West 4th, j'ai aperçu ma Diva Des Rues approchant dans ma direction.

Elle s'est glissée jusqu'à moi en se penchant :

— « *Je sais, ça peut sembler bizarre mais je souffre et c'est insupportable* »

Puis elle s'est arrêtée, dans l'attente de ma réponse.

Perplexe, j'ai regardé ailleurs l'espace d'une minute en répétant sa phrase dans ma tête, et soudain, bingo !

— « *Ma petite, demain, je te quitte* »

Les yeux plissés, la femme m'a dévisagée en pinçant légèrement les lèvres, puis elle a continué sa route d'un air satisfait.

En sortant de l'ascenseur, j'ai eu le grand déplaisir de voir M. Phallus en Lycra, penché dans le local à ordures en train de déposer une pile de journaux dans la poubelle de recyclage. Sa *chose* était monstrueuse. Vraiment effrayante. Je suis passée devant lui quasiment en courant pour ne pas avoir à décliner une nouvelle proposition de cours particulier.

Une fois à l'abri dans mon appartement, j'ai tout de suite commencé à dessiner un story-board de mes idées sur KidCo. Si jamais quelqu'un me demandait d'approfondir ou si on en parlait en réunion, je voulais être prête.

Je n'avais même pas remarqué que mon répondeur clignotait. Il indiquait un nouveau message. À la longue, j'avais commencé à connaître par cœur la voix de robot qui suivit ; voix qui donnait une touche guindée à mon nom en mettant l'accent sur la mauvaise syllabe :

— « *Bonjour, JordAN LandAU. Ici Cindy de Citi-bank. Cet appel est urgent. Ça concerne votre compte : vous êtes à découvert depuis soixante jours. Merci de rappeler entre huit et vingt heures du lundi au samedi.* »

Ensuite, Cindy Le Robot épelait machinalement son numéro, mais bizarrement je n'arrivais jamais à le déchiffrer sur cette machine.

Vous avez déjà remarqué que lorsque votre banque appelle, c'est rarement pour une bonne nouvelle ? Ce n'est jamais pour vous dire : « *Nous tenions à vous féliciter d'avoir rapidement crédité votre solde !* » ou juste « *Merci, d'être VOUS, cher cliente !* »

Ma situation financière était vraiment merdique. En principe, un diplôme permet d'aboutir à quelque chose dans la vie, mais en ce qui me concerne, le marché du travail était tellement en berne quand j'avais obtenu ma licence que j'avais pris le premier boulot qui s'était présenté sous promesse d'une augmentation de salaire. Je l'attendais toujours, l'augmentation. Sauf que je ne savais pas comment aborder le sujet. Chaque fois que j'étais à deux doigts d'en parler, je me mettais à faire ma timorée et à suer à grosses gouttes, et au final, je me dégonflais.

Cela dit, plutôt me pendre que d'aller quémander de l'aide à mes parents. Je ne croyais pas à ce genre de truc. Le truc étant l'humiliation, la culpabilité et les leçons de morale au sujet des dépenses de la part du pire panier-percé de tous les temps, alias ma mère. Selon moi, la meilleure base, c'était l'autonomie et la responsabilité individuelle. Ajoutez-y un banquier tenace et condescendant, et vous êtes sûr d'arriver un jour à une véritable indépendance financière !

6

L'air frais te fera du bien

On était samedi et j'avais prévu depuis des semaines de déjeuner avec ma mère. J'ai fait le trajet en train jusqu'à Long Island, assise à côté d'un type qui avait arrêté de fumer le jour même et qui éprouvait le besoin incessant d'en parler.

— Ce n'est pas la première fois que j'arrête, vous savez...

Ça faisait plus de cinq minutes qu'il avait arrêté de parler et je croyais qu'on en avait terminé, mais non apparemment.

— J'ai déjà arrêté une fois, enfin, des *milliers* de fois. Mais là c'est la bonne !

— Je sais, c'est très difficile d'arrêter.

Je pensais qu'en me prononçant de façon claire et nette sur la question et en détournant le regard vers la fenêtre, il comprendrait qu'on avait fait le tour du sujet.

— Mais évidemment, j'ai encore repris ! Et vous savez quand ? Au bout de quatre mois ! J'avais arrêté du jour au lendemain et tout allait très bien. Jusqu'au jour où je marchais dans la rue et BING ! Ça m'a pris d'un seul coup ! Il me fallait une cigarette et il me la fallait *tout de suite*. Je ne pouvais même pas attendre d'aller en acheter ou d'en taxer une à un passant. Je me suis figé net et j'ai scruté le sol comme un fou. Évidemment, j'ai trouvé un mégot. Et quel mégot !

Il n'était pas près de s'arrêter, c'était clair. De fumer ou de parler. Jamais.

— Je me suis baissé pour ramasser le bout de clope et mon vieux… c'était le paradis !

Carrément une station avant mon arrêt, je suis descendue du train et j'ai marché jusque chez ma mère, ce qui m'a pris une bonne demi-heure de plus. Nous vivions dans une banlieue aisée, mais loin d'être aussi prospère à l'époque que maintenant. Les valeurs immobilières sont si élevées qu'elles instituent une sorte de paralysie chez certains voisins. Comme quand une action n'arrête pas de grimper : vous n'avez pas envie de sauter du train en marche parce que vous vous en voudrez à mort si elle continue de monter après que vous l'aurez vendue.

Pendant que je traversais le quartier, des souvenirs d'enfance ont ressurgi. En passant devant la maison des Anderson, je me suis souvenue à quel point j'étais impressionnée par leurs décorations de Noël ; ils l'emportaient toujours sur les autres maisons de la rue.

En passant devant celle des Dickerson, j'ai repensé à la rumeur qui disait que le mari avait une liaison ; même si c'était faux, l'info avait tellement circulé qu'il aurait peut-être aussi bien fait d'en avoir une. Et inévitablement, je me suis renfrognée en passant près de la maison de cette folle de madame Cooper, cette femme qui menaçait d'abattre nos chiens d'un coup de fusil si on ne les empêchait pas d'aboyer.

Quand je suis arrivée chez mes parents, ma sœur Samantha m'a décoché un regard noir digne de la pire peste du lycée. Elle comme ma mère semblaient totalement prises de court et loin d'être enchantées par mon arrivée. Ma mère était régulièrement partagée entre l'envie que je sois là et celle que je ne le sois pas du tout. Mais seulement depuis que j'avais fini mes études et déménagé. Avant, elle voulait toujours m'avoir sous son toit. Pas parce qu'elle aimait ma compagnie mais pour pouvoir me surveiller. Je faisais partie de sa vie, même si je n'étais sûrement pas son meilleur souvenir. Pour autant, j'étais une part d'elle-même. Un appendice. Donc, en quelque sorte, mon départ du nid familial fut comme une amputation pour elle (parce que c'était toujours d'*elle* qu'il s'agissait). Sam vivait encore là-bas, sous prétexte de suivre *un* cours au centre universitaire local.

— Salut, Jordan, me lança ma sœur en se tournant vers notre mère, l'air de se demander ce que je fichais là.

— Salut.

Ma mère était encore sous le choc de mon arrivée.

— Jordan chérie, qu'est-ce que tu fais ici ?

— On devait aller déjeuner ensemble aujourd'hui, tu as oublié ? lui rappelai-je, agacée plus que blessée.

Elle oubliait presque toujours nos rendez-vous. Je jure que pour le reste, elle n'avait pas mauvaise mémoire. Par contre, quand il s'agissait de moi... c'était systématique.

— Tu es sûre, J. ? insista-t-elle d'un ton sceptique. J'avais dit à Samantha que je l'emmènerais faire les boutiques aujourd'hui.

Sam avait vingt ans, mais que ce soit pour de la lingerie ou autre chose, elle ne pouvait toujours pas faire ses courses sans la présence de ma mère. Et de son porte-monnaie.

— Ouais, et on est déjà en retard ! intervint Miss Garce.

— Peut-être, mais je viens de faire une heure et demie de train et quarante minutes de marche pour venir te voir, *comme convenu*. Sauf pour la marche à pied, mais ça c'était à cause d'un non-fumeur schizophrène. En revanche, que je vienne en train, c'était prévu, maman !

Je me suis retrouvée à prendre une voix pleurnicharde et ça m'a rendue folle. Pourquoi me poussait-elle à ça ? Et pourquoi est-ce que je la laissais faire ?

J'ai attrapé mon agenda, allant même jusqu'à lui montrer la page où j'avais noté notre rendez-vous plusieurs semaines auparavant pour me justifier.

— Oh, je suis désolée, ma chérie. Je vais l'écrire au crayon dans mon carnet pour demain. Je t'aurais bien proposé de nous accompagner mais tu n'aimes pas faire les magasins. À moins que je me trompe mais je ne pense pas...

Sa voix s'est estompée. Ça c'est sûr, penser n'était pas son fort. Du moins, pas quand ça me concernait.

— C'est bon, je viens avec vous, soupirai-je.

En fait, je n'avais rien contre le shopping. Sauf avec elles. Chaque fois qu'on faisait les boutiques toutes les trois, elles achetaient systématiquement *deux* exemplaires de tout, même taille, différentes couleurs. Deux survêtements Juicy Couture, taille XS ; deux jeans bruts délavés taille trente-quatre ; deux jeans clairs délavés, toujours en trente-quatre, et puis deux de ceci, deux de cela, et deux, deux, deux et encore DEUX !

Ce qui m'embêtait, ce n'était pas tant le fait de ne pas avoir ma place dans leur penderie commune mais plutôt l'impression que je n'avais pas de place *du tout* dans cette famille et qu'on me le fasse remarquer de façon aussi évidente.

Ma mère et Samantha ont échangé un coup d'œil. Maman était en train de demander par télépathie à Sam si elle était d'accord pour que je suive le mouvement. Et Sam de supplier par télépathie ma mère de m'en empêcher. Je savais pertinemment que ma sœur ne voulait pas que je vienne avec elles, et je l'avoue, je n'en avais pas envie non plus. Mais de voir à quel point mon intrusion la dérangeait rendait la balade d'autant plus tentante.

On s'est mises en route, ma mère au volant de la voiture, Samantha sur le siège passager, et moi à l'arrière. Maman et Sam parlaient de futilités pendant que je me faisais fouetter le visage par mes cheveux ; toutes les fenêtres étaient ouvertes et mes mèches volaient dans tous les sens, surtout dans ma figure. Samantha a ensuite commencé à dresser sa liste d'achats.

— Je suis obsédée par les nouvelles chaussures Jimmy Choo's ! Ils en portaient tous dans le dernier *US Weekly* !

— Mais alors elles seront démodées la semaine prochaine, non ?

— Pas forcément, répondit Sam. Enfin, si. Peut-être. Mais maman, elles sont *tellement* belles !

Je n'en pouvais plus d'avoir les cheveux dans les yeux.

— Dites, ça vous ennuierait de fermer un peu les fenêtres, s'il vous plaît ?

— Chérie, le temps est magnifique aujourd'hui, profites-en. Tu passes ton temps cloîtrée dans ton petit appartement en ville, alors savoure cet air frais, ça te fera du bien !

Comme si ça ne suffisait pas, alors que ma mère prononçait le dernier mot de sa phrase et que j'ouvrais la bouche pour protester, une bestiole volante est entrée par la fenêtre arrière et a atterri directement au fond de ma gorge. Prise de panique, je me suis mise à faire des grimaces en battant l'air et en crachant – scène dont ma mère ne perdait pas une miette dans le rétroviseur.

— Jordan, mais qu'est-ce tu fabriques ?

Sam a secoué la tête, hilare, en se moquant de moi.

J'ai réussi à sortir l'insecte de ma bouche mais j'ai quand même tripoté mon chewing-gum, juste pour vérifier. L'insecte était parti, et mes cheveux, une vraie pagaille. J'ai levé la tête vers ma mère qui me regardait toujours dans le rétro.

— Franchement, Jordan, tu te comportes parfois de façon si étrange que j'en viens à me demander si tu es vraiment ma fille.

— Elle a peut-être été adoptée ? suggéra Sam. Est-ce que son père était si *fort* ?

— Non, Jordan n'a pas été adoptée, Sam, et oui, son vrai père était assez... grand.

Je me suis enfoncée davantage dans la banquette arrière, et le célèbre morceau de Sister Sledge a commencé à me torturer le cerveau : « *We are Family...* »

On était au beau milieu du rayon chaussures de Bergdorf Goodman lorsque Samantha a jeté un ultime pavé dans la mare :

— Je t'ai dit que je partais à Cancún avec Amy et Alex la semaine prochaine ?

La question s'adressait à notre mère mais ma sœur m'a regardée droit dans les yeux en la posant.

— Non, je n'étais pas au courant, lui répondis-je.

— Du coup, je me suis dit que tu pourrais garder Sneevil Knievel pendant mon absence...

Ça, c'était le nom de son canari. Si elle croyait que j'allais garder son oiseau de malheur, elle pouvait toujours attendre.

— En tant que sœur, ce serait très gentil de ta part, Jordan, ajouta ma mère. Oh… ces chaussures sont à *tomber* ! Tu ne trouves pas, Sam ?

— Si, si, elles sont terribles.

Ma sœur me regardait d'un air suppliant.

— Ce serait juste pour une semaine…

— Je te raccompagnerai chez toi avec la cage, proposa ma mère.

— Bon… c'est d'accord.

— Génial ! s'écria Sam. Je te revaudrai ça, promis !

On était enfin de retour à New York. L'inconvénient de faire les boutiques avec ma mère et ma sœur… c'était de faire les boutiques avec ma mère et ma sœur. L'avantage, en revanche, c'était qu'elles m'aient raccompagnée en ville, chose que je n'avais pas prévue.

En arrivant à mon appartement, la cage à oiseaux dans les bras, j'ai dû enjamber l'énorme carton que mon voisin de palier avait laissé devant sa porte. Ce désagrément se produisait toutes les semaines. Ce type travaillait pour le service transport de sa boîte et passait des commandes de cartouches de toner en extra qu'il revendait ensuite sur eBay en se faisant un bon bénéfice pour arrondir ses fins de mois. Je suis restée là à songer à tous les petits secrets qu'on finit par découvrir sur ses voisins en me demandant pourquoi le mien était aussi désinvolte avec ses escroqueries. Et si j'étais flic ? Ou bien la fille de son patron ? Mais tout ça, c'était aussi la faute du propriétaire : il revendait de l'herbe à tous les locataires, et sans doute pas qu'à eux d'ailleurs. Je n'étais jamais entrée chez lui mais vu le business qu'il faisait, j'imaginais son appartement comme une gigantesque serre. Sans compter que lors de mon emménagement, il m'avait dit de ne laisser en aucun cas un représentant de la municipalité, fût-il pompier, policier ou tout autre inspecteur, pénétrer dans l'immeuble. J'avais dans l'idée que, question respect des lois, il n'avait rien du citoyen modèle.

Sneevil Knievel commença à couiner, donc j'ai cessé de méditer sur mon sort en tant que gardienne des lourds secrets du voisinage, et nous ai vite fait rentrer à l'intérieur. Pour une fois, pas de message concernant une énième redevance sur mon répondeur. J'ai allumé la télé et zappé d'une chaîne à l'autre jusqu'à ce que je tombe sur un grand classique. *À propos d'Henry*. Une fois en pyjama, je me suis installée pour regarder le film. Poussée à la réflexion, j'ai ensuite écrit quelques lignes dans mon journal en me demandant quel effet ça ferait d'oublier tout et tout le monde. Et peu de temps après, je me suis endormie.

7

Dites non aux MST

L es liens que les gens tissent avec leurs amis de fac me semblent similaires à ceux qu'ils ont avec leurs copains de colo : profonds, durables et consolidés par des plaisanteries pour initiés, des aventures partagées et des poignées de main secrètes. Je ne suis jamais partie en camp de vacances et j'ai toujours eu l'impression d'avoir loupé quelque chose concernant l'aspect communautaire qui va avec. Ça a déclenché chez moi une sorte de réaction en chaîne d'asociabilité ; d'abord, quand je suis entrée en fac, en choisissant de ne pas m'inscrire dans les associations étudiantes, confiant, au passage, le sort de mes amitiés à un champ de foire assez clairsemé. Peut-être que ces joyeux campeurs savaient qu'en se lançant à corps perdu dans une sorte d'activisme social forcé, ils pourraient engranger ces liens éternels qui permettent de garder des amis à vie, avec lesquels ils pourraient se retrouver tous les ans pour ressasser le bon vieux temps. Moi, je n'avais pas compris.

Contrairement à Groucho Marx, ma devise n'était pas de ne jamais faire partie d'un club qui accepterait de m'avoir pour membre. Simplement, je n'ai jamais trouvé de club spécifique qui aurait pu éveiller une vraie passion chez moi. J'avais déjà suffisamment de mal à trouver *une* personne pour qui me passionner, alors un club entier...

Quand j'étais en deuxième année de fac, à la veille de la Saint-Valentin, ma colocataire m'avait entraînée à une soirée étudiante, au troisième étage d'un immeuble abritant cinq confréries – une par étage, en fait. L'endroit était surpeuplé et horriblement moite, donc quinze minutes après mon arrivée, j'avais esquissé un mouvement vers les escaliers dans l'espoir de battre rapidement en retraite vers la sortie. Un étage plus bas, une porte s'était brusquement ouverte, laissant apparaître un type très mignon que j'avais repéré une semaine auparavant au buffet de crudités de la cafétéria. En voyant ses yeux bleu marine, je m'étais souvenue qu'ils étaient parfaitement assortis aux rayures de ses baskets Adidas ; et aussi, qu'il avait esquivé les carottes mais qu'il s'était jeté sur les pois chiches.

Ça remonte à quelques années donc certains souvenirs sont un peu flous. Mais pas au point d'oublier que sa conversation était si charmante que j'avais fait un détour par le deuxième étage et par une des chambres (un passage apparemment obligé en fac).

J'ai flirté avec M. Charmeur sur le lit d'un anonyme pendant environ une heure. Rien de folichon, si ce n'est une basique séance de pelotage. Au moment de faire une pause pour reprendre notre souffle, je me souviens qu'il m'a regardée d'un œil inquisiteur en allumant une American Spirit.

— J'ai décidé de ne pas entrer dans cette confrérie.

Il parlait en recrachant la fumée par les narines, la tête tournée vers la fenêtre d'un air assez mélancolique.

— Et puis je crois que je suis homo.

Le réveil indiquait minuit une. C'était donc officiellement la Saint-Valentin. *Joyeuse... Foutue Saint-Valentin, Jordan !* Immanquablement, je me suis demandé pourquoi il s'était donné la peine de me draguer, et j'ai espéré ne pas avoir été l'ultime test qui le déciderait ou non à virer de bord. Mais je n'ai pas pu me résoudre à lui poser la question et encore moins à lui parler. J'ai enfilé mon manteau et repris la direction de la cage d'escalier en descendant, cette fois, jusqu'à la sortie, sans me retourner.

Alors le lendemain matin, encore jour de la Saint-Valentin, lorsque j'ai retrouvé Cat à la cafétéria jouxtant nos campus respectifs, le menton complètement irrité par les pathétiques événements de la veille, et que je l'ai vue avec son tee-shirt anti-Saint-Valentin qui disait « DITES NON AUX MST », j'ai compris que je n'avais pas besoin d'autre amie qu'elle. Cat était étudiante à Columbia et spécialisée en psychologie, option sourires en coin irrésistibles et humour absurde.

Sept ans plus tard, tandis que je marchais vers l'appartement de mon amie, le souvenir de cette matinée de discussion ensemble à la cafétéria était intact.

On allait déjeuner avec Todd au café Jerry's sur Prince Street mais je devais d'abord passer prendre Cat pour voir les travaux qu'elle et Billy avaient réalisés. Comme j'avais presque vingt minutes d'avance, j'ai décidé d'attendre dehors. Mais soudain, je l'ai aperçue à la fenêtre de son cabinet qui me faisait signe de venir.

En ouvrant la porte, j'ai découvert une femme en larmes qui m'a aussitôt fusillée du regard. J'avais dû mal comprendre : en fait, Cat devait plutôt m'indiquer de ne pas l'attendre. J'allais faire marche arrière mais elle m'a retenue par le bras.

— Entre Jordan. Je te présente Ruth.

— Bonjour, Ruth, dis-je à la femme au regard noir, avant de serrer rapidement Cat dans mes bras.

— Bonjour, me salua Ruth d'un air guindé.

Cat fit quelques pas hésitants puis se tourna vers moi avec un grand sourire.

— Ça te dirait de m'assister quelques minutes ? me demanda-t-elle d'un ton faussement enjoué.

À sa voix, j'ai tout de suite perçu qu'elle était au bord de l'exaspération totale.

— Moi ? Mais comment veux-tu que je t'aide ?

— Ruth et moi sommes en pleine simulation psychodramatique mais pour une raison qui m'échappe, sa familiarité avec moi l'empêche de me prendre pour sa mère. Tu pourrais jouer la mère de Ruth ? Ça ne prendra pas longtemps.

— Euh... d'accord, acquiesçai-je en haussant les épaules.

— Formidable !

Lorsque Ruth s'est éloignée pour aller prendre un verre d'eau, Cat s'est penchée discrètement vers moi en chuchotant :

— Quoi qu'il arrive, contente-toi de l'écouter et de dire que tu es désolée. Je me charge du reste.

Comme Ruth revenait, elle s'est mise à parler plus fort.

— Tu restes ici, debout, et vous, Ruth, dites à votre mère ce que vous ressentez.

— Très bien, approuva-t-elle, hésitante. Vous êtes là... vous représentez ma mère...

Je suis restée immobile, sans rien dire, tandis que Ruth me dévisageait. Ses lèvres ont commencé à trembler. Elle semblait sur le point de parler mais elle s'est interrompue, et les larmes ont jailli.

— Où étais-tu ? me demanda-t-elle subitement.

On était là, à se regarder en chien de faïence, et comme je ne savais pas si j'étais censée répondre, j'ai jeté un œil à Cat. Alors Ruth a brusquement tapé du pied.

— Regarde-moi, je t'ai posé une question ! Où étais-tu ? hurla-t-elle.

— Je ne sais pas, bafouillai-je. Mais je suis désolée de ne pas avoir été… où ça exactement ?

— À l'entraînement de foot. Tu as oublié de venir me chercher. L'entraîneur a été obligé de m'emmener chez lui jusqu'à ce qu'il arrive à te joindre. Et c'était pas la première fois ! Tu sais ce que ça fait d'attendre toute seule et de voir tous les autres gosses partir avec leurs parents ?

Le menton levé, Ruth me fixait du regard avec défi. Une fois de plus, je ne savais pas trop si je devais répondre.

— *Tu sais ce que ça fait ?*

Elle chouinait en tirant nerveusement sur ses cheveux, et un filet de morve coulait de son nez.

Moi je voulais juste déjeuner avec mon amie ! Mais voilà que je me faisais enguirlander pour avoir oublié d'aller chercher quelqu'un à son entraînement de foot vingt ans plus tôt. J'aimerais pouvoir dire que je savais comment gérer la situation mais honnêtement, ce serait mentir. En général, j'ai plutôt tendance à rester sur la ligne de touche, passive, et à laisser couler plutôt que de réagir. Fidèle à moi-même, j'étais donc tentée de jouer cette carte-là. Sauf qu'en cet instant, je n'étais *pas* moi mais la mère indigne de Ruth. Ne tenant pas compte des directives de Cat, je me suis lancée.

— Ruth…

Je ne savais pas exactement dans quoi je m'embarquais mais soudain, la réplique préférée de Dirk m'est venue à l'esprit :

— Pourquoi ne pas décider de pardonner et d'oublier ?

J'ai souri un peu à mon interlocutrice dans l'espoir de désamorcer doucement la situation.

— Non ! Je ne te pardonne pas ! Toute cette insécurité que je ressens encore aujourd'hui, c'est à cause de toi ! Et au passage, je te signale que j'ai toujours détesté le tofu et l'huile de foie de morue dans les bagels. Pourquoi je n'avais pas droit à du fromage à tartiner comme tous les gosses ?

Elle me fixait, l'air hagard. En tant qu'avatar de la mère fautive de Ruth, je me sentais investie d'une étrange fierté accompagnée d'un sentiment de responsabilité. Oublier un entraînement de foot était une chose... mais mettre du tofu et de l'huile de foie de morue dans un bagel, ça, c'était de la torture culinaire. Prenant la main de Ruth, j'ai ajouté :

— Tout ce que je peux te dire, c'est que je suis désolée de t'avoir blessée. J'ai toujours fait de mon mieux avec ce que Dieu m'offrait. Maintenant c'est à toi de voir.

Cat m'a dévisagée, l'air encore plus abasourdi que sa patiente à présent plus calme.

— Merci, me dit cette dernière, soudain moins agressive, les épaules légèrement rentrées. On pourrait peut-être se voir un de ces jours pour un bagel au fromage frais ?

Ne sachant pas à qui s'adressait cette question – moi ou Ruth Mère ? –, je me suis tournée vers Cat qui m'a vaguement fait signe en remuant nerveusement la mâchoire.

—Je préfère le beurre de cacahuète dans les bagels…

Cat se crispa davantage en entendant ma réponse.

— … mais pourquoi pas, c'est une bonne idée !

Et le charme fut rompu, si j'ose dire.

Ruth a acquiescé en souriant et Cat s'est éclairci la voix avant de conclure.

— Eh bien, Ruth, nous avons beaucoup progressé ! Ce sera tout pour aujourd'hui !

— On a même franchi un cap important, soupira la jeune femme en posant la main sur mon épaule.

Une fois dehors, Cat a évité mon regard pendant un bon moment.

—J'avoue que je serais contrariée par ton succès avec Ruth si je n'étais pas aussi surprise par un tel changement dans *ton* comportement !

Elle s'est finalement tournée vers moi avec un sourire indulgent.

— Peut-être que cette expérience vous a été bénéfique à toutes les deux ?

— Absolument ! Maintenant je sais que je ne laisserai jamais mon gosse aller au foot sans portable !

Cat a levé les yeux au ciel, et on s'est mis en route pour Jerry's en oubliant le tofu et l'huile de foie de morue.

*
* *

Au moment de s'installer à notre table, Cat a plongé la main dans la poche de son manteau et en a tiré un petit morceau de papier.

— J'ai quelque chose à te montrer, me dit-elle en tournant le papier face à moi.

C'était une photo d'échographie ; enfin je crois. Je n'en avais vu qu'à la télé.

— Tu es enceinte ! m'exclamai-je, enthousiaste.

Radieuse, Cat a confirmé d'un signe de tête.

J'avais beau observer la photo, sans vouloir la vexer, je ne voyais pas très bien où se trouvait le bébé.

— Il est juste là, précisa-t-elle, devinant ma confusion. C'est ce tout petit truc !

— Ah, OK !

Je l'ai serrée dans mes bras par-dessus la table, en prenant soin de ne pas écraser son ventre.

— Ça alors ! Félicitations, Cat ! Je ne savais pas que c'était dans vos projets avec Billy ?

— Eh bien… disons plutôt qu'on n'était pas contre.

La plupart de mes amies sont célibataires mais j'ai quand même une poignée d'amies mariées, et parmi elles, il semblerait que l'aspect « on n'est pas contre » soit la deuxième étape de la vie conjugale. Du moins, d'après ce que j'en vois. Si vous demandez à un couple de jeunes mariés s'ils ont l'intention d'avoir des enfants, généralement, la réponse est : « Non, pas tout de suite. On veut d'abord profiter l'un de l'autre, voyager, etc. »

Vient ensuite la phase deux : les amoureux ont suffisamment passé de temps *rien que* tous les deux (voire, ils en ont même carrément marre d'être ensemble) et ils sont prêts à devenir parents. Sauf qu'ils ne le diront pas dans ces termes. Ils ne diront pas : « Nous voulons avoir des enfants. » Peut-être pour éviter d'avoir à affronter les questionnements de leur entourage, et c'est parfaitement compréhensible. Mais, au final, « ne pas être contre », c'est plus ou moins la même chose que « vouloir », non ? À quoi bon la périphrase ? Ce matin, par exemple, quand Todd m'a demandé quel était mon programme de la journée, je ne lui ai pas répondu : « Cat et moi, on n'est pas *contre* l'idée d'aller déjeuner dans SoHo. D'ailleurs, si ça te tente, tu peux te joindre à nous ? »

Quoi qu'il en soit, Cat était enceinte, et c'était une nouvelle fantastique. Je l'adorais et me réjouissait sincèrement de son bonheur. Elle m'a alors parlé de son formidable appartement, et aussi des formidables nouveaux voisins avec lesquels Billy et elle s'étaient liés d'amitié, et du fait qu'ils avaient un formidable petit garçon de deux mois qui deviendrait sûrement le meilleur ami de son bébé.

Lorsque Todd est arrivé, Cat s'est excusée de s'être étalée sur sa formidable vie et a inversé les rôles en m'interrogeant au sujet de Dirk.

— Alors ? me dit-elle avec un sourire optimiste. Comment ça va avec lui ?

— Oh... toujours pareil.

Sous-entendu, « merdique ».

Mais je n'avais pas envie de me lamenter. Je culpabilisais toujours de raconter mes problèmes perso à Cat étant donné que du fait de sa profession, elle passait littéralement sa vie à écouter les problèmes des gens. Je n'allais pas en plus lui imposer mes jérémiades pendant sa pause déjeuner. Néanmoins, elle était suffisamment intuitive pour savoir que ça n'allait pas, et ce depuis un bon moment. Comparée à la sienne, ma vie était d'une *formidable* nullité :

Surchargée de boulot et mal payée ? C'est fait.

Appart minable à peine chauffé loué à un proprio louche ? Fait aussi.

Endettée jusqu'au cou (sans collier serti de diamants autour) ? À confirmer (mais en bonne voie).

Petit ami immature dont j'ai commencé à me détacher il y a déjà six mois mais que je n'ai pas le cran de quitter ? Fait et archi-fait !

Cat a commencé à me poser des questions lourdes de sous-entendus sur Dirk. En particulier, à propos du dîner romantique ; je lui avais parlé de mon intention de cuisiner pour lui et elle voulait savoir comment s'était déroulée la soirée. Même en minimisant le désastre, mon récit n'a pas eu l'air de l'enchanter. Todd ne disait rien mais il secouait la tête d'un air réprobateur.

— Pourquoi tu tolères tout ça ? me demanda Cat.

— Je ne voulais pas faire une scène devant ses copains.

— On s'en fiche de ses copains ! Qui sont-ils pour t'empêcher de te défendre, Jordan ?

Quand elle m'appelait par mon nom, je savais que c'était la professionnelle qui parlait. Si elle avait décidé de me mettre à l'épreuve, elle utilisait toujours mon prénom. Pas « J. » ni « Jordy » comme elle le faisait le reste du temps, mais Jordan. Exactement comme quand vous étiez môme et que vos parents vous appelaient par votre prénom quand vous aviez fait une bêtise. Voire, par votre premier *et* votre deuxième prénom en cas de grosse bêtise.

— Je sais bien que personne n'a le droit de me traiter comme ça.

— Alors *pourquoi* tu ne le fais pas ? Arrête de te laisser marcher dessus !

— Tu as raison, admis-je, la langue enfoncée dans la joue. Si je ne réagis pas, tu vas voir que je vais finir par me retrouver chez le psy !

J'ai marqué une pause pour l'effet.

— Ah non, suis-je bête ! J'y suis déjà !

Cherchant du soutien, j'ai jeté un œil à Todd mais, évidemment, il a pris son parti.

— Tu mérites cent fois mieux que ce naze. Voilà, c'est dit ! Tu m'autorises à l'insulter une fois dans la conversation, au moins ?

Il n'a pas attendu ma réponse et a juste haussé le sourcil en désignant Cat.

— Cat sait ce qu'elle dit. C'est son boulot ! Enfin pourquoi tu t'acharnes avec ce type ?!

— Tu peux parler, toi ! Rappelle-moi à quand remonte ta dernière relation de plus d'une semaine ?

— À longtemps, intervint Cat, avec curiosité. D'ailleurs, comment ça se fait, Todd ? T'es en période d'abstinence ?

— Non, j'ai simplement décidé de mettre ma vie sexuelle entre parenthèses. J'en ai assez des amourettes. J'ai passé l'âge.

— Alors tu arpentes les rues du Lower East Side en quête de Madame Parfaite ? le taquinai-je.

— C'est pas là que je la trouverai, rétorqua-t-il en se levant pour aller aux toilettes.

— Ça c'est sûr ! soufflai-je à Cat. Tu sais pourquoi ? Parce qu'il a déjà éprouvé toute la population féminine du Lower Manhattan et qu'il a besoin de trouver de nouveaux pâturages à labourer.

— Autrement dit, d'un nouvel endroit où forer son prochain puits dc pétrole ?

— C'est moins poétique, mais on peut le dire comme ça, marmonnai-je en repoussant ma soupe de tomate.

★
★ ★

En sortant de l'ascenseur sur mon palier, j'ai tout de suite entendu les gazouillis de Sneevil Knievel. Donc je n'ai pas vraiment été surprise de trouver encore un mot de mon propriétaire scotché sur ma porte : « *Veuillez noté* [sic] *: j'ai appris qu'il y avait un oiseau bruyant dans votre appartement. La possession d'un animal de compagnie dans cet immeuble nécessite une autorisation, or nous n'avons aucune trace d'autorisation préalable vous concernant. Plusieurs plaintes ont déjà été déposé* [sic]. *Merci de faire taire l'oiseau ou nous nécessiterons* [sic] *de prendre de plus amples mesures.* »

Après cette magnifique prose, l'état de mon appartement à mon arrivée fut la cerise sur le gâteau. Sneevil avait réussi je ne sais comment à projeter une myriade de petits morceaux de nourriture en dehors de sa cage, par terre, sur mon bureau (sans parler des graines coincées entre les touches de mon clavier d'ordinateur), ainsi qu'à l'autre bout de la pièce, sur mon lit défait. Comme dirait mon proprio : il y avait de quoi *enrajer* [sic] !

8

Dieu est mort

Lundi matin, je suis partie travailler à vélo et, chose étonnante, personne ne m'a coupé la route de tout le trajet. Rien que pour cette raison, j'en ai déduit que la journée serait bonne.

À environ trois cents mètres du bureau, j'ai entendu quelqu'un crier mon nom.

Je me suis retournée, mais impossible de voir d'où le cri provenait. J'ai continué à pédaler, pensant que j'entendais peut-être des voix, quand soudain, un taxi est arrivé à ma hauteur et une tête familière a fait irruption à la fenêtre arrière.

— Et ton casque, alors !

C'était Stu Elliot, un de mes illustres collègues qui avait presque la même position que Lydia mais qui manquait d'agressivité (et de victimes à son tableau de chasse) pour atteindre vraiment son niveau. Je l'aimais bien. Travailler pour lui était toujours moins stressant que pour Lydia. J'aimerais pouvoir dire que c'est parce qu'il appréciait mon travail qu'il se donnait la peine de s'époumoner à propos de mon casque, mais ce n'était pas la première fois qu'un automobiliste ou un passant me criait quelque chose de ce genre. Dans la rue, les gens adorent jouer les mères de substitution.

Je ne fais pas partie des cyclistes qui refusent de mettre un casque. J'en porte presque toujours un. Simplement, parfois je suis pressée et j'oublie (ou alors j'ai un rendez-vous très important et comme je ne tiens pas à arriver avec une coupe de Playmobil, j'oublie *exprès*). Et puis, de quoi je me mêle ? Est-ce que moi je reproche aux collègues qui prennent leur satanée pause cigarette d'avoir oublié leur patch ? Jamais ! On ne pourrait pas tous se mettre d'accord pour que chacun fiche la paix aux habitudes autodestructrices de l'autre ?

Finalement, arrivée au bureau, j'ai fait un détour par le coin cuisine pour me verser mes deux tasses quotidiennes de café infect. J'avais fini par m'habituer à ce goût horrible et je savais qu'une tasse ne suffirait pas, alors je m'en versais deux d'un coup et les descendais en un temps record pour m'épargner l'aller-retour. En m'installant à mon bureau, j'ai une fois de plus été confrontée à un e-mail de mon beau-père envoyé à ma mère. Comme d'habitude, ce n'était pas mes oignons, mais ça me donna quand même presque envie de pleurer :

De :wallygator317@hotmail.com
À :judypatootie521@hotmail.com
Objet :Wally doit-il faire une folie ?

Dis-moi, ma Patootie-popotin… Sam voudrait un nouvel ordinateur portable. On cède, même si elle n'a toujours pas de boulot ? En plus, Dell peut sûrement nous faire un bon prix, nan ?

Fallait que ça cesse. Me mettre en copie de tous les messages, gâter Samantha sans la moindre gêne… et parler du postérieur de ma mère ! C'était indispensable comme commentaire, ça ? Ras le bol !

Soudain, au bout de dix minutes passées à regarder les mouches voler, ça a fait tilt : Lydia ne m'avait aboyé aucun ordre et n'avait pas couru dans tous les sens comme une furie ainsi qu'elle avait l'habitude de le faire quand on avait une importante présentation. Les grosses légumes de KidCo étaient attendues à l'agence, et des tableaux de conférence étaient en cours d'installation dans la salle de réunion. C'était d'un calme si étrange que j'ai fini par me demander si ma patronne était dans les murs. Alors je me suis levée pour aller à son bureau et, voyant sa porte légèrement entrebâillée, j'ai jeté un œil à travers l'étroite fente de façon à ne pas la déranger au cas où elle serait, en fait, en train de plancher sur sa présentation. Lydia était bien là… ainsi qu'une autre personne, de dos, à moitié assise sur le bord de son bureau. D'après la coupe parfaitement gominée, les pointes blondes peroxydées et le petit épi devant, semblable à une minuscule corne de rhino, j'en ai déduit que c'était Kurt. C'est là que j'ai surpris quelque chose que j'ai d'abord pris pour une vision, pensant que mon imagination me jouait un tour, ou même une hallucination tant ça paraissait déplacé et absurde.

Lydia était en train de lui caresser le menton.

Bon, dans un *tout* autre contexte, j'aurais pensé qu'il y avait anguille sous roche. Mais là, je me suis dit qu'il devait y avoir une explication. Peut-être qu'il s'était pris un coup de poing et qu'elle était en train de lui donner les premiers soins ? Personnellement, Kurt m'avait donné plus d'une fois envie de le cogner, donc c'était plausible.

Jusqu'à ce que je les voie s'embrasser.

Du moins, je crois qu'ils s'embrassaient. Je me suis éloignée à reculons avant de me faire repérer et j'ai essayé de me remettre les idées au clair après ce que je venais de découvrir. Lydia et Kurt ? Qu'est-ce qui pouvait faire que ma boss tombe dans les bras d'un type du service trafic, de bien dix ou quinze ans son cadet ? Moi qui pensais qu'il se passait plutôt un truc sordide entre elle et Billingsly, apparemment, j'avais tout faux.

Cette découverte me perturbait. J'avais envie de vomir ; mais pour l'heure, je n'avais pas le temps de passer à l'acte. Je vomirais dans une des poubelles à l'angle de la rue en rentrant chez moi si l'occasion se présentait. Pour l'instant, on était en mode « préparation de réunion » et ça tournait à plein régime. Dès que Kurt s'est éclipsé du bureau de Lydia (je faisais semblant d'être très absorbée par une planche de polystyrène dans le couloir afin de surveiller sa sortie), tout est revenu à la normale. Lydia s'est mise à courir dans tous les sens − encore plus que moi − entre le studio et la salle de conférence. D'ailleurs, c'était bizarre. D'ordinaire, c'est à moi qu'elle faisait faire tout ça. Mais cette fois, elle mettait la main à la pâte. Elle m'a uniquement demandé d'aller récupérer des compos à la production et de les lui ramener. Tout le reste, pour ainsi dire, elle s'en est occupée.

J'ai repris place à mon bureau, cogitant sur l'éventualité qu'elle me considère enfin comme son égale, ce qui aurait expliqué, le cas échéant, que je ne sois pas en train de me faire traiter comme une esclave. C'est alors que mon ordinateur a signalé l'arrivée d'un nouveau message :

De : judypatootie521@hotmail.com
À : wallygator317@hotmail.com
Objet : re : Wally doit-il faire une folie ?

J'en ai justement commandé un en ligne, Wal. J'aime quand nos grands esprits se rencontrent (et pas que nos esprits d'ailleurs...) LOL !

Écœurant. Vraiment. J'aurais pu en vomir sur place (décidément). Fromage à tartiner sur bagel aux graines de pavot, en l'honneur de Ruth. Comme ça j'aurais pris une longueur d'avance sur ma délivrance ultérieure.

— S'il vous plaît ! Je peux avoir votre attention à tous ?

J'ai effacé le message et levé les yeux en direction de ma boss tandis qu'une dizaine de gens du trafic et de créatifs se rassemblait dans notre espace commun.

— Nous avons parmi nous une personne extrêmement brillante et bien souvent sous-estimée, *me semble-t-il*. Elle a travaillé très dur et attend ce moment depuis longtemps, alors j'aimerais que nous l'accueillions tous ensemble dans l'équipe de création !

À ces mots, un déferlante d'excitation et de nervosité m'a submergée. J'avais vu juste : Lydia allait me donner une promotion ! Et publiquement ! C'était si soudain, si inattendu ! Mais si mérité ! Moi, la fille qui évitait les ennuis mais qui faisait toujours de son mieux pour l'agence, qui était toujours là avec une idée de génie pour une campagne de pub ou avec un article brillant sous la main, enfin mon heure était venue ! J'avais pressenti que la journée serait bonne, mais pas à ce point !

— À compter de ce jour, le service trafic comptera une personne de moins dans ses rangs...

J'ai arrêté de respirer dans l'attente qu'elle prononce enfin mon nom...

— Applaudissons notre nouveau rédacteur : Kurt Wyatt ! annonça soudain Lydia avec un semblant de sourire qu'elle tentait de réprimer de toutes ses forces.

… Et j'ai relâché mon souffle. Non, mieux que ça : je me suis littéralement dégonflée. Si j'avais été un personnage de cartoon, j'aurais voltigé à travers la pièce comme un ballon de baudruche troué, virevoltant comme une tornade jusqu'à ce que je sois entièrement vidée, que je m'écrase par terre, et probablement, que je me fasse piétiner.

Kurt était promu à MA place ? J'étais abasourdie. Je ne savais pas quoi dire. Tout le monde le félicitait, pendant que je restais là, muette, jusqu'à ce qu'il tourne la tête vers moi.

— J'ignorais que tu voulais devenir rédacteur, Kurt.

— Bien sûr que si, me répondit-il d'un air détaché. Ça a toujours été mon rêve.

Sûrement pas ! C'était MON rêve. Je le soupçonnai de l'avoir trouvé en fouillant dans les tiroirs de mon box et de me l'avoir volé. Lui s'en fichait pas mal, mais étant donné que pour moi, ça représentait *tout*, il avait décidé de le garder, juste pour me voir me désintégrer.

J'étais tellement énervée que je me suis mordu la langue ; pas pour me retenir de dire quelque chose de regrettable, mais bien au sens propre. Et ça saignait. Alors j'ai fait un détour par les toilettes pour me rincer la bouche avant de me rendre dans la salle de réunion où avait lieu la présentation KidCo. Lydia était en train de lisser ses boucles face au miroir mais dès que je suis entrée, elle est partie comme une flèche.

En entrant dans la salle Saint-Barth. (nos salles de réunion étaient nommées en souvenir de destinations de vacances ensoleillées), la présentation était sur le point de commencer. J'ai levé les yeux vers le tableau de conférence... et me suis figée net.

« Waouh, pensai-je pendant une fraction de seconde, ils ont fait une magnifique maquette en couleurs avec mes idées ! »

« Salopard, m'écriai-je intérieurement l'instant d'après. Ce sont *mes* idées sur cette maquette ! *Mes* décors de Broadway, *mes* gosses sur une chaîne de montage ! »

Toutes les propositions faites à Lydia étaient exposées là, mises en lumière, grandeur nature.

Et ma boss les avait présentées comme si c'était les siennes. Pas un mot sur moi. Elle avait volé toute ma campagne ! J'ai senti la frustration monter en moi comme jamais. Une fureur s'amorçant au creux de mon ventre et remplissant mes poumons, à tel point que si j'avais essayé, je suis sûre que j'aurais pu cracher du feu.

J'aurais bien dit quelque chose ou tout au moins brûlé ses cheveux avec mon souffle, mais les clients avaient déjà pris place autour de la table. Du moins, c'est le remarquable prétexte que je me suis trouvé une fois sortie de la salle, dans le couloir, les yeux fermés pour retenir les larmes qui voulaient percer. Si j'avais été honnête avec moi-même, j'aurais eu le courage d'admettre que de toute façon, je n'aurais jamais rien dit, même si Lydia et moi avions été les seules personnes sur terre. Mais je m'en voulais d'avoir si peu de détermination. D'être une telle dégonflée. D'être Jordan Landau, une fois de plus.

M'éloignant de la salle de réunion, j'ai marché directement vers la sortie. Pour la peine, je méritais au moins une *longue* pause déjeuner. Après avoir retiré l'antivol de mon vélo, je me suis mise à pédaler à toute vitesse, sans but précis. En arrivant à la 59ème Rue, j'ai longé Central Park et soudain, j'ai su exactement où aller.

Alice's Tea Cup, sur la 73ème et Columbus. Un petit restaurant vraiment ravissant. Dirk m'y avait emmenée au début de notre relation. L'endroit lui ressemblait si peu que je me souviens être restée sans voix et m'être demandée comment il l'avait déniché. Pour commencer, on vous proposait une centaine de thés différents, et ensuite, vous aviez le choix entre des petits pains ronds ou des *finger* sandwichs préparés selon la tradition anglaise. Tout était servi sur de jolies assiettes assorties à des sets de thé, et je suis tombée amoureuse du lieu. Et de Dirk, encore plus.

On n'y était pas retournés depuis, mais j'en gardais un souvenir si doux que c'était exactement là que j'avais envie d'être, même seule. J'ai attaché mon vélo à un poteau indiquant : « STATIONNEMENT INTERDIT ». Quand j'étais petite, la première fois que j'ai vu ce panneau, je me souviens m'être posée beaucoup de questions. Pourquoi les gens n'avaient-ils pas le droit de rester là ? Et s'ils étaient censés s'asseoir, pourquoi est-ce qu'il n'y avait pas de chaises ? Je méditais sur le sujet quand j'avais vu un policier approcher, les yeux braqués sur moi. Alors je m'étais mise à crier à tue-tête avant de tomber les quatre fers en l'air, en m'écorchant le genou gauche au passage. Lorsque ma mère m'avait demandé « quelle mouche me piquait ? » j'avais confessé que je pensais que le policier venait m'arrêter.

J'ai composé le numéro de Todd sur mon portable, tout en marchant vers le restaurant et en pestant contre cette garce de Lydia.

Tout à coup, j'ai perdu la voix. Du moins, la faculté de m'en servir.

J'ai cligné des yeux, d'abord pour m'assurer que je voyais bien, puis j'ai cligné plus fort, cette fois dans l'espoir de chasser cette vision. Mais en vain. Rien n'avait changé. Là, assis à l'intérieur du Alice's Tea Cup à une charmante petite table se trouvait Dirk, ou plutôt, se trouvai*ent* Dirk et une blondinette filiforme se tenant par la main par-dessus la table !

Comme si les choses n'allaient pas suffisamment mal. J'étais en train de descendre en vrille dans le terrier du lapin en n'ayant aucune idée du genre de goûter loufoque qui pouvait m'attendre en bas.

— Jordy, tu es là ? me dit Todd à l'autre bout du fil.

Je me suis éclairci la voix en jetant un œil à la vitrine du restaurant. Ils n'avaient absolument pas conscience de ma présence ; ils étaient seuls au monde.

— Je suis en train de regarder Dirk.

— Quoi ?

— Dirk se trouve à environ cinq mètres en face de moi, dans un endroit que je croyais être *notre* endroit... main dans la main avec une autre fille !

— Quel crétin ! Elle est mignonne au moins ?

— Oui, Todd. Elle l'est. Sans compter qu'elle est mince et qu'elle a des cheveux superbes. Je hais ma vie !

— C'est peut-être sa sœur ?

— Il n'a *pas* de sœur.

— Tu les emmerdes, elle et ses cheveux. Et lui aussi, va lui dire d'aller se faire voir !

Mais j'étais incapable de bouger. J'ai continué à les regarder, le téléphone rivé à l'oreille, pendant que Todd me hurlait dessus en m'ordonnant de riposter. En voyant la fille rire aux paroles de Dirk, je me suis demandé si j'avais moi aussi entendu ces mots.

— Jordan, il se passe quoi, là ?

— Il lui écarte une mèche du visage, chuchotai-je (on se demande bien pourquoi).

— Elle a peut-être un morceau de pain collé sur la joue ?

Sans répondre, j'ai continué à regarder.

— Et maintenant, qu'est-ce qu'ils font ?

— Je ne vois pas bien.

— Pourquoi ?

— Parce son visage est très près du sien.

— Ah... merde.

— Bon, c'est peut-être rien...

— C'est ça. Il est peut-être en train de lui enlever le morceau de pain en lui léchant le visage.

— Qui sait ? Il y a peut-être une explication...

— C'est quoi ton problème, Jordan ?! brailla soudain Todd. Tu cultives l'art d'être une carpette ou quoi ?

Non, pas du tout. Mon problème, c'est que je ne voulais pas que tout ça soit réel.

Mais les choses ont empiré.

J'ai relevé les yeux vers eux, et cette fois, aucun doute, ils étaient bel et bien en train de s'embrasser. Un beau patin dans les règles.

— Il l'embrasse ! dis-je à Todd, plus du tout en chuchotant.

— Bon sang, quel salaud ! Va l'*affronter* !

— Non, je ne peux pas. Tout ce que je veux, c'est que ça s'arrête !

— Alors, *fais* ce qui faut pour, Jordan !

— Faut que je te laisse.

J'ai raccroché au nez de Todd et suis restée plantée là, jetant un dernier coup d'œil au spectacle. Je ne voulais pas regarder, mais en même temps, je n'arrivais pas à détourner les yeux. J'étais totalement écœurée. Et en prime, il s'est mis à pleuvoir.

Comme je rebroussais chemin vers mon vélo, j'ai eu l'impression que Dirk m'avait vue. Tout au plus, qu'il avait regardé dans ma direction. Mais je me suis dispensée de faire le pied de grue pour découvrir s'il m'avait surprise... en train de le surprendre.

★

★ ★

Je m'éloignais du désastre en distinguant à peine la route à cause des larmes qui dégoulinaient sur mon visage. Je ne pleurais même pas de façon intense ; je ne faisais que pédaler et les larmes continuaient à couler, inondant mes yeux et voilant tout sur mon passage.

Je repensais à toutes les conneries que j'avais dû supporter, à toutes les fois où j'aurais dû rompre avec lui et où je ne l'avais pas fait. Maintenant, je n'avais plus le choix.

Les questions fusaient dans ma tête. Depuis combien de temps il la voyait... s'il y en avait d'autres... s'il était plus gentil avec elles qu'avec moi. En clignant des yeux pour chasser une nouvelle larme, j'ai aperçu un graffiti sur un mur :

DIEU EST MORT
Nietzsche, 1883.

Youpi. Donc, en résumé : mon petit ami me trompait, je n'avais pas eu de promotion, ma patronne avait volé et utilisé mes précieuses trouvailles, les incertitudes sur mon avenir financier planaient encore plus que mon dealer de proprio, ma famille me traitait comme un chien face à un tronc d'arbre, et visiblement, Dieu était mort depuis cent vingt-quatre ans.

Tout compte fait, ce n'était pas une si bonne journée. Loin de là.

C'est alors que je me suis mise à voler.

À flotter, libre comme le vent... enfin, juste le temps qu'il faut à un corps humain pour parcourir trois mètres cinquante dans les airs au-dessus d'un capot de voiture et s'écraser, tête et épaule en premier, sur le bitume. Je ne sais pas exactement ce qu'il s'est passé. En revanche, je me souviens d'un énorme bourdonnement suivi d'une sensation de coup de tonnerre qui essayait de remonter tant bien que mal le long de ma colonne vertébrale pour éclater dans mes oreilles.

— Mon Dieu ! a crié une voix environ six fois d'affilée.

Je gardais les yeux fermés pour empêcher la tempête d'exploser dans ma tête mais je sentais quand même qu'une ombre faisait écran à la lumière. J'avais l'impression que la moitié de mon visage était en sueur. En tirant la langue pour lécher le coin de ma bouche, j'ai compris que c'était du sang. Je ne comprenais absolument rien à ce qui se passait. Comme je cherchais à me raccrocher à des pensées, différents visages ont fait irruption dans mon esprit : Kurt, Lydia, Dirk, Samantha, M. Phallus. Tous ont échappé à mon emprise mentale, filant comme des zèbres. Alors je me suis tournée vers ceux qui étaient plus proches – ma mère, Todd, Cat – mais même eux se sont dérobés à moi, et j'ai subitement eu l'impression d'être en train de me noyer.

Autour de moi, on se posait beaucoup de questions. *Est-ce qu'elle va bien ? Qui est-ce ? Vous avez vu l'accident ? Est-ce que quelqu'un a vu ce qui s'est passé ?*

Les mots voltigeaient au-dessus de moi. Une fois de plus, j'ai entendu quelqu'un dire : « *Qui est-ce ?* »

Je les entendais parler et j'aurais pu leur dire mon nom. Mais quel intérêt ? De toute façon, c'était qui, cette Jordan Landau ? Quelqu'un que je ne voulais *pas* être.

L'obscurité s'est faite plus dense, mais je n'étais pas en train de mourir ; c'était juste des ombres, des formes. À travers les fentes de mes paupières, je pouvais encore distinguer un peu les choses.

Une en particulier. Quelque part au-dessus de moi se trouvait un ange.

— Tout va bien, mademoiselle ?

C'était l'ange qui parlait ; un voile d'inquiétude assombrissait son doux visage.

En tournant la tête vers lui, j'ai senti des cheveux collés à ma joue.

— Non, je... pas bien.

Puis tout s'est mis à tourbillonner de plus en plus vite.

J'ai senti mon corps et mon esprit partir à la dérive, inexorablement.

— C'est tellement…

— Douloureux ? me demanda l'ange.

— Oui, merci, j'ai eu mon compte.

9
Retour à la case zéro

J'entendais les hurlements de l'ambulance en bruit de fond. Ça me faisait vaguement penser à un chant nuptial. Toutes ces sirènes qui me tendaient la main... ou qui disaient peut-être juste aux autres de s'écarter. Lorsque les médecins sont arrivés sur place, l'un d'eux a parlé de m'immobiliser. Ils m'ont fait rouler sur le dos et ont commencé à découper mes vêtements pour localiser les hémorragies. Mon corps ricochait entre lucidité et inconscience, et des objets apparaissaient en gros plan devant moi, me faisant sursauter comme jamais, puis devenaient flous et s'évanouissaient sous mes yeux. Soudain, une minerve est venue envelopper mon cou. Je me souviens qu'on a branché des trucs sur mon front et ça m'a fait peur. Quelqu'un n'arrêtait pas de dire : « Restez éveillée. Surtout, restez avec moi ! »

J'entendais l'autre médecin parler au téléphone à l'infirmière des urgences. Il disait que j'avais un peu plus de vingt ans et que je pesais soixante-sept kilos. J'avais bien envie de lui dire que mon poids ne le regardait pas, mais son « un peu plus de vingt ans » a suffi à me donner un sentiment de bien-être illusoire. Alors, je suis restée étendue, sans bouger, pendant que son collègue m'assaillait de questions, sans doute pour me maintenir consciente.

— Quel était le nom de votre premier animal de compagnie ? Depuis combien de temps roulez-vous à vélo ?...

Mon premier compagnon à poils était un lapin nommé Thumper, ça, je le savais. J'ai ouvert la bouche pour lui répondre mais de nouveau, j'ai été prise de vertiges. Alors j'ai refermé les yeux. En entendant le type au téléphone préciser « véhicule automobile contre vélo », je me souviens parfaitement m'être dit que le duel n'était pas équitable.

Une fois aux urgences, une autre équipe a commencé à me poser toute une série de questions. C'était étourdissant — non pas les questions en soi, somme toute assez basiques, mais la vitesse à laquelle elles fusaient. Comment je m'appelais ? Quel âge j'avais ? Qui était mon plus proche parent ? Ajouté aux martèlements dans ma tête et aux éclairages au néon juste au-dessus de moi, tout ça était déroutant et me demandait beaucoup trop d'effort de concentration. Alors, une fois de plus, j'ai simplement fermé les yeux, même si, dans mon souvenir, une grosse larme a quand même eu le temps de se faufiler et de rouler le long de ma joue.

Ensuite, la première chose dont je me souviens, c'est une lumière aveuglante filtrant à travers mes paupières. J'étais allongée, les yeux fermés face au contre-jour, et me concentrais sur le son d'une voix masculine qui donnait naissance à des mots. Je n'avais pas encore ouvert les yeux mais j'entendais bien quelqu'un parler.

— Tout semble normal jusque-là. Pupilles normales, les photos du scanner montrent une fêlure crânienne. Je vais lui faire une IRM et sans doute un ÉEG pour détecter d'éventuelles lésions au cerveau. Elle restera ici au moins jusqu'à demain, le temps pour nous de réaliser davantage d'examens.

— Merci, docteur, répondit une voix – indubitablement, celle de ma mère qui semblait étrangement faible.

Puis, j'ai commencé à entendre les autres. Samantha la première.

—Je n'arrive pas à croire qu'elle soit tombée de vélo. Comme une gosse de CP !

Vint ensuite le tour de Walter, qui prit ma défense :

— Sam, ma chérie, elle a été renversée par une voiture.

— Pendant qu'elle est là, elle devrait demander qu'on lui répare le nez, ajouta ma sœur, pleine d'espoir. Ses narines ont tendance à se *dilater*.

— Son nez est bien comme il est, objecta mon beau-père.

Mais Samantha en remit une couche.

— Sinon, elle n'a qu'à se faire refaire les seins. Ou subir une liposuccion ?

J'ai ouvert les yeux en clignant les paupières, stupéfaite par ce que je venais d'entendre.

— Pour ma part, observa ma mère, tant qu'à être coincée dans un lit d'hôpital, je pense que je n'aurais rien contre une petite séance de bistouri. Mais bon, Jordan est à l'aise avec ce physique...

Et pendant ce temps, pas un pour remarquer que j'avais ouvert les yeux ! Ils ne faisaient même pas attention à moi, trop occupés qu'ils étaient à planifier mon opération de chirurgie esthétique ! Je n'avais pas beaucoup d'expérience en matière de réveil à l'hôpital après un important trauma, mais à ma connaissance, ce n'était pas censé se passer de cette manière. Finalement, après avoir jeté un œil dans ma direction, ma mère a réalisé que j'étais réveillée.

— Jordan, Dieu merci tu vas bien ! On était si inquiets !

Je l'ai fixée d'un air absent. Ils n'étaient pas inquiets mais en train de me disséquer comme un rat de laboratoire.

— Hé ho, Jordan ? Elle a perdu des neurones dans la bataille ou quoi ?

Ça, ça venait de ma sœur, toujours aussi bienveillante.

J'avais envie de faire la sourde oreille à tout ce qu'ils disaient, mais hélas, j'avais déjà commis l'erreur d'ouvrir les yeux. Alors je me suis remémoré la dernière conversation que j'avais eue avec Todd : lui me disant d'aller affronter Dirk... moi répondant que je ne pouvais pas, que je voulais que tout ça s'arrête... et lui de répliquer que les choses ne s'arrêtaient pas comme ça, que je devais faire ce qu'il fallait *pour*.

— Tout va bien, Jordan... ?

Ma mère.

Elle avait l'air inquiète, mais en la voyant se pencher vers moi, j'ai eu l'intime conviction qu'elle était plutôt préoccupée par un bouton sur mon front. Même dans un moment pareil ! Je mourais d'envie de me faire dorloter par une mère... mais pas par la mienne. Ça ne m'aurait pas dérangée de renoncer à cette mère pendant un temps. De lui trouver une remplaçante pendant qu'elle retournerait à l'école pour apprendre à aimer.

Ce dont j'étais certaine en tout cas, c'est que je n'avais plus envie d'écouter les délires mesquins ni l'égocentrisme obsessionnel de ces gens. Je ne voulais pas être liée à eux. Ni les connaître. Toutes ces personnes autour de moi, et pas un seul bon souvenir parmi elles. Tandis que je balayais la chambre du

regard, une étrange brume teintée de bleu les enve-
loppa ; bizarrement, tous semblaient froids et petits.
Vraiment, j'aurais préféré me réveiller ailleurs.

Ou bien dans la peau d'une autre.

— Jordan ? répéta ma mère.

C'est là que j'ai eu le déclic. Todd avait raison. Il y
avait bien un moyen de mettre un terme à tout ça.
D'accomplir dans la réalité ce que je n'avais pas réussi
à faire en simulation avec Cat.

J'étais sur le point de me lancer dans le rôle de ma
vie. Il me fallait un nouveau départ. J'en avais besoin
plus que tout.

J'ai cligné des yeux plusieurs fois de suite et me suis
tournée vers ma mère.

— Bonjour, balbutiai-je d'un ton confus et innocent. On se connaît ?

Ma mère a hésité, comme si elle ne saisissait pas la
question.

— Jordan, ma chérie, te voilà enfin réveillée !

Mon regard s'est fait plus insistant.

— D'accord, mais... qui êtes-vous ?

Au second plan, j'ai vu Sam arrêter de tortiller ses
cheveux et se tourner lentement face à moi.

— Qu'est-ce qu'elle vient de dire ?

Mon regard oscillait à présent entre ma mère, Sam
et mon beau-père Walter. Je me suis arrêtée sur lui.

— Qu'est-ce que..., marmonnai-je, bouche bée,
qu'est-ce que je fais ici ?

— Peut-être que si on lui met une gifle, ça va la faire réagir ? proposa Sam en s'approchant pour avoir un meilleur angle d'attaque.

Walter leva les bras.

— Du calme, s'interposa-t-il avec humeur, personne ne bouge jusqu'à ce que je revienne. Je vais chercher le médecin.

Tous m'ont dévisagée fixement, et je les ai fixés à mon tour, le regard aussi vide que possible.

Après que j'ai feint l'ignorance absolue concernant toutes les personnes présentes dans la pièce, l'accident, mon lieu de travail, mon domicile, et presque tous les détails les plus insignifiants de mon existence, le docteur s'est penché vers moi.

— Jordan ?

J'ai laissé mon regard dériver comme si c'était à ma mère, à ma sœur ou à l'infirmière qu'il s'adressait. Lesquelles m'ont observée d'un air dubitatif. Le médecin a pris une profonde inspiration avant de se prononcer. N'ayant aucune raison de soupçonner une simulation de ma part, et conforté dans son hypothèse par mon importante blessure à la tête, il a expliqué à ma famille que mon amnésie pouvait être une réaction temporaire causée par le traumatisme de l'accident.

Je n'en croyais pas mes oreilles... ils étaient en train de tout gober !

La dernière fois où j'avais essayé de jouer la comédie, j'avais sept ans et j'interprétais le rôle d'un arbre dans un spectacle de l'école. Je n'avais pas une ligne de texte mais tout le monde m'avait trouvée très convaincante. Aujourd'hui, après toutes ces années, il s'avérait que j'avais un talent caché pour incarner l'ingénue abasourdie et complètement à côté de ses pompes. Qui l'eût cru ?! Il suffisait que je fasse semblant de ne pas savoir qui j'étais, ni qui étaient les autres, et je rentrais chez moi en femme libre. Un vrai jeu d'enfant ! Pourquoi personne n'avait jamais eu cette idée ? Enfin, peut-être que quelqu'un y avait déjà pensé en fait. Si ça se trouve, tous les amnésiques sont des comédiens qui, un jour, ont éprouvé un besoin vital de rompre momentanément avec leur existence ?

Mes parents avaient l'air préoccupé, mais pour ce que j'en savais, eux aussi pouvaient très bien faire semblant. Peut-être qu'on avait tous ce talent dans la famille et que personne n'en avait conscience ? Le docteur a expliqué qu'ils allaient devoir consulter un spécialiste. Comme mon beau-père fronçait les sourcils en l'écoutant, ma mère s'est approchée pour le masser entre les yeux et décrisper son front. Une brigade antirides à elle seule ; si quelqu'un fronçait les sourcils en sa présence, elle intervenait immédiatement pour y mettre fin. Elle possédait même ces petits triangles adhésifs que vous vous collez entre les deux yeux pour empêcher votre peau de bouger. Ça m'a toujours étonnée qu'elle ne se trimballe pas avec pour les flanquer à l'aveuglette sur le front des passants.

Samantha s'est avancée au bord de mon lit, l'air sceptique ; j'ai soutenu son regard.

— Tu ne te rappelles vraiment de rien ?

— Je me souviens que j'ai un lit mais je ne sais plus très bien où, répondis-je en feignant la confusion.

— Je suis ta sœur, ajouta Sam d'une voix légèrement chantante comme si j'étais une attardée.

J'ai continué à la fixer un peu, puis j'ai fini par tourner la tête vers ma mère.

— Je l'aime bien, dis-je à ma mère en souriant. Elle a l'air gentille !

— Mon Dieu, commenta discrètement mon beau-père, sincèrement alarmé, elle a *vraiment* perdu la mémoire.

Au même moment, Todd a déboulé dans la pièce, hors d'haleine. Manifestement affolé, il a jeté des regards furtifs autour de lui, d'abord au docteur et à ma famille, puis s'est arrêté net face à moi. La crainte se lisait dans ses yeux, et pour la première fois depuis mon réveil, en dépit du fait que ma tête me faisait un mal de chien et que la pièce tournait autour de moi, j'ai éprouvé un réel soulagement. Parmi tous ceux qui avaient franchi la porte de cette chambre, je savais qu'il était la seule personne se souciant véritablement de moi.

— Jordy, tu vas bien !?

Je voulais lui répondre, mais, dans mon mensonge, je tenais aussi à rester honnête. Alors je me suis contentée de regarder vaguement autour de moi, sollicitant tacitement l'avis du docteur.

— Il se peut qu'elle ne vous reconnaisse pas, dit ce dernier à Todd en m'observant avec attention.

Puis, l'homme se tourna vers ma mère et Walter.

— Ça peut être un peu pénible pour elle de se trouver en présence de gens qui lui semblent inconnus. Il faudrait...

— Non, le coupa ma mère, lui, ça va. On peut limiter le nombre de visites mais eux se connaissent depuis toujours. Peut-être même qu'elle se souvient de lui. Qu'en dis-tu, ma chérie ?

— Est-ce que vous faites aussi partie de ma famille ? demandai-je à Todd avec optimisme.

— Elle est amnésique, lui précisa ma mère.

Todd s'est approché timidement pour écarter une mèche qui me tombait dans les yeux.

— Eh bien..., dit-il avec ce sourire nigaud si caractéristique, on s'est mariés quand on avait sept ans, donc, techniquement, oui, ça fait de nous une famille.

— Si je peux me permettre, je vous rappelle que j'ai faim, intervint soudain Sam.

Apparemment perturbé, Walter lui chuchota quelque chose.

— Je suis contente que tu sois là, Todd, tenta ma mère, avant que mon beau-père ne lui murmure quelques mots à elle aussi. Dis-moi, Jordan...

Elle remarqua une pointe d'interrogation dans mon regard.

— Jordan, répéta-t-elle, une main posée sur mon bras. C'est ton nom, tu te souviens ? Ça ira si on t'abandonne une minute pour aller à la cafétéria ?

— Aucun problème, je ne bougerai pas d'ici.

— Voici Todd, c'est lui qui va te surveiller, ma chérie. Tu peux lui faire confiance, vous avez grandi ensemble.

Le docteur a également pris congé, après avoir fait quelques recommandations en privé à ma mère et à Walter. Puis, tous les quatre – le docteur, ma mère, Walter et Sam – sont sortis en file indienne de ma chambre en jetant un dernier coup d'œil au phénomène que j'incarnais.

Todd était là. Donc, maintenant, mes parents et ma sœur se sentaient dispensés de rester. Ils avaient fait leur devoir, la relève était arrivée, et il leur fallait un casse-croûte. J'ai regardé rapidement la porte pour m'assurer qu'ils étaient bien partis.

À la fois mal à l'aise et apeuré, Todd se tenait droit comme un i à l'entrée de la pièce.

— Est-ce qu'ils peuvent nous voir ? lui chuchotai-je.

— Euh… non, me répondit-il, intrigué.

— Et est-ce que tu vois des caméras de surveillance ? demandai-je encore.

On a tous les deux inspecté le plafond du regard, angle après angle.

Puis, j'ai tapoté mon matelas d'un geste enthousiaste en agitant une multitude de tubes et de fils au passage, pour lui faire signe d'approcher.

— Bon, Todd, rassure-toi, je vais bien. Je ne suis pas vraiment amnésique.

— *Quoi ?!*

— Chut ! Écoute, j'ai juste besoin de remettre les compteurs à zéro. J'ai une vie de merde.

— QUOI ?! s'écria-t-il encore plus fort — pas forcément pour que je me répète mais plus pour contester ma tentative de justification.

— Tu veux bien m'écouter deux minutes ?

Je me suis expliquée, sans quitter la porte des yeux.

— Je n'en peux plus. Ma vie entière est un désastre et j'en ai plus qu'assez. Alors, à partir d'aujourd'hui, je fais peau neuve. Mais tu ne dois rien dire à personne — ni à tes parents, ni aux miens, et encore moins à Cat. Tu n'en parles ni à ton chien ni à un inconnu, tu ne l'écris pas, tu n'y penses pas ! Contente-toi d'oublier tout ce que je t'ai dit. Fais comme si tu étais amnésique ! Du moins, en ce qui concerne cette conversation.

Il n'avait pas l'air convaincu.

— S'il te plaît, fais-le pour moi. Tu es le seul en qui je puisse avoir confiance…

— T'es complètement folle !

— Non, la démence ne s'attrape pas en s'ouvrant le crâne. Je vais m'en tenir à l'amnésie.

— Très drôle, me coupa-t-il en levant les yeux au ciel d'un air désapprobateur.

— Alors, tu m'aides ?

— Sûrement pas.

— S'il te plaît ? l'implorai-je.

— Non, Jordan, c'est du sérieux là !

— Sans blague. Justement il s'agit de ma *vie !*

— Mais et les médecins, ta famille... ? Plein de gens sont concernés dans cette histoire !

— Et tu peux me dire où sont passés tous ces gens si concernés ? Les membres de la charmante famille dont tu parles viennent de te refiler la corvée Jordy moins de cinq minutes après avoir appris que leur fille souffrait d'un traumatisme crânien si important qu'elle est incapable de se souvenir d'eux. « *Allez, ma Judy Patootie ! Sortons manger un bout et parler davantage de la plastique de Jordy maintenant qu'elle a repris conscience et qu'elle peut nous entendre !* » Ah, et puis, pas de doute, un de ces quatre, mon tendre petit ami finira bien par faire un saut ici. D'ailleurs, qui sait ? Il viendra peut-être avec sa maigrelette bien que plantureuse copine de chez Alice's Tea Cup !

Todd est devenu si livide que j'ai failli appeler l'infirmière pour qu'on lui trouve un lit dans une chambre voisine.

— Écoute, je sais ce que tout ça implique, Todd, et je suis sincèrement désolée de faire perdre son temps à la médecine. Mais je ne fais pas complètement semblant. Je suis blessée, et j'ai le crâne fracturé − c'est quand même pas rien ! Sans compter que j'ai mal à la tête et tu ne fais qu'empirer les choses en refusant de m'aider.

J'ai senti qu'il commençait à flancher.

Alors j'ai rejeté le mode dérision et adouci mon approche.

— J'en ai besoin, je ne supporte plus ma vie. Et vu la souffrance physique que j'endure en ce moment, mon traumatisme crânien finira de toute façon par reprendre le contrôle de ma vie pourrie. Mais, pour l'instant, j'ai besoin d'un peu de temps pour remettre les choses au clair. Accorde-moi juste ça, s'il te plaît, Todd. J'ai vraiment besoin d'une pause.

— Dans ce cas, pars en vacances !

— Je n'en ai pas les moyens !

D'un air suppliant, je l'ai fixé avec des yeux de cocker à travers mes paupières gonflées ; non sans mal, j'ai même essayé le coup des battements de cils. Todd a fini par éclater de rire.

— OK, mais uniquement parce que je t'adore.

— *Yes !* triomphai-je en frappant le matelas d'un coup de poing. Merci, merci, merci ! Bon, j'ai besoin que tu me rendes un service : apporte-moi tout ce que tu trouves sur l'amnésie. Cherche des infos sur Internet ou questionne le personnel de l'hôpital. Il faut que tout ça ait l'air crédible !

— Et qu'est-ce que ça m'apporte à moi ?

— N'oublie pas que je suis ta femme. *Pour le meilleur et pour le pire*, tu te souviens ? Alors, considère que la fois où j'étais ivre en deuxième année de fac et où on s'est bécotés toute la soirée, c'était pour le meilleur. Et maintenant... c'est pour le pire.

Il a roulé des yeux, puis s'est affalé sur la chaise à mon chevet en m'arrachant la télécommande des mains. Todd était vraiment la seule personne sur laquelle je pouvais compter quelle que soit la situation.

— Je suppose qu'on va passer pas mal de journées devant la télé ? me dit-il.

— Ouais, comme quand on était étudiants !

— Je peux te piquer un Jelly-O ? demanda-t-il, la main déjà plongée dans mon paquet de bonbons à la gelée.

— Ils sont tout à toi.

— Parfait.

— Tu vois : tu commences déjà à trouver ton intérêt dans cette affaire.

— C'est ça.

Il a marqué une pause, se bagarrant avec le plastique qui enrobait le Jelly-O, avant de finalement l'enlever et de fixer la dragée d'un air absorbé, comme s'il voyait à travers.

— Qu'est-ce qu'il y a ?

— Le bonbon est un bon début mais... je me demande si les infirmières verraient un inconvénient à ce qu'on se soûle et qu'on se pelote toute la journée ?

En le voyant plonger à nouveau la main dans le sachet, je me suis rappelé pour quelle raison Todd était mon meilleur ami : subitement, j'avais le sentiment que tout allait bien se passer.

10
Tendance du jour :
Mercure et amnésie rétrograde

L e lendemain, Samantha a réapparu à mon chevet en début de matinée, me dévisageant d'un air perplexe et penchant la tête d'un côté puis de l'autre comme si elle avait décidé d'imiter Sneevil Knievel. J'étais surprise de la voir, notamment parce qu'elle semblait être venue seule. Mais, quelques minutes plus tard, ma mère est arrivée à son tour, une grande composition florale dans les bras cachant son visage.

— C'est moi ! lança ma mère derrière ses chrysanthèmes araignées et ses lys roses. Tu as vu comme ces fleurs sont belles ! Ça te plaît ?

— Oui, la remerciai-je tandis qu'elle posait le bouquet sur la table près de mon lit.

J'ai tendu le bras pour attraper la carte glissée dans la composition entre un brin de gypsophile et une tige et l'ai lue à voix haute.

— « *Accroche-toi, Judith*. Signé : *les Rosens*. »

Relevant les yeux vers ma mère, je me suis interrogée – toujours à voix haute :

— Judith ? Eh bien je crois que j'ai vraiment un souci ! J'aurais juré qu'hier vous m'aviez dit que je m'appelais Jordan.

— Désolée, chérie, bafouilla ma mère en s'agitant d'un air gêné. Cette carte n'aurait pas dû être là.

Elle s'est empressée de me la prendre des mains et de la fourrer dans son sac à main.

— Ces fleurs ont été livrées à la maison. Judith, c'est moi. Je les ai simplement apportées pour égayer la chambre. Mais elles étaient adressées à toute la famille, toi y compris. Et en effet, tu t'appelles bien Jordan.

— Ça t'aiderait si je te montrais quelques photos ? me proposa soudain Sam. Histoire de faire travailler ta mémoire… ?

— Je ne sais pas… quelle genre de photos ? répondis-je en prenant une voix légèrement alarmiste pour la forme.

— Rien de compromettant.

Sam a attrapé son sac à dos Prada pour en sortir un iPod flambant neuf ; sûrement un cadeau acheté la veille par ma mère pour consoler sa fille, celle qui n'a pas de fracture crânienne ni d'amnésie. Ma sœur a commencé à faire défiler les photos sur l'écran en me les montrant une par une.

— Tu te souviens de ça ? C'était pendant une université d'été. Moi, j'étais la fille la plus populaire mais toi tu n'avais pas vraiment d'amis, alors je t'avais autorisée à fréquenter les miens.

— Non, aucun souvenir, répondis-je. Ouah ! C'est moi là ? Et qui est cette petite grassouillette à mes côtés ?

— Je n'étais pas grosse ! Ce chemisier était une taille XL et il tombait bizarrement sur moi, c'est tout.

Sur ce, ma sœur a brusquement écarté l'iPod pour passer à une autre photo.

— Et ton bal de fin d'année, tu t'en souviens ? Tu faisais une crise d'urticaire. Bon sang, t'avais vraiment une sale tête ! Tu n'avais pas envie d'y aller mais tu ne voulais pas annuler non plus. De toute façon, au final, ton cavalier n'est pas venu donc ça n'a rien changé. Tu t'en rappelles ? Là, c'est toi dans ta robe de bal quand tu l'attendais. Difficile d'oublier ça quand même !

J'ai secoué la tête en souriant d'un air docile. C'était si délicat de sa part d'essayer de me rafraîchir la mémoire avec les pires événements de mon horrible passé !

Puis, Sam a fait apparaître une nouvelle photo. Elle y a jeté un œil et immédiatement tenté de passer à la suivante.

— C'était quoi, *celle-là* ? lui glissai-je avec insistance.

— Ça ne te dira rien, répondit froidement ma sœur.

Pourtant, quelque chose me dit que je savais exactement quelle photo elle voulait me cacher.

C'est alors que j'ai vu Dirk, debout, dans l'embrasure de ma chambre, en train de me regarder, sans doute dans l'attente d'une réaction de ma part. Je lui ai lancé un vague sourire en haussant légèrement les sourcils, et il est entré.

— Salut, me dit-il, avant d'embrasser ma mère sur la joue et de traverser la pièce pour venir à mon chevet. Tu te souviens de moi ?

J'ai fait mine de faire un effort de concentration, allant même jusqu'à plisser le front (au grand dam de ma mère si elle s'en était aperçue).

— Non, désolée, finis-je par mentir d'une voix douce, innocente et... ahurie. Je ne me souviens pas.

— J'étais ton petit ami. Ça faisait environ deux ans qu'on sortait ensemble.

— Ah, murmurai-je en réalisant soudain qu'il avait employé le passé.

Peut-être qu'il m'avait bel et bien vu chez Alice's ?

— Tu dis que tu *étais* mon petit ami ? répétai-je avec un sourire adorable. Ça veut dire qu'on a rompu ?

— Non, pas du tout ! se reprit-il aussitôt. En fait, tu étais très amoureuse de moi.

— Ah oui, *très* ? Et toi, tu l'étais ? répliquai-je plus fort, d'un ton enfantin et optimiste.

— Oui, bien sûr.

ERREUR ! La bonne réponse était : « *non, je te traitais comme une merde et je te trompais* » ! Mais merci d'avoir joué avec nous !

— Je suis vraiment désolée de ne pas me souvenir de toi mais ne t'inquiète pas, je suis sûre que ça me reviendra.

Dirk paraissait confus et légèrement déçu. Je suppose qu'il pensait que même avec un traumatisme crânien et de sérieuses pertes de mémoire, je me souviendrais *forcément* de lui. Après tout, c'était Dirk La Longue Dague !

— Je t'emmènerai chez moi quand tu sortiras d'ici, je suis certain que ça te rappellera des souvenirs. On y a vécu beaucoup de bons moments.

Profitant de cet instant de gêne, tandis que Sam méditait sur le sens de « bons moments », j'ai sauté sur l'occasion pour m'emparer de son iPod et jeter un œil à la photo que ma sœur avait essayé d'éclipser. Bingo. Après l'avoir observée un bon moment, j'ai dissimulé un sourire avant qu'elle s'aperçoive de mon geste.

Dans les bras de Sam, les lèvres collées à lui, se trouvait Bo Caldwell, mon copain de l'époque, que ma charmante sœur avait essayé de me piquer, non sans succès. Leur histoire avait duré environ deux semaines : quinze jours pendant lesquels elle l'avait poussé à me tromper, plus quatre jours jusqu'à ce que je découvre le pot aux roses. La nouveauté n'ayant plus d'attrait, elle avait ensuite plaqué Bo, décrétant sans doute que s'il s'était contenté de moi, ce n'était finalement pas une si bonne prise. Puis elle avait jeté son dévolu sur le petit copain d'une autre qui, lui au moins, était plus de son âge. Elle gardait cette photo comme un trophée, la première preuve tangible de son affligeante victoire sur moi. À sa place, j'aurais juste savouré ce souvenir et détruit cette photo peu flatteuse ; ses cheveux avaient beau être attachés, son énorme chouchou n'arrivait pas à dissimuler le balayage maison raté qu'elle s'était fait une semaine auparavant. D'ailleurs, cette anecdote lui avait valu de devenir une légende dans le quartier. Je me contenterai de dire que ses mèches ressemblaient davantage à des zébrures, qui auraient dû être blondes mais qui, au final, ont viré à l'orange. Elle avait pleuré pendant deux jours et demandé au coiffeur de ma mère de réparer les dégâts, mais ce dernier avait jeté l'éponge. Sans oublier son appareil dentaire qui, pour reprendre ses termes, « lui avait gâché deux ans de sa vie », et qui ne faisait rien pour arranger son look somme toute... atroce.

— Tu as l'air très amoureuse sur cette photo, Sam ! C'est ton petit ami ? lui demandai-je gentiment.

— Hm... pff..., s'empêtra-t-elle.

Apercevant la photo juste avant que ma sœur ne me reprenne l'iPod des mains, Dirk s'est mis à rire aux éclats en voyant ses cheveux. Je n'ai rien dit, observant simplement ce beau tandem d'incurables menteurs. C'était donc ça ma vie ? C'était ces gens-là qui m'entouraient ? Et la solidarité entre sœurs, alors ? Au fait, Dirk, je t'ai vu avec ton cure-dent à nichons hier, et je sais que tu me trompes ! Si je ne faisais pas semblant d'être amnésique, crois-moi que je ne me gênerais pas pour te dire ce que je pense ! Mais je me suis abstenue. Il le fallait. Pour autant, c'était drôle de le voir tout peiné que la simple présence de sa beauté virile ne me dise absolument rien.

Samantha et ma mère ont mis Dirk au courant de la situation. Je ne comprenais toujours pas pourquoi il s'était donné la peine de venir. Se pouvait-il qu'il se sente un tout petit peu coupable ?

— Alors, tu ne te rappelles pas du tout ce qu'il s'est passé juste avant l'accident ? me demanda soudain Dirk en m'observant de près.

A-Ah ! Donc, il m'avait vue chez Alice's.

— Je ne me souviens de rien. Point.

— Oh… je suis désolé de l'entendre, bredouilla-t-il, faisant exploser tous les détecteurs de foutaises du coin.

Puis, il s'est assis près de moi pendant quatre minutes additionnelles avant de m'annoncer qu'il devait « filer » mais qu'il repasserait prendre de mes nouvelles.

Todd était chez lui, en train de se documenter sur l'amnésie pour moi. L'idée était que je sache ce qu'il fallait faire et ne pas faire pour entrer dans la peau de quelqu'un qui ne se souvient plus qui il est, ni comment il a atterri là. Il a appelé ma chambre juste à temps : j'avais presque mémorisé le menu de l'hôpital et j'étais à deux doigts d'être entièrement absorbée par *La Force du destin* à la télé.

Contrairement à ce qu'on croit, les repas servis dans les hôpitaux ne sont pas tous indispensables, mais pour vous convaincre que vous avez le choix, on vous fournit un menu. En réalité, ce choix ressemble davantage à un examen d'entrée à l'université, avec le même présage d'avenir incertain si vous cochez les mauvaises cases : une page recto-verso et des cercles à noircir au crayon papier HB. Je suis très sérieuse. Vous sélectionnez vos plats, hachurant où bon vous semble, et parfois, vous êtes surpris par ce qu'on vous apporte. Soit parce que vous avez oublié ce que vous aviez choisi, soit parce que ce qu'il y a dans l'assiette ne ressemble pas vraiment à ce que vous aviez imaginé lors de la commande – à supposer que ça ressemble à quelque chose.

— Deux poux commencent leur vie ensemble, m'expliqua Todd à l'autre bout du fil.

Aussitôt, j'ai compris que le sujet allait tourner à la plaisanterie. Todd était connu pour ses blagues idiotes, catégorie tout public.

— Hum...

— L'un des deux remporte un succès immédiat, et l'autre essuie un échec complet. Naturellement, ce dernier se fait alors connaître comme étant le moindre *mâle*.

— Très malin.

— Bon, en clair, la bonne nouvelle, c'est qu'il n'y a pas de règles absolues. Les amnésiques ne perdent pas seulement la mémoire : ils ne se rappellent pas ni qui, ni comment ils étaient avant. Parfois, un autre aspect de leur personnalité se manifeste alors que leurs souvenirs sont enfouis.

Il parlait comme un médecin et je trouvais ça assez mignon. C'est incroyable tout ce qu'on trouve sur Internet.

— Donc, une personne timide et influençable peut tout à coup se montrer agressive et sûre d'elle ?

— Si elle y est prédisposée, oui.

J'ai deviné un sourire de conspiration se dessinant sur son visage. Dans la vie, il y a des gens sur lesquels on peut toujours compter. Quoi qu'il arrive, ils feront front avec vous contre vents et marées. Si j'ai bonne mémoire (et en principe, contrairement aux apparences, c'était mon cas), c'est le comédien Dave Attel qui disait : « un copain, ça vous aide à vous bouger, alors qu'un ami, ça vous aide à bouger le cadavre ». Et comment !

Cet ami, c'était Todd. D'ailleurs, l'ironie de la chose, c'est qu'il m'aidait à bouger un cadavre à ce moment-là : le mien. Mon ancien moi. Ci-gît le corps de Jordan La Docile, qu'elle repose en paix. Son existence fut sans intérêt et son entourage limité, mais fort heureusement, son opportuniste de mère, son beau-père bienveillant mais bien brave, et sa sale gosse de sœur pourrie gâtée lui survivent. Plutôt que des fleurs, merci d'envoyer vos dons à la fondation Pour Une Nouvelle & Meilleure Jordan. Elle aura besoin d'un paquet d'espèces pour s'acheter sa nouvelle garde-robe, dîner dans des restaurants chic, et pourquoi pas, suivre un cours dans une matière qui, sans le savoir, l'a toujours intéressée.

— Il y a des tonnes d'infos sur le Web, continua Todd. Au fait, tu sais qu'il existe une amnésie dite « de Korsakoff » liée à l'excès d'alcool ?

— Et ?

— Rien, je te le dis, c'est tout. À mon avis, sans le savoir, j'étais atteint de ce syndrome en fac, et ça m'a valu des notes injustes.

— Donc… ?

— Oui, donc il y a tout un site consacré au traitement de l'amnésie mais je n'ai pas pu y accéder. Il faut un nom d'utilisateur et un mot de passe, et ça coûte quatre-vingt-dix-neuf dollars.

— Pas bête ! Ils espèrent sans doute que les pauvres amnésiques ne se souviendront jamais qu'ils se sont inscrits et qu'ils continueront à casquer.

— En revanche, j'ai découvert qu'il existe deux moyens principaux d'accéder à la mémoire. La reconnaissance et le rappel. Le premier implique un processus de comparaison de l'info grâce au souvenir. Dans ce cas, c'est l'expérience qui stimule la mémoire et qui fait naître des souvenirs…

— Maintenant j'ai l'impression que c'est moi qui suis atteinte du syndrome de Roskoff…

— Tu permets que je finisse ? Arrête de me couper et écoute-moi. Le rappel, lui, implique d'abord une recherche de souvenirs, puis un processus de comparaison. On se *rappelle* en centrant son attention sur un souvenir.

— D'accord alors si je comprends bien, la reconnaissance, c'est une impression de familiarité ?

— Exactement. Comme de reconnaître quelqu'un que tu connais.

— Mais on peut se rappeler sans reconnaître ?

— Absolument. Par contre, reconnaître sans se rappeler, c'est plutôt comme moi pendant un contrôle à l'école : tout allait bien tant que j'avais la feuille de réponses sur les genoux.

— Je pourrais très bien ne pas reconnaître ma mère...

— Oui, mais tu pourrais te rappeler qu'Angelina Jolie est une personne célèbre...

— ... et la reconnaître lorsqu'elle viendrait me voir à l'hôpital ?

— C'est ça. D'ailleurs, quand vous commencerez à vous rouler des pelles...

— On étudie ma fausse amnésie ou tes fantasmes tordus, là ? le coupai-je.

— Pourquoi pas les deux ? suggéra Todd, presque suppliant. Bref, quoi d'autre ? Ah oui, écoute ça, c'est énorme : d'après les spécialistes, il existe aussi une grosse différence entre la mémoire épisodique et la mémoire procédurale. Un peu comme on distingue les émotions et les faits purs et simples – images, chiffres, pas de danse, etc.

— Ce qui signifie que je sais encore faire du vélo mais que je ne me souviens pas d'un mauvais investissement affectif tel que Dirk ?

— Précisément, approuva Todd. Attends, il y a d'autres choses… Je n'ai plus les données en tête mais j'ai trouvé plein d'infos intéressantes sur les cures de phytothérapie, par exemple.

— Tu n'es pas censé chercher un moyen de me soigner, mais de m'aider à *truquer* tout ça.

— Je sais mais ça vaut le coup de se renseigner. Apparemment, le Brahmi Booti est un très bon remède à base de plantes.

— Le *Brahmi Booti* ?

— Le Brahmi Booty ? répéta la voix de Cat que je reconnus instantanément. Comme les Veggie Booty au chou ou les Pirate's Booty au cheddar ? J'*adore* ces biscuits !

J'ai levé les yeux vers mon amie tandis qu'elle s'approchait de mon lit en souriant, à la fois triste et inquiète. Je m'en voulais énormément, comme si je mentais à ma meilleure amie. Et pour cause.

— Non, je n'ai pas touché au bouton d'appel mais merci de m'avoir appelée ! brodai-je avant de raccrocher au nez de Todd.

À présent, j'allais devoir faire mon cinéma à Cat. Elle qui comprenait on ne peut mieux les rouages de l'esprit, qui gagnait sa vie en les décortiquant, et qui me connaissait si bien… Ça n'allait pas être facile mais je n'avais pas le choix. J'ai donc fait semblant de ne pas la reconnaître. Dans toute cette comédie, c'est la scène qui m'a le moins plue ; et ça sentait déjà le réchauffé. Pourtant, il fallait que j'en passe par ce malaise initial pour pouvoir réinventer ma vie et faire peau neuve.

— Salut, me dit-elle avec ce regard empreint de compassion que je ne méritais absolument pas. Comment ça va ?

Je ne la connais pas. « Rentre-toi ça dans le crâne, me répétai-je en silence : tu ne reconnais *pas* cette personne ! »

— Salut, répondis-je platement à Cat.

— Tu te souviens de moi ?

— Non, m'excusai-je en haussant les épaules d'un air penaud.

— Moi, c'est Cat, dit-elle avec un sourire rassurant. On est amies depuis toutes petites. Toi, moi et Todd. Les Trois Mousquetaires !

— Ah oui… Todd. Je l'ai rencontré. Il est venu ici. Très gentil.

— Comment tu te sens ? Tu souffres beaucoup ?

— Ça va, plus ou moins. J'ai surtout la migraine.

J'ai penché légèrement la tête pour lui montrer l'ampleur des dégâts sur mon crâne.

— Je suis désolée de ne pas me souvenir de vous, ajoutai-je d'un ton pitoyable.

— Ne t'en fais pas, ça reviendra. Je vais t'aider à retrouver la mémoire.

Puis, elle s'est assise sur la chaise à côté de mon lit. On n'avait pas grand-chose à se raconter étant donné qu'on était de parfaites inconnues, mais Cat n'avait pas l'air d'avoir envie de partir. Un silence pesant s'est installé.

Puis un truc atroce s'est produit. Un nouvel épisode de *La Force du destin* a démarré à la télé, et voyant là une échappatoire à cette situation insolite – faire face à votre meilleure amie qui ne vous reconnaît pas –, Cat s'est lancée dans un rappel des faits en me retraçant tous les épisodes précédents.

— Tu regardes cette série ?

— Pas vraiment, dis-je en détournant le regard avec indifférence. J'ai un peu de mal à suivre.

— Eh bien, pour comprendre, il faut d'abord que tu saches que...

Et elle a entamé un épique voyage oratoire à travers une douzaine de saisons de *La Force du destin*, justifiant le plus infime revirement de l'intrigue par dix autres digressions, et me laissant un peu plus au bord de l'anesthésie générale à chaque révélation d'un nouveau personnage. Le pire, c'est que je connaissais déjà l'histoire dans ses moindres détails. Je me souvenais de chaque mariage, naissance, dispute, liaison, divorce, trahison, mort – mais non, qu'est-ce que je raconte ! Ce personnage n'est pas vraiment mort ! Donc, je devais supporter non seulement la honte de m'être consacrée à une cause aussi vaine, mais également l'ennui d'être obligée d'en revivre tous les instants. À un moment, j'ai cru qu'elle allait s'emmêler les pinceaux avec le récit palpitant des publicités qui encadraient notre feuilleton ; mais j'ai souri en me souvenant que c'était pour ça que j'adorais cette fille. Cela dit, si j'avais pu attraper le pied de sa chaise, je l'aurais arraché pour lui mettre un bon coup sur la tête.

— Bonjour ! hurlai-je presque en voyant ma mère arriver. Je te présente, euh…

— Je sais qui est cette personne, Jordan, me coupa ma mère. Cat, c'est très gentil de ta part de lui tenir compagnie.

— Cat, répétai-je en fixant ma volubile amie tandis qu'elle me disait au revoir en refoulant ses larmes.

Cat, Cat, Cat.

Je l'ai montrée du doigt pour leur faire comprendre que je prenais mentalement note des faits : elle, c'est Cat.

— Merci d'être venue me voir.

J'avais une envie folle de lui demander des nouvelles du bébé qu'elle portait, de son mari, de l'appartement. Mais subitement, une pensée m'a rappelée à l'ordre : je n'étais pas censée me souvenir de quoi que ce soit.

Troublée, j'ai repensé à ce légendaire moyen de torture du Moyen Âge : les oubliettes. On jetait les prisonniers dans d'étroits cachots souterrains, et on les oubliait jusqu'à leur mort. *Ça devait ressembler à ça, une véritable amnésie. Mais dans le sens inverse. Mourir d'envie de se souvenir... où est-ce que j'avais bien pu creuser ce trou, moi ?*

*
* *

— Jordan a effectivement une légère commotion, expliqua le neurologue en feuilletant plusieurs pages de résultats d'examens.

Eurêka, une commotion ! L'accessoire serait parfait pour mon amnésie !

— Les troubles de la mémoire concernant les événements précédant le traumatisme sont ce qu'on appelle une amnésie rétrograde.

Les yeux errant au milieu de la pièce, et une mèche de cheveux entortillée au bout du doigt, je faisais semblant de ne pas être intéressée.

— C'est de ça qu'elle souffre ? demanda ma mère.

— Nous le pensons. La commotion de Jordan est la cause la plus fréquente de ce type d'amnésie. Elle va sûrement subir certains symptômes post-commotionnels : fatigue, vertiges, maux de tête et difficultés de concentration. Même après une commotion bénigne, les pertes de mémoire temporaires sont généralement inévitables.

— Il fallait que ça arrive à Jordan ! commenta Samantha. Remarque, tant mieux : après tout, qui ne voudrait pas oublier une existence aussi minable ?

Ma sœur s'est tournée vers moi en plissant les yeux, comme pour voir si elle était sur la bonne piste. Mon cœur s'est mis à battre la chamade mais au lieu de paniquer, je me suis léchée les lèvres en faisant semblant d'avoir la bouche pâteuse pour éluder son exécrable présence. Et le fait qu'elle avait vu juste.

— Bon et combien de temps ça va durer ? s'enquit ma mère.

À son ton, j'aurais juré déceler une pointe d'agacement dans sa voix, sous-entendant que cette petite crise d'amnésie était un désagrément majeur pour elle.

— En général, ce type de symptômes se dissipe au bout de cinq jours au maximum.

Cinq jours ? Ah non, toubib, ça n'arrange pas mon affaire, ça ! Il me faut du temps pour exploiter ce filon. Or je n'ai même pas commencé à *oublier* ! Il y a forcément erreur.

— Cependant, plus la commotion est grave, plus les symptômes persistent. Dans le cas d'un traumatisme crânien important et d'une commotion, ça peut durer six mois.

En entendant ça, j'ai eu toutes les peines du monde à me retenir de faire du trampoline sur mon lit d'hôpital. On venait de me donner le feu vert pour six mois ! J'exultais, le sourire jusqu'aux oreilles. Ma mère m'a jeté un coup d'œil.

— Bizarre, observa le docteur. Elle semble transportée de joie par cette nouvelle. C'est clairement un signe de délire euphorique.

« Exact, me ressaisis-je intérieurement. On n'a jamais vu un être sensé jubiler au mot *commotion*. » J'ai vite modifié l'expression de mon visage, laissant l'inquiétude prendre le pas sur la joie, le désarroi sur l'enthousiasme.

Et de nouveau, d'un simple claquement de doigt, j'étais une demeurée.

Lumières... caméra... je ne suis plus *moi* !

— Alors je vais peut-être rester amnésique six mois ? demandai-je au docteur.

— Avec un peu de chance, vous retrouverez la mémoire beaucoup plus tôt. Nous avons de nouveaux traitements très prometteurs auxquels j'aimerais que vous vous soumettiez très vite. Nous allons vous garder ici une nuit de plus, ensuite, vous serez transférée au service rééducation.

Je lui ai adressé un faux regard plein d'espoir, sachant pertinemment qu'aucun de ces traitements n'aurait d'effet sur moi. Puis, une infirmière est entrée dans la chambre avec un gigantesque – j'ai bien dit *gigantesque* – bouquet de fleurs.

— Service livraison ! chantonna-t-elle en déposant la gerbe près de mon lit.

Ma mère semblait interloquée.

— De qui ça vient ?

— Aucune idée, répondis-je. Je vais regarder la carte.

Tandis que j'ouvrais la petite enveloppe insérée dans le bouquet, ma mère avança une hypothèse :

— C'est sûrement Dirk. Quel geste attentionné.

— Non : *Travis*, la contredis-je.

Soudain, l'idée que j'aie pu devenir *réellement* amnésique m'a effleurée. J'ai examiné la carte pour m'assurer que je ne lisais pas de travers, et l'ai retournée pour vérifier qu'elle m'était bien adressée. Pas de doute, c'était bien mon nom écrit au recto.

— Est-ce que je connais un dénommé Travis ?

— Je n'en sais rien.

L'infirmière a réapparu avec une autre surprise. Cette fois, une énorme boîte de chocolats.

— On nous a également livré ceci pour vous.

— Pour le coup, ça ne peut être *que* Dirk ! commenta ma mère avec certitude.

J'ai ouvert le petit mot glissé dans la fente de la boîte. Toujours de la part de ce Travis. Alors j'ai lu la carte à voix haute :

— « *Ne savais pas ce qui vous ferait plaisir. Voulais juste prendre de vos nouvelles. Je m'en veux terriblement de ce qui s'est passé. J'espère que vous allez bien. Travis.* »

— Qui est Travis ? m'interrogea ma mère.

— Peut-être le type qui m'a renversée ?

— Fais-moi voir ça, dit-elle en me prenant la carte des mains.

Elle a scruté la carte en la relisant au moins cinq fois.

— Ce jeune homme a bien du culot de miser sur l'ambiguïté pour essayer d'éviter un procès ! s'exclama-t-elle, furieuse. Comme s'il avait la moindre chance ! Croyez-moi, il va en prendre pour son compte !

★
★　★

C'était quasiment impossible de s'endormir dans cet hôpital, et même si par bonheur j'y parvenais, une infirmière débarquait dans ma chambre en pleine nuit et me réveillait pour un examen neurologique. Elle vérifiait la taille de mes pupilles et se mettait à me poser toutes sortes de questions.

« Comment s'appelle notre président ? Avez-vous une idée de l'heure qu'il est ?... »

L'objectif n'était pas de fournir une réponse précise ; elle voulait juste vérifier que je faisais le distinguo entre le jour et la nuit. Sans parler de la question que je détestais le plus : « Est-ce que vous savez où vous êtes ? » Chaque fois, je devais batailler contre une irrésistible envie d'hurler « *T'ES DANS LA JUNGLE, BÉBÉ !* » façon Guns N' Roses.

Les infirmières me faisaient serrer leurs mains, puis elles appuyaient sur mes pieds en me demandant de « pousser comme sur une pédale d'accélérateur ».

J'étais sous intraveineuse de mannitol pour réduire mon œdème cérébral. Donc parfois, lorsqu'elles venaient me réveiller, il leur arrivait de rester plus longtemps pour changer ma perfusion. C'était épuisant. Surtout quand elles s'y mettaient à plusieurs et qu'elles se sentaient obligées de m'expliquer point par point ce qu'elles faisaient.

— C'est une thérapie de déshydratation pour réduire la pressure intracrânienne par diurèse osmotique, m'expliquait l'infirmière. Dit comme ça, ça peut sembler compliqué, mais en gros, c'est un diurétique pour votre cerveau.

On me l'avait déjà dit cent fois. Au tout début, notamment, quand ma mère était là. Elle avait eu l'air étrangement satisfaite par cette explication. « Diurétique », ma mère connaissait bien ce terme, et Dieu sait qu'elle l'adorait. Dans son esprit, l'équation avait dû être simple : j'allais perdre du poids. Il n'y avait qu'elle pour envisager un séjour à l'hôpital comme une bonne occasion de faire une cure minceur.

11
Je fais un bonnet C, bon sang !

L e lendemain matin, on m'a transférée au service rééducation. J'ai été prise en charge par un nouveau médecin et soumise à trente-six mille tests neuropsychologiques auxquels je ne voulais être ni reçue, ni recalée. Je me triturais les méninges pour deviner quelles réponses diagnostiqueraient une amnésie temporaire de six mois résultant d'une légère commotion mais laissant la patiente dans un état fonctionnel et sans danger pour elle-même ou autrui, et lesquelles me vaudrait d'être enfermée dans une chambre sous haute surveillance jusqu'à ma remise en liberté.

Ensuite, l'équipe médicale a tranquillement continué avec un test de Rorschach qui fut une *vraie* partie de plaisir. J'avais toujours eu envie de passer ce genre de tests mais l'occasion ne s'était jamais vraiment présentée. Il y avait dix planches de taches d'encre, dont cinq en noir et blanc, trois en noir et rouge, et deux multicolores. J'étais censée dire ce que je voyais sur chacune d'elles, mais ils m'avaient tellement déstabilisée avec toutes leurs questions pour évaluer mon degré d'amnésie, que j'ai pris ça à la rigolade. Des réponses biscornues pourraient indiquer des lésions au cerveau et une pathologie neurologique, ou tout simplement témoigner de créativité et de fantaisie, non ?

Lorsque le docteur m'a montré la première planche, j'ai dit que je voyais un papillon. Un, parce que ça m'en avait tout l'air, et deux parce qu'il y avait fort à parier que quatre-vingts pour cent des gens auraient répondu la même chose. La seconde ressemblait à une grosse goutte, donc j'ai opté pour une toile de Picasso à ses débuts ; quant à l'image suivante, elle m'a fait penser à la Floride.

Quand il a levé la première planche en noir et rouge face à moi, j'ai d'abord comparé la tache à un gnome, et puis je me suis vite ravisée :

— *Non !* C'est Arnold Schwarzenegger !

S'ensuivit un test de dessin destiné à évaluer ma mémoire visuelle. On me mettait une image sous le nez pendant dix secondes, et j'étais ensuite censée reproduire ce que j'avais vu. La plupart était de simples formes géométriques, mais tout ça a fini par m'ennuyer alors j'ai dessiné des arbres et des arcs-en-ciel.

Ensuite, mon médecin attitré a évoqué les nouveaux traitements qu'ils voulaient mettre à l'essai. Je n'avais pas idée de ce dans quoi je me fourrais, mais je n'ai pas tardé à le découvrir. On m'a envoyée dans une chambre au huitième étage et je me suis retrouvée face à un étrange panel d'individus en peignoir — de toute évidence, des patients — et face à une passionnée des Grateful Dead[1] aux cheveux longs grisonnants avant l'âge, connue sous le nom de Dr Debra. Elle avait une paire de lunettes pendue à son cou par une longue chaîne, une chemise en batik et une jupe gitane qui lui tombait jusqu'aux pieds. Elle s'est redressée et nous a indiqué son nom qui était écrit sur un tableau noir.

— Je suis le docteur Debra. Bienvenue à notre thérapie par la danse.

Étonnée, j'ai balayé la pièce du regard. Bizarre, je ne me souvenais pas m'être inscrite à ce cours. Mon hypothèse sur les gens simulant l'amnésie m'a de nouveau traversé l'esprit. Et si j'avais raison ? Si personne n'était réellement amnésique et s'il existait une société secrète regroupant des individus agissant exactement comme moi ? S'ils sont tous dans le coup, comment leur faire savoir que je suis des leurs ? À moins qu'ils ne s'en doutent déjà… puisqu'ils savent que l'amnésie n'existe pas ! Alors, on serait une sorte de club, en fait ?

---

1. Groupe de rock psychédélique américain des années 1960. *(N.d.T.)*

Soudain complètement flippée, je me suis empressée de chercher le regard de chaque personne dans la pièce. Qu'on me fasse un signe, quelque chose ! Mais, rien. Personne n'a réagi. Le Dr Debra était-elle aussi au courant ? Non, c'était impossible. À mon avis, elle pensait sincèrement que sa tenue démodée soulageait ses patients. Après tout, elle n'était sûrement pas la seule à être restée bloquée aux années 1970.

— Que chacun choisisse un partenaire ! Si vous n'en trouvez pas, venez me voir.

Tout le monde a commencé à se mettre par deux. Un homme m'a souri timidement. Dégarni sur le sommet du crâne, il portait un cardigan qui avait dû appartenir à son grand-père puis à son père avant que cet objet de famille et sa puanteur intergénérationnelle ne lui reviennent enfin. Comme il se dirigeait vers moi, j'ai jeté un rapide coup d'œil aux alentours, réalisant, hélas, que toute échappatoire était exclue.

— Bonjour, je m'appelle Paul.

— Bonjour.

— Commencez à onduler lentement en parlant à votre partenaire, indiqua Debra. Dites ce qui vous passe par la tête ! Oscillez et communiquez, tout en pas chassés et pourparlers ! Laissez-vous porter et emporter... Allez-y !

Je confirme : je ne me suis *pas* inscrite à ça ! Paul s'est lancé sans réserve, et tout à coup, je suis devenue sa cavalière. Il fallait que je le suive. Je me suis donc mise à bouger un tant soit peu – grosso modo, à danser, mais au sens (très) large du terme. Pour info, je n'ai jamais aimé danser. Sans doute parce qu'à la base, je ne suis pas très douée. Cela dit, je trouve que de manière générale, c'est embarrassant pour tous les intéressés. Même ceux qui regardent.

Soudain, Paul m'a dit un truc auquel je ne savais pas trop quoi répondre :

— J'ai dix-huit ans, me souffla-t-il avec nostalgie.

Il était évident que cet homme avait dans les quarante ans. Et il faisait bien son âge.

— Pourquoi ai-je l'air si vieux ?

— Mais non, voyons, pas tant que ça, répondis-je, tentant de le réconforter.

— Pourtant, on ne dirait pas que j'ai dix-huit ans. Ils essaient de me faire croire que j'en ai quarante-sept mais ce n'est pas vrai ! J'ai dix-huit ans !

— Oui, oui, je vous crois. Vous avez dix-huit ans.

— Allez-y, enlacez-moi. Les responsables du bal ne regardent pas !

Bon Dieu ! Que pouvais-je faire ? J'ai pris ce pauvre type dans mes bras et compté les minutes jusqu'à ce que ça se termine.

Je n'ai qu'une chose à dire : lui ne faisait vraiment pas semblant. Soudain, je me suis sentie terriblement coupable de mon stratagème. Et au même moment, j'ai réalisé que j'avais autre chose sur la conscience : Sneevil Knievel était chez moi et personne ne prenait soin de lui.

Samantha était manifestement rentrée de son voyage à Cancún, mais elle ne s'était pas donnée la peine de prendre des nouvelles de l'oiseau, ni de me demander les clés de mon appart pour aller le récupérer. Quel genre de mère était-elle ? *A priori*, le même spécimen que la nôtre.

Idéalement, il aurait fallu que Todd passe prendre mes clés pour aller s'occuper du canari. Sauf que mes coups de fils étaient limités, et qu'à peine de retour dans ma chambre, enfin tranquille, j'ai vu arriver Walter.

C'est drôle : le premier jour de mon hospitalisation, tout le monde s'était montré concerné, disponible et inquiet. Mais à présent, seulement deux jours plus tard, mon cas était de l'histoire ancienne. Je voyais bien que ce brave Walter était un peu gêné d'être là mais il voulait que quelqu'un représente la famille.

— On a monté un dossier sur toi. Le docteur nous a dit que ça pourrait t'aider à retrouver la mémoire.

Il m'a tendu ledit dossier avec précaution, comme si son contenu déciderait du sort d'un agent secret. L'agent Jordan, se faisant passer pour n'importe qui sauf elle.

— Merci, répondis-je, sachant que ça ne changerait rien au problème.

— On va s'en sortir, ma chérie.

Tout ça paraissait vraiment bizarre. Et il y avait de quoi. Puis, il m'embrassa sur le front, et ce faisant, je me suis senti incroyablement petite. Comme une enfant qui cherche l'attention de son père, lui ou quelqu'un d'autre, qui en a besoin, la sollicite, mais ne l'obtient pas. Ou pas assez, pas de la bonne manière. J'avais conscience que ce baiser signifiait qu'il partait même s'il venait juste d'arriver. C'était un prix de consolation. Un cornet de glace plutôt qu'une séance de balançoire ensemble.

— Je sais, soupirai-je.

Oui, je savais que je m'en sortirais. Mais ça ne m'a pas empêchée d'être subitement submergée de chagrin. Mon beau-père s'est tourné une dernière fois vers moi avant de partir, et j'ai eu l'impression que c'était une autre qu'il regardait. Celle que j'aurais pu être. Quelle sensation étrange… comme s'il pensait que je ne reviendrais jamais. J'étais mal pour lui. Je savais qu'il avait essayé de faire de son mieux pour m'aimer. Et pour quelqu'un qui ne m'était pas apparenté, il avait déployé bien plus d'efforts que n'importe quel membre de ma famille.

J'ai ouvert le dossier qu'ils avaient constitué. Il contenait quelques photos, mais surtout des informations. Et des infos *erronées* !

— C'est faux ! N'importe quoi ! Je ne pèse pas autant ! Mais comment peuvent-ils être au courant du jour où j'ai perdu ma virginité ?!

Tout ça était l'œuvre de Sam de A à Z. C'était clair.

— Et puis, merci mais je fais un bonnet C, pas B !

— Vous m'avez parlé ? s'étonna une infirmière avec hésitation.

— Non... je parlais toute seule.

— Ah ! Euh... vous avez une nouvelle visite.

En levant les yeux du dossier, j'ai alors vu la pire des sales voleuses d'idées avec ses cheveux crépus et sa tête de Peau-Rouge : Lydia. Mais qu'est-ce qu'elle fichait ici ? *Ça*, bonne question ! Elle s'est mise à me parler trèèès lentement, pendant que l'infirmière s'assurait que je ne paniquais pas à la vue de cette inconnue.

— Bonjour, moi, c'est Lydiaaaa. Je suis votre supérieure chez Splaaaash, notre agence de puuuub. On travaille enseeeeeemble.

Alors là, j'allais vraiment m'amuser.

— Ah oui ?

— Oui, depuis maintenant deuuuux ans.

— Vous êtes ma patronne, alors ? Est-ce que je gagne beaucoup d'argent ?

Elle s'est dandinée d'un pied sur l'autre, visiblement mal à l'aise.

Quel régal !

Les balbutiements ont cessé, laissant place aux petites piques :

— Eh bien, oui, il me semble que vous gagnez correctement votre vie.

— Merci, lui dis-je, histoire d'en rajouter.

— Comment vous sentez-vous ?

— Mieux, je crois.

J'allais profiter au maximum de la situation.

— Vous avez l'air très sympa. Pour l'instant, c'est difficile à expliquer mais tout est assez vague pour moi. Comme si je n'avais pas de reflet dans le miroir. Cela dit, je parie que vous et moi, on fait du bon boulot ensemble ?

— Je... oui, bien sûr. On est une équipe. J'ai joué un rôle clé dans votre carrière.

Elle s'est assise sur l'unique chaise prévue pour les visiteurs.

De son côté, pressentant qu'il n'y aurait pas de crise d'hystérie, l'infirmière a pris congé.

— N'hésitez pas à appeler en cas de besoin, me lança-t-elle avant de partir.

Lydia s'est éclairci la voix avant de poursuivre.

— Vous vous souvenez de quelque chose concernant l'agence ? Ce qui s'est passé avant votre accident ? me demanda-t-elle d'un ton plein de sous-entendus.

Elle s'est penchée, vraisemblablement impatiente d'entendre ma réponse, pendant que je prenais sur moi de toutes mes forces pour ne pas lui hurler ses quatre vérités.

— J'ai des bribes de souvenirs. Un immeuble. Une énorme photocopieuse couleur crachant des affiches. Des téléphones qui braillent quand quelqu'un veut vous voir...

— Les Interphones de bureau, confirma Lydia sans me quitter des yeux.

— Mais les gens, ce qui s'est passé, non. Je ne peux pas vraiment dire que je m'en souvienne.

— Aucun souvenir d'un éventuel incident ? insista-t-elle d'un ton ragaillardi.

— Pas qui vous concerne en tout cas. Votre visage ne me dit rien.

J'ai poussé un soupir en faisant tout mon possible pour me faire monter quelques larmes de crocodile aux yeux.

— Je suis désolée. Je vois bien qu'on n'était pas de simples collègues de travail. On était sûrement amies aussi, n'est-ce pas ?

Lydia a pris une profonde inspiration avant de sourire.

— Ne vous en faites pas. Nous nous ferons de nouveaux souvenirs.

— Ça, j'y compte bien ! Alors on était bien amies ?

— Oui... bien sûr qu'on l'était.

Sale menteuse.

Mais bon, une fois de plus : qui étais-je pour juger puisque je n'étais plus moi ?

— On déjeunait ensemble et tout ?

Elle a tiré d'un coup sec sur un fil décousu du coussin de la chaise, le regard fuyant, cherchant n'importe quoi pour éviter le mien.

— À l'occasion, répondit-elle, évasive.

Tiens donc, je voudrais bien savoir laquelle !

— Et, comment dire..., enchaîna ma boss. Pensez-vous pouvoir encore faire preuve de créativité ?

— Je ne sais pas... Vous voulez dire, en pub ? Oui, je peux toujours essayer.

Là, j'ai vu qu'elle commençait à perler. De petites gouttes de sueur se formaient sur sa lèvre supérieure, et son front luisait de plus en plus. Je crois qu'elle a changé de couleur au moins dix fois en l'espace de trois secondes. Elle était à la fois soulagée que je ne me souvienne de rien mais angoissée que je ne sois peut-être plus capable de faire son boulot à sa place, et donc tiraillée entre l'espoir que je retrouve la mémoire dans cette optique, mais anxieuse pour le reste. C'était un spectacle extrêmement plaisant. Le pire, c'est qu'elle essayait d'affecter la gentillesse, ce qui n'était absolument pas programmé dans son code génétique.

— Bien, à présent, je vous laisse vous reposer. Remettez-vous vite d'aplomb, on espère tous vous revoir bientôt parmi nous !

— Je l'espère aussi. Merci pour la visite, mon amie ! m'exclamai-je, un peu comme une attardée.

Lydia s'est levée puis s'est dirigée vers la porte. Elle s'est retournée une dernière fois en m'adressant le sourire le plus hypocrite que j'aie jamais vu, qu'elle ponctua par un grommellement — « merde » pour être précis — pas tout à fait aussi discret que prévu.

Ju-bi-la-toire.

★
★ ★

Après environ une semaine de thérapies et de diagnostics en tout genre, mes journées commençaient à devenir prévisibles. Mon calvaire débutait par la thérapie de danse, ensuite, j'essuyais une série de tests, faisais des dessins et rencontrais des spécialistes qui, de temps à autre, ajoutaient une nouvelle trouvaille à la sauce.

Parfois, les docteurs utilisaient un jargon médical que je ne comprenais pas pour parler de certaines régions atteintes de mon cerveau, par exemple, l'hippocampe : une zone cérébrale « indispensable dans le processus de mémorisation et de traitement des informations, tant pour la mémoire déclarative qu'épisodique ». On m'a informée que, généralement, les lésions de l'hippocampe avaient des conséquences sur les souvenirs antérieurs au traumatisme, ce à quoi j'étais confrontée. J'entendais les mots mais je bloquais sur leurs impacts phonétiques. Par exemple : quand on prononçait le mot « hippocampe », immédiatement, je visualisais un bivouac d'hippopotames. J'allais même encore plus loin en repensant aux Hippos Gloutons, le jeu de société pour enfants où il faut appuyer comme un dingue sur la queue de son hippo pour qu'il dévore un maximum de billes. D'ailleurs, ça me rappelait aussi un tee-shirt qu'on m'avait offert en hommage à ce jeu. Il représentait un hippopotame haussant les épaules avec en légende : « EN VÉRITÉ, JE NE SUIS PAS AUSSI GLOUTON ».

Il y avait également ces drôles de visiteurs qui allaient et venaient, et dont le raisonnement était aussi impénétrable que les intentions. Ce n'était ni des médecins ni des infirmières, mais ils semblaient être là en mission officielle. Ils m'interrogeaient sur ma capacité à accomplir certaines tâches, sur mon état de santé, sur ce qui m'était agréable, et surtout, ils faisaient bien attention à ne pas me vexer. Ils me demandaient quels médicaments on m'avait administrés, si je me sentais déprimée depuis mon admission à l'hôpital, si j'avais déjà envisagé de me faire du mal, à moi ou aux autres, et enfin, comment je me sentais psychologiquement parlant.

J'entendais les mots « capacité » et « consentement » et, systématiquement, mes pensées s'égaraient : taux d'alcoolémie lors de soirées étudiantes, débat sur l'avortement, devoir d'avis et de consentement du Sénat sur la nomination des juges à la Cour suprême, affichettes sur les murs de restaurants. (J'ai mémorisé que cette chambre avait une *capacité* limitée à 241 personnes. Mais ce serait grave si on dépassait ?) L'un dans l'autre, j'avais une mémoire exceptionnelle. En revanche, depuis l'accident, ma capacité de concentration, elle, avait indéniablement baissé.

En outre, j'ai fait un autre constat par rapport à mon séjour dans cet hôpital : il n'y avait pas *un* médecin mignon. Je passais le plus clair de mes journées à regarder des feuilletons à l'eau de rose ayant chacun leur propre hosto peuplé de jeunes toubibs et d'infirmières sexy, mais le mien, zéro ! Alors j'ai noté dans un coin de ma tête de penser à écrire à la chaîne. Il fallait leur signaler que ces séries étaient de la publicité mensongère, et à supposer qu'une personne décide d'aller passer quelques jours à l'hôpital dans le seul but de rencontrer un docteur craquant avec de belles tablettes de chocolat et un sourire ravageur, elle serait tristement déçue.

Todd est entré dans ma chambre en regardant autour de lui, intrigué par le nombre croissant de compositions florales envahissant la pièce.

— Qui t'a envoyé toutes ces fleurs ?

— Le type qui m'a renversée. Il me fait livrer un truc tous les jours. Ma mère veut lui faire un procès, mais moi je trouve qu'il a l'air très gentil.

— Ça, c'est l'ancienne Jordan qui parle. Bref, je suis passé à ton appart comme tu me l'avais demandé. À propos, ton piaf est complètement détraqué.

— C'est pas *mon* piaf, comme tu dis ! Mais pourquoi ? Qu'est-ce qu'il a ?

— Il est juste ultra-bruyant et il balance ses graines partout. Je te préviens, je ne ferai pas le ménage. Je te laisse ce plaisir.

Mon téléphone s'est mis à sonner.

— Bonjour, Jordan, c'est Lydia, vous vous souvenez ? Je vous ai rendu visite l'autre jour. On travaille ensemble ?

Évidemment que je me souviens de toi, espèce de sale fouine vicieuse !

— Ah, oui ! La gentille vieille dame du bureau !

— À vrai dire, Jordan, je ne me considère pas comme « vieille ». Je n'ai que quelques années de plus que vous.

— C'est ce que je voulais dire : « plus vieille que moi ».

— Je voulais prendre des nouvelles. Des souvenirs de bureau... ?

C'était une question ou une affirmation ? Pourquoi ponctuait-elle chaque phrase avec une voix de cré-ceeelle et un « ? » ?

— Non, rien du tout pour l'instant.

— Bon, OK, je vous laisse vous reposer alors.

— D'accord Lydia ! répliquai-je en prenant ma voix la plus enjouée. Merci d'avoir appelé...

J'ai raccroché en concluant d'un ton tout aussi gai :

— ... espèce de vieille sorcière perverse et bête à manger du foin !

Todd a éclaté de rire. Manifestement, ce petit manège l'amusait presque autant que moi.

Il me restait encore quelques jours à tirer avant de sortir, mais après discussion avec ses cinglées de copines, ma mère a trouvé un moyen infaillible de me rafraîchir la mémoire. Par conséquent, elle a demandé à mon médecin si on pouvait me confier à ses soins dès ma sortie pour que je puisse bénéficier de ses traitements farfelus. Étant donné que je n'étais pas une menace pour autrui ni pour moi-même et que je ne risquais pas de m'enfuir, l'éminent spécialiste a accepté. (« Une chance qu'elle semble totalement dénuée d'hostilité et de démence comme c'est souvent le cas avec l'amnésie, même bénigne ! » avait-il déclaré après plusieurs jours passés à analyser mon aimable imposture.)

Le jour de ma libération est enfin arrivé. Je me trouvais dans le bureau des infirmières où je relisais des documents de sortie, grisée par une irrésistible fougue. Je mourais d'impatience de vivre ma vie en tant que nouvelle Jordan en dehors de cet hôpital. D'ailleurs, était-ce la nouvelle Jordan ou bien une *fausse* Jordan ? Et si je faisais semblant assez longtemps, est-ce que je deviendrais réellement cette personne ? Il ne tenait qu'à moi d'en décider. Le monde était à moi. À compter de maintenant. Moyennant une séance de dépoussiérage, je pourrais balayer de ma mémoire les mauvais souvenirs comme des cendres du passé.

Je me suis tournée vers ma mère qui tenait toute la paperasserie entre les mains.

— Bon, où est-ce que je dois signer ? lançai-je, prête à embarquer dans ma nouvelle vie.

— Votre mère s'occupera de ça pour vous, me répondit l'infirmière.

Parfait !

D'après Todd, il existe une école de pensée dans les cercles médicaux qui soutient que bon nombre de prétendus amnésiques sont simplement de faux malades qui tentent de mettre leur vie sur PAUSE pendant un petit moment. Étant donné que j'incarnais ce mouvement, je me suis dit qu'il était temps pour moi de commencer à en percevoir les bénéfices.

— Formidable ! Dis-moi, maman, tu pourras m'écrire un mot d'excuse pour que je n'aille pas au bureau durant cette merveilleuse semaine qui m'attend ?

— Pour quoi faire ? s'étonna-t-elle, ahurie.

— Rien, je plaisantais. Tu sais, les mères qui écrivent des mots quand leurs enfants sont malades et qu'ils restent à la maison ?

— Ah, tu ne te sens pas bien ?

— Laisse tomber, maman.

J'ignorais si elle était lente à comprendre et incapable de penser à autre chose qu'à elle pour s'intéresser un tout petit peu à moi, mais ma mère avait toujours été comme ça. Donc, autant être toute seule.

Sur le chemin du retour, première idée de génie de ma mère : passer chez un chiropracteur.

Je n'étais jamais allée chez un spécialiste du genre auparavant. Dans la salle d'attente, des bougies parfumées étaient allumées et un morceau de musique New Age passait. Voilà qui était mieux ! Fini les thérapies à la noix ! Je ne savais pas si les massages faisaient partie du traitement mais c'était toujours mieux que ma chambre d'hôpital aseptisée.

Le Dr Mangere nous a reçues et avant même de me demander mon nom, il a soigneusement placé les paumes autour de mon cou et l'a brusquement tordu de côté.

— Aïe ! hurlai-je, stupéfaite.

Pas de réaction du Dr Bourreau. Il s'est emparé de nouveau de ma tête en la tordant de l'autre côté.

— Ça va pas, vous êtes fou !

— Vous vous souvenez de quelque chose maintenant ? me demanda-t-il soudain, comme si le fait de m'avoir pratiquement brisé la nuque avait été le remède miracle.

— Non ! rétorquai-je en poussant presque un cri perçant.

— Bien. Revenez me voir dans une semaine.

— Ça, je ne risque pas de l'oublier !

Puis, il a levé la main et commencé à s'approcher de moi. Alors j'ai bondi pour le neutraliser et lui retourner le bras de force dans un geste à mi-chemin entre la jolie prise de karaté et la pulsion d'hystérie. Enfin quoi ? Fallait bien que je me défende ! Mon cou ne tourne que dans deux sens, et il me l'avait déjà déboîté une fois dans chaque. Il y a une limite à tout ! Inutile de préciser qu'il fut très surpris par ma parade.

— Je veux juste régler le thermostat. Il fait un peu frais dans la pièce, m'expliqua-t-il comme s'il parlait à une folle.

Finalement, les médecins s'étaient trompés ; en tout cas c'est sûrement ce que ma mère a pensé : je faisais preuve d'hostilité et de démence !

— Je croyais que vous alliez encore me tordre le cou, m'excusai-je humblement.

— Pas du tout.

— Ah.

On s'est regardés fixement l'espace d'une minute, sans vraiment savoir comment poursuivre.

— À la semaine prochaine alors, finit-il par ajouter.

À présent, je vais simplement me diriger vers la porte et tourner la poignée pour sortir de la pièce.

Super ! Maintenant, en plus d'être amnésique, on me traitait comme une dangereuse parano. Mais vous savez quoi ? En fait, ça me plaisait. Personne n'avait jamais eu peur de moi auparavant. L'ancienne Jordan, c'était toujours « d'accord, ça me va ! », « sans problème, marche-moi dessus ! », « vas-y, trompe-moi ! », « très bien, je ferai le boulot à votre place, même si moi aussi j'ai une vie… ».

Vraiment, c'était cool. Je n'allais pas me prendre pour Bruce Lee chaque fois que je croiserais quelqu'un, non, mais je comptais bien savourer cette riposte intérieure au nom de la petite poule mouillée que j'avais été.

12
Ma mère, ma sœur

J'allais passer quelques jours chez mes parents à Long Island afin de « faciliter mon retour à la vie ». De l'avis général, me réexpédier dans mon appartement m'aurait peut-être conduit à errer sans but dans le Lower Manhattan et à faire la une des infos locales (juste après les « Incendies dans le Bronx » – un titre d'actualité si populaire que j'avais fini par l'associer au générique de chaque nouveau journal télé). Ou bien j'aurais disparu en chemise de nuit et on m'aurait retrouvée quelques années plus tard comme vendeuse dans un magasin de tissu en Oklahoma, mariée à un géomètre expert répondant au nom de Lulu (une exécution exagérée du plan « fausse amnésie » qui ne me sembla pas indispensable à ce moment-là). Donc, l'autre solution était de passer autant de temps que souhaité chez mes vieux.

La vie à Long Island était exactement comme dans mon souvenir : assommante. Ma mère m'agaçait ; ma chambre avait été transformée en « bureau » ; quant à Sam, sans même savoir qu'elle avait raison, elle voulait à tout prix prouver que je simulais mon amnésie pour essayer encore d'attirer l'attention sur elle.

J'étais assise au coin repas, en train d'étaler du fromage à tartiner allégé sur mon bagel quand elle est arrivée d'un pas décontracté avec une miche de pain aux noix dans la main.

— Salut, Jordan, me lança-t-elle distraitement sans même me regarder.

Elle a décroché le combiné du téléphone fixé au mur.

— Maman voudrait que j'apporte ce pain chez les Kornblut comme cadeau de Thanksgiving, mais il gèle dehors donc je vais les appeler pour vérifier qu'ils sont bien chez eux avant d'y aller. C'est quoi déjà leur numéro de téléphone ?...

J'ai jeté un œil au pain qu'elle tenait dans la main puis secoué la tête d'un air affable.

— Du pain aux noix ! Dis-moi, notre mère est un amour, non ?

— Oui, oui, répondit-elle impatiemment.

Elle croyait m'avoir en me faisant réciter le numéro au pied levé et révéler ainsi mes facultés mnémotechniques.

— Oui, c'est vraiment un amour. Alors, le numéro ? Moi, j'ai oublié...

— Hum... attends... c'est..., marmonnai-je avant de marquer une pause pour jouer avec ses nerfs.

Elle s'est penchée, les yeux légèrement plissés et luisant d'excitation à l'idée de me coincer.

— C'est quoi déjà le numéro des renseignements ? grimaçai-je finalement.

— Le 411, répliqua-t-elle, impassible.

J'ai scruté la pièce de gauche à droite en faisant semblant de chercher un papier.

— Faudrait que je le note. Ça me gêne tellement de poser ces questions idiotes à longueur de temps. Mais je peux y aller pour toi si tu veux, à condition que tu m'indiques où se trouve leur maison. Tu es si gentille avec moi, ça me ferait plaisir de te rendre service.

— Non, c'est bon, rétorqua-t-elle, furieuse que sa combine n'ait pas marché.

Elle allait devoir trouver mieux. Et c'est ce qu'elle a fait.

Une nuit, alors que je commençais à m'endormir, j'ai distingué sa silhouette s'asseyant au bord de mon lit. Supposant que j'avais baissé la garde, elle s'est mise à chuchoter :

— Dis, Jordan, tu te souviens du chemisier en soie que tu as toujours voulu que je te prête ? Eh bien, il est à toi. Seulement, je ne sais plus si c'était le Valentino ou le Chloé. Tu t'en rappelles, toi ?

— C'était le... couleur café..., marmonnai-je d'une voix somnolente. Tu ne vaux vraiment pas un clou comme détective...

Et j'ai fait semblant de m'endormir profondément. Ma sœur est partie comme une furie en prenant soin de claquer la porte suffisamment fort pour me réveiller au cas où je serais *réellement* en train de dormir.

*
* *

Une autre idée de ma mère a été de m'emmener voir un herboriste, dans l'espoir, peut-être, que l'homéopathie guérirait mon amnésie. Trouver notre chemin dans le dédale de Chinatown n'a pas été une mince affaire. Primo, le « cabinet » du type était planqué au dernier étage d'un immeuble isolé de tout, et secundo, il était si étroit que je m'attendais à ce qu'on entre non pas par une porte mais par une fente de boîte à lettres. Toutefois, le principal obstacle de cette épreuve fut le facteur « contrefaçon ». Pour ma mère, essayer de passer devant un faux sac Hermès, c'était comme si un gay s'efforçait de résister à un exemplaire de lancement du nouvel album de Madonna une semaine avant sa sortie officielle. Non seulement ils avaient le modèle Birkin pour lequel elle s'était mise sur liste d'attente, mais ils l'avaient dans toutes les couleurs pour la moitié du prix d'origine.

— Personne n'en saura rien, répétait-elle, surtout pour essayer de se convaincre elle-même.

Au bout du compte, elle a acheté trois sacs du même modèle mais de trois couleurs différentes, ainsi que des mules chinoises (« parce qu'elles font fureur dans Long Island ») et un stylo en forme de pin-up des années 1950 dont la jupe se soulevait quand on lui mettait la tête en bas pour écrire. Ça, c'était pour Walter. J'ai fait l'erreur de lui demander pourquoi elle lui faisait ce cadeau.

— Parce que je traverse une phase de « changement physiologique » et qu'il ne regarde plus trop sous ma jupe ces derniers temps, m'expliqua-t-elle sans pudeur. Ce sera une façon mignonne de lui suggérer de tenir le coup, et très vite, tout rentrera dans l'ordre !

L'entendre parler de son « changement » et des entremises de mon beau-père sous sa jupe était loin d'être mignon. En fait, c'en était même assez pour me donner la nausée.

— Je ne me trouve pas très sensuelle en ce moment, ajouta-t-elle pour couronner le tout.

Si jamais ma mère répétait encore une seule fois le mot « sensuel », ce serait déjà trop. C'était typiquement le genre de moments où elle essayait de se comporter comme ma sœur et où elle dépassait un seuil d'intimité. Un jour, j'en avais parlé à Cat. Elle m'avait dit que quand ça arrivait, je devais dire sans ambages à ma mère qu'elle « franchissait la frontière intergénérationnelle ». Néanmoins, étant donné que je n'étais pas censée me souvenir de Cat ni de la relation que ma mère et moi entretenions, j'étais obligée de la boucler.

L'avantage de cette nausée, c'est que je devais avoir l'air malade. Ma mère a cru que c'était à cause de mon accident. Du coup, elle s'est de nouveau concentrée sur l'objectif de notre virée : l'herboriste chinois.

Quand on a frappé à la porte après avoir monté les quatre étages d'un escalier branlant, le type a mis au moins cinq minutes pour nous ouvrir. C'était d'autant plus surprenant qu'une fois à l'intérieur, la pièce était si petite qu'on aurait dit un cagibi avec des étagères à épices.

Ce gourou ressemblait trait pour trait à l'image qu'on se ferait d'un type de cent vingt-sept ans : longue barbe blanche, moustache de shogun, kimono, mules. Une caricature de lui-même. Et tout petit, aussi. Manifestement, il m'attendait. Sans me poser la moindre question, il a tout de suite préparé un étrange mélange, qu'il m'a ensuite brusquement mis dans les mains.

— Vous, prendre ces plantes. Mémoire reviendra. Même le souvenir de première tétée avec maman !

— Super. Cela dit, je n'ai pas besoin de remonter aussi loin dans le passé, vous savez.

Téter le sein de ma mère était bien la dernière chose à laquelle j'avais envie de penser. Et voilà que la nausée me reprenait.

J'ai bu l'élixir, et réalisé qu'il avait le même goût que l'odeur de la rue en contrebas. Des plantes en pourriture sur fond de bile.

Tous les trois, on s'est fixés sans un mot pendant une minute. Puis, devinant l'impatience de ma mère, l'homme s'est mis à rire sobrement.

— Pas-main-te-nant ! Pas comme...

Ne trouvant pas le mot qu'il cherchait, il a tordu ses doigts puis les a subitement écartés en simulant le bruit d'une explosion. Sauf que contrairement à lui, moi je l'avais avalé ce truc. Ce n'était pas juste une image : j'avais réellement l'impression que des doigts se tordaient et s'écartaient en explosant dans mon ventre. Et pas demain, *maintenant*.

— D'accord, ça prend du temps, on a compris. Merci, monsieur, cafouilla ma mère avant de lui faire la révérence.

Je rêve, la *révérence*. Un autre aurait peut-être pu réussir sans paraître condescendant, mais pas ma mère. C'était vraiment stupide. Pour ne pas dire gênant – et encore, le mot était faible. Le pire, c'est qu'à tous les coups, elle se trouvait très branchée d'avoir fait ça.

En quittant les lieux, je me suis fait violence pour ne pas mettre un terme à ma fausse amnésie. Je ne voulais pas paraître trop réticente. En même temps, ma mère semblait curieusement se complaire dans tous ces zigzags ridicules sur le circuit du recouvrement de la mémoire. Comme si ça ne lui suffisait pas de laisser ma guérison suivre simplement son cours.

— Tous ces traitements sont assez aléatoires, tu sais, lui suggérai-je. Peut-être que si je retournais travailler, ça me rafraîchirait la mémoire ? Le fait d'être dans un cadre familier, tout ça...

Elle faisait semblant de ne pas m'entendre, mais j'ai continué :

— Ma boss est venue me rendre visite. Elle a dit qu'ils m'attendaient au bureau.

— Ça t'ennuierait beaucoup qu'on s'arrête chez Century 21 pendant qu'on est là ?

À croire que nos patrimoines héréditaires étaient différents. Et que le sien était contaminé par un besoin insatiable de trucs à entasser dans ses armoires pleines à craquer.

De retour à la maison, j'avais à peine eu le temps de simuler une tentative de réminiscence que la sonnette retentissait. En approchant de la porte d'entrée, j'ai vu un homme à travers le judas, que, légitimement, je n'ai pas reconnu. Il avait le teint cireux, digne d'un personnage de madame Tussaud[1]. Je n'avais pas encore ouvert la porte qu'il souriait déjà. Comme si on lui avait greffé un sourire permanent sur le visage. D'ailleurs, ce sourire n'avait rien d'attirant au vu des gigantesques dents jaunies qu'il avait omis de brosser

---

1. Musée de cire londonien. *(N.d.T.)*

après le déjeuner (manifestement, son dernier repas comprenait des épinards).

— Bonjour... ? dis-je en entrouvrant la porte.

— Jordan ?

— Oui...

— Je me présente : Ben Waronker, hypnotiseur. J'ai eu votre mère au téléphone. Nous avons rendez-vous, débita-t-il en jetant un œil à sa montre avant de la tourner vers moi. Pile à l'heure !

— Ah, balbutiai-je sans bouger d'un iota.

Puis, ma mère est intervenue en sa faveur en ouvrant brusquement la porte pour lui serrer la main.

— Monsieur Wonker !

— WARonker, rectifia ce dernier.

— Ravie de vous rencontrer ! enchaîna-t-elle. Cela fait des années que j'entends vos annonces à la radio. Jamais je n'aurais pensé faire appel à vos services !

— Je pratique beaucoup de sevrages tabacologiques, commenta-t-il avec compassion.

— Maman ! protestai-je d'un ton farouche avant de me ressaisir. Je suis terriblement fatiguée...

— Justement, Jordan. Écoute, mon ange, je sais que tu traverses une période difficile mais je veux que tu guérisses. Que tu redeviennes comme avant. Donc on doit tout tenter. D'accord, ma chérie ?

À force de contrer les brillantes idées de ma mère, j'étais dangereusement en train de me rapprocher de la solution « traitement par électrochocs ». Donc j'avais intérêt à vite trouver une parade.

— OK, acquiesçai-je sans conviction.

Certes, j'étais capable de feindre l'amnésie, mais de là à berner un hypnotiseur, je n'avais aucune certitude. Cependant, j'avais toujours considéré ça comme un canular, basé au moins en partie – si ce n'est totalement – sur la volonté. Donc, si je ne rentrais pas dans son jeu, il n'arriverait pas à me faire passer aux aveux.

— Y a-t-il un endroit qui vous serait confortable, Jordan ? me demanda-t-il. Une pièce de la maison où vous seriez susceptible de ressentir la paix intérieure ?

Cette pièce existait peut-être, mais en dépit de mes dix-huit années de vécu ici, je ne l'avais jamais trouvée.

— Le salon, ça ira, répondis-je. C'est par là.

Je lui ai indiqué le chemin jusqu'au salon, et ma mère nous a suivis sous prétexte de faire bouffer les coussins rembourrés du canapé.

— Tout d'abord, oubliez vos éventuels préjugés sur l'hypnose. Je n'ai pas l'intention de faire osciller une montre à gousset sous votre nez, ni de vous faire courir comme un poulet devant tout le monde. Je n'ai rien à voir avec ces types qu'on voit à la télé, me dit-il avant de hausser le sourcil. À moins que vous m'ayez vu *moi* à la télé ?

— Non.

— Dans ce cas, tout va bien. Je ne suis pas seulement là pour vous aider à retrouver la mémoire, Jordan, mais pour vous faire découvrir des forces qui vous habitent et dont vous n'êtes pas consciente. Ma conviction est que quatre-vingt-dix pour cent de notre potentiel inexploité est emmagasiné dans le subconscient, donc tout ce que nous avons à faire, c'est apprendre à y accéder pour ensuite s'en servir. Ça vous convient ?

— Oui, du moment que je retrouve un peu de moi-même, répondis-je sincèrement.

— Bien, alors fermez les yeux... détendez-vous...

Tout était calme.

Jusqu'à ce que j'entende les pas traînants de ma mère.

En rouvrant les yeux, je l'ai vue qui continuait à rôder autour de nous.

— Tu peux nous laisser seuls, maman ? Ça me gêne un peu que tu sois là.

— Oui, oui, je m'en vais.

M. Waronker m'a fait signe de la tête, m'invitant à refermer les yeux.

— Oubliez vos tracas de la journée...

Soudain, j'ai entendu Samantha crier depuis la pièce d'à côté :

— Dites-lui qu'à son réveil, elle se souviendra qu'elle me doit soixante-quinze dollars !

Puis, bref mouvement de confusion entrecoupé de *chut*, et Sam d'ajouter :

— Mais c'est vrai !

L'hypnotiseur s'est levé pour aller fermer la porte, puis a repris :

— Laissez votre corps se détacher de vous... libérez-vous de votre identité pour faire corps avec l'univers... vous ne connaissez aucune limite... vous êtes tout... pure... consciente... détendue...

Je me laissais gagner par le sommeil, tandis qu'une étrange impression de bien-être m'enveloppait doucement. L'homme a baissé la voix, et j'ai ressenti cette profonde fatigue que j'éprouvais après avoir travaillé toute une nuit sur une campagne faite à la va-vite.

— Vous êtes détendue... tout part à la dérive... ne pensez plus à rien. Les soucis qui pèsent sur vous toute la semaine...

— « Semblent se volatiliser comme la fortune d'un joueur », murmurai-je en repensant à la chanson de Fred Astaire.

— Oui, c'est ça ! s'étonna l'hypnotiseur, manifestement sidéré par ma perspicacité. Maintenant dites-moi ce que vous voyez, Jordan ?

— Une porte.

Il a marqué une pause ; peut-être que lui non plus n'espérait pas tirer grand-chose de cette séance.

— Dirigez-vous vers la porte et ouvrez-la, me suggéra-t-il.

— Elle est fermée à clé.

— Est-ce que vous avez cette clé ?

— Non.

— Bien...

— Attendez ! Elle n'était pas fermée, juste bloquée !

— Alors ouvrez la porte, insista-t-il d'un ton un peu nerveux.

— Elle est ouverte.

— Que voyez-vous ?

— Un visage.

— Décrivez-le-moi.

— On dirait de la cire.

— Quoi d'autre ? dit-il, m'invitant à creuser davantage.

— Je vois un gros nez monstrueux et des dents affreuses, difformes et jaunies...

J'ai levé les mains en pointant du doigt dans le néant.

— ... avec des morceaux d'épinard coincés dedans.

— Bien..., commenta-t-il avec hésitation. Mais encore ?

— Des lunettes.

— Une minute... Est-ce que ces lunettes sur le visage ont une monture en métal ?

— Oui.

— Et le corps qui s'y rattache... laisse-t-il apparaître un pull à encolure en V ?

— Oui, avec un écusson du New Hyde Park Country Club.

L'homme a alors poussé un profond soupir.

— Bon, nous avons réussi à vous faire revivre le moment où vous m'avez ouvert la porte vingt minutes plus tôt quand je suis arrivé, conclut-il, dépité. Et pour information, j'utilise du fil dentaire.

★

★ ★

Aucune de leurs combines ne marchait, pour autant, ça ne voulait pas dire qu'elles allaient baisser les bras. Ma mère était bien décidée à ce que je retrouve la mémoire, et Sam à prouver mon imposture. La pièce de résistance de cette machination est arrivée plus tard dans la soirée. Résister au sortilège du Musée du Dr Cireux était aussi facile que de battre un gamin de quatre ans au Trivial Pursuit, mais cette rude épreuve m'avait tout de même épuisée et j'avais besoin de repos. Allongée sur le dos, les yeux fermés, j'écoutais la pluie tambouriner sur le rebord de fenêtre comme quand j'étais petite. Brusquement, la porte s'est ouverte et Sam a fait irruption d'un pas lourd et bruyant, une ridicule paire de bottes motardes Chanel aux pieds. Le bon goût dans toute sa splendeur !

— Je suis allée m'occuper de ton oiseau aujourd'hui. Sneevil, tu te souviens ? me dit-elle en attendant ma réaction.

— J'ai un oiseau, moi ? m'étonnai-je en rassemblant toute mon énergie pour ne pas lui sauter à la gorge.

— Ouais.

Force était de reconnaître qu'elle avait du talent. Je ne pouvais pas avouer que je savais que Sneevil était *son* oiseau, mais l'idée d'avoir une Liza Minnelli aviaire pour colocataire me donna d'emblée mal au crâne. Elle était douée, c'était incontestable.

— Merci de t'en être occupée.

— Tout le plaisir est pour moi, minauda-t-elle. Au fait, tu as reçu d'autres fleurs. Trois bouquets différents. J'en ai pris un pour mettre sur la table demain soir.

Demain soir ? Pour le coup, j'ai vite retrouvé la mémoire. Demain, c'était Thanksgiving.

— Toc-toc, dit soudain Dirk en passant la tête dans l'entrebâillement de la chambre. Ta mère m'a dit que je pouvais venir te voir.

— Dirk ! s'exclama Samantha. C'est sympa d'avoir fait le trajet jusqu'à Long Island !

— Je voulais prendre des nouvelles de J., se justifiat-il.

Il ne m'appelait *jamais* « J. ».

— Merci, *D. !* lui répondis-je avec un grand sourire.

Il a fait une drôle de tête – en réaction, je présume, à son nouveau surnom.

Après tout, si lui se permettait d'inventer des diminutifs, je n'allais pas me gêner pour en faire autant !

— Je me suis dit que je serais sûrement en famille pour le Jour de la Dinde, donc je voulais passer te voir avant le grabuge ! Au fait, cette mémoire, ça revient ?

Avant même d'avoir eu le temps de répondre, j'ai réalisé qu'il avait déjà reporté son attention sur la télé.

Pour être plus précise, il louchait sur les manettes de la Xbox.

Sam s'en est aperçue aussi.

— Tu veux faire une partie ? proposa-t-elle à Dirk.

Il était déjà assis par terre, jambes croisées et une manette dans les mains.

— Un peu que je veux !

— Non, lançai-je à quiconque voudrait bien m'écouter, je n'ai toujours aucun souvenir.

Dirk était happé par le jeu.

— Quoi ? bafouilla-t-il au bout de quelques secondes.

— Je disais que tu ressembles comme deux gouttes d'eau à Zack. Tu sais, ce gosse de huit ans qui habite en bas de la rue et qui rivalise d'esprit avec Sam à la Xbox.

À quoi bon être venu me voir, *franchement* ?!

Sam gloussait, et entre deux manœuvres effrénées, Dirk lui souriait niaisement.

Pas de doute, ces deux-là faisaient la paire. Ils méritaient d'être ensemble.

13

Thanksgiving et autres surprises

L e lendemain, dès treize heures, ma mère était déjà sur le pied de guerre, assénant ses ordres à la pauvre Carmelita.

— Je peux aider ? proposai-je.

— Si seulement…, marmonna ma mère.

— Quoi, « si » ? Puisque je te le propose ! Je veux vraiment aider.

— Je sais, ma chérie mais ne reste pas dans le passage ! Tiens, va à la cave et rapporte-moi une bouteille de vin identique à celle-ci, me dit-elle en me tendant une bouteille.

— OK, mais j'aimerais bien aider en cuisine aussi.

— Voyons, Jordan, tu ne sais pas cuisiner.

Faux. Je savais parfaitement cuisiner ! D'ailleurs, je cuisinais *avant*. Mais ma mère voulait tellement tout régenter qu'elle ne me laissait jamais mettre la main à la pâte – des fois que je ferais un carnage avec une patate.

Je suis partie à la cave avec la bouteille pour trouver sa jumelle. Le fait de devoir comparer toutes ces étiquettes me rappelait les stupides tests psychologiques qu'on m'avait fait passer à l'hôpital ; cela dit, en termes de contribution au dîner, c'était bien le maximum que ma mère m'autoriserait.

Plutôt que d'attiser les tensions à l'étage supérieur, je suis sortie dehors par la porte de la cave, dans l'air frais et piquant d'un bel après-midi d'automne embaumant les feuilles mortes et l'herbe coupée. En ville, la foule prend des airs de décor au milieu duquel, de temps en temps, vous remarquez un arbre. Mais à la campagne, c'est l'inverse : lors d'une journée comme celle-ci, les rares êtres humains présents se détachent très clairement sur le paysage. Surtout quand il s'agit d'un inconnu. En jetant un œil de l'autre côté de la rue, j'ai aperçu un homme adossé contre une voiture. Sa tête m'a tout de suite dit quelque chose, sans pour autant que j'arrive à le situer. Soudain, ça m'est revenu : c'était l'ange. Ce visage que j'avais découvert en ouvrant les yeux après mon vol plané à vélo entre ciel et enfer.

— Bonjour ! lançai-je pour l'interpeler.

— Jordan Landau ? répondit-il en se penchant légèrement.

— Oui… ?

— Salut, bafouilla-t-il en faisant quelques pas au milieu de la chaussée. Désolé de vous déranger... Je m'appelle Travis Andrews.

— Ah ! Le Travis des cartes.

— Des cartes ? répéta-t-il, surpris.

— Oui, les cartes, les fleurs, les chocolats, précisai-je dans un sourire.

Difficile d'oublier tous les moyens que ce type avait déployés pour se faire pardonner et prendre de mes nouvelles. Pour la première fois depuis mon arrivée à Long Island, je me sentais totalement à l'aise.

— Merci, c'était vraiment gentil de votre part, mais vous n'étiez pas obligé de faire tout ça.

— Si, je m'en veux terriblement pour l'accident.

— À votre place, je m'inquiéterais surtout de la taille de mes fesses !

À ces mots, je l'ai vu tourner la tête et jeter un œil dans son dos. Horriblement confuse, je me suis empressée de lui expliquer.

— Non, je parlais de *mes* fesses ! Celles qui ont doublé de volume depuis vos livraisons non-stop de chocolats.

— Heureusement que les fleurs ne sont pas comestibles ! plaisanta-t-il. D'ailleurs, au risque d'avoir l'air de détailler vos fesses – ce qui n'est pas le cas, puisque quand bien même je le voudrais, elles sont derrière vous –, elles m'ont l'air très bien comme elles sont.

J'avais le visage en feu. D'accord, je l'avais cherché, mais sur ce terrain, ma décontraction avait ses limites.

— Est-ce qu'on pourrait changer de sujet ?

— Absolument, s'excusa-t-il, amusé. Alors, comment allez-vous ?

— Tout bien considéré... plutôt pas mal.

— Ravi de l'apprendre !

Sympa, ce type. Il m'était vraiment familier. Pas seulement à cause de l'accident, mais parce que j'avais tout de suite eu l'impression de le connaître depuis longtemps. À ceci près, qu'on ne s'était jamais croisés, c'était quasi certain. Je n'aurais pas pu le louper. Il était grand, avec des cheveux bruns en bataille – pas gominés, juste négligés et merveilleusement hirsutes –, des yeux bleus perçants, et une barbe de deux jours qui ressortait nettement sur sa peau claire. À sa tête, on aurait dit le chanteur d'un groupe de rock, mais son pull ras-du-cou démentait cette hypothèse. C'était le contraste idéal, la combinaison gagnante dont la plupart des femmes rêvent en secret, comme le fantasme masculin de l'ancienne prostituée reconvertie : la star du rock qui met fin à ses tournées pour vous consacrer le reste de sa vie.

— Joyeux Thanksgiving ! lui lançai-je.

— Ah oui, c'est vrai ! Merci, à vous aussi ! Je m'excuse... vous devez vous demander ce que je fais ici, surtout un jour de Thanksgiving ?

— Un peu, oui.

— Je voulais juste m'assurer que vous alliez bien.

— Impeccable, affirmai-je pour essayer de le rassurer.

Il avait l'air vraiment penaud.

— En fait, j'avais du temps à tuer aujourd'hui et je suis allé me balader. Vous n'étiez plus à l'hôpital, mais je me suis souvenu de vos parents et... bon, j'ai un ami dans la police. Bref, je n'avais aucune mauvaise intention ni quoi que ce soit du genre. Mais je dois passer pour un détraqué là, non ?

Je me demandais s'il avait de la famille ; je lui aurais bien proposé de rester dîner mais ma mère risquerait de faire une syncope.

— Bon, trancha-t-il, comme s'il avait épuisé son stock de questions.

Mais, fausse alerte, il en avait encore une.

— Vous avez perdu la mémoire ? me demanda-t-il brusquement.

— Difficile à dire...

Sentant l'angoisse du mensonge me rattraper, j'ai détourné le regard.

— En fait, *vous ne savez plus* ?

Le jeu de mot n'était pas volontaire. Bien qu'un peu longs à la détente, on a tous les deux fini par éclater de rire.

— Désolé, quel maladroit.

— Ne vous en faites pas, je vais bien.

Je n'arrivais pas à comprendre pourquoi je culpabilisais autant de simuler l'amnésie face à ce type. Sans doute parce que c'est lui qui l'avait provoquée – ou plutôt, qui l'aurait provoquée si, effectivement, j'avais été amnésique. Quoi qu'il en soit, ça me mettait mal à l'aise. Il semblait vraiment sincère.

Sans compter qu'il aimait bien mes fesses.

— Vous avez prévu quelque chose pour Thanksgiving ? lâchai-je de but en blanc.

Pourquoi avais-je dit ça ? Mystère. Surtout que je savais très bien que les autres s'y opposeraient. J'ai aussitôt regretté ma question.

— Non, pas vraiment. Je vais continuer à me balader. En fait, l'histoire est assez comique... ou bizarre, plutôt.

— Ça me plaît le bizarre.

— Mon père est mort il y a quelques années...

— Navrée. Effectivement, ça n'a rien de comique.

— Oui, en tout cas pas sur ce point. À l'époque, un copain qui essayait de me remonter le moral a parié cent dollars que grâce à son charme, il nous ferait inviter à un dîner de Thanksgiving. Et ça a marché. Ce séducteur nous a fait rentrer grâce à une simple bouteille de vin.

— Extra !

— Ouais, c'était devenu une sorte de tradition. Il attendait ce jour avec impatience et se préparait pendant des semaines. Jamais parti avant le dessert ! Je me demande s'il continue...

Travis avait l'air songeur.

— Ce gars était épatant, ajouta-t-il. Il pouvait vous vendre n'importe quoi !

Le regard de Travis était rivé, non pas sur moi mais sur ma main. En baissant les yeux, j'ai compris ce qui l'avait distrait. La bouteille de vin.

La Jordan av. J.-C. (Jamais de Confrontation) n'y aurait pas réfléchi à deux fois. À ce stade de la conversation, elle aurait bafouillé un truc laconique ou incompréhensible, puis serait partie dans la mauvaise direction avant de revenir sur ses pas d'un air empoté et de disparaître dans le garage. Sauf que cette Jordan n'était pas là. Alors la Jordan ap. J.-C. (Jeune Comédienne) a pris la parole :

— On commence par où ? lançai-je à Travis pour le provoquer.

Bien sûr, j'avais bien pensé au fait que si je disparaissais dans la nature avec son vin, ma mère imaginerait sûrement le pire ; elle appellerait les flics et ne me laisserait plus jamais sans surveillance. Or j'étais bien décidée à rentrer chez moi le lendemain. Mais Travis se mit à rire d'une façon adorable.

— À supposer qu'on essaierait, ça ne marcherait pas. Mon copain a déménagé.

— Mais *vous*, vous y étiez, insistai-je.

J'ai avancé vers lui de quelques pas en jetant un œil par-dessus mon épaule pour m'assurer qu'on ne pouvait pas nous voir depuis la maison.

— C'était quoi votre combine ?

— C'est lui qui faisait tout, confia Travis. Il était acteur.

— Écoutez, je suis sérieuse, ajoutai-je après un instant de silence. Si vous refusez, je vous poursuis en justice et vous fais payer jusqu'au dernier centime !

Lentement, il s'est gratté le côté de la tête puis a tâtonné ses poches.

— Je dois dire que ça m'embêterait de perdre quatre-vingt-cinq dollars en monnaie et des bons de location vidéo gratuite.

On s'est dévisagés, les yeux écarquillés par l'excitation du défi, et j'ai su qu'il était prêt à relever le challenge.

— Il y a des règles à respecter, me prévint-il d'un ton faussement sévère.

Un sourire sournois s'est dessiné sur ses lèvres tandis qu'on grimpait dans sa voiture. Après avoir contourné le pâté de maisons, on a ralenti pour repérer le lieu de notre premier raid. Sa voiture était sympa mais n'avait rien d'exceptionnel. Elle était bien entretenue, à l'exception d'une pile de papiers sur la banquette arrière calés sous une petite... *ancre* ? Bizarre ; toutefois, assez original pour le souligner. Je n'avais pas le temps d'analyser davantage. Son sens de la propreté était modéré et de bon aloi ; quant à moi, je pétillais d'émerveillement. Une situation comme celle-ci pouvait être intimidante ou exaltante selon la place que vous occupiez. Personnellement, j'étais devant, siège passager.

— Pas de menace, ni de délit ni de mélo, poursuivit Travis. Par contre, faut sortir le grand jeu.

Brusquement, la voiture s'est immobilisée dans un crissement.

— On est des *gentlemen* et c'est ainsi qu'on doit être reçus.

— Des gentlemen ?

— C'est ça.

— Pour ne pas passer pour des cambrioleurs ?

— Exact, ni pour des pervers.

Il m'a montré sa tenue en faisant le descriptif :

— Donc, pantalon en laine – ou laine mélangée à la rigueur –, chaussures cirées et ceinture assortie...

Un pied levé et le manteau ouvert en grand, Travis a ajouté :

— ... sans oublier la chemise bien boutonnée, ni en soie, ni bariolée évidemment.

— En mohair, alors ?

Il a acquiescé d'un signe de tête.

— C'est un moment familial. Faut être tout propre, débarbouillé, bien peigné, et souriant !

— C'est dans mes cordes ! En plus j'ai même ma tenue du dimanche – enfin, du jeudi plutôt, dis-je en lui faisant admirer ma nouvelle jupe fourreau, mon top Ella Moss et mes bottes Kors.

— Très joli, approuva-t-il avant de s'éclaircir la voix. Bon, ensuite, le discours : *Nous sommes deux gentilshommes arrivant de la ville* – on changera un peu ce passage – *et nous avons été conduits ici, dans ce quartier, dans l'espoir de partager la communion de cette fête avec de nouveaux amis. Si vous acceptiez notre compagnie, nous vous en serions humblement reconnaissants, non seulement par notre gratitude, mais aussi par cette modeste contribution à votre table.*

Je suis restée sans voix pendant un bon moment.

— Vous appreniez tout ça par cœur ?!

— Ouais.

— Et les gens vous croyaient ?

— En sept ans, on n'a jamais eu besoin de frapper à plus de cinq ou six portes !

— Voilà donc comment les orphelins prennent leur pied !

Il a jeté un œil par la fenêtre puis s'est mis à rouler.

— On a combien de temps ? Je veux dire : quand est-ce que vous devez rentrer ?

Combien de temps ? On se serait crus dans un polar ! Si ça se trouve d'ici mon retour, je serais passée à la télé dans un flash info du type : « un repas de famille qui tourne au drame ».

— J'ai à peu près une heure et demie devant moi.

— Bien, il est un peu plus de deux heures, il va donc falloir qu'on trouve des gens qui passent à table assez tard.

On a repéré une maison bleue à volets blancs. Un drapeau effiloché à l'effigie d'une dinde flottait sur un poteau près de la porte d'entrée latérale ; les voitures garées autour étaient particulièrement nombreuses.

— On a nos premières victimes.

Travis s'est tourné vers moi.

— Je m'appelle Travis et vous Jordan.

— On est parents ?

— Bon Dieu, vous êtes encore plus atteinte que ce que je pensais !

— Non, je veux dire, ici, dans cette histoire ? précisai-je.

— Ah, non ! Ce n'est pas une histoire ! Nous sommes d'honnêtes gens, avec une offre simple et courtoise. Deux gentlemen, euh, une *dame* et un gentleman, pardon, arrivant de la ville, compris ?

— Nous sommes dans votre communauté..., commençai-je à réciter.

Je me suis tue en me pinçant les lèvres, et je crois que ça l'a rendu un peu nerveux.

— Bon, je me charge du discours.

Tandis qu'on approchait de la porte d'entrée, un petit visage rond enveloppé d'un drap nous a vus et s'est enfui. La sonnerie a retenti à l'intérieur, puis la porte s'est ouverte. Travis a esquissé un large sourire, s'apprêtant à parler, mais j'ai pris les devants :

— Nous sommes un gentilhomme et une dame arrivant de la ville, et nous avons été conduits dans ce quartier dans l'espoir de partager... ce jour de fête avec de nouveaux amis. Si vous acceptez notre compagnie, nous vous en serons reconnaissants à la fois par notre gratitude et par cette bouteille... d'alcool.

L'homme nous a observés tour à tour, moi puis Travis.

— Non, répondit-il avant de nous refermer la porte au nez.

J'ai passé la langue sur mes lèvres en regardant au loin.

— Je crois que vous avez un peu improvisé, me dit Travis. Mais au fait… comment avez-vous fait pour ? Votre…

Il faisait tourner son doigt au niveau de sa tempe. Je sais que c'est de mon amnésie qu'il parlait, mais il utilisait le geste universel pour parler d'un fou. Alors, je me suis adaptée.

— On m'a dit que c'était une amnésie rétrograde. Les gens, les événements du passé, sont très confus, mais en ce qui concerne les trucs *après* l'accident, aucun problème.

Moyennant un peu d'inattention, on peut croire n'importe quoi, donc il a marché. En revanche, que les choses soient claires : le prochain essai était pour lui. On s'est donc mis à marcher d'un pas décontracté et confiant vers l'entrée d'une maison à deux niveaux. Elle était en désaccord total avec le reste du décor, mais toujours plus accueillante que les grands ranchs avec leurs extensions informes, les mini-manoirs et les pavillons lugubres du quartier. Travis a pris la bouteille de vin. La porte s'est ouverte brusquement, laissant apparaître une charmante dame d'une cinquantaine d'années avec un bandeau dans les cheveux.

— Bonjour ! Nous sommes un gentilhomme et une dame de la ville, et nous avons été conduits dans ce quartier dans l'espoir de partager la communion de cette fête avec de nouveaux amis. Si vous acceptiez notre compagnie, nous vous en serions humblement reconnaissants, non seulement par notre gratitude, mais aussi par cette modeste contribution à votre table.

Stoïque l'espace d'une seconde, la dame a finalement affiché un grand sourire.

— Entendu ! accepta-t-elle en jetant un œil dans son dos. Mais nous ne dînons pas avant cinq heures. Vous pourrez regarder le foot à la télé ou jouer à la Nintendo avec Lyle.

J'étais abasourdie ! Elle était vraiment partante ?

— C'est très aimable à vous, la remercia Travis avec un sourire d'une simplicité charmante. L'ennui c'est que nous avons très faim. Merci quand même et joyeux Thanksgiving !

Sur ce, il a tourné les talons pour repartir vers la voiture. Je l'ai regardé faire sans bouger, avant de faire signe à la femme en souriant bêtement ; j'aurais voulu faire comme les tortues, rentrer ma tête entre mes épaules et dans ma cage thoracique, puis courir après Travis dans l'allée.

— Au revoir ! lança-t-elle dans mon dos, comme si c'était une question.

— Je n'en reviens pas ! m'écriai-je en me glissant sur le siège passager alors que la voiture démarrait. Elle allait nous faire entrer !

— Je vous l'avais dit, répondit Travis en s'efforçant de masquer son étonnement face à cette première victoire.

Je crois même avoir décelé une pointe d'inquiétude dans sa voix... peut-être parce qu'on venait de laisser passer le gros lot ?

— L'heure du dîner n'allait pas. Il ne faudrait pas que ça vire au *kidnapping*.

Quelque chose dans ce mot a eu l'air de le freiner. Il s'est tourné vers moi, et son regard... J'avais une drôle d'impression. Tout était si bizarre. Comme si je n'étais plus moi-même, du moins pas celle que j'étais avant, la Jordan av. J.-C.

— On vous attend chez vous.

— C'est vrai. Et je vous aurais volontiers invité à dîner, vous savez. Seulement...

Ma voix s'est estompée.

— ... je ne suis pas sûre que les autres comprennent.

— Ah non, ne gâchez pas cette virée par une excuse toute faite.

Après quoi, on a poursuivi notre route, désormais à environ un kilomètre de chez mes parents. Il était encore tôt mais tout indiquait que l'heure était au rassemblement. On a tenté notre chance dans deux maisons mitoyennes. Deux refus expéditifs, notamment le deuxième qui nous ne laissa même pas finir notre speech.

— Ça arrive de temps en temps, avoua Travis alors qu'on était encore dans l'allée.

Derrière nous, nos détracteurs continuaient de nous scruter par la fenêtre.

— C'est bien dommage que vous ne sachiez pas apprécier cet art ! râlai-je, le poing levé dans leur direction.

Lorsqu'on est arrivés à la maison suivante, le vieil homme qui se tenait au milieu du jardin a eu l'air terrifié. Donc on n'a pas insisté auprès de sa femme, malgré sa gentillesse et son air contrit. Au « non » suivant, j'ai senti que Travis commençait à sombrer dans le défaitisme ou à perdre courage ; ils craignaient peut-être aussi que je ne le prenne pour un tordu et ne voulait pas pousser le bouchon trop loin. On a discuté un peu dans la voiture, et puis je me suis rendu compte qu'il était presque trois heures.

— Dernière tentative ?

— D'accord. Et c'est vous qui menez la barque, dit-il.

Après avoir sillonné plusieurs rues entre deux pâtés de maisons, je lui ai proposé de s'arrêter devant un jardin particulièrement mal entretenu : quelques voitures en sus garées dans l'allée, du maïs accroché à la porte d'entrée, et de vieilles chaises pliantes en plastique renversées sur la pelouse – s'acquittant, de fait, de leur mission première.

On s'est approchés, et Travis a pris délicatement la bouteille entre ses mains. J'assumais le rôle de l'associée commanditaire, postée légèrement derrière lui sur sa droite. Ding-dong. La porte principale s'est ouverte, et de même pour la double porte intérieure mais de quelques centimètres seulement. Un homme

dans un pull trop grand a passé la tête dans l'entrebâillement et nous a regardés, l'air éteint.

C'était l'occasion ou jamais. Je me suis lancée.

— Vous n'allez pas le croire ! m'écriai-je en levant
le bras pour souligner ma propre incrédulité. C'est
vraiment une blague insensée, sauf que manifestement, c'est nous qui en faisons les frais ! Mon frère ici
présent et moi-même étions en route pour faire une
surprise à notre grand-mère mais notre voiture est
tombée en panne sur le chemin de Philadelphie. Vu
l'heure, on n'arrivera jamais à temps pour dîner chez
mamie, c'est complètement fichu ! À moins que vous
n'ayez le cœur de nous laisser partager votre repas,
auquel cas nous aurions plaisir à vous offrir cette bouteille que nous avions emportée pour elle… ?

Au début, le type n'a pas réagi. Mais alors, pas du
tout. Je crois que Travis et moi (surtout moi
d'ailleurs), on a eu le sentiment qu'on avait dépassé les
bornes et que les ennuis n'allaient pas tarder. Qu'il
allait nous chasser de chez lui à coups de rouleau à
pâtisserie.

— Bien sûr ! acquiesça soudain notre homme, l'air
plus souriant, limite ravi. On s'apprêtait à faire honneur à la dinde et j'avais peur d'être à court de vin.
Vous tombez à pic !

On a alors vécu une heure et dix minutes d'expérience fort sympathique quoique à la limite du para-
normal, en compagnie de Mitchell et Jeanine
Verdanetti, du petit Mitch, d'Angie, Albert, Therese,

quelqu'un dont je n'arrivais pas à retenir le prénom, et un teckel arrogant baptisé Jojo. On était à la fois tellement gênés d'avoir menti et amusés par la situation qu'on s'est surtout contentés d'écouter. J'ai félicité Jeanine pour sa dinde aux canneberges, non sans lui demander le secret de sa recette. Si j'avais su. Jamais je n'aurais pensé que canneberges et noix de pécan confites se marieraient aussi bien !

On s'est dépêchés de manger, d'aider à débarrasser la table et à remplir le lave-vaisselle jusqu'à ce que Therese nous chasse de la cuisine. Puis on a quitté les Verdanetti en les remerciant exagérément, au point qu'ils n'ont sûrement eu aucun scrupule à nous laisser partir si vite − si ce n'est celui d'avoir une belle anecdote à raconter l'année prochaine.

Travis m'a reconduite chez mes parents dans un silence quasi total. Était-il en colère contre moi ? Cette pensée m'a presque fait regretter l'aventure. Sans que je puisse l'expliquer, ma gorge s'est nouée et j'ai eu envie de pleurer. Mais soudain, il s'est tourné vers moi en souriant.

— Je sais que question mémoire, vous êtes plutôt à sec en ce moment, mais moi, je n'oublierai pas cette journée ! J'espère que vous non plus.

— J'essaierai de m'en souvenir…

Il m'a demandé mon numéro, mais comme je l'avais « oublié », il m'a donné sa carte de visite en me suggérant de l'appeler dès que j'aurais repris mes quartiers à New York. Trouvant à mon tour une carte dans une poche, je lui ai glissé dans la main sans autre explication.

— Doux Jésus ! Jordan ! s'égosilla ma mère en me voyant m'affaler sur un tabouret de cuisine après être remontée de la cave. Je ne t'ai pas vue de l'après-midi ! Et cette bouteille de vin que je t'avais envoyée chercher ?

Je n'en attendais pas moins de sa part, mais quand même : j'étais partie *deux* heures. À aucun moment elle ne s'était demandée où était passée sa pauvre petite amnésique ?

— Il n'y en avait plus, inventai-je. Alors j'ai pris un cabernet.

Elle jeta un œil à la bouteille que je tenais.

— Ça fera l'affaire. Bon, on passe à table dans une demi-heure, ne t'éloigne pas trop.

— Loin de moi cette idée, maman !

Et je le pensais.

J'aurais bien aimé que ce Thanksgiving en famille soit aussi chaleureux que celui des Verdanetti mais, comme il fallait s'y attendre, ce repas a ressemblé à tous ceux qu'on partageait depuis deux semaines : ma mère forçait sur le vin et déblatérait contre ses interlocuteurs en les montrant du doigt, Walter sortait des blagues pathétiques, et Sam tentait lamentablement de me piéger en me posant des colles sur tout et n'importe quoi. Elle a fini par être tellement frustrée qu'elle s'en est prise violemment à moi.

— Tout ça c'est de la foutaise ! Je ne peux pas encore le prouver mais je vous jure que Jordan fait semblant !

— Samantha-Danielle, ça suffit !

À ma grande surprise, ma mère s'interposait en ma faveur en prenant sa grosse voix.

— Ta sœur a été suffisamment malmenée pour que tu n'en rajoutes pas. Elle ne fait pas semblant, même s'il est évident qu'elle n'a pas toutes ses facultés. La situation est grave et bien réelle, mais la tutelle judiciaire nous permettra de lui fournir les soins appropriés.

— *La tutelle ?* répétai-je en même temps que Sam.

— Oui, confirma ma mère d'un ton neutre.

— C'est-à-dire ?

Bien que paniquée intérieurement, j'essayais de donner le change. « Du calme, Jordan. Pas d'affolement », me répétais-je en silence.

— C'est très simple, ma chérie, poursuivit ma mère. L'assistance sociale et le personnel de l'hôpital ont dit que nous devions établir une tutelle de provision.

— « Provisoire », la corrigea mon beau-père.

— WALTER ! brailla-t-elle avec humeur.

Dans le lexique de ma mère, ce prénom avait plus d'emplois que n'importe quel autre mot. Selon le contexte, ça pouvait tout et rien dire, mais dans ce cas précis, ça signifiait « Ferme-la, c'est moi qui explique ! »

— Les services sociaux, ainsi qu'un ami influent, sont d'accord pour dire qu'il serait préférable que quelqu'un s'occupe de toi pendant un temps. « Provisoire » signifie que cette mesure prend effet dès lors que tu es dans l'incapacité de prendre soin de toi.

— Tu parles d'une incapable, siffla ma sœur en se délectant.

Je n'avais aucune envie de livrer mon sort aux mains de ces Sorcières d'Eastwick. Mais en attendant, j'étais au pied du mur. *A fortiori*, vu ce qui a suivi :

— Enfin, Sam, tu crois vraiment que si Jordan faisait semblant, elle accepterait de renoncer à un tel degré d'autonomie ? J'ai tous les documents, ajouta ma mère en se levant de table pour aller chercher les papiers.

Elle est revenue en me mettant le formulaire sous le nez, et une atroce douleur m'a serré l'estomac. J'ai jeté un œil au document, puis à Sam et à Walter, avant de lever les yeux vers ma mère.

— Tout ça me fait peur ! bafouillai-je.

En vingt secondes top-chrono, j'ai passé tout mon répertoire de comédienne en revue : ahurissement, angoisse, confusion, dénégation. Je n'étais même pas arrivée à la lettre E que Sam s'éclaircissait bruyamment la voix pour me déstabiliser. La gorge serrée, j'ai tenté de lire le formulaire en quatrième vitesse avant de signer.

— Je veux juste voir de quoi il s'agit, en gros…

— Vas-y, mais signe, Jordan, insista ma sœur. Tu ne peux pas gérer ta vie si tu ne te souviens pas qui tu es !

Alors je me suis tournée vers ma mère.

— Tu es été si merveilleuse avec moi ! Comment ne pas te faire confiance ?

Après tout, qu'est-ce qui pourrait arriver de si grave ? C'était quand même ma mère. Elle paierait les factures à ma place pendant un temps, voilà tout. Plutôt pas mal comme deal. Je la soupçonnais vaguement de vouloir me faire interner mais, à mon avis, il y avait peu de chances pour que ça marche. Ils nous accueilleraient toutes les deux à l'HP, et au final, c'est sûrement elle qu'ils enfermeraient, pas moi.

Donc, j'ai signé.

14
Tête en l'air

Bizarrement, quand on essaie de se détendre chez ses parents, on est, pour la plupart, mille fois plus stressé dès l'instant où on se retrouve en famille. En tout cas, ça vaut pour moi. D'ailleurs, chaque fois que je m'installais devant l'ordinateur pour potasser la question de l'amnésie, quelqu'un entrait dans la pièce et me prenait au dépourvu. Bien des fois, tout ce que je trouvais à dire, c'était que je « voulais comprendre ce qui m'était arrivé », en particulier avec Sam sur le dos essayant inlassablement de me pousser à la gaffe. Mais ces recherches étaient vaines. J'avais besoin d'intimité – une denrée rare chez les Landau. Alors je les ai suppliés de me ramener à New York. À mon avis, ils étaient aussi pressés de se débarrasser de moi que je l'étais d'eux. Et, preuve que j'avais raison, ils ont accepté.

Ma mère m'a reconduite chez moi en voiture. Pendant tout le trajet, j'ai gardé un air de gosse émerveillé par ce qui l'entoure, et en arrivant, j'ai fait semblant de ne pas reconnaître mon immeuble. En sortant de l'ascenseur, ma mère s'est pratiquement bouchée le nez tandis qu'on marchait vers mon appartement. Il était clair qu'elle n'aimait pas l'endroit où je vivais ; tout comme il était clair qu'elle n'était pas là pour m'aider à déménager.

J'ai tripoté maladroitement mon trousseau de clés, prétendant ne pas savoir laquelle ouvrait la porte d'entrée... avant de sourire d'un air penaud. Malheureusement, mes talents de comédienne ont fait illusion un peu trop longtemps pour une fois, étant donné que M. Bite Flagrante a eu le temps de faire son apparition dans le couloir.

— Bonjour voisine ! Ça fait un moment qu'on ne s'est pas croisés !

Je l'ai vaguement regardé d'un air ahuri, puis me suis tournée vers ma mère en faisant mine de ne pas savoir qui c'était, dans l'espoir qu'elle l'ignore aussi et me pousse à entrer dans l'appartement. Mais « la chose », alias le gratte-ciel en Lycra, ne lui avait pas échappé.

— Oh là là...

Dans ce genre de situation, ma mère ne se contentait jamais de s'occuper de ses affaires ou d'opter pour la discrétion.

— Ça, par exemple ! dit-elle, les yeux rivés sur le pactole alors que je l'adjurais intérieurement de détourner les yeux.

Bon sang, REGARDE AILLEURS !

Elle finit par se ressaisir.

—Jordan a eu un accident. Elle est amnésique et ne se souvient de personne. Vous êtes amis ?

Eh merde.

— Oui, je lui donnais des cours d'autodéfense !

Quelle espèce de gigantesque menteur ! Je n'en revenais pas ! Mais, encore une fois, qui étais-je pour juger ? J'ai donc simplement souri en jouant les écervelées. Pourtant, c'était dur de ne pas réagir à une telle énormité. Vraiment dur.

— Parfait. Donc vous pouvez veiller sur elle ?

— Avec plaisir !

— Sensass, parce que je suis garée en double file !

Ma mère était déjà à moitié repartie dans le couloir.

— D'accord, chérie ? me demanda-t-elle sans se soucier de la réponse. Appelle si tu as besoin de quelque chose.

Elle m'a soufflé un baiser avant de s'engouffrer dans l'ascenseur, et de mon côté, j'ai vite enfoncé la bonne clé dans la porte pour entrer dans mon appart.

— Alors ? Partante pour un cours cette semaine ? me lança mon voisin.

— C'est ça, rétorquai-je en claquant la porte derrière moi.

L'appartement était un vrai chantier. Et Sneevil Knievel, le fils de Satan. Ou bien l'animal de compagnie que le fils de Satan avait quémandé à son père et qui se vengeait sur moi après avoir été délaissé par ce petit saligaud. Non seulement il avait balancé des graines dans tout l'appartement mais en plus, il s'était mis à déchiqueter le papier journal qui tapissait le fond de sa cage. Moi aussi ça me déprime quand je vois la situation actuelle dans le monde, mais pas au point d'avoir envie de réduire le *New York Times* en miettes ! Enfin, si, ça arrive. Mais je passe rarement à l'acte.

— Salut, Sneevil, lançai-je en posant mon sac de nouvelles fringues par terre.

Ça, c'était un petit bonus. Sam étant trop petite et égoïste pour me prêter ses vêtements, ma mère avait été faire un saut chez Woodbury Common, un immense magasin d'usine pour ceux qui n'ont pas peur de se battre pour du Chloé, et pour une fois, elle m'avait choisi des vêtements portables. En tout cas nettement plus classes que ma penderie H&M.

Sneevil a immédiatement commencé à chanter. J'avais beau être furieuse qu'il squatte chez moi, qu'il ait mis un tel bazar et m'ait causé des ennuis avec les voisins, j'étais mal pour lui. Après tout, c'était Sam sa maîtresse. Comme elle essayait de me piéger, elle devait penser que l'oiseau serait un bon moyen de prouver mon imposture. Mais je ne mordrais pas à l'hameçon. Elle ne trouvait pas que ça suffisait comme ça ? Au fond, elle l'aimait cet oiseau, non ? Elle devait bien avoir envie de le récupérer !

Du coup, on est devenus copains lui et moi.

J'ai sauté sur mon ordinateur, m'apprêtant à enquêter sur l'amnésie *via* Google. Hélas, c'était compter sans les cinquante-quatre e-mails qui m'attendaient dans ma boîte de réception, neuf d'entre eux étant des échanges entre ma mère et Walter. Voici le meilleur du lot :

De :wallygator317@hotmail.com
À :judypatootie521@hotmail.com
Objet : re : re : re : re : re : re : re : Poulet au dîner... ou overdose de volaille ?

J'ai tout essayé. Bicarbonate de soude, vaseline et semelles en caoutchouc, enfiler un préservatif rempli de crème pour les mains en laissant reposer toute une nuit, mais toujours pas de changement. Je l'ai montré à une collègue et elle m'a dit que son mari avait eu la même chose. Leur médecin avait diagnostiqué une mycose de l'ongle du pied. Un peu de Lamisil devrait soigner ça. Il faut vraiment que je trouve une solution. On dirait que j'ai été faire trempette dans un égout.

Pouaaaaaah. Cette fois (la énième), c'était décidé : j'allais mettre un terme à ces messages en copie. La nouvelle Jordan suggérerait en toute innocence à ses parents qu'ils arrêtent de la mettre en copie à chaque échange d'e-mail banal, bizarre ou sordide.

Je n'ai pas trouvé plus d'infos sur Internet que celles déjà fournies par Todd. Cela dit, je crois que je maîtrisais assez bien le sujet : tout ce que j'avais à faire, de temps à autre, c'était de jouer la frustrée qui en a assez de ses trous de mémoire et qui culpabilise de ne pas se rappeler les gens, les endroits, et tous les autres trucs censés être importants.

Mon appartement semblait imprégné d'une odeur qui n'était pas là à mon départ. Ce vieux Sneevil n'y était pour rien, même s'il n'était pas de première fraîcheur non plus. En fait, ça sentait bon. On aurait dit… du pain, peut-être ? Celui qu'ils servent chez… dans un restaurant. Je ne me souviens plus lequel mais ils y servent ce délicieux pain au romarin… Voilà, c'est ça ! Ce parfum chez moi : c'était celui du romarin !

Prenant finalement une minute pour examiner mon appartement, j'ai réalisé qu'il y avait des petits fagots de romarin partout. Ainsi qu'un mot de Cat, disant qu'elle avait emprunté le double de Todd pour passer chez moi et parsemer l'appart de romarin car en holistique, c'était apparemment un remède miracle pour l'amnésie. Il y avait également plusieurs sachets de noix et un Post-it me suggérant d'en manger dès que j'avais faim.

Décidément, Cat était une véritable amie. J'avais eu vraiment beaucoup de mal à décider si oui ou non je devais jouer les amnésiques avec elle comme avec le reste de ma famille. Je voulais lui dire la vérité, sincèrement. Tout le problème résidait dans le fait que, malgré sa fidélité et son dévouement, Cat était trop honnête pour pouvoir prendre part à ce genre de supercherie. Et trop ouverte aussi. Todd, lui, avait ce qu'il faut de loyauté, mais aussi le côté louche, presque délictueux, du type prêt à emporter un secret dans la tombe, tel qu'on l'exige de la part d'un ami proche. Je m'en étais voulu, mais j'avais finalement estimé que ce ne serait pas sympa de l'entraîner dans mon manège. Du reste, Cat était médecin, donc en entrant dans mon jeu, elle violerait sûrement une sorte de serment d'Hippocrate – ou d'Hypocrite ? Je ne sais plus.

Je contemplais la pièce qui m'entourait... Ça me faisait bizarre d'être de retour chez moi. C'était mes affaires, mais subitement, j'avais envie de presque tout jeter. Rien à voir avec l'impulsion classique et récurrente d'améliorer ma pauvre décoration d'après fac. Non, j'avais surtout le sentiment que tout ça – les affiches, les gommes Simpson, le dauphin aimanté, la poupée de maïs avec son bonnet et la bougie en forme de pénis – c'était très mignon, mais ça ne me correspondait pas. Si mon amnésie n'était que pure simulation, quelque chose en moi avait commencé à changer, une différence légère mais bel et bien réelle. Un peu comme le fait d'être dans un lit où les couvertures sont trop bien bordées et de les envoyer valser d'un coup en se retournant, enfin libre.

Soudain, c'était irrépressible. Il fallait que je sorte de cet appartement. La nouvelle Jordan avait besoin d'un peu de temps à moi – ou bien « à elle », je ne savais pas encore très bien à qui on avait affaire. Ce n'était pas forcément du temps pour me faire plaisir, mais plutôt pour me permettre de ne penser à personne, à part *moi*. Oui, il y aurait peut-être quelques gâteries dans tout ça, mais rien d'excessif. Juste des trucs de fille. Un soin manucure-pédicure, par exemple. Voire une séance chez le coiffeur ; il y avait bien le massage aussi sur la liste de mes envies, mais ça me semblait un peu trop permissif.

Je voulais absolument profiter davantage de la ville. J'avais vécu toute ma vie dans l'État de New York et ça faisait maintenant des années que j'habitais la capitale, mais j'étais restée cloîtrée dans le même quartier, courant entre ses frontières tracées par la routine. Au risque d'avoir l'air de rédiger une petite annonce, je dois avouer que je n'avais jamais pris le temps d'explorer la ville mais je tenais à le faire. (En tenue de cérémonie ou en jean/tee-shirt, peu importe.)

Je suis donc partie pour le zoo de Central Park. Seul et unique but du voyage : la volière. Non pas parce que j'aimais les oiseaux en soi – j'avais largement ma dose avec Sneevil à la maison –, mais ils avaient cette petite serre tropicale où je n'avais jamais mis les pieds et que je mourais d'envie de visiter. Ma mère nous avait emmenées au zoo plusieurs fois pendant notre enfance, mais la section volière, c'était trop lui demander. Elle se plaignait de l'humidité, ses cheveux, tout ça. Bref, il n'y avait pas à discuter. Notre éducation zoologique se passerait des oiseaux. Et même arrivée en âge d'y aller toute seule, je ne m'étais jamais autorisée à entrer dans cette section. Le tabou de l'humidité était enraciné dans mon psychisme. Mais ça allait changer. Et illico.

Alors j'ai découvert la serre... vu les oiseaux... et vécu mon expérience.

Bon Dieu, ce qu'il faisait humide là-dedans ! Je suis sortie avec un soin complet du visage et des touffes de cheveux entortillées comme des asticots. Mais à vrai dire, ça m'était égal. C'était si libérateur de faire ce que je voulais, quand je voulais... Je me fichais des frisottis ! Je pouvais même froncer les sourcils sur-le-champ si je le voulais – aucune mère en vue pour m'en empêcher. Alors pourquoi est-ce que je me serais gênée ? Et j'ai froncé les sourcils. Mais j'ai vite arrêté en voyant un employé chargé de l'entretien me faire les gros yeux.

Ensuite, je suis allée voir les soigneurs nourrir les otaries et je me suis demandé si ces animaux étaient vraiment heureux. Si les otaries partageaient la théorie d'Abraham Lincoln selon laquelle on construit soi-même son bonheur, alors oui, elles étaient rudement heureuses. Bien entendu, elles ne savaient sans doute pas faire la différence entre Lincoln et Abe, la grenouille tomate de Madagascar de la section amphibiens, et personnellement, j'ai toujours été partagée sur la question des animaux en captivité. Mais bon, ils avaient l'air d'avoir une belle vie. À en juger par leurs expressions, j'en ai déduit qu'ils étaient effectivement heureux ou du moins indifférents. Un mélange des deux en fait ; l'éternel dilemme de la sécurité contre l'ennui. Quoi qu'il en soit, je ne voyais aucun prédateur dans les parages. À l'exception de ce type avec sa polaire qui prenait son équipe pour une troupe de l'Aéropostale. Il n'a pas arrêté de me suivre jusqu'à ce que je le sème près de la cage des lémurs.

Je me sentais si bien après cette excursion au zoo que je me suis juré de passer le reste de ma période de rétablissement à visiter la ville comme une touriste (sac banane exclu). Je suis allée au musée chaque jour, jusqu'à ce que je les aie tous écumés. Le MoMa était fantastique, et littéralement à trois rues de l'immeuble dans lequel je travaillais depuis deux ans. Encore plus près que le traiteur où j'allais me chercher un sandwich le midi. Bon sang, pourquoi n'en avais-je pas profité avant ?!

J'ai visité l'Empire State Building et suis montée à la terrasse panoramique. Magnifique. Un couple de l'Idaho m'a demandé si je voulais bien le prendre en photo avec New York en arrière-plan, ce que j'ai fait, et puis un autre couple m'a demandé la même chose. Ensuite, une famille. Je suis devenue la photographe attitrée de la terrasse. Pas parce que j'étais cette bonne vieille poire de Jordan av. J.-C. Non. Je l'ai fait parce que ça m'amusait. Je me construisais des souvenirs bien à moi : heureuse, ayant enfin l'occasion de découvrir le panorama offert par cette ville éternelle, et honorée de pouvoir aider ceux qui étaient là à alimenter leurs propres souvenirs.

Au Rockefeller Center, je me suis payé une session de patins à glace. Verdict : trop cher, trop de monde, trop surfait. Mais je n'en avais jamais fait. Et c'était la période idéale. L'arbre était là (une fois de plus, j'avais loupé le lancement des illuminations), et je voulais faire l'expérience de patienter dans la joie et la bonne humeur pendant environ dix heures dans le froid glacial, avant de pouvoir louer des patins inconfortables dans lesquels je pourrais faire quelques tours en titubant le long de la patinoire, et peut-être même me casser la figure en prime.

Et puis, j'ai levé le nez aussi. Depuis le temps que j'habitais New York, je ne m'étais jamais autorisée à marcher tête en l'air dans la rue. Le sempiternel « on » dit qu'il vaut mieux s'abstenir, sinon on a l'air d'un touriste. Et alors ? C'est pas une tare d'être un touriste, si ? (Mis à part le sac banane.) C'est eux qui ont raison. Dire que depuis tout ce temps, je m'étais donné un mal de chien pour ne pas avoir l'air d'une touriste. J'étais passée à côté de tout ! De l'architecture phénoménale qui enveloppait cette ville, par exemple. Parmi les plus anciens bâtiments, certains étaient tout simplement époustouflants ! J'avais négligé tout ça, cette toile de fond incroyable dont je n'aurais pu disposer nulle part ailleurs, et laissé passer toutes ces occasions d'en profiter. *Mais pourquoi ?*

J'ai aussi consacré mon temps libre à la lecture ; certaines pour le plaisir, d'autres pour la réflexion. Je me suis replongée dans deux bouquins de développement personnel, et il s'est avéré que depuis le début, je souffrais d'un manque d'estime de soi. Tiens donc.

À mon grand étonnement, l'auteur citait Ted Turner et Bill Gates dans le même paragraphe que Britney Spears. Il parlait de confiance en soi et de la façon dont ces personnes s'étaient concentrées sur leurs objectifs sans se laisser abattre par les échecs. En fin de compte, quand elle était petite, Britney Spears a perdu un concours de talents en arrivant seulement deuxième. Mais elle ne s'est pas arrêtée à ça. Quelque chose lui a dit de foncer, et elle a continué à s'entraîner pour développer sa confiance. Évidemment, tout ça reste discutable ; d'ailleurs, il existe certains messages universels dont il vaut mieux ne pas tenir compte. Au fond, le problème se résumait à *Oops, I did it again*. Si Britney n'avait pas connu quelques accidents de parcours (les fameux oups), qui sait, peut-être n'aurait-elle jamais récidivé ?

J'avais l'impression que jusque-là, toute ma vie avait été un concours de talent raté. Sauf que maintenant, je reprenais le micro pour chanter tout mon soûl en playback. Moi aussi je pouvais avoir ma révélation Mickey Club et, au final, faire un carton. Par contre, je n'oublierais *jamais* de mettre ma petite culotte. Promis.

Finalement, Dirk est repassé me voir. Ses fausses attentions ne prenant plus avec moi, après qu'il a passé cinq minutes à essayer de me « rafraîchir la mémoire », j'ai fait semblant de m'endormir.

15
Je vais bien, tu vas bien

On peut rester longtemps sans rien faire, mais arrive souvent un moment où on commence à tourner en rond. Alors, après deux semaines entièrement consacrées à la nouvelle Jordan, j'ai décidé que j'étais prête à retourner travailler. J'ai appelé Lydia au numéro qu'elle m'avait donné, et lui ai demandé l'adresse du bureau — adresse que j'ai répétée en me trompant exprès, juste pour l'effet.

En arrivant chez Splash, je me sentais bien, sûre de moi. Terminée l'époque où on me traitait comme un chien. Évidemment, restait encore à louvoyer face aux doutes flagrants de mes collègues : comment pouvais-je retenir les compétences propres à un employé d'agence de pub en étant amnésique ? Sans parler de ce que j'ai entendu dans les toilettes des femmes quelques heures plus tard :

— … Autrement dit, elle est mentalement *inapte*, c'est ça ?

Réponse toute faite (j'aurais dû demander à quelqu'un de diffuser un e-mail général) : c'est sa mémoire épisodique qui a été touchée, et non pas la mémoire procédurale de l'hippocampe qui nous sert à faire notre boulot. En résumé, je n'aurais aucun souvenir de ces visages ni des bévues commises ensemble (point positif : ça m'a dispensée qu'on me rabâche des anecdotes du genre « tu te souviens comme elle était ivre cette fois-là ? »), mais je pouvais toujours être plus performante que la majorité des balourds qui gonflait les effectifs de cette boîte.

Quand je passais dans les couloirs, on me regardait comme si j'étais Carrie trempée de sang de cochon ; mais ce qu'ils ne savaient pas encore, c'est que j'en avais fini de me saigner pour Splash Direct. Chaque personne que je croisais se mettait aussitôt à chuchoter avec son voisin, et c'était loin d'être discret.

— J'ai entendu dire qu'elle avait essayé de se suicider ! murmura Charlotte, la bêcheuse de la comptabilité.

— Non, vous avez mal entendu, répliquai-je sans détour, avant d'afficher un grand sourire comme si je n'avais rien dit.

— Oh… je… je ne parlais pas de vous.

— Très bien, alors faites en sorte que ça continue, OK ?

Elle avait l'air complètement abasourdie. Et après tout, je la comprenais : en temps normal, je ne lui aurais absolument rien dit. Avant, s'ils voulaient faire des messes basses dans mon dos, ce n'était pas mon problème. Alors que maintenant, si. Et j'allais leur donner largement de quoi chuchoter, mais en veillant à ce qu'ils aient au moins les bonnes infos.

Je suis repartie à toute vitesse vers la réception en prétendant ne pas savoir où j'allais.

— Bonjour, je m'appelle Jordan. Je ne sais pas si vous êtes au courant mais j'ai eu un gros accident et, bon, comme je suis atteinte d'amnésie, j'ai oublié certains détails cruciaux. Vous me reconnaissez, n'est-ce pas ?

— Oui, vous êtes Jordan Landau, répondit la standardiste. Du service trafic.

— C'est ça, répliquai-je. Du trafic.

J'en étais malade de repenser à ce que Lydia avait fait avant mon départ, mais si je voulais réussir mon coup, il fallait que je fasse comme si de rien n'était.

— Vous pouvez dire à Lydia que je suis là et prête à me remettre au travail ?

— Sans problème.

Elle a appuyé sur deux touches et s'est mise à parler dans son casque.

— Lydia ? Jordan est arrivée.

La jeune femme a écouté en silence, puis raccroché.

— Elle est à vous tout de suite. Je vous montre le chemin ?

— Non, ça ira. Bizarrement, certaines choses sont encore très claires ! Comme l'agencement des locaux, par exemple. J'aurais sans doute moins de mal à trouver des filtres pour la machine à café à la cuisine du trente-sixième étage... qu'à me souvenir de votre nom.

Et hop, le sourire contrit qui provoque un beau moment de gêne.

J'avais à peine fini ma phrase que Lydia arrivait, sourire de Judas aux lèvres.

— Bonjour, moi c'est Lydia ! Je suis venue vous voir à l'hôpital, vous vous rappelez ?

— Oui, c'était très gentil de votre part.

— Allons à votre bureau, suggéra-t-elle avec diplomatie... et *lenteur*.

Manifestement, elle était repassée en mode balbutiements. Elle a ouvert la marche, et tandis que je lui emboîtais le pas, je me suis retournée pour remercier la réceptionniste d'un sourire.

— On appelle ça « la fosse ». Pour autant, ce n'est pas le zoo ici, hein !

Oh ! Quel humour, Lydia.

— Votre bureau est là. Celui avec le poster de David Hasselhoff. Vous êtes une grande fan d'*Alerte à Malibu*.

— Je me souviens de mon bureau, par contre... *Alerte à Malibu* ?

— Si, si, vous adorez.

— Cette série passe encore à la télé ?

— Je n'en sais rien, répondit Lydia.

— Si ça se trouve, ce poster, c'était juste une blague ?

— Je ne sais pas, répéta-t-elle, exaspérée.

Elle en avait sa claque de parler de ma passion pour une série dont, en réalité, je n'avais jamais vu un seul épisode.

— Mon bureau est à côté. On travaille actuellement sur une campagne pour les opticiens VibraLens. Il y a une paire de lunettes sur votre bureau pour que vous puissiez vous familiariser avec.

— Super. Je vais examiner ça.

J'ai jeté un coup d'œil à mon box. Rien n'avait vraiment changé. Je ne sais pas à quoi je m'attendais, mais tout était à l'identique.

— Très bien, faites ça. On se reverra dans l'après-midi pour discuter de la présentation de vendredi avec le vice-président du marketing de VibraLens.

— OK, acquiesçai-je.

— OK, conclut Lydia.

— OK !

— OK, dit-elle encore, le sourcil froncé.

— OK, insistai-je exprès, compte-tenu qu'apparemment, elle voulait avoir le dernier mot.

Je trouvais ça hilarant de l'en empêcher.

— OK ! s'écria-t-elle, cette fois avec la tête d'un gosse qui recrache un chou de Bruxelles.

— OK !

Je faisais tout mon possible pour contenir le sourire de jubilation qui me démangeait, mais savourais ce bras de fer verbal sans modération.

— Vous avez une crise, c'est ça ? siffla-t-elle, véhémente.

Pour le coup, je me suis fendue d'un sourire jusqu'aux oreilles qui l'a rendue encore plus dingue. Elle a tourné les talons et pris la direction de son bureau.

— Bon, je vais regarder ces dossiers, alors ! criai-je, tandis qu'elle claquait la porte derrière elle.

Voyant que je me connectais, Todd m'a fait signe sur la messagerie instantanée :

T1GLANDEUR : Jordy !!
Jordalicious : Salut, mon chou ! Je suis au boulot. Pour l'instant, tout va bien...
T1GLANDEUR : Quelqu'un a laissé des bagels avec du fromage au TOFU en salle de conférence – dégoûtant ! Comment gâcher un bon bagel !
Jordalicious : M'en parle pas. Ça me désole.
T1GLANDEUR : Je te jure, c'est écœurant.
Jordalicious : Lydia vient de me dire que j'étais fan d'*Alerte à Malibu*, tu te rends compte ?
T1GLANDEUR : Je parie que l'ironie, c'est pas trop son fort ?
Jordalicious : Non, son truc c'est plutôt les coups de poignard dans le dos. Allez, faut que je te laisse.
T1GLANDEUR : On se voit plus tard ?
Jordalicious : Oui. Appelle-moi en fin de journée. Bz.

Au même moment, Art, le type du courrier, passait devant moi. Il a levé le bras pour me taper dans la main, et j'ai failli faire pareil, avant de me rattraper le bras à moitié en l'air et de me passer la main dans les cheveux. J'ai détourné les yeux d'un air distrait. Je ne savais pas s'il était au courant pour l'accident et je m'en voulais de l'avoir esquivé, mais comme on entretenait des rapports non verbaux, il s'est éloigné sans chercher d'explication à ce salut avorté.

Une fois de plus, les idées de Lydia pour VibraLens étaient complètement insipides. Je me suis mise à griffonner les miennes, en veillant cette fois à garder tout ça pour moi. Je m'étais promis qu'à l'avenir, je serais plus vigilante vis-à-vis de ce qui m'appartenait, maintenant que j'avais oublié les conséquences quand on ne l'est pas.

J'étais à ça de rentrer dans mon appartement, quand j'ai entendu brailler M. Virilité dans le couloir.

— Jordan !

Il m'a tellement fait sursauter que j'en ai laissé tomber mes clés sur le paillasson à motifs nounours qui ornait ma porte. Je me suis retournée vers lui à contrecœur.

— Ah, salut.

J'étais aussi enthousiaste qu'une fille fraîchement plaquée qui croise son ex dans la rue sans maquillage.

— Désolé, je ne voulais pas vous faire peur. Cela dit, vous devriez toujours faire attention à ce qui vous entoure.

— C'est rien de le dire, marmonnai-je.

— En parlant de ça... et ce cours d'autodéfense ?

— Oui... *quoi* ?

— On s'y met ?

Visiblement, il n'avait pas compris que mon « *quoi* ? » sous-entendait « *Ah, vous parlez de ce cours que je n'ai jamais accepté de prendre avec vous ?* »

— Maintenant... ?

— Oui, entrez ! dit-il en me faisant signe de venir.

C'était pile le genre de foutaises auxquelles je m'attendais de la part d'un sale type comme lui. Profiter d'une fille vulnérable qui a perdu la mémoire. Pour la peine, il allait le payer.

— OK, j'arrive ! acquiesçai-je en le suivant chez lui.

Il habitait dans cet immeuble depuis aussi longtemps que moi – même plus –, pourtant son appartement était jonché de cartons et la décoration était assez sommaire. Il y avait tout un attirail de karaté, un genre de bâche qui recouvrait une grande partie de ses murs, ainsi qu'une toute petite télé et un canapé. En revanche, pas de lit ; mais je ne me suis pas attardée à me demander où il dormait, si tant est que ça lui arrivait.

— Vous pouvez laisser vos affaires là, proposa-t-il en désignant le dessus d'un gros cageot comme s'il s'agissait d'une table.

J'ai posé mon sac à l'endroit indiqué puis retiré ma veste.

— Bon, la première règle de l'autodéfense, c'est la vigilance. Soyez constamment attentive à ce qu'il se passe autour de vous pour ne jamais être prise au dépourvu. Dans la mesure du possible, il faut que vous puissiez toujours vous sortir d'une situation dangereuse.

« Comme maintenant, par exemple ? » pensai-je en silence.

— Ça me paraît raisonnable, commentai-je plutôt.

— La seule erreur possible, c'est simplement de ne pas réagir, poursuivit-il en se glissant dans mon dos.

Il s'est rapproché de moi. Un peu trop, d'ailleurs.

— Si quelqu'un vous attaque par-derrière...

Et c'était le cas : il était bien en train de m'attaquer par-derrière. Sauf qu'à mon avis, un agresseur ne me toucherait pas de cette façon. Il posa une main sur mon épaule droite, puis plaça l'autre doucement sur mon ventre. Moi qui m'étais toujours demandée ce que ça ferait de sentir ce pénis, eh bien, justement, mon genou était sur le point de le découvrir.

J'ai fait volte-face, et en deux temps trois mouvements, je l'ai immobilisé en lui agrippant les épaules et en balançant un bon coup de genou dans son entrejambe bien garni.

— Rhhaaaaaa ! hurla-t-il en se tordant de douleur.

— Oh, je suis confuse ! m'excusai-je en faisant celle qui ne sait pas ce qui lui a pris. Un simple réflexe, sans doute !

Le réflexe anti-abruti, vous connaissez ? Il a ouvert la bouche pour dire quelque chose mais aucun son n'en est sorti. Alors j'ai attrapé mes affaires et regagné la sortie.

— Il faut que j'y aille. Encore désolée ! lui lançai-je presque gaiement, avant de décamper et de me précipiter chez moi.

Au moins trois portes avant mon appartement, j'ai entendu Sneevil en pleine cantate.

— J'espère que tu n'as pas passé ta journée à ça, Sneevil, le grondai-je gentiment, tandis que j'entrais chez moi.

Le canari a penché la tête de côté et continué à chanter. Ça devenait vraiment problématique. Et pas seulement parce que j'avais encore un mot scotché sur ma porte.

— Qu'est-ce qu'il faut que je fasse ? Que je te chante sous le nez pendant trois heures pour voir ce que tu en dis ?

Et je l'ai fait. J'ai tout essayé : lui parler, lui chanter des chansons, mettre la musique à fond, recouvrir sa cage... rien à faire. Cela dit, je suis persuadée de l'avoir vu grimacer quand j'ai commencé *Carry On My Wayward Son* du groupe Kansas.

J'allais passer à *Dust In The Wind* quand mon téléphone a sonné.

— Tu me reconnais ?

Dirk.

— Non, désolée. Je devrais ?

— C'est Dirk. Ton...

— Petit ami, c'est ça ?

— Exactement. Qu'est-ce tu fais de beau ?

—Je viens de rentrer de mon premier jour de reprise.

— Et comment ça s'est passé ?

— Bien je crois.

— Ça te dit qu'on se voie ? demanda-t-il timidement.

Non, ça ne me disait pas vraiment, mais j'étais si furieuse qu'il m'ait trompée que j'avais envie de lui pourrir la vie.

— Oui, pourquoi pas.

Ce serait mon premier « rendez-vous » avec Dirk depuis l'accident. J'ai prétexté ne pas être rassurée par mon environnement pour qu'il se sente obligé de venir me chercher, au lieu de me retrouver quelque part. Je ne savais même plus à quand remontait la dernière fois où il était venu me chercher pour une sortie. D'ailleurs, je ne me souvenais pas non plus de notre dernier vrai rendez-vous.

Fidèle à ses habitudes, Dirk m'a ramenée directement chez lui après être passé me prendre. Son appartement, je le connaissais par cœur, toutefois j'ai essayé de le regarder d'un œil neuf. Et autant que je sache, c'était effectivement la première fois que je le revoyais, donc je me suis efforcée d'agir en tant que tel : bien observer ce qui m'entourait et ce qui caractérisait cet endroit. Dirk m'a fait entrer en ouvrant grands les bras pour désigner « l'opulence » de son appartement.

— Je te présente le palais de l'amour !

— Ouah, répondis-je en jetant un œil aux canettes de bière éparpillées sur le sol.

Ça n'avait rien d'un palais mais tout d'une chambre d'étudiant. En voyant cette bonne vieille affiche de Farrah Fawcett, évidemment, mes yeux ont dévié sur ses tétons, tel qu'il m'y avait habituée. J'ai bien essayé de détourner le regard, mais quand on vous a fait remarquer un détail des centaines de fois, machinalement, c'est là que vous regardez.

— Je parie que tu regardes ses tétons ! s'exclama Dirk en opinant fièrement.

Mais où avais-je eu la tête tout ce temps ? Je sortais avec un primate ! Comment avais-je pu me contenter de *ça* ?

Dirk m'a observée, puis il a regardé autour de lui, englobant toute la pièce.

— Tu te souviens de quelque chose ?

— Non, pas vraiment.

— Et ça… ? me dit-il en se penchant et en m'attaquant l'oreille à coups de langue.

Comme ça, sans prévenir ! Sans préliminaires, ni même un baiser ou une caresse, la langue de Dirk était subitement en train de s'agiter dans mon oreille ! C'était révoltant. Je me suis brusquement écartée en cherchant désespérément un Kleenex des yeux, mais, bien entendu, aucun mouchoir à l'horizon.

— Qu'est-ce qui te prend ?! hurlai-je presque.

— Tu adorais ça avant ! C'était le Caprice Lingual signé Michael Dirkston.

— Sans blague.

— Sympa, hein ? dit-il en hochant encore la tête, tout content de lui.

Il fallait que quelqu'un fasse quelque chose. Qu'on arrête cet homme. Lui comme les autres, d'ailleurs. J'allais dissiper ce malentendu une bonne fois pour toutes, là, maintenant.

— Tu sais quoi, Dirk ? lui dis-je en m'armant de courage. J'ai bien conscience que les mecs aiment effectivement faire ce truc de la langue dans l'oreille, mais crois-moi − et je pense pouvoir parler au nom de toute la gent féminine −, ce n'est pas aussi érotique que tu l'imagines.

— Pourtant tu ne t'en es jamais plainte.

— Je ne me souviens pas, mais je dirais que c'était sûrement par politesse.

Ça, rester polie, je savais faire. Mais aujourd'hui, *basta* ! Pourquoi est-ce que je devrais tolérer une langue de bœuf dans mon oreille ? Et encore, j'étais sympa en fin de compte. J'aurais pu en raconter long sur le sujet, m'attaquer à l'ensemble de ses prouesses sexuelles − qui, disons-le, lui faisaient cruellement défaut. Je me contenterai d'observer que Michael Dirkston croyait que le clitoris était un ancien temple situé en Grèce, et l'orgasme mutuel une régie d'assurance vie.

Dirk a eu l'air complètement scié d'apprendre que le coup de l'oreille ne marchait pas. Les yeux baissés, il grimaçait en tirant sur un fil décousu de son jean déchiré. Au début, j'ai eu un peu mauvaise conscience parce que je savais que ça partait d'un bon sentiment de sa part. Mais finalement, non. Pas de remords. Soudain, l'image du « gentil garçon » alpaguant Miss Pulpeuse dans notre restaurant m'a assaillie. Je me suis alors rappelé que Dirk ne s'intéressait qu'à une seule chose : lui.

Comme s'il avait lu dans mes pensées, il s'est levé pour aller dans la cuisine. Puis, il a brandi une boîte de pâtes De Cecco.

— On prépare à dîner ? J'ai tout ce qu'il faut pour faire les *pasta primavera* dont tu raffoles.

— D'accord.

Sachant parfaitement quelle serait la suite logique de tout ça, j'ai décidé d'esquiver ses avances.

— Vas-y !

— Non, d'habitude, c'est toi qui cuisines !

— Ah, vraiment, je cuisine bien ? Tant mieux. Mais...

C'est là que j'ai dégainé ma moue de petite fille en levant les yeux vers lui d'un air embêté.

— Je ne sais plus cuisiner, j'ai oublié comment faire. Désolée...

— Ah.

— Et si on commandait juste un truc à emporter ? suggérai-je. Attends, non, j'ai une meilleure idée :

pourquoi tu ne m'emmènerais pas dîner dans un endroit chic ? C'est ce que tu faisais avant, *non ?*

La situation devenait à nouveau très drôle. Visiblement contrarié, Dirk a levé les yeux au ciel. Devant moi, sans se gêner ! Je suis censée être amnésique, crétin. Pas *aveugle.*

— Ouais, bien sûr, confirma Dirk, très agacé. Je t'emmenais dîner tout le temps, dans des endroits vraiment sympas.

— Super. Dans ce cas, allons-y ce soir ! N'importe lequel, tu choisis.

À ce stade, je voyais bien que l'idée de me faire la cour ne l'intéressait plus du tout.

— Je ne sais pas, je suis un peu fatigué.

Celle-là, je m'y attendais.

— Et si toi, tu faisais les pâtes alors ?

— Nan, laisse tomber. Finalement, je n'ai pas si faim que ça.

— Pourtant tu avais faim il y a encore cinq minutes ?

— Plus maintenant.

— Mais moi *si.* Tu m'en prépares un peu ?

Il était de plus en plus énervé.

— Oublie les pâtes. On va commander.

— Génial ! répondis-je joyeusement tandis qu'il levait une fois de plus les yeux au ciel en sortant une pile de menus.

16
À nouvelle vie, nouveau boulot

J e me suis réveillée avec ce sentiment d'optimisme que les gens normaux ressentent probablement tous les matins au réveil. Sauf que moi, je n'étais pas coutumière du fait. C'était tellement agréable que j'ai traîné au lit dix minutes de plus. Juste comme ça, pour le plaisir. Et si j'arrivais au boulot avec dix minutes de retard, eh bien soit.

En entrant dans mon box, j'ai trouvé trois Post-it jaunes sur mon bureau, qui disaient tous : « Appelez-moi ». Tous provenaient de Lydia, ce qui m'a donné à réfléchir. Pourquoi trois ? J'ai essayé de me reconstituer la scène de tête : ma boss sort de son bureau pour aller dans la fosse et s'aperçoit que la personne à qui elle souhaite parler − moi − n'est pas à son bureau. Alors elle me laisse un mot en me demandant de l'appeler. À peine deux minutes plus tard, elle revient, juste pour vérifier que je suis enfin arrivée. Eh non, toujours pas là. Mais, après tout, puisqu'elle est là, pourquoi ne pas laisser un autre mot disant exactement la même chose ? Ensuite, il se passe peut-être trois minutes — de quoi avoir le temps de se faire cuire un œuf, dis donc ! — et la voilà qui retourne voir si je suis arrivée. Une fois de plus, toujours pas de Jordan en vue. Donc elle se dit que ce serait une excellente idée de laisser un autre mot. Qui dit encore exactement la même chose ! Dire que Lydia touche un salaire colossal. Ça me laisse sans voix.

C'est alors que l'Interphone de mon bureau s'est mis à carillonner.

— Ça y est, vous êtes arrivée ? siffla-t-elle.

— Oui, je suis là.

La pendule indiquait neuf heures et sept minutes. J'avais donc à peine plus de cinq minutes de retard. Toute cette mise en scène de Post-it s'était produite en l'espace de sept minutes. Décidément, Lydia était une sacrée peau de vache.

— Pourquoi ne m'avez-vous pas appelée ?

— Je viens juste d'arriver et j'étais en train de lire vos messages. Je ne voulais pas risquer d'en louper un. Il y en avait bien trois, pas plus, n'est-ce pas ?

— C'est ça, trois. Vous pouvez venir dans mon bureau s'il vous plaît ?

Soit dit en passant, tout ça était complètement inutile. Un : parce que son bureau était à soixante centimètres du mien. Deux : je l'entendais aussi bien avec ou sans l'Interphone. Et trois : puisque j'étais déjà en ligne, pourquoi ne pas me parler directement ?

Je me suis levée pour parcourir les deux pas qui nous séparaient. Ses lèvres pincées formaient un petit rictus si aigri que j'ai dû réprimer un fou rire en la voyant.

— Bonjour, lui lançai-je.

Lydia a d'abord jeté un œil à sa montre avant de me regarder.

— Gandhi disait que le retard était un acte de terroritisme.

— Je vous demande pardon ?

— Vous êtes en retard, insista-t-elle. C'est du terroritisme.

J'avais envie d'éclater de rire, mais je me suis abstenue. Là encore, j'étais stupéfaite : comment avais-je fait pour ne pas réagir à ce genre d'absurdités avant ?

— Vous êtes sûre que c'est ce qu'il a dit ?

Et au passage, vous êtes sûre que le mot « terroritisme » existe ?

— Certes, je suis en retard et je vous fais toutes mes excuses, ajoutai-je, mais c'est un peu exagéré de parler de terrorisme, non ?

— Oui, je suis sûre de moi, rétorqua-t-elle tout en tapant Gandhi dans Google.

D'un geste presque violent, elle a tourné l'écran de son ordinateur face à moi en lisant à voix haute :

— « *La ponctualité, c'est la non-violence. Le retard, c'est voler le précieux temps d'un autre, et par conséquent, lui faire violence.* »

Je l'ai regardée sans rien dire, pas tout à fait certaine de l'attitude à adopter face à ce soudain accès de rage.

— Je suis vraiment désolée. À l'avenir, si je fais violence à autrui, je vous le ferai savoir.

— Bien, approuva-t-elle avant de changer de sujet. Bon, je présume que vous avez tout passé en revue ?

Lydia m'a questionnée du regard en haussant le sourcil.

— Oui, c'est tout vu, répliquai-je en haussant aussi les sourcils.

— Parfait, soupira-t-elle. J'ai vraiment du mal avec ce dossier. Il n'y a rien à faire, ça ne m'inspire pas...

Son visage s'est rapidement relevé vers moi avec un sourire peiné.

— C'est drôle... avant, en quelque sorte, vous saviez vous y prendre avec les questions de créa. Vous vous rappelez des essais que vous avez faits ?

Me poser cette question, c'était presque admettre que je faisais le boulot à sa place mais sans le dire vraiment. En réalité, elle essayait surtout de me passer de la pommade, de me complimenter avant de me demander une fois de plus de plancher pour elle.

— C'est pour la campagne VibraLens. Mes idées ne sont pas géniales mais peut-être que vous pouvez les améliorer... ?

— Bien sûr. Allez-y, dites-moi tout.

— OK, alors voilà : j'ai pensé au slogan « Avec VibraLens... Ce sont les yeux qui l'emportent. »

Elle me regardait comme si elle essayait de deviner ce que j'en pensais.

— C'est très... *clair.*

— Bon, continua-t-elle, légèrement contrariée, sinon, j'ai aussi : « VibraLens. Vos yeux *sont* votre destin ». Je ne sais pas si vous êtes en mesure de faire le lien étant donné vos troubles de mémoire actuels mais il s'agit d'une référence à « Ne perdez pas de vue le destin qui est le nôtre ». Pratiquement tout le monde connaît cette phrase.

Ça pour être connue... c'était une des plus célèbres citations de Martin Luther King. Et une phrase vraiment mal choisie pour faire la pub d'une lentille de contact de couleur. Gandhi, M.L.K... manifestement, les grands leaders spirituels étaient tous de la partie aujourd'hui ! Qui sait si après le déjeuner on n'allait pas promouvoir des graines pour oiseaux avec saint François d'Assise en toile de fond ou une nouvelle marque de skis nautiques avec Jésus ?

— Hmm..., murmurai-je, laissant ensuite un long silence s'installer.

Normalement, c'est là que je serais intervenue avec mes idées pour arranger les siennes, mais sans avoir l'air de la corriger, et en la mettant en valeur. (« Ah, c'est super ! me serais-je esclaffée. D'ailleurs, votre idée me fait penser à autre chose. À mon avis, ça ne vaut rien, mais bon, je me lance quand même... » Mon attitude avait été aux antipodes de l'agressivité passive. Est-ce qu'il existait un mot pour désigner cet acte de manipulation selon lequel vous essayez d'aider quelqu'un mais, ce faisant, vous devez vous faire passer pour le dernier des empotés de sorte que la personne n'ait pas de scrupule à vous exploiter ? Il faudra que je cherche, comme ça je pourrai me fabriquer une plaque d'ancienne championne du monde.) Elle était habituée à ce genre de comportement venant de moi. Elle n'attendait que ça ; elle s'est même penchée un peu plus vers moi d'un air plein d'espoir. Ça, des idées, j'en avais. Mais si elle croyait que j'allais les lui apporter sur un plateau, elle se mettait le doigt dans l'œil, et jusqu'au coude. Cette époque est révolue, ma belle !

Je l'ai fait mariner encore une petite minute, juste pour lui donner l'impression que j'étais en train de cogiter. Quand je l'ai vue vraiment mordre à l'hameçon, j'ai repris la parole :

— Vos idées m'ont l'air bien ! Cela dit, ce n'est pas à moi d'en juger.

Elle était FURAX. Parce qu'elle savait pertinemment que ses trouvailles n'étaient pas prodigieuses et qu'elle avait désespérément besoin de mon aide. Mais qu'est-ce qu'elle pouvait dire ? Rien !

— Il faudra m'en faire la maquette pour la réunion de mardi, me dit-elle d'un ton déçu.

— D'accord.

— Et j'ai l'intention de vous laisser participer à la réunion.

— Chouette, répondis-je.

— Et prendre des notes.

— Sans problème.

— Vous savez où se trouve le bureau de Caroline Keeps, la directrice artistique, au dixième étage ?

— Je devrais pouvoir le trouver.

— Bon, soupira-t-elle, elle a besoin de récupérer ce sac d'échantillons.

Je ne savais pas si son « bon » signifiait qu'on en avait terminé. En fait, ce n'est pas tout à fait vrai : je savais qu'on en avait fini, mais je voulais savourer l'embarras de Lydia. Ça me plaisait de la voir se mettre dans tous ses états. Elle m'avait traitée comme une idiote pendant si longtemps que ça m'intriguait de l'observer dans ce nouveau contexte. Alors je suis restée immobile en la fixant du regard.

— Ce sera tout. Vous pouvez disposer.

Pile la phrase que j'attendais. Je lui ai adressé un sourire qui a eu l'air de la faire enrager (de toute façon, dès que je n'allais pas dans son sens, elle enrageait) et elle m'a regardée en plissant les yeux tandis que je quittais la pièce.

Au déjeuner, Todd m'a rejointe dans le parc bétonné en face de mon bureau. D'ailleurs, ce joli petit parc avec son ravissant jardin ne méritait pas ce nom. « Parcs bétonnés », c'est le terme qu'utilisent les habitants de la banlieue pour parler des parcs municipaux une fois qu'ils ont emménagé à la périphérie de la ville et qu'ils jouent les effarouchés face à nos petits sanctuaires. En réalité, ils sont aigris parce qu'ils n'ont plus à se battre pour obtenir un petit coin de verdure. En dépit du mois de décembre, c'était une de ces rares journées où il fait bon (conséquence douce-amère du réchauffement climatique), et dont vous avez envie de profiter.

C'était le jour des hot dogs. Todd et moi, on avait l'habitude de déjeuner ensemble trois fois par semaine, et au moins une fois sur trois, on se prenait des hot dogs chez Sabrett. Je sais qu'ils sont immondes mais je trouvais ça pratique comme repas. Quand j'étais petite et que ma mère et Walter nous emmenaient en ville, j'étais toujours surexcitée à l'idée d'acheter un hot dog dans la rue au marchand ambulant. N'ayant aucune idée du nombre de stands du genre qui couvraient la ville, je croyais que chaque fois, on achetait nos hot dogs au même type.

Donc une fois par semaine (et pour le coup, toujours au même endroit), je me prenais un sandwich d'un mètre de long avec tout le tralala. Le tralala en question comprenait une copieuse garniture de choucroute qui répugnait Todd. Je ne sais même pas si j'aimais vraiment ça ou si je prenais juste du plaisir à le débecter, mais dans les deux cas, c'était l'assurance d'un savoureux déjeuner. Et, systématiquement, Todd râlait.

Comme d'habitude, il m'a regardée mordre à pleines dents dans mon casse-croûte en faisant ses commentaires :

— Je ne comprends pas comment tu fais pour manger de la choucroute ! C'est dégueulasse ce chou pourri !

— Ché pas pourri, répliquai-je la bouche pleine en le voyant frissonner.

Ça faisait partie des petites choses qui me rendaient heureuse ; autant que de casser du sucre sur le dos de Lydia.

— Ses idées étaient lamentables... vraiment nulles.

— On en a aussi dans notre agence. Des nuls qui réussissent. C'est la vie.

— Mais elle ne peut pas avoir eu *que* des idées aussi ineptes... bêtes et grossières ?

— Exemple ?

— Exemple elle envisage de faire appel à Martin Luther King pour vendre des lentilles de couleur !

Todd a grimacé.

— Effectivement, c'est aussi subtil que le slogan qu'elle avait imaginé pour ce nouveau médicament...

— Lequel ? « *Tirez* un trait sur l'herpès génital » ?

— Dans le mille.

— C'est injuste, soupirai-je.

— Mais tu peux me dire ce qui est juste, Jordan ? Est-ce qu'il existe un seul endroit au monde débordé par un excès de justice ? La plupart du temps, la vie est une immense connerie, et la plupart des gens sont des cons. Alors… qu'est-ce que tu comptes faire ? me demanda-t-il en haussant les épaules d'un air résigné.

— Je vais te dire ce que je vais faire : tout ce qui est en mon pouvoir ! Pour l'instant, j'ai une sorte de passe, de carte blanche pour faire des choses que je n'aurais jamais faites auparavant. Et je peux agir sous couvert de l'ignorance.

— Oh, oh… ça sent le plan !

— C'est vrai que tu as toujours eu le nez fin.

— Oui, c'est grâce à mon nouvel après-rasage ! plaisanta-t-il.

— Qui compense toutes tes blagues pourries !

— Bon… alors c'est quoi ce plan ?

— Eh bien, tout à l'heure, après qu'elle m'a « poliment » remerciée, j'ai réfléchi. Elle n'arrête pas de me répéter que j'avais un rôle clé avant, et ensuite elle me donne son texte minable à mettre en maquette, sans compter qu'elle va me laisser assister à la réunion. Quel privilège ! Mais pendant ce temps, toutes les idées qu'elle m'a ouvertement volées ne me rapportent *rien*.

— C'est l'Amérique des entreprises.

— Peut-être, mais entreprise ou pas, la nouvelle Jordan ne va pas faire une croix dessus. Elle ne va pas se mettre en colère non plus… mais juste rendre la pareille.

— Toi, tu prépares un sale coup !

Sa remarque m'a fait sourire. Il me connaissait vraiment bien. Cela dit, il ne s'agissait pas d'un sale coup, mais de moi, prenant enfin le contrôle de ma vie... en paraissant juste un chouïa incontrôlable.

En retournant travailler, j'ai aperçu Lydia et Kurt en train de se bécoter entre deux immeubles dans la rue. J'ai accéléré le pas pour qu'ils ne me voient pas, même si j'étais franchement étonnée qu'ils soient aussi imprudents – à deux pas du bureau. Je me suis occupé l'esprit en appréciant le paysage. New York au mois de décembre était un véritable spectacle ; d'ailleurs, je travaillais à quelques rues du Radio City Music Hall qui abritait justement le célèbre Spectacle de Noël. Leur représentation toute scintillante de la Nativité semblait indiquer qu'étant donné que l'auberge était complète, la Sainte Famille s'était installée pour la nuit dans une suite du Four Seasons.

M. Billingsly est arrivé à mon bureau en jetant un œil à celui de Lydia, manifestement contrarié par son absence.

— Où est Lydia ? me demanda-t-il comme si j'étais responsable de ma patronne.

Sans que je sache pourquoi, une panique diffuse m'a noué l'estomac. Je n'avais jamais vraiment eu confirmation qu'il s'était passé quelque chose entre lui et Lydia mais j'étais quasiment certaine qu'à un moment donné (voire encore aujourd'hui), ça avait été le cas. Que se passerait-il si un amant illicite la découvrait dans les bras de l'autre ? En tout cas, je confirme qu'au fond je suis une âme sensible et que je ne voulais rien avoir à faire avec tout ça.

— Partie déjeuner.

— Bon, pourriez-vous la prévenir que la réunion de mardi avec VibraLens a été avancée à treize heures, au lieu de quatorze ?

— Bien entendu.

— Ce qui signifie une heure plus tôt, ajouta-t-il au cas où je n'aurais pas compris.

— Oui, merci, j'avais saisi.

— Vous vous êtes remise dans le bain ? s'étonna-t-il.

Je n'ai pas eu le temps de répondre qu'il remontait déjà le couloir à grands pas.

J'ai ouvert ma boîte de réception puis appuyé sur NOUVEAU MESSAGE ; d'un clic, je me suis sentie rayonnante. La plupart des gens ne voient sans doute pas ce qu'il y a de réjouissant à écrire un e-mail à son patron pour lui faire savoir qu'une réunion a été avancée, mais moi *si*. Parce que Lydia ne consultait jamais, ô grand jamais, ses messages. J'étais censée l'informer de tout ce qui se passait verbalement, et/ou lui laisser des Post-it, et/ou lui envoyer des ondes pour la rappeler à l'ordre au cas où les actions un et deux échouaient. Mais moi je ne savais pas que Lydia ne vérifiait pas ses e-mails puisque j'étais amnésique. Donc autant que le je sache, j'agissais de façon responsable en suivant à la lettre les directives de M. Billingsly. Tout ça s'orchestrait à merveille. Moi-même, je n'aurais pas écrit meilleur scénario.

De : Jordan.Landau@SplashDirect.com
À : Lydia.Bedford@SplashDirect.com
Cc : Ted.Billingsly@SplashDirect.com
Objet : **Important** Réunion Mardi – Changement d'horaire

La réunion avec VibraLens a été avancée d'une heure. Au lieu de de 14 h, elle débutera à 13 h.
Attention : cela signifie une heure avant.

J.

Rien que le fait de taper cette petite explication finale que M. Billingsly m'avait si gentiment fournie me faisait tourner la tête. Au point que je n'avais pas pu résister au plaisir de mettre Billingsly en copie.

Stu Elliot est entrée dans la fosse d'un pas dansant avant de venir s'asseoir au bord de mon bureau.

— Alors, la casse-cou, me lança-t-il en référence à ma conduite sans casque. Je t'avais bien dit de porter un équipement de protection !

Je lui aurais bien répondu : « Oui, Stu, tu me l'avais effectivement dit. Mais à ta place, je ne me lancerais pas sur ce terrain étant donné que je sais de source sûre que l'an dernier, tu as raccompagné Lexi Kaye chez elle après la soirée de Noël, et que tu as passé le lendemain après-midi à la pharmacie. Maintenant, si tu y tiens vraiment, on peut en discuter…» Seulement je ne pouvais pas lui dire ça, car je n'avais pas revu Stu depuis mon accident et que je n'étais pas censée le reconnaître.

— Ah bon, vous me l'aviez dit ? m'étonnai-je.

— Oh, désolé, moi c'est Stu, se reprit-il en me tendant la main.

Je l'ai serrée en me présentant à mon tour.

— Je m'appelle Jordan… mais je suppose que vous êtes déjà au courant.

— Oui, ça remonte à loin.

Il s'est éclairci la voix, puis a jeté un œil à mes maquettes pour essayer d'esquiver l'embarras.

— Tu fais quoi là ?

— Je m'amuse un peu avec les lentilles de couleur VibraLens.

— C'est plutôt bon, commenta-t-il en parcourant mes idées.

Oui, elles étaient bonnes. Et pour cause, considérant ces lentilles de couleur comme mon propre subterfuge, les accroches que je proposais étaient imparables. Stu en lut quelques-unes à voix haute :

— « Le monde vous verra autrement », « Vous, une nouvelle personne haute en couleur »… C'est vraiment très bon, Jordan !

— Merci.

— Des lentilles de couleur…, répéta-t-il d'un ton moqueur. Et que penses-tu de « Faites semblant d'être une autre » ?

En temps normal, ça nous aurait fait rire, mais là, je l'ai regardé les yeux écarquillés, sans doute un peu trop longtemps. Je me suis demandé s'il essayait subtilement de me passer un message. La panique diffuse que j'avais ressentie en surprenant Lydia et Kurt a décuplé. Et cette fois, à juste titre. Je me suis figée et, manifestement gêné que je ne comprenne pas la plaisanterie, Stu a tenté de changer de sujet.

— Tu sais qu'il y a la soirée de Noël de l'agence la semaine prochaine. Tu viendras ?

Marrant qu'il évoque le sujet.

— Je ne sais pas trop. Je devrais ?

— C'est une bonne occasion de s'amuser ! me répondit-il d'une voix chantante. Tout le monde finit complètement ivre mort !

— Eh bien, peut-être…

Et comme on avait abordé à peu près tous les sujets abordables, il s'est levé et il est parti.

La manière dont Stu avait évoqué la fête m'a fait repenser à la dernière fois où je m'étais amusée : Thanksgiving. Pas avec mes parents mais avec Travis. Il m'avait donné son numéro et m'avait demandé de l'appeler, mais je ne savais pas s'il le pensait vraiment ou si c'était juste par politesse. Sans compter qu'il ne m'avait pas appelée non plus en dépit de la carte que je lui avais donnée. Pourvu qu'il n'ait pas griffonné une liste de courses à la hâte au dos de la carte en listant tous les trucs dont Dirk raffolait ! Je me fiche de l'aspect pratique. Quelle que soit la forme du message, pour une femme ce n'est jamais très plaisant qu'on lui fasse penser à prendre un pack de Heineken.

J'ai sorti sa carte pour l'examiner. Travis était analyste en gestion des risques chez Goldman Sachs. Je n'avais pas la moindre idée de ce que ça signifiait mais ça faisait très « corporatif » ; autrement dit, pas du tout l'idée que je me faisais de lui. La gestion des risques, qu'est-ce que ça pouvait bien être ? D'après ce que je savais, sans risque il y avait soi-disant peu de mérite ; cela dit, je savais aussi qu'un jour, en classe de première, j'avais pris tous les risques pour faire le mur et aller à la fête de Monique Anderson, et ça ne m'avait valu aucun éloge. De mémoire, je m'étais fait chopper par les parents et j'avais perdu le privilège de conduire pendant trois mois. Alors, dans quel camp était Travis ? Son boulot consistait-il à augmenter les risques pour obtenir davantage de mérite ou bien l'inverse ? Et est-ce que ce job était gratifiant ? Entre le fait que j'hésitais à l'appeler et que j'avais le mot « risque » écrit noir sur blanc sous les yeux, j'en ai déduit qu'il valait mieux que je m'abstienne. Tant pis pour l'éventuelle récompense. Autre truc qu'une fille ne devrait presque jamais faire : paraître intéressée.

— Allô ? décrocha la même voix qu'à Thanksgiving.

J'avais finalement décidé de l'appeler trente secondes plus tard.

— Bonjour... c'est Jordan.

Silence à l'autre bout du fil.

— Rappelez-vous, la fille de l'accident ?

Je grimaçais en retenant ma respiration jusqu'à ce qu'il percute. On aurait dit une de ces filles qui haussent le ton à la fin de chaque phrase comme pour poser une question, même si ce n'est pas le cas.

— Jordan ! Désolé, c'est à cause du haut-parleur. Je suis content de vous entendre.

— Tant mieux.

Super !

— Il s'est avéré que votre carte de visite était une carte de fidélité d'un traiteur. Encore huit tampons et vous avez droit à un sandwich gratuit !

Génial !

— Comment... est-ce que ça va mieux ? me demanda-t-il avec hésitation.

— Oh, de mieux en mieux ! Je veux dire, ma blessure s'améliore, réussis-je à abréger. Mais je suis encore inquiète pour cette histoire d'amnésie.

— Je comprends. C'est sans doute – enfin, *sûrement* – pas facile à gérer.

— Ça et l'accident, oui.

Vu cette captivante conversation, on aurait vraiment mieux fait de raccrocher tout de suite. Mais j'étais décidée à rectifier le tir, et sur-le-champ.

— Qu'est-ce que vous faisiez ?

— Je viens de sortir d'une réunion assommante. Être fatigué après une réunion marathon sur les stratégies d'allègement et les modèles de risques probabilistes, c'est une chose, mais quand on commence à s'endormir au beau milieu du débat, l'heure est grave !

— Mince !

— Surtout devant son DG.

— *Re* mince !

— Dire que je trouvais les cours de socio pénibles... c'était Vegas comparé aux trois dernières heures de ma vie ! En parlant de vie, j'aimerais bien retrouver la mienne.

— Donc vous aimez bien votre boulot, commentai-je.

— À vrai dire, ce n'est pas si mal, même si c'est loin d'être un job en or.

— J'ai hâte que vous me racontiez ça.

— Et moi j'ai hâte de vous en parler, répliqua-t-il. Vous avez prévu quelque chose ce soir ? Je connais un shabu-shabu très sympa.

— Shabu-shabu ? répétai-je tout en cherchant l'expression sur Google pour savoir exactement de quoi il s'agissait.

Résultat de la recherche : c'était une sorte de fondue... mais sans fromage en jeu. Ce qui à mon sens n'avait donc rien d'une fondue. Mais avant que j'aie le temps d'interroger davantage Internet, il clarifia les choses :

— C'est un restau où on cuisine soi-même son plat dans un poêlon en ébullition installé au milieu de la table.

— Ah OK ! m'exclamai-je. Ça a l'air drôle.

— Vous n'avez jamais essayé le shabu-shabu ? s'étonna-t-il en me donnant l'impression d'être complètement ringarde.

— Si, évidemment que j'ai déjà testé le shabu-shabu, répondis-je effrontément.

— Vraiment ?

— En fait non. Du moins je ne crois pas. Difficile d'en être absolument certaine.

— Alors banco. *On a notre plan, Ivan !*

J'ai dû user de toute ma volonté pour ne pas répliquer « *Faut pas que t'aies le trac, Jack !* » C'était trop tôt pour commencer à faire ma godiche. En plus, s'il ne faisait pas le rapprochement avec la chanson de Simon & Garfunkel[1], je serais obligée de donner une explication bancale, et je ne voulais pas prendre ce risque. D'ailleurs, est-ce que j'étais censée me souvenir de paroles de chanson ? Voilà, je me retrouvais une fois de plus face à cette histoire de risque. Mais c'est précisément le fait d'y penser qui me décida à parler. Car, oui, la nouvelle Jordan prenait des risques ! Et tout ce mécanisme de pensée ne me prit que quatre secondes, montre en main.

---

1. « Fifty Ways ». *(N.d.T.)*

— *Faut pas que t'aies le trac, Jack,* lançai-je à Travis.

— *Vas-y, libère-toi,* répondit-il du tac au tac.

Le sourire qui s'est épanoui sur mon visage m'a fait l'effet d'un rayon de soleil qui vous réchauffe de l'intérieur.

★
★ ★

Le restaurant se situait dans le quartier d'East Village. Lorsque je suis arrivée sur les lieux, Travis m'attendait devant en discutant avec un type. Nous avions prévu de nous retrouver tout de suite après le boulot, ce qui était à la fois une bonne et une mauvaise idée : dans les deux cas, je n'avais pas eu le temps de stresser devant ma penderie pour trouver quoi mettre. Le gars à ses côtés mesurait cinq centimètres de moins que Travis et portait un costume cravate ; il avait les cheveux très frisés et des lunettes sur le nez. Je me suis approchée d'eux, et Travis m'a fait une bise sur la joue.

— Bonjour, me dit-il. Ça me fait plaisir de vous revoir.

— Moi aussi, répondis-je en jetant un œil à son ami.

— Oh, pardon, je vous présente Ben, un ami.

— Bonjour, Ben. Enchantée.

— De même, me dit le dénommé Ben. Alors, est-ce que vous avez retrouvé un peu la mémoire ?

— Je vois que vous connaissez déjà toute l'histoire...

Je culpabilisais déjà du mensonge que j'allais devoir faire.

— J'ai des bribes de souvenirs mais il m'en manque encore beaucoup. Mon quartier, la cafetière électrique et mon ordinateur ne me laissent plus aussi perplexe qu'avant, mais en ce qui concerne les gens, les événements du passé...

J'ai tendu la main dans le vide, confuse, en souriant tristement. Foutue culpabilité !

— Qu'est-ce que je m'en veux ! soupira Travis en rejetant la tête en arrière.

— Y a pas de quoi, tout va bien, le rassurai-je.

— Mais vous avez tout oublié ou juste quelques trucs ? insista Ben.

— En fait, c'est un peu compliqué. Certains souvenirs sont intacts, par exemple, des paroles de chansons ou comment se brosser les dents, mais les noms, les visages...

Volontairement, j'ai laissé la fin de ma phrase en suspens.

— Ne vous en faites pas, je suis persuadé que ça reviendra vite.

— Oui, moi aussi.

C'était comme si Travis me présentait « officiellement » ses amis, donc je voulais faire bon effet. D'ailleurs, heureusement que je mentais comme un arracheur de dents. Dans la série première impression, c'était parfait.

— Allez, arrêtez de culpabiliser, répétai-je à Travis en me tournant vers lui. Vous allez trouver que c'est étrange mais… ça me permet de tout recommencer à zéro.

Son copain l'a regardé comme s'il essayait de lui faire comprendre quelque chose.

— Vous vous joignez à nous ? demandai-je à Ben.

Évidemment j'espérais que non. Après tout, c'était censé être un rendez-vous galant, non ? En tout cas ça y ressemblait. L'histoire de notre rencontre serait tellement mignonne : « Comment vous êtes-vous connus ? – Oh, il m'a renversée quand j'étais à vélo ! Du coup, on m'a envoyée à l'hôpital et il m'a fait livrer des fleurs et des chocolats pendant que moi je simulais un sévère traumatisme crânien et une amnésie. »

— C'est gentil de le proposer mais j'ai déjà un dîner de prévu, répondit Ben. J'ai juste croisé Travis par hasard… d'ailleurs je vais vous laisser aller dîner. Ravi d'avoir fait votre connaissance !

— Pareil pour moi !

Ben est parti, nous laissant profiter de notre shabu-shabu en tête à tête.

Ce restaurant était le genre d'endroits où on vous fait enlever les chaussures. En retirant mes bottes – Dieu tout-puissant, *merci* –, j'ai constaté que j'avais de jolies chaussettes aux pieds (même pas trouées).

Notre table commune était encastrée, tout comme les tabourets matelassés sur lesquels on s'est assis en laissant nos pieds pendre en-dessous. J'étais complètement sous le charme – même si je ne pouvais pas m'empêcher de remarquer une drôle d'odeur qui se répandait dans tout le restaurant. Une odeur difficile à décrire. J'ai jeté un œil autour de moi pour examiner le décor. Sur chaque table, il y avait un poêlon et des casseroles bouillantes pour cuire un genre de ragout ; manifestement, chaque tablée avait droit à son lot de viande crue, de légumes et d'épices. Je ne sais pas si c'était la viande crue qui « embaumait » à ce point, mais ça n'en avait pas vraiment l'odeur. En fait, ça sentait plutôt les pieds.

J'hésitais à en parler à Travis parce que je ne voulais pas passer pour une râleuse, mais quand même, c'était vraiment atroce.

— Alors ? Impatiente de vivre votre premier...

Travis s'est interrompu et a commencé à renifler.

— Vous ne sentez pas un truc bizarre ? me chuchota-t-il.

— Ouf ! À vrai dire, si, mais je ne savais pas si ça faisait partie du charme du shabu-shabu, donc je ne voulais rien dire.

On s'est tous les deux mis à regarder partout, puis sous la table, et simultanément, on a identifié le coupable. Notre voisin de table. Un homme d'une bonne quarantaine d'années, accompagné de sa femme et de leur fils d'environ douze ans. Ça ne pouvait être que lui. Ses chaussettes semblaient répugnantes, et la gauche était trouée au niveau du gros orteil qui pointait au jour.

— Chaussette trouée à midi, me chuchota Travis en langage codé.

— Message reçu, Roger.

J'avais beau essayer, je ne pouvais pas m'empêcher de fixer cet orteil rebelle.

— C'est franchement dégoûtant.

— Ça, c'est sûr, confirma Travis. À croire qu'il porte la même paire depuis une semaine spécialement pour l'occasion.

— Bon, essayons de penser à autre chose !

J'essayais de prendre un ton optimiste alors que j'en avais presque les larmes aux yeux de dégoût.

— Bonne idée, acquiesça Travis en lançant un dernier regard furtif à nos voisins.

Le fils tirait nerveusement la langue en faisant sortir son appareil dentaire de sa bouche.

— Alors, qu'est-ce que vous me conseillez ? demandai-je.

— Pas lui en tout cas, me dit Travis en jetant un œil au gosse. Ah, sur le menu ? La viande et... la viande.

— En en garniture ? De la viande ?

— En fait, le choix n'est pas très varié. Ce qui compte, c'est plutôt la quantité que vous voulez.

— Pigé.

— C'est trop fatiguant, se plaignit Mme Pue du Pied. Je ne viens pas au restaurant pour faire la cuisine !

Travis et moi, on a échangé un sourire complice.

Puis, le serveur arrivant, on a passé commande. Contrairement à ce qu'on espérait, l'odeur fétide ne se dissipait pas. Même la gorgée d'eau que j'ai bue avait le goût des pieds.

Je n'ai rien vu mais j'étais certaine d'avoir entendu un *floc*. Suivi d'un hurlement. Le gamin venait de faire tomber son appareil dentaire dans la casserole bouillante installée au milieu de notre table. Et sans réfléchir, il a plongé la main pour le récupérer et s'est brûlé. La mère s'est mise à crier après lui pour avoir joué avec son appareil dentaire alors qu'elle lui avait dit « des centaines de fois » de ne pas le faire, et le garçon pleurait, et le père braillait qu'il voulait juste passer « un bon dîner en famille pour une fois dans sa vie ».

Le tumulte régnait dans la salle. La puanteur, l'appareil dentaire et le carnage dans la casserole, c'était un peu trop à supporter. Travis m'a pris par la main pour m'aider à me lever, et une fois nos chaussures remises, on s'est éclipsés du restaurant.

— Si vous trouvez que j'ai bon goût en matière de restau, me dit-il, attendez qu'on aille au ciné, vous ne serez pas déçue !

C'était peut-être le pire restaurant que je n'avais jamais testé, mais rien que pour cette promesse d'un deuxième rendez-vous, ça en valait la peine. Qu'on aille au ciné ? En voilà une bonne idée ! Finalement, on a atterri à l'angle de St. Marks et Avenue A, où on a savouré une pizza en regardant des ados en pleine crise au look pseudo-punk-rock quémander de la monnaie en sifflant les gens qui ne cédaient pas à leur requête.

— Rien ne vaut une pizza, commentai-je en mordant délicatement dans ma part.

— Qui aurait cru qu'elle préférerait un repas s'élevant à la faramineuse somme de cinq dollars et vingt-trois cents ?

Subitement, Travis s'est interrompu.

— Ne regardez pas, me dit-il les yeux rivés sur mon corsage.

Normalement, lorsqu'un homme regarde la poitrine d'une femme, cette dernière se sent davantage en colère d'être réduite à une paire de seins qu'implicitement flattée. Mais dans le cas présent, vu qu'il n'était pas du tout subtil dans sa façon de faire, et que son regard était plutôt alarmant, je me suis senti prise au dépourvu. Naturellement, j'ai baissé les yeux sur mon corsage.

— Manquait plus que ça, dis-je en comprenant ce qu'il avait regardé avec tant d'horreur.

Ma « délicate » bouchée de pizza s'était soldée par une magnifique zébrure de sauce tomate aussi longue que mon avant-bras, formant une belle diagonale entre mes seins de part et d'autre de mon chemisier.

— Si jamais quelqu'un nous embête ce soir, vous n'aurez qu'à lui dire que c'est le sang du dernier type qui vous a cherchée, plaisanta Travis.

J'ai serré les dents en grommelant, sans toutefois réussir à masquer un sourire.

★

★ ★

Lorsque je suis entrée en salle de conférence à midi cinquante-neuf le lendemain, tout le monde était déjà installé. Tous, sauf Lydia. J'avais minuté mon entrée pour minimiser les chances que quelqu'un m'envoie à sa recherche. Le vice-président du marketing et le président de VibraLens étaient assis à côté de M. Billingsly, qui parut troublé en me voyant arriver seule.

— Où est Lydia ? me demanda-t-il discrètement, une légère pointe d'inquiétude dans la voix.

— Je ne sais pas trop...

Je faisais mine de prendre part à son problème, de le prendre à bras-le-corps comme pour lui dire « Je suis avec vous, mon frère mais... oubliez Lydia ! »

— Je lui ai envoyé un e-mail l'informant du changement d'horaire, chuchotai-je.

— Mais alors où sont ses documents ? Est-ce qu'on a quelque chose ? Daryl est dans le coin ?

J'ai souri en lui indiquant le chevalet pour le rassurer, puis haussé les épaules au sujet du directeur artistique, sachant parfaitement que Daryl n'avait pas été convié à la fête. Sa présence n'avait pas d'importance. L'expérience m'avait appris que Lydia sollicitait rarement son directeur artistique pour la présentation d'un projet, peut-être par crainte de partager les honneurs, même avec la personne qui avait donné vie à ses mots sur le papier ou l'écran. On avait préparé des maquettes sur planches et sous format PDF, et j'avais veillé à ce que *tout* soit prêt pour le jour J. Tant pis pour Lydia si elle, elle ne l'était pas.

Deux autres équipes de l'agence étaient sur ce projet – une exigence de créativité un poil excessive que M. Billingsly nous imposait pour un nouveau contrat, et une stratégie qui avait parfois une fâcheuse tendance à troubler les clients et à entraver leur prise de décision. Durant cette réunion, le président allait devoir jongler entre son devoir d'hôte et son appréhension face à l'absence de Lydia, envoyant finalement une assistante à sa recherche mais en vain.

Quarante minutes plus tard, les deux équipes avaient exposé leurs idées, mais aucune ne semblait épater les costards cravates de VibraLens. À mon sens, quand quelqu'un commence sa phrase par « c'est intéressant », en règle générale, vous êtes cuit ; et en termes de matériel « intéressant », Splash était très compétente.

M. Billingsly s'est tourné vers moi.

— Bien, à présent passons à Lydia Bedford. Je crois savoir qu'elle a trouvé de brillantes idées. Malheureusement, elle a été retenue alors...

Comprenant à son regard que l'idée que je prenne la barre ne lui traversait pas encore l'esprit, j'ai fait en sorte qu'elle entre dans sa ligne de visée.

— Je peux me charger de la présentation, M. Billingsly, lui proposai-je en souriant d'une manière rassurante.

Après avoir acquiescé avec un sourire forcé, il a marmonné quelque chose entre ses dents que je n'étais pas certaine d'avoir bien compris. Ça ressemblait à un truc du style « vous n'avez pas intérêt à merder », mais j'avais sûrement mal entendu. J'ai continué à sourire et avancé face à l'assemblée.

— Merci monsieur. Bonjour à tous, je me présente : Jordan Landau. Lydia était très emballée à l'idée de vous présenter ces maquettes et j'espère que vous le serez aussi. Le premier concept exploite une tranche de population précédemment évoquée, « une occasion manquée » selon les termes employés me semble-t-il — la tranche vaniteuse des plus de dix-huit ans et des moins de vingt-cinq. Ici, il s'agit d'une chambre législative, peut-être celle du Sénat. Pour ces négociants du pouvoir, l'image est cruciale.

J'ai levé le premier story-board qui illustrait l'idée idiote et complètement boiteuse de Lydia. Il représentait une séance du Sénat avec une femme aux yeux d'un bleu vif ridicule regardant droit devant elle.

— Dans ce monde, et dans le monde de la consommation qui est le nôtre : « Ce sont les yeux qui l'emportent ».

En observant les patrons qui m'entouraient, j'ai compris que, manifestement, ils en pensaient la même chose que moi : pas mal, mais sans plus. Aucune réaction de leur part. Ils se contentaient d'attendre la proposition suivante.

— Alors, en second lieu, elle invoque le grand discours d'un célèbre leader américain mais d'une façon moins dramatique.

Je les ai laissés découvrir la maquette : une dizaine de visages multiethniques aux regards flamboyants parés de lentilles de couleur, qui évoquaient un monde dans lequel chacun avait été contraint de transmettre ses yeux à son voisin de gauche.

— « Vos yeux sont votre destin. »

Un silence de mort régnait dans la salle. Mais il a vite été rompu.

— Intéressant, commenta finalement le vice-président du marketing.

M. Billingsly remuait nerveusement sur sa chaise. Le camp VibraLens ne semblait ni satisfait, ni mécontent. La pire réaction possible à une présentation artistique. L'indifférence. Est-ce qu'ils étaient au moins conscients de l'aspect maladroit et inapproprié de ce concept ? Pourvu que oui. Mais en attendant, c'était à moi de jouer, alors je me suis armée de courage.

— Si vous me le permettez, j'aimerais poursuivre avec deux ou trois idées récentes qui ont enrichi notre réflexion... des éléments qui s'inspirent de certaines expériences de ma vie personnelle.

J'ai souri à mon auditoire pour évaluer leur réaction ; M. Billingsly avait les yeux écarquillés à tel point que je m'attendais à ce qu'ils sortent de leur orbite par manque de maintien. C'est fou comme une simple extension de paupière peut en dire long.

— Tout d'abord, les lentilles de couleur vous promettent une chose : celle de présenter un nouveau visage au monde en toute simplicité et en étant enfin maître de cette apparence. D'ailleurs, Diane, rappelez-moi ce que vous avez dit ? demandai-je à la directrice de pub. Que les yeux deviennent un accessoire de mode, c'est ça ? Eh bien, justement, c'est l'idée au cœur de ce concept.

Alors j'ai présenté ma première maquette.

— « VibraLens – Le monde vous verra autrement. »

Puis je suis passée à la suivante :

— Un des principaux axes de notre stratégie consiste à nous affranchir de la fonction de base des lentilles de contact, et de recréer la dimension « cool » des lentilles de couleur. Par conséquent, ce concept repose non pas sur le look que vous avez avec des lentilles de couleur VibraLens mais sur la façon dont elles ont changé votre point de vue.

Là, j'ai dévoilé le second projet que Deb, la maquettiste, avait finalisé pour moi, pensant qu'elle travaillait pour Lydia sur un concept catastrophique. Il s'agissait d'une image fluide, qui passait d'une photo floue en noir et blanc à un paysage impressionniste très net et aux couleurs extrêmement vives.

— « Voyez le monde différemment. »

L'équipe de VibraLens semblait modérément intéressée. C'est alors que Lydia a fait irruption dans la
salle.

— Bonjour ! dit-elle d'une voix stridente. La réunion a été avancée ?

Neuf têtes, dont quatre appartenant aux clients, ont
pivoté dans sa direction. Billingsly, lui, essayait de se
dissimuler derrière un sourire et un étrange bruit de
gorge, version *hmmpf.*

— Je vous ai envoyé un e-mail lundi au sujet du
changement d'horaire, et un autre ce matin, lui
répondis-je calmement.

Elle était encore plus empêtrée qu'un rat dans la
gueule d'un boa.

— Voyons, Jordan, ça fait deux ans que je vous dis
que je ne consulte jamais mes messages ! se mit-elle à
hurler.

Dans la salle, tout le monde commençait à être mal
à l'aise. Sauf moi. Je buvais du petit-lait.

— Je suis vraiment désolée, j'ai oublié, m'excusai-je
avec une naïveté mielleuse et empreinte de surprise.
J'étais persuadée que vous l'aviez lu. Vraiment, je suis
confuse !

J'affichais un calme olympien, alors que Lydia semblait sur le point d'imploser.

— Bon, peu importe. Nous en avons presque terminé, alors prenez un siège, nous en reparlerons plus
tard, intervint M. Billingsly, avant de porter son habi-

tuel coup de grâce. Cela dit, il me semble avoir vu passer cette note d'information dans mes messages. Bien, maintenant, reprenons.

Ah ! Prends ça, traîtresse !

Puis le président a prononcé des mots qui m'ont fait l'effet d'une douce mélodie :

— Je vous en prie, poursuivez, Jordan.

Débarrassée de l'intrusion de Lydia, j'ai repris mon argumentaire.

— Entendu. Alors, pour rester sur le même thème, j'ai pensé à l'image d'une femme présentée sous un premier aspect, pourquoi pas une femme d'affaires un peu guindée et coincée, dont on découvre ensuite la facette rock star. Le changement ne serait ni radical ni grotesque, mais suffisamment net pour mettre en valeur ses grands yeux. Elle marche dans un sens, habillée comme il faut, et repart dans l'autre sens complètement changée, et surtout ravie. « Vibra-Lens... faites peau neuve ! »

Lydia semblait sur le point de piquer une crise.

— Ce n'était pas mon idée !

Elle est intervenue suffisamment fort pour que tout le monde l'entende, puis s'est efforcée de rester polie, affichant un superbe sourire, mais échouant lamentablement. Alors elle est entrée en phase de décomposition, et pendant qu'elle se désagrégeait, le vice-président du marketing de VibraLens s'est mis à applaudir.

— Dommage pour vous ! trancha Billingsly. C'est une idée formidable !

— Vous trouvez ? m'étonnai-je.

— *Faites peau neuve*, génialissime ! s'écria le type de VibraLens. Jordan...

— Oui... ?

— C'est très intéressant — non, *excellent* ! Tout à fait le genre de choses dont nous avons besoin. Drôle, branché. J'aime même l'idée de la rock star. Autre chose ?

Le type m'a souri en se penchant vers moi, tout ouïe pour entendre la suite.

— Les études ont montré que, parmi le profil démographique cible, la majorité des réfractaires estiment que les lentilles de couleur sont trop voyantes. Avec ColorSense, l'effet est adouci et donne l'impression que la couleur des yeux est authentique, et permet ainsi d'éviter le reproche du « faux-semblant ». Dans certains endroits, ça ne dérange personne que les gens fassent semblant — certains gagnent même leur vie grâce à ça. Mais on vise plus large. Le but est de toucher tous ceux qui ont toujours rêvé de changer la couleur de leurs yeux avec des lentilles.

J'ai retourné ma dernière planche. Une femme fixait l'objectif d'un appareil photo d'un air séducteur.

— « VibraLens : si discrète qu'à par vous... on n'y voit que du feu. »

Instantanément, les applaudissements ont fusé. Tout sourire, M. Billingsly a fait comme s'il était au courant de tout depuis le début.

— Jordan a toujours été un diamant à l'état brut. Je crois qu'elle commence enfin à briller !

On croirait rêver. D'un coup de baguette magique, je venais de passer du statut de looseuse trempée de boue à celui de diamant brut !

En attendant, Lydia était mortifiée ; plus je la regardais, plus j'étais aux anges. Lorsque tout le monde s'est levé pour partir, M. Billingsly a passé un bras autour de mes épaules, en me serrant contre lui dans un mouvement d'équilibre instable (une euphorie typique chez lui après une réunion productive).

— Vous les avez bien eus, Jordan ! Passez donc me voir à mon bureau cet après-midi. Il est grand temps que nous commencions à songer à votre avenir ici !

— Merci, je n'y manquerai pas...

Puis, en marmonnant mais de façon audible, j'ai ajouté :

— D'autant plus que j'ai oublié la moitié de mon passé !

À cette réplique, il a littéralement ri aux éclats.

Je commençais enfin à voir et être vue autrement.

17
Jordan la curieuse

D irk avait encore appelé. Après avoir été
confronté à une bonne dose de la nouvelle
Jordan imperturbable et bien moins servile,
il avait rappelé avec une voix légèrement fanfaronne,
et peut-être même une lueur dans les yeux. Je n'en
étais pas certaine à cent pour cent étant donné que le
premier contact s'était fait par l'intermédiaire de mon
répondeur (quel délice de l'entendre dire : « C'est
Dirk. Tu te souviens de moi ? »). Bref, il voulait me
voir. Ce qui me semble confirmer un des plus grands
principes de l'amour, du moins quand un des deux
individus a la tête sur les épaules : le désir est intime-
ment lié à l'indifférence. Si vous voulez qu'il vienne,
dites-lui de partir.

Cependant, comme je l'ai dit auparavant, j'avais
une mission. Pour la mener à bien, je portais en

apparence le masque de l'amnésie, mais sous la façade, moyennant un haussement d'épaules innocent et un petit sourire malheureux, j'écartais tous ceux qui s'étaient mis en travers de mon chemin par le passé. La *fausse* ignorance est salvatrice !

Par conséquent, j'avais accepté qu'on se revoie, persuadée qu'il envisageait ces retrouvailles comme une torride partie de jambes en l'air. (« Mon vieux, c'était incroyable ! raconterait-il aux copains. J'avais l'impression de coucher à la fois avec Jordan et avec une parfaite inconnue ! ») Mes plans étaient évidemment tout autres. Un dernier tour de piste avant de faire mes adieux une bonne fois pour toutes. J'avais accepté de le retrouver chez Houston, un des bars-restaurants préférés de sa boîte. L'ambiance n'était pas extraordinaire mais je pouvais toujours me rabattre sur l'excellente purée d'artichauts qu'ils servaient. Je ne savais pas encore très bien comment j'allais m'y prendre pour humilier Dirk mais je me suis dit que les occasions ne manqueraient sûrement pas.

Je suis arrivée avec environ dix minutes de retard. Avant, j'étais toujours à l'heure ou en avance pour lui. La ponctualité était un facteur essentiel de ma vie, et j'avais passé la majeure partie de ma relation avec Dirk à l'attendre lors de nos rendez-vous. Cette réflexion m'a fait repenser à la brillante manière dont Lydia avait massacré la théorie de Gandhi sur la ponctualité, et c'est en riant que j'ai fait mon entrée dans le restaurant. J'avais supposé à tort que Dirk nous aurait réservé une table, mais il était assis au bar, entouré de gens, les yeux cloués au poste de télévision.

Je l'ai appelé plusieurs fois par son prénom mais sans succès, alors j'ai finalement fait claquer mes doigts sous son nez.

— Salut, toi, ronronna-t-il.

Il avait la bouche pleine de biscuits d'apéro non identifiés, tripotés, il va sans dire, par des quantités de doigts avant d'atterrir dans son bec.

— Salut toi-même, répondis-je en souriant aimablement pour lui rappeler qu'au fond je ne savais plus qui il était.

Dirk s'était déjà enfilé une bière et il en commanda une deuxième. Ses yeux étaient à présent posés sur moi, mais, le match de foot incarnant une puissante tentatrice, il succombait à maintes reprises à l'irrésistible envie de jeter un œil dans sa direction. Il hochait la tête vers moi d'un air sérieux, me répondait « ouais ! » avec enthousiasme à propos de tout et n'importe quoi, et caressait maladroitement mon avant-bras… Mais à la façon dont il observait la télé du coin de l'œil, on voyait bien qu'elle pouvait avoir le dessus sur lui d'un moment à l'autre. Contempler Dirk en train de regarder la télé dans un bar avait perdu tout son intérêt.

— Hé ho, répétai-je plus énergiquement.

Il a pivoté sur son tabouret pour me faire face.

— Alors cette mémoire, elle revient ?

— Non. Rien du…

Je n'ai eu pas le temps de prononcer le « tout » qu'il s'était déjà retourné vers la télé.

— Pourtant, le fait d'être délaissée en faveur d'un match de foot me dit vaguement quelque chose. À moins que j'affabule ?

— Oh, je regardais juste cette action !

— Donc ce n'était pas un fait habituel entre nous ?...

De tête, je recomptais les dizaines de matchs que j'avais endurés, sans parler du nombre de fois où son équipe avait perdu ; ces défaites se soldaient immanquablement par la mauvaise humeur de Dirk, m'épargnant ainsi l'accouplement de la victoire. À l'inverse, en cas de succès footballistique, on se lançait dans des ébats follement athlétiques, au cours desquels je me demandais s'il n'était pas secrètement en train de penser à Derek Jeter ou à Tom Brady.

— Bien sûr que non, bébé ! affirma-t-il en s'enfilant d'autres cacahuètes avec désinvolture.

Menteur.

— En fait, je voulais justement te parler d'un truc.

— Ah oui ? Quoi ?

— C'est une question qu'on a souvent abordée avant que t'attrapes l'amnésie.

Que j'*attrape* l'amnésie ? Oui. On peut le dire comme ça !

J'étais assez curieuse de savoir où il voulait en venir étant donné que, faute de sujets, on discutait rarement ensemble. Sans parler que lorsque sujet il y avait, la discussion était assez courte.

— Alors... qu'est-ce que tu voulais me dire ? insistai-je, réellement intriguée.

Il s'est penché vers moi et j'ai fait de mon mieux pour réprimer un mouvement de recul. Ensuite, il a jeté un œil d'un côté puis de l'autre, et a finalement affiché son petit rictus malicieux ; cette amorce de sourire que je trouvais adorable et espiègle à l'époque et qui me donnait désormais juste envie de le frapper.

— Les femmes.

— Comment ?

— Les autres, précisa-t-il.

J'étais sans voix. Avait-il l'intention de passer aux aveux ? De confesser qu'il m'avait trompée ?! Je ne m'étais pas préparée à *ça* ! Néanmoins, ce n'était pas du tout son genre. Et puis pourquoi maintenant ? Puisqu'il croyait que je n'avais aucun souvenir du fait de l'avoir surpris... Se pouvait-il qu'il ait pris conscience de ses actes ? Qu'il les regrette ?

— Quelle femme ? lui demandai-je.

— En fait, tu étais de plus en plus attirée par les bis, me répondit-il.

Ne me dites pas qu'il avait osé... ?!

— Pa-pardon ?! dis-je en crachotant. Tu as bien dit *les bis* ?

— Ouais, crois-moi. Ça m'avait autant surpris que toi, mais tu étais très sérieuse.

J'ai failli m'étouffer sur place.

— Sans blague ?

— Non, sans blague ! Tu disais que c'était super entre nous mais que, en quelque sorte, on était tellement fous que ça te donnait envie de *plus*. Genre, faire un truc à trois, entre autres...

Genre.

— Eh bien ! Quelle audace de ma part !

— Comme tu dis !

Il a avalé une autre goulée de bière avant de continuer.

— Alors je me suis dit que... bon, ce soir, on s'en tient à nos petites folies habituelles mais, bientôt, faudra qu'on essaie, non ?

— *Bientôt ?*

— Oui, pourquoi pas ? Toi... moi... et une autre personne...

— Rien que tous les trois ?

— Absolument ! s'écria Dirk, visiblement tout excité ne serait-ce que d'envisager les différentes possibilités. Ce serait histoire de pimenter un peu les choses, tu vois ? D'ajouter un nouvel ingrédient à la potion magique ! Mais en tout cas...

Et là, telle l'icône de la droiture morale, il s'est redressé en tendant bien le cou vers moi :

— ... rien de vulgaire, ni quoi que ce soit qui puisse se mettre entre nous !

Tu parles. Je crois plutôt que si j'acceptais de le suivre dans cette idée, il s'accommoderait très bien d'un « entre nous ».

— Moi ça me convenait qu'on soit juste tous les deux, dit-il pour en rajouter une couche, et pas des moindres. Au début, j'ai essayé de t'en dissuader parce que j'avais peur que notre relation change une fois qu'on serait passés à l'acte, mais je veux que tu sois heureuse, tu comprends ?

— Bon, tu sais quoi ? le coupai-je. Faisons cette partouze mais avec un mec. Dans ce cas-là, d'accord.

S'efforçant de sourire, il a grimacé, avant de finalement rire jaune, instinctivement épouvanté par ma proposition.

— Oh ! Ça va pas ? Tu me prends pour un pédé ?

— Non pourquoi, tu l'es ?

— Sûrement pas ! Tu le sais très bien, putain !

Si on s'était trouvés dans un dessin animé, les oreilles de Dirk se seraient mises à fumer.

— C'est bon, oublie ce que j'ai dit.

— T'es sûr ? insistai-je en regardant autour de moi.

Je lui montré du doigt un type mignon avec une chemise en flanelle.

— Et lui, qu'est-ce que t'en penses ?

— Bah voyons.

— Je suis sérieuse. Vous deux, vous occupant de moi... Ce sera une expérience différente et sûrement très agréable ! Je comprends quand tu parlais de nouvel ingrédient...

— Mais t'es folle ?! T'as perdu la tête en même temps que la mémoire, c'est ça ?

— Je ne crois pas, répliquai-je impassible.

Alors, les yeux braqués sur Dirk, et un sourire d'un tout nouveau genre dansant sur mes lèvres, je suis descendue de mon tabouret pour aller aborder le type en question.

— Salut, dis-je à l'inconnu en flanelle, je m'appelle Jordan.

— Bonjour, Jordan. Moi c'est Mike.

— Enchantée, Mike. Alors voilà, ça va peut-être vous paraître bizarre mais est-ce que vous seriez d'accord pour que je vous embrasse ? C'est pour une sorte de pari.

Sa première réaction... fut celle de n'importe quel mec qui vient de se faire accoster dans un bar par une femme jeune et relativement attrayante lui demandant de l'embrasser. Surtout, *toujours les caresser dans le sens du poil.*

— Avec qui vous avez parié ?

— Personne. Enfin, si, avec moi-même. J'ai parié que j'en étais capable.

— Et vous gagnez quoi en cas de victoire ? Et si vous perdez... ?

— Dans le premier cas, j'y gagne un baiser, un peu d'amour-propre, et le plaisir de faire payer quelqu'un qui essaie de profiter du malheur d'un autre. Maintenant, si je perds...

Il a interrompu mon speech par un baiser. Et quel baiser ! Pas le feu d'artifice pour autant, mais un baiser bien agréable, ma foi ! Et qui n'avait sûrement pas échappé à Dirk. En redressant la tête, je l'ai justement vu se diriger vers nous. J'ai chuchoté à Mike de simplement entrer dans mon jeu.

— Dirk, je te présente Mike !

— Salut Dirk, dit Mike en pointant un index sur lui.

— Tu sais, Mike est très ouvert d'esprit, confiai-je à Dirk. Alors, comment on s'y prend ?...

— Jordan, *laisse tomber, OK ?!*

— OK ! acquiesçai-je, en réprimant un fou rire monstrueux.

Puis je me suis tournée vers mon nouvel ami :

— Bon, tant pis pour cette fois, Mike. Mais je vous tiens au courant si on change d'avis.

Je n'aurai qu'un mot à dire : *quel pied !*

Après avoir quitté Dirk, j'ai retrouvé Todd et Cat dans ce bar-restaurant ouvert toute la nuit où on avait comptabilisé tellement d'heures ensemble que le patron avait fini par nous attribuer une table réservée. Enfin, presque. Chaque fois qu'on arrivait, lui ou le gérant de nuit jetait un œil vers nous d'un air las, puis agitait brusquement le menton en direction de notre box. Le dilemme, c'était si la table était déjà occupée : ça nous retardait pendant des minutes entières ! Un jour, on a fini par déloger un groupe d'adolescentes en train de glousser à force de les dévisager.

J'étais en retard. Plaquer Dirk m'avait pris plus longtemps que prévu. Toujours est-il que pour entretenir le subterfuge, j'ai appelé Todd sur son portable, qui a fait semblant de m'indiquer le chemin. Ça faisait une éternité que je n'avais pas vu Cat. Depuis ma résurrection, je l'avais évitée bien malgré moi, et je me sentais légèrement coupable.

— Salutations ! lançai-je tandis que Cat se levait pour me serrer dans ses bras.

— Tu m'as manqué, me dit-elle d'une voix émue.

Le poids de ma culpabilité est aussitôt passé de la catégorie Léger à Poids Lourd.

— Je me demande...

Subitement, Cat s'est tue.

— Vas-y, parle, l'encouragea Todd.

Elle a haussé les sourcils dans ma direction.

— ... quel effet ça te fait d'être ici. J'ai du mal à croire que tu ne te souviennes pas de cet endroit.

Je veux bien que ça paraisse bizarre ; mais « incroyable », pourvu que non.

— En fait..., commençai-je en levant les yeux, l'air pensif. C'est comme si tous les jours c'était la rentrée des classes. Je sais que tout va bien se passer. Que dans l'ensemble, je saurai me débrouiller : j'ai le droit d'être là, je vais pouvoir gérer les devoirs, faire mes maths, mettre le feu au bec Bunsen, etc. Sauf qu'autour de moi, il n'y a que des nouvelles têtes. Je ne connais personne. Mais...

J'ai souri, pleine d'espoir :

— ... j'ai hâte de rencontrer tout le monde et de me faire de nouveaux amis !

— Mais tu te souviens quand même de la fois où tu t'étais coincée le bras dans le treillage au fond du jardin pendant que Sam n'arrêtait pas de te taper avec sa chaussure ? Et le gâteau à base de vinaigre, de moutarde, de cannelle et de morceaux de chocolat qu'on préparait et qu'on planquait dans le placard à biscuits ?

Cat fouillait sa propre mémoire de fond en comble.

— Et cet oiseau qui était entré dans la voiture un jour où tu conduisais ! T'étais montée sur le trottoir en défonçant le piquet de boîte à lettres et t'avais mis ça sur le dos de...

Cat a essayé de rattraper le coup :

— On a dit que c'était de la faute de Todd et de sa mini moto. Jusqu'à présent on n'avait pas encore trouvé la bonne occasion de lui dire la vérité.

Mon corps abritait un esprit bien à lui, et ce dernier se souvenait de chaque instant merveilleux avec Cat. Il m'incitait à tendre la main vers elle pour lui donner une tape complice sur le bras et, dans l'hilarité du moment, mes yeux et ma bouche étaient sur le point de suivre le mouvement, jusqu'à ce que Todd intercède calmement en m'envoyant un coup de pied sous la table.

— Ah, le bon vieux temps ! s'exclama-t-il. Ces souvenirs sont déments ! Reste à espérer que Jordan retrouve un jour son chemin jusqu'à nous. En attendant, on devrait y aller doucement.

Il a fait mine de marcher sur la pointe des pieds en faisant avancer ses doigts sur la table, tandis que je ravalais nerveusement ma salive avant de reprendre :

— Je commence seulement à me faire à mon boulot et à essayer de comprendre qui j'étais, qui je vais devenir, et aussi quelle vie je menais, si ça peut marcher comme avant...

— Et Dirk ? me coupa Cat. Tu as passé une bonne soirée avec lui ce soir ? Tu sais que je déteste jouer les oiseaux de mauvais augure mais...

— Arrête ! Tu adores ça ! dit soudain Todd.

Sans faire attention à lui, Cat a continué :

— Tu n'étais pas très heureuse avec lui avant d'avoir cet accident.

— Je sais.

— Alors tu te rappelles que c'est un crétin ?

Cat a pris une voix enthousiaste comme si j'avais fait une découverte capitale ; je commençais à être tendue.

— Je l'ai mise au parfum.

Toujours le mot pour me couvrir, ce Todd. Dieu que je l'adorais !

— Je suis quand même surprise qu'il ne t'ait pas ramenée chez lui ce soir.

— Oh, ça ne l'a pas empêché de me proposer quelques « expérimentations sexuelles » !

— C'est bien de lui, commenta Cat. Ça me révolte.

— Il en aurait des choses à résoudre chez le psy, acquiesçai-je.

— À mon avis, ses expérimentations se résumeraient à un petit coup vite fait, aussitôt suivi d'une longue série de ronflements, ajouta-t-elle.

— Alors c'était ça ma conception du bonheur avec lui avant ? En tout cas, désormais il n'obtiendra rien de moi de cette façon.

— Bien dit ! se réjouit Cat. Fais-le souffrir, qu'il soit à tes pieds ! Fais-lui voir la diva qui sommeille en toi !

À ces mots, j'ai levé mon verre pour trinquer.

— À cette nouvelle diva qui va voir le jour !

— Bravo ! cria Cat. Par contre, j'ai tellement envie de faire pipi que je crois que ma vessie va exploser sur la table !

— Dis, si tu nous épargnais cette charmante image et que t'allais aux toilettes ? lui suggéra Todd.

— Ah oui, tiens, je n'y avais pas pensé, ironisa Cat en se levant.

Elle s'est éloignée, nous laissant l'occasion d'un bref tête-à-tête avec Todd.

— Si tu savais les foutaises que Dirk a essayé de me faire avaler...

— Ça, je veux bien te croire.

— Aux antipodes de ma soirée avec Travis.

— Avec qui ?

— Travis.

— C'est qui ça ? s'étonna Todd, le visage crispé, et les épaules remontant petit à petit vers ses oreilles.

— Tu sais, le type qui m'a...

— Ah, le *fleuriste* !

C'était sa façon à lui de gonfler ses biceps. Il suffisait de mentionner le nom d'un autre homme pour qu'aussitôt, Todd hérisse ses plumes.

— Ce n'est pas tout à fait son métier, mais en effet, c'est le type qui a envoyé toutes les fleurs. Le fait est qu'on s'est vus plusieurs fois, et il est vraiment mignon.

— *Mignon* dans quel sens ? Comme un gentil monsieur de quatre-vingts ans ? Comme un panier rempli d'adorables chiots ou un gosse de trois ans qui a les doigts couverts de peinture ?

— Non, c'est ni un chiot, ni un vieux, ni un môme. Il doit avoir notre âge. Mais tu sais, je ne sais plus trop donner d'âge aux gens maintenant.

Cat est revenue juste à temps pour entendre la fin de ma phrase.

— Moi non plus, intervint-elle. Pour moi, tous les gens entre dix-neuf et trente-cinq ans se ressemblent !

On a tous les trois acquiescé d'un signe de tête.

Je ne savais pas à quand remontait ce changement, mais avant j'étais plutôt douée pour deviner l'âge des autres. Je pouvais plus ou moins l'évaluer en fonction de ce que la personne portait, de la musique qu'elle écoutait... ce genre de détails. Aujourd'hui, tous les adolescents s'habillent comme s'ils avaient la vingtaine ; et tous ceux qui ont la trentaine cherchent désespérément à en paraître vingt et quelques ; quant à ceux qui ont vraiment la vingtaine, eh bien, disons qu'ils font leur âge, mais ça brouille quand même les pistes.

— Alors, qu'est-ce que j'ai raté pendant que je faisais pipi ?

— Pas les toilettes déjà, du moins j'espère, blagua Todd. Jordan a un admirateur pas vraiment secret.

— Ah oui ? Qui ça ?

— Le type qui l'a écrasée.

— Il ne m'a pas écrasée, Todd. On est entrés *en collision*. C'était accidentel. C'est bien pour cette raison que ça s'appelle un « accident ». Ce n'est pas délibéré.

— *Des lits bérets* ? Ça existe ?! Tu crois qu'il faut porter exprès un béret pour dormir ?

— T'as l'intention de nous casser les pieds encore longtemps ?

— Il en serait bien capable, dit Cat. Ne le pousse pas sur cette voie.

— Remarque, si le lit a la forme d'un béret, il ne doit pas y avoir beaucoup de place pour les jambes.

— Bref, Travis n'est pas un admirateur à proprement parler, rectifiai-je, même si j'espérais le contraire en mon for intérieur. Il s'est simplement montré attentionné parce qu'il culpabilise.

— Il peut ! s'exclama Todd d'un air faussement indigné avant d'enfoncer le clou : à cause de lui, notre Jordan a subi une commotion et perdu tous ses précieux souvenirs !

— Si ça se trouve, je ne le reverrai jamais, soupirai-je, en formulant aussitôt une petite prière en silence.

S'il vous plaît mon Dieu, faites que j'aie tort !

— Sûrement, ajouta Todd avec un sourire entendu.

— Et toi, Cat, quelles nouvelles ? dis-je pour changer de sujet.

— Chouette, on va pouvoir commencer à casser du sucre sur le dos des hommes ! dit Todd, avec sarcasme.

— Eh non, pas cette fois ! répondit Cat. Car je suis une femme épanouie, avec un bébé en route !

En remontant le couloir de mon palier, j'avais l'impression que quelque chose avait changé. C'est au moment d'enfoncer la clé dans ma porte que j'ai compris. Le silence. Le silence total. Sneevil ne pépiait pas mot.

Je me suis dépêchée d'entrer dans mon appartement et j'ai couru vers sa cage… vide. Je l'ai cherché partout du regard, complètement affolée, mais en vain. Mon cœur battait la chamade, quand soudain, j'ai entendu un petit coup. J'ai levé la tête en direction du bruit, et là, près de la fenêtre, j'ai vu Sneevil, blotti dans un nid de fortune qu'il s'était bricolé sur mon appui de fenêtre, de l'autre côté de laquelle se trouvait un pigeon. Attention, pas n'importe lequel, mais un gros pigeon qui fixait mon canari d'un air enamouré et désespéré. Et Sneevil lui rendait la pareille. Il était si épris de ce pigeon (pigeonne ?) qu'il en avait changé de maison. D'ailleurs, je rêvais ou c'était mon nouveau pull orange que je voyais au milieu du nid ? Surtout, n'hésite pas, Sneevil. Mets-toi à l'aise !

De nouveau, le pigeon a tapoté contre la vitre, et Sneevil a roucoulé en commençant à chanter. Roméo et Juliette version aviaire ! Aussitôt, en pensant au mot « aviaire », j'ai fait le lien avec cette grippe dont on entendait sans cesse parler, et un doute m'a assaillie : ce pigeon était peut-être porteur du virus ? Prise de panique, je l'ai rapidement chassé. Du moins, j'ai essayé. Mais impossible de le faire bouger. Le pigeon ne faisait même pas attention à moi. Et pour cause : il n'avait d'yeux que pour Sneevil. Lequel continuait à répondre à ses regards pleins de désir en trépignant, en pépiant, et en se penchant en avant le plus possible ; sans la cloison en verre, ils auraient déjà été dehors en train de danser bec contre bec.

Je me suis mise à faire les cent pas en essayant de trouver une solution à cet amour naissant, puis j'ai écouté les messages sur mon répondeur. Le premier était de Citibank. Imbuvable. Ces gens étaient vraiment impitoyables. À croire qu'il fallait les payer tous les mois. Sans compter qu'ils appelaient à n'importe quelle heure. Ces barbares s'y étaient pris à six heures du matin un jour.

Par contre, le second message neutralisa le stress Citibank...

« Salut Jordan. Je me suis dit que je devais commencer à me servir de ce numéro. C'est Travis au fait. Le type de la voiture. Et de Thanksgiving. Et du shabu-shabu. Enfin bref, je voulais juste savoir quel était votre programme pour demain soir. Je m'en veux encore pour l'odeur, l'appareil dentaire et cet appel tardif aussi... D'ailleurs, ce message doit vous paraître bizarre. Quoi qu'il en soit, j'espère que j'aurai l'occasion de me rattraper. Dans un endroit où tout le monde doit garder ses chaussures aux pieds. Mais bon, peut-être que vous ne vous souvenez même pas de l'incident. Je ne sais pas trop si ce genre d'événement tombe sous le coup de l'amnésie ou pas. Donc, si vous avez tout oublié, tant mieux ! Sinon... encore désolé. Rappelez-moi. C'est Travis. Mais ça je l'ai déjà dit. »

Biiip.

Est-ce qu'on pouvait faire plus mignon comme message ? On aurait dit Hugh Grant quand il parle en balbutiant tout gêné. Mais ce n'était pas agaçant. Non pas qu'Hugh Grant le soit, mais lui on l'a assez vu balbutier dans les moments de gêne. En revanche, avec Travis... on était en territoire inconnu. Du balai, Hugh ! Place au film de ma vie avec un nouvel homme à sa tête. Envoyez le générique !

Soudain, alors que j'étais en plein tournage de *Travis & Jordan*, le téléphone a sonné. Mis à part Citibank, la seule chose qui aurait pu m'arracher à mon extase, c'était ma mère. Justement, c'était elle.

— Allô ?

— Bonjour Jordan, c'est ta mère.

Cette réponse n'était pas uniquement liée à mon amnésie : ma mère se présentait toujours comme ça quand elle m'appelait (au cas où je ne reconnaîtrais pas cette voix que j'entendais depuis ma naissance.)

— Salut, maman. Comment ça va ?

Machinalement, j'ai pris la direction du congélateur pour attraper un pot de glace. Je ne me rendais même pas compte de ce que je faisais. À mon avis, c'était de l'autodéfense sous forme de réconfort alimentaire.

— Je voudrais que tu prennes rendez-vous pour des séances de rééducation, m'annonça-t-elle.

— Pour quoi faire ?

— Ça jouera en faveur de notre affaire.

— *Quelle* affaire ?

— Celle contre le chauffeur de la voiture, chérie. Il va payer cher pour ce qu'il t'a fait. Mon avocat et Dirk ont dit que plus on cumulait de factures, moins il aurait de chances de s'en tirer.

— Non, maman. Il n'y aura ni rééducation ni procès. En fait, je l'ai rencontré et il est vraiment très gentil.

Et puis il est super mignon et il va me faire une dizaine d'enfants, alors arrête ça tout de suite ! PS : je peux savoir pourquoi tu parles à Dirk ?

— Il peut être gentil et écraser la moitié des New-Yorkais en même temps. Ça ne change rien à ce qu'il a fait.

— Si ! C'était un accident !

Je me suis alors entendue lui répéter ce que j'avais dit à Todd quelques heures avant :

— D'où le fait qu'on appelle ça un *accident* et pas un acte délibéré.

— Bon, on en reparlera plus tard.

Elle a marqué une pause.

— Jordan, tu es en train de manger ?

Oui, effectivement. Comment est-ce qu'elle avait pu l'entendre ? C'était de la glace ! À tous les coups, c'était d'abord pour cette raison qu'elle avait appelé. Son radar s'était déclenché. Quelque part dans Manhattan, Jordan était sur le point de s'empiffrer et il fallait l'en empêcher ! Elle deviendrait maigre comme le reste de sa famille quoi qu'il arrive !

— Je mange juste un petit quelque chose.

— De la glace ?! répliqua-t-elle d'un ton méfiant.

Eh zut.

— Non.

— Bien. Parce ce n'est pas une heure pour manger, tu sais. Tu devrais essayer de ne pas manger après sept heures du soir.

— Compris, maman. Merci.

— Je te prendrai rendez-vous demain pour la rééducation. Bonne nuit, Jordan et... savoure bien ta vanille noix de macadamia. À moins que ce soit celle aux pépites de chocolat ?

J'ai hésité à répondre.

— Pépites.

— Je m'en doutais.

Clic.

18

De toute façon,
la vie c'est que de l'impro

En arrivant au travail, j'ai eu l'impression que tout le monde me regardait bizarrement. Ça m'a rappelé le jour où je m'étais fait asperger de gadoue en venant travailler ; sauf que, cette fois, j'étais nickel et mes collègues ne semblaient pas avoir pitié de moi. En revanche, on aurait dit qu'ils étaient au courant de quelque chose. Comme quand ils prennent cet air idiot lors de l'anniversaire de quelqu'un et qu'ils disent « au fait, Sally... ils ont besoin de toi dans la salle Bermudes », et en s'amenant là-bas – ô, surprise ! –, Sally trouve un gâteau et une foule de gens réunis pour fêter son anniversaire.

Ensuite, j'ai découvert que mon box avait été nettoyé à fond, complètement vidé. Pas une seule agrafeuse en vue, mais une trace visible au mur à la place de mon poster d'Hasselhoff. Mon rythme cardiaque s'est accéléré, et mon estomac a fait une pirouette d'ordinaire réservée aux fois où je me faisais prendre en train de mentir.

Je me suis tournée vers les collègues, mais personne n'osait me regarder dans les yeux.

Alors quoi ? J'étais mutée ? Virée ?

D'accord, j'avais peut-être été un peu fourbe pour la présentation VibraLens, mais j'étais persuadée d'avoir assuré.

— Jordan ?

En me retournant, j'ai vu Lydia.

— Bonjour, lui dis-je en manquant de m'étrangler avec ma propre salive tellement j'étais angoissée.

— Qu'est-ce que vous faites là, Jordan ?

— Je... réfléchis ?

— Vous vous demandez surtout où sont passées vos affaires, n'est-ce pas ?

Boum. Boum. Boum. Étais-je la seule à entendre mon cœur tambouriner ?

— Oui, un peu..., avouai-je à ma boss.

C'est alors que Laura J. Linvette, directrice des ressources humaines et de la comptabilité (une double fonction peu réglementaire en principe, mais notre agence était minuscule par rapport à la norme), a fait son apparition.

— Félicitations, Jordan ! Comme tout s'est décidé très vite, nous n'avons pas eu beaucoup le temps de nous organiser, mais je suis certaine que nos propositions vous donneront satisfaction.

— Ah ?...

Pour le coup, je me sentais réellement amnésique. C'était quoi, tout ce remue-ménage ? Puis, Billingsly est arrivé à son tour en me lançant un grand sourire.

— Jordan ! Voilà enfin ma vedette ! VibraLens a signé pour une campagne d'affiches *et* de publicités radio et télé grâce à votre « Faites peau neuve » ! En fait, après qu'on a mis en place la stratégie média, ils ont voulu développer davantage le projet tellement ils étaient impressionnés par le potentiel créatif de l'agence. Quant à vous ma chère, à compter d'aujourd'hui, vous faites désormais officiellement partie des créatifs, dans l'équipe Surf.

Chez Splash, en plus d'avoir des salles de conférence baptisées en fonction de nos dernières vacances, nos équipes portaient toujours le nom d'un sport aquatique.

— Votre nouveau bureau se trouve juste à côté de celui de Kurt, ajouta Laura J.

Un autre membre de sa famille s'appelait Laura, donc elle avait passé sa vie à se faire appeler Laura J. (Cela dit, j'avais connu quelques DRH qui revendiquaient l'initiale de leur deuxième prénom. Ils se figuraient peut-être que cette lettre supplémentaire leur donnait de l'importance ?)

— À côté de Kurt ? intervint soudain Lydia.

Je voyais bien à sa tête qu'elle n'était pas enchantée par la tournure des événements. Bien au contraire, même.

Moi, par contre, j'exultais.

— Mon bureau ? Vous voulez dire… à moi toute seule ?

— Oui, tout au fond du couloir, marmonna Lydia avec ce ton agacé que je lui connaissais.

Je suis passée devant quelques bureaux en lisant les petites plaques de noms sur chaque porte, et finalement je l'ai aperçu : pas Kurt, mais David. Mon affiche de David Hasselhoff, scotchée sur la porte de mon nouveau bureau ! Kurt a reculé de sa table en pivotant sur son siège.

— Salut voisine.

— Salut.

— Ça t'ennuierait si on enlevait ce poster pour que je ne sois pas forcé de le voir tous les matins en arrivant ?

— Non, répondis-je simplement, embrouillant Kurt.

— « Non » ça ne t'ennuie pas ou « non » pour l'enlever ?

— J'ai cru comprendre qu'il était là depuis plus longtemps que toi, Kurt.

— OK, c'est pas grave, céda-t-il. Fallait que je tente le coup. Ce type me met un peu mal à l'aise.

— C'est le but.

Une fois installée dans le nouveau fauteuil de mon nouveau bureau, la première chose que j'aie faite a été de décrocher le téléphone pour consulter le répondeur de la maison et me repasser l'adorable message de

Travis. Puis, j'ai raccroché en examinant la pendule au mur, le temps de calculer l'heure précise à laquelle je le rappellerais. Dix heures du matin, c'était beaucoup trop tôt. Onze heures ? Déjà plus raisonnable ; ça ne faisait ni celle qui appelait au saut du lit, ni celle qui attendait toute la journée histoire de le faire mariner. Finalement, j'ai opté pour onze heures... trente. Ou vingt ? Non, trente, c'était bien.

Et à dix heures quarante-sept, j'ai attrapé le combiné pour composer son numéro.

— Travis à l'appareil ? dit-il en décrochant.

— Bonjour, Jordan à l'appareil ! répondis-je, amusée.

— Jordan ? Ah, Jordan ! Bonjour !

— Quoi de neuf ?

— Pas grand-chose. La cuisine habituelle.

— J'adore les hommes qui cuisinent.

— C'est tout moi. Un simple tablier autour des hanches et le sourire aux lèvres.

— Je visualise tout à fait, commentai-je en l'imaginant dans cette petite tenue.

— En fait, là, je suis habillé. Parce que la dernière fois que je suis venu travailler en tablier, on m'a envoyé au bureau des ressources humaines.

Sa blague m'a fait éclater de rire ; un peu trop bruyamment. J'ai levé les yeux au ciel, consternée par ma propre bêtise.

— Alors, quand est-ce que je vous invite à sortir ? me dit-il subitement.

Un mec direct, ça me plaisait. D'ailleurs, tout me plaisait chez lui. *Sans blague ? Ta passion c'est de tuer les bébés phoques à coups de gourdin ? Ça alors, moi aussi ! Allez, on prend le premier charter pour le Groenland !*

— Je suis assez flexible...

Zut ! Maîtrise-toi, Jordan !

— Intéressant..., me taquina-t-il, mais gardons ça pour plus tard, OK ? Dites-moi plutôt quand vous êtes libre ?

— C'est malin...

— Ce soir ?

Hum... voyons voir. J'étais flexible mais pas au point d'être toujours disponible. En réalité, j'étais même totalement inaccessible. Même pas dans ses rêves ! Cela dit, ce soir... est-ce que j'avais quelque chose de prévu ? À part me faire désirer ?

— Je suis tout à vous.

Et re-zut.

On était convenus que Travis passerait me prendre à la sortie du bureau. Cela aurait pu virer au cauchemar à bien des égards si, en l'appelant, je n'avais pas escompté un rendez-vous le jour même dans mon scénario idéal. J'aurais pu ne pas être épilée ou m'être habillée n'importe comment, ne pas avoir mis le bon soutien-gorge ni le haut qui souligne ses effets (merci

Victoria pour tous tes merveilleux secrets). Mais la nouvelle Jordan portait désormais des tenues d'attaque, et non pas de défense, comme elle s'attendait toujours à une bonne surprise plutôt qu'à une mauvaise, et elle prenait un peu plus de temps le matin pour se faire belle. Ce matin-là, justement, je m'étais levée une heure plus tôt pour faire un effort supplémentaire, *au cas où*. Jusqu'à présent, tout se déroulait comme prévu – ce qui ne m'était jamais arrivé auparavant. De fait, puisque avant je ne prévoyais rien. Ma vie devenait vraiment géniale !

Je suis sortie de chez Splash comme une flèche et, tandis que je commençais à descendre les marches dehors, j'ai aperçu Travis assis sur un banc de l'autre côté de la rue. Mon estomac s'est carrément mis à faire des saltos, et mes jambes à flageoler. Le cœur battant, j'ai continué à descendre l'escalier en priant pour ne pas trébucher et me retrouver les quatre fers en l'air devant Travis. J'ai d'ailleurs profité de cette prière pour remercier Dieu de m'avoir présenté cet homme. (Cela dit, la prochaine fois, je préférerais qu'on évite l'hôpital. Un simple télescopage au rayon fruits et légumes du supermarché pourrait suffire, non ?) Travis a traversé la rue pour venir à ma rencontre.

— Bonjour, lança-t-il. Vous êtes superbe.

J'avais les joues en feu.

— Bonjour vous.

On a dû rester comme ça, tout gênés, pendant une heure (c'est-à-dire huit secondes en temps réel).

— Alors, quel est le programme ?

— Eh bien, je me suis dit qu'on pourrait inaugurer la nouvelle salle de jeux et conduire des autos tamponneuses en l'honneur de notre rencontre...

Je souriais tellement que j'en avais mal aux mâchoires.

— Et ensuite, si ça ne fout pas en l'air un éventuel régime en cours, on fait un raid chez le glacier.

— Je sens que tout ça va me plaire !

— Sous réserve que je ne vous rentre pas dedans, blagua-t-il.

— Ce ne serait pas la première fois, répliquai-je d'un ton railleur.

— Oh, dur !

La soirée a été à l'image de ces premiers rendez-vous quasi parfaits qu'on ne voit que dans les films. On a passé des heures au volant de nos autos tamponneuses, conduisant comme des fous et s'injuriant à tue-tête d'une voiture à l'autre.

— T'es dans la merde, mon vieux ! C'est l'heure de la vengeance ! hurlai-je en le percutant violemment.

— Ah les bonnes femmes au volant !

— Oh, arrête de pleurnicher !

On ne se lassait pas de se rentrer dedans. Puis, une fois passé l'attrait de la nouveauté, on s'est retrouvés face à deux énormes milk-shakes glacés, vanille pour moi et chocolat pour lui.

— Quoi d'autre ? me demanda Travis.

— C'est tout, dis-je en gargouillant, la bouche pleine de glace.

— Je veux en savoir plus sur toi. Je veux tout savoir, même !

— Mais moi aussi ! Sauf que je suis désavantagée étant donné que tout ce que je peux te raconter remonte au jour de notre rencontre « accidentelle ».

— Vas-y, continue à enfoncer le clou ! dit-il avec une petite moue adorable qui suscita en moi un violent désir de lécher la glace sur ses lèvres.

J'ai réussi à résister.

— Excuse-moi, je ne voulais pas en rajouter. Parle-moi de toi plutôt. Ta famille vit ici ?

— Ma mère habite dans le nord de l'État, ma sœur est mariée et vit à Portland, et mon père est mort quand j'étais en fac mais ça, je te l'ai déjà dit peut-être ?

— Je suis désolée.

— C'était un homme formidable.

Il regardait droit devant lui ; je crois qu'on avait mis le doigt sur un sujet sensible.

— Il était gardien de phare.

— Vraiment ? Ce n'est pas courant comme métier. Où travaillait-il ?

— Au large de Long Island. Mais le phare n'est plus en service. Il aurait vraiment besoin d'être restauré.

— Je n'en ai jamais vu un de près.

— C'est majestueux. Extraordinaire.

Travis était songeur. L'espace d'une minute, il m'a paru à des kilomètres de moi. Sans doute pensait-il à son père. J'aurais volontiers grimpé sur la table pour le prendre dans mes bras ou lui caresser la joue… Mais il est sorti de ses rêveries aussi vite qu'il s'y était plongé. Et il a changé de sujet.

— Voyons voir… quoi d'autre ? Je suis *contre* la colorisation des vieux films en noir et blanc mais *pour* le Père Noël.

— Et tu es contre le gazon synthétique et la règle du ballon à l'avant-champ au base-ball, pas vrai ?

— Comment sais-tu *ça* ?!

Nos regards s'étreignaient en silence.

— Allez… dis-m'en plus, lui suggérai-je.

L'ancienne Jordan n'aurait jamais eu le cran de le draguer de cette manière, mais c'était si bon de pouvoir discuter aussi librement.

— D'accord, enchaîna-t-il. Alors, je préfère André 3000 à Big Boi[1], courir au grand air le long du fleuve plutôt qu'enfermé dans une salle sur un tapis de jogging, les coups de fils aux textos et… je peux faire des merveilles en cuisine.

— Quoi par exemple ? De la lévitation ?

---

1. Chanteurs du groupe de hip-hop américain Outkast. *(N.d.T.)*

— Ça, non, mais quel que soit ton plat préféré, je peux te préparer la meilleure recette de ta vie.

— Vu que mes souvenirs culinaires datent, la concurrence ne sera pas trop rude.

Chez les contrôleurs aériens, c'est ce qu'on appelle une procédure d'approche.

— Sans compter que je me rappelle surtout de la nourriture de l'hôpital.

Son visage affichait une expression de culpabilité. Il s'en voulait ; et moi aussi du coup.

— Sérieusement, tu cuisines bien ?

— Je ne plaisante pas avec ce genre de choses.

— Dans ce cas, je vais être obligée de tester ton savoir-faire.

— Vendredi soir, par exemple ? proposa-t-il, comme s'il avait préparé la réplique.

— Ça tombe bien, je suis libre ce soir-là.

« Et pour le restant de mes jours, si tu n'as rien de prévu non plus ! » lui cria mon esprit totalement chaviré.

19
Slim–Fast,
c'est tout sauf « délicieux »

C at m'a demandé de l'accompagner au cardio-training avant d'aller travailler. J'ai fait semblant de ne pas me souvenir lorsqu'elle a mentionné le fait qu'on y était déjà allées ensemble et que j'adorais ça, et j'ai dû me faire violence pour ne pas me désister à la dernière minute. Ce cours de gym était basé sur l'endurance, mais au lieu de suer sur des vélos, on faisait de la marche sportive sur des tapis de jogging. Seul élément permettant de sauver les apparences : on était tout un groupe de gens à s'activer en même temps. Or, à l'instar des bracelets noirs en caoutchouc, de l'eyeliner bleu et de la queue-de-cheval crêpée sur le côté, la marche sportive fait partie de ces choses qui auraient dû être reléguées aux années 1980.

Cat ne faisait plus de vélo à cause de sa grossesse ; d'ailleurs, mieux valait marcher que pédaler car la musique techno qui accompagnait le cardio-vélo me donnait des envies de meurtre.

— Pourquoi on dit « être au septième ciel » ? demandai-je à Cat, en augmentant l'inclinaison de mon tapis comme nous l'ordonnait le moniteur.

— C'est une expression. Ça signifie que t'es hyper heureuse. Aux anges. Dans ton élément. Comme Dirk dans un bar à strip !

— Arrête de faire l'andouille. Je sais ce que ça veut dire, mais d'où ça vient ? Pourquoi « septième » et pas « sixième » ou « soixante-douzième » ?

— Aucune idée.

— Tu sais, je vais finir par vraiment l'aimer ce Travis.

— Ça m'a l'air d'être déjà le cas.

— C'est vrai. Je n'ai jamais rencontré quelqu'un comme lui. Il a l'air vraiment sincère, tu sais.

— Ça, la sincérité, c'est primordial !

— Pas comme la plupart des losers avec qui je suis sortie. Et Dieu sait que j'en ai connu !

Cat a décalé ses pieds sur les rebords du tapis et s'est figée, les yeux écarquillés.

— À qui tu penses, Jordan ? Tu te souviens de quelque chose ?!

— Non, pas du tout ! Simplement, vu Dirk, j'ai comme l'impression que je n'avais pas très bon goût question mecs.

— Ah, d'accord, acquiesça-t-elle en reposant les pieds sur la courroie en mouvement. Ce type est une perte de temps, même s'il est plus attentionné avec toi depuis l'accident. Je sais que tu ne t'en rappelles pas mais avant, il était pire !

— Je n'aurais pas imaginé ça possible.

— Oh si, crois-moi. Il te traitait comme un chien. Franchement, je suis étonnée qu'il ait autant changé.

— C'est sans doute parce que je ne me laisse plus faire. Ça doit l'exciter...

— Je l'ai toujours dit : t'es gentille avec eux, et ils te traitent comme une merde. Mais si tu te comportes comme une garce, ils vénèrent jusqu'au sol que tu foules !

— Tu parles d'une logique. En tout cas, il m'a invitée à dîner ce soir.

— Qui, Dirk ?

— Mais non, Travis !

— Voyez-vous ça ! Madame jongle avec les hommes maintenant ! Ça m'embête de le dire, mais je crois que cet accident, c'est la meilleure chose qui pouvait t'arriver.

J'étais on ne peut plus d'accord avec elle.

— Si vous discutez, c'est que vous ne bossez pas suffisamment, rouspéta le prof de gym. Ne m'obligez pas à vous séparer, mesdames. Remuez-vous au lieu de papoter !

C'était déjà pénible d'être là, mais se faire enguirlander par ce type, c'était pire que tout.

— T'es sûre que j'ai adoré ce cours la dernière fois ? demandai-je à Cat.

— Certaine !

— Non, je m'en souviendrais sinon.

— Si, je t'assure !

— Et qu'est-ce que j'ai pu dire qui t'ait fait croire ça ?...

— Mesdames, vous devriez aller discuter ailleurs, grogna encore le prof.

— Désolée, s'excusa Cat. On disait justement qu'on adorait...

Mais avant qu'elle ait terminé sa phrase, j'étais descendue de mon tapis. Elle m'a dévisagée, perplexe.

— Tu vois, j'aime tellement ce cours que je suis comblée ! Mais je ne voudrais pas abuser, ce serait presque égoïste de ma part.

— Ça va, maugréa Cat.

Je voyais bien qu'elle était contrariée que je ne tienne pas plus longtemps, mais après le dernier cours pris ensemble, je n'avais pratiquement pas pu marcher pendant deux jours. Pourquoi me serais-je forcée à faire quelque chose qui ne me plaisait pas ?

— Je t'attends dehors, lui lançai-je en m'éclipsant de la salle.

Cat me rejoignit quelques minutes plus tard.

— J'étais trop gênée pour continuer, me dit-elle, insinuant que c'était ma faute.

— Désolée, rétorquai-je sans vraiment m'excuser, tandis qu'on sortait dans le froid mordant. Il faut que je repasse chez moi avant d'aller au bureau. Et toi ?

— Non, je vais prendre une douche en bas. J'ai apporté de quoi me changer. Contrairement à toi, je n'ai pas rendez-vous ce soir, me titilla-t-elle, les sourcils levés.

Cette pensée m'a fait sourire. Mon rendez-vous avec Travis. Il allait cuisiner pour moi...

Puis, j'ai aperçu un taxi. Sauf que devant moi, il y avait une femme à environ cinq ou six mètres, agitant le bras au point de se déboîter l'épaule. Et pas d'autre taxi à l'horizon, or j'étais vraiment pressée. Alors, au lieu de subir comme toujours, cette fois j'ai décidé d'agir. J'ai foncé au milieu de la chaussée en passant ouvertement devant elle, et lui ai piqué son taxi.

Debout sous ma cascade privée, je prenais une de ces douches délicieuses dont on n'a aucune envie de sortir, rêvassant au sujet de Travis tandis que l'eau dégoulinait sur moi à une température idéale. J'aurais pu y rester des heures si le charme de cet agréable, de ce fabuleux gargouillis n'avait pas été subitement interrompu par une sonnerie tonitruante. Durant mes brefs accès d'amnésie – ou ce qui passait pour telle –, j'avais parfois le sentiment que mon petit psychodrame devenait psychosomatique, que mon corps commençait à croire ce que mon esprit brodait. Mais en passant la tête hors de la cabine pour en avoir le cœur net, j'ai compris à mon grand soulagement que je n'avais pas rêvé : c'était effectivement le bruit insistant de quelqu'un qui sonne en bas et qui veut monter.

Je suis sortie de la douche trempée jusqu'aux os (heureusement d'ailleurs, parce que j'étais à deux doigts de me transformer en bœuf séché), et je me suis enveloppé la tête et le corps d'une serviette. Mais avant même d'avoir le temps de répondre à l'Interphone, j'ai eu la surprise d'entendre frapper à la porte. Et cette singulière façon de taper ne pouvait venir que d'une seule personne : ma mère. Pourtant, depuis le fâcheux incident de la petite amie transie d'amour qui avait balancé l'écran plat de son ex par la fenêtre du quatrième étage après que le sympathique voisin de palier lui avait donné accès au hall d'entrée, les locataires de l'immeuble et moi-même étions convenus à juste titre de ne pas ouvrir à des inconnus. Par conséquent, c'était désormais un exploit de passer entre les mailles — quoiqu'un jeu d'enfant pour ma mère avec ses sourires insistants et ses simagrées pseudo-soucieuses. Serrant les dents avec optimisme, j'ai jeté à tout hasard un coup d'œil furtif à travers le judas dans l'espoir que ce soit quelqu'un d'autre ; un visiteur ni attendu, ni invité ou autorisé à monter, mais m'apportant un gros cadeau, par exemple.

Manque de pot, c'était bien ma mère.

Lorsque j'ai ouvert la porte, elle m'a toisée de la tête aux pieds, et son visage s'est crispé de manière

convulsive. C'est involontaire une convulsion, non ?
Pourtant, ce minuscule spasme arrivait à exprimer à la
fois la pitié, la condescendance et le mépris, et suscitait
en moi des milliers de sentiments, en priorité, celui de
ne pas être à la hauteur.

— Maman ? Quelle bonne surprise !

— Bonjour, chérie.

Elle s'est mise à humer l'air, presque comme pour
vérifier que je n'avais pas fumé de l'herbe ; mais en
réalité, elle essayait de me faire comprendre que mon
appartement n'était pas assez propre. De toute façon,
rien n'était jamais « assez » avec elle. Moi, la première.

— J'étais dans le quartier alors je me suis dit que
j'allais passer voir comment tu allais.

D'un rapide coup d'œil, elle a procédé à son habituelle inspection de l'appartement, et j'aurais juré que
son visage se contractait encore. Est-ce qu'elle avait
attrapé un tic ? Comme si elle devenait allergique à
moi ? Elle a contemplé la pile de vêtements qui jon-
chait le sol.

— C'est quoi exactement ta méthode pour faire la
lessive ? Laisser la pile de linge sale grossir jusqu'à ce
qu'elle ne passe plus la porte, puis faire un feu de joie
avec et racheter du neuf ?

— Mais non, je vais m'en occuper ! Cela dit, c'est
vrai que je tentais de battre un record.

— Ça ne m'amuse pas, Jordan. C'est dégoûtant.
Comment peux-tu vivre dans ces conditions ?

Pour ma défense (ce qui est généralement ma position favorite quand ma mère est dans les parages), il n'y avait pas que des vêtements sales dans la pile dont elle parlait. Tout le monde sait qu'une femme doit parfois essayer *plusieurs* tenues avant de trouver celle qui convient. Ça, ça vaut pour les journées ordinaires. Mais ajoutez à cela le syndrome prémenstruel, et ça peut aller jusqu'à dix essayages avant de trouver la tenue dans laquelle on se sent la moins moche (en général, c'est la première qu'on a essayée, mais ça c'est un autre débat). Ce que je veux dire, c'est qu'une grande partie de ces fringues n'étaient pas sales, juste rejetées. Et c'est simplement parce que j'avais passé trois heures à choisir une tenue que je n'avais pas eu le temps de ranger. Avec quelqu'un d'autre, j'aurais peut-être essayé de me justifier, d'expliquer tout ça. Mais ma mère n'en avait rien à faire de mes explications, donc je ne me suis pas donné la peine d'en fournir. J'ai juste acquiescé d'un signe de tête. C'est vrai, ça : comment faisais-je pour vivre dans ces conditions ?!

— Je ne sais pas maman.

— Eh bien moi non plus.

— Je sais.

J'ai secoué la tête en haussant les épaules, comme si ce n'était pas de moi qu'on parlait, l'air aussi écœuré qu'elle.

— Au moins, ça ressemble plus à la Jordan que je connais et que j'aime ! Au fait, est-ce que tu commences à te rappeler de quelque chose ?

— Non, pas vraiment.

En fait, si. Je me souviens de la dernière fois que tu es passée me voir sans avoir été invitée et où tu as dit exactement la même chose. À ta place, je me ferais un mémo pour ne pas oublier que ta fille est une sauvage qui vit dans des conditions sordides. Ça t'épargnerait le choc à l'arrivée, et tu ne te sentirais pas obligée de me le rappeler à chacune de tes intrusions dans mon espace intime.

— Je t'ai apporté quelques friandises, me dit-elle d'une voix à présent enjouée.

J'avais remarqué le sac de provisions qu'elle tenait à la main mais je ne voulais pas poser de questions. Au moins elle était venue avec des cadeaux. Un plein de courses gratuit est toujours appréciable quand on a un salaire d'employée au service trafic et qu'on croule sous les dettes. Ma promotion au poste de rédactrice publicitaire junior incluait une légère augmentation, mais au final, le seul changement effectif d'un point de vue alimentaire, c'est que désormais, je pouvais me permettre de manger des sandwichs au thon albacore au lieu des autres variétés. Néanmoins, comme bien d'autres avant moi dans une situation aussi délicate, je n'avais pas trouvé le temps de me priver de grand-chose pour l'instant. Mais, justement, en examinant son ancienne vie, la nouvelle Jordan avait compris que, d'une manière ou d'une autre, il était temps de changer. De résister à l'envie impulsive d'acheter un truc dont on n'avait pas besoin et qui finirait sûrement à la poubelle dans six mois ; d'avoir un solde bancaire qui grimpe à trois, voire quatre chiffres ; en somme, d'avoir des projets.

Ma mère a commencé à déballer son sac de courses.

— Je t'ai acheté des pamplemousses, de la salade sous vide, et ces délicieux milk-shakes Slim-Fast.

— Euh... *délicieux* ? protestai-je.

— Oui, bon, répliqua-t-elle, en essayant de se montrer compatissante (ce à quoi elle échoua encore lamentablement). Tu sais, ce serait parfaitement normal, et pas du tout de ta faute, que tu aies pris quelques kilos à force d'être restée alitée à l'hôpital.

— Oh... merci.

— Je t'ai également acheté une sauce de salade allégée et des mini-carottes, mais n'en mange pas trop.

— Pourquoi ?

— Parce que ce légume est une denrée rare. Contente-toi surtout des haricots et considère les carottes comme un petit plaisir.

— Ouais, comme les truffes au chocolat ou les bretzels. Mais les carottes sont loin d'être une friandise, maman.

— Je te rappelle que tu n'as pas la silhouette d'une orpheline, Jordan.

Merci pour cette remarque pertinente, maman chérie.

— C'est vrai, confirmai-je dans un haussement d'épaules.

Mesdames et messieurs, je vous présente ma mère ! La délicatesse en personne !

— Mais tu sais quoi, maman ? Ça ne me dérange pas. Je suis bien avec moi-même, y compris avec mes kilos. Et ton obsession sur mon poids est tout simplement égoïste et mesquine.

— Je suis ta mère, et par conséquent, ta meilleure amie. Qui à part moi pourrait te dire ce genre de choses ?!

J'adorais quand elle me sortait ça. C'était un grand classique de son répertoire.

— Tu fronces les sourcils.

— Possible. Et peut-être même que je vais me faire une ride ! Mais je suis humaine, et ça fait partie des choses de la vie !

Elle a commencé à examiner mon front, puis le reste de mon visage. Je me sentais virer rouge pivoine. La voilà qui recommençait à m'ausculter. D'un côté, ça me faisait vraiment du bien de me défendre face à elle, mais de l'autre, l'expérience étant nouvelle pour moi, ça me mettait mal à l'aise. Peut-être qu'elle ne relèverait pas d'autres défauts ?

— Tu fais des gommages, chérie ?

Ou peut-être que si.

— Des gommages ?...

— Oui. Tu en fais ?

— Tout le temps.

— Qu'est-ce que tu utilises ?

Zut. Elle avait flairé le mensonge et pour le coup, je n'avais aucune réplique en stock.

— Une crème… exfoliante ? bredouillai-je, plus sur le ton de la question que de l'affirmation.

— Évidemment exfoliante, mais laquelle ?

— Je ne sais pas.

— Eh bien, montre-moi, insista-t-elle.

— Je n'en ai plus, tentai-je pour donner le change.

— C'est ça. Bon, achète-toi un gommage. Le Clarins est très bien. Je dois y aller, Sam m'attend dans la voiture. Gucci fait des soldes.

— Samantha est là ? m'étonnai-je. Pourquoi est-ce qu'elle n'est pas montée ?

— Écoute, chérie, tout ça a été très dur pour elle. Le fait que tu aies perdu la mémoire et le reste. Ça l'a beaucoup perturbée.

— Je n'en doute pas. Souhaite-lui un prompt rétablissement de ma part !

— Je lui dirai. Allez, bisou.

Sur ce, le contact physique étant exclusivement réservé à sa manucure et à sa masseuse, elle m'a envoyé un baiser puis elle a filé.

Une fois seule, je me suis approchée de la fenêtre qui donnait sur la rue et j'ai aperçu la voiture de ma mère garée en double file. Samantha était en train de se dandiner au son de la radio, en penchant la tête dehors, face au soleil, pour prendre un peu de couleurs. Elle faisait son petit numéro de majorette avec le bras en faisant zigzaguer sa tête sur le tempo. Sans doute dansait-elle pour se défouler et oublier le chagrin qu'elle éprouvait à mon égard.

Peu importe. Rien ne pouvait m'atteindre. Parce que Travis allait me faire à dîner. J'aurais pu me prendre un piano sur la tête que je serais allée gentiment m'excuser auprès des déménageurs de m'être mise en travers de leur route.

En arrivant chez Travis, j'ai été accueillie par le plus vif et séduisant des arômes : un mélange d'ail, d'huile d'olive et de fines herbes. Derrière lui, l'appartement semblait tout aussi incroyable. Il avait préparé une magnifique table, au centre de laquelle trônait un vase vert opaque de fleurs coupées. Il m'a ouvert la porte, un grand chandelier dans la main.

— C'est un chandelier que tu as là ou bien tu es juste content de me voir ? lui demandai-je en guise d'introduction.

— *C'est* un chandelier mais je suis également très content que tu sois là !

Je me suis aussitôt transformée en bougie humaine, fondant légèrement à ces mots. Il m'a invitée à m'asseoir mais je voulais regarder les préparatifs. De la planche à découper à l'évier, en passant par la cuisinière, le spectacle était d'une impressionnante synchronisation. L'homme savait parfaitement se débrouiller dans une cuisine, et il en connaissait les moindres recoins.

On était à mi-chemin du repas, savourant un merveilleux moment ensemble, quand il a réalisé que la bougie n'était pas allumée.

— Zut, j'ai oublié la bougie.

Toutes sortes de métaphores ont alors vacillé dans mon esprit : lui mettre le feu, allumer sa flamme, éclairer sa voie... Songeant que cet éclairage ajouterait au charme et prêterait à plaisanterie, j'ai attrapé la boîte d'allumettes sur la table. Et armée de si bonnes intentions, naturellement, je me suis brûlée le doigt. J'ai jeté l'allumette en flamme sur le tapis et Travis s'est empressé de la piétiner.

— Aïe ! m'écriai-je en secouant un peu la main pour détourner son attention du tapis (qui, au final, s'avéra indemne).

Spontanément, il m'a pris la main pour embrasser mon doigt.

— Ça va aller mieux, tu verras.

Oh que oui. Nettement mieux !

— Je me régale, le complimentai-je, mettant fin à un long silence, pour autant, étrangement agréable. Tu es réellement doué en cuisine !

— Disons que ça m'a toujours intéressé.

— Tu es un cuisinier hors pair.

— Merci, répondit-il avec sérieux. C'est le genre de réaction que j'espère obtenir.

— De la part de qui ?

— Des gens qui goûteront ma cuisine, expliqua-t-il calmement sans lever les yeux.

— Quels gens ? m'étonnai-je. Tu vas passer un test de dégustation ?

— Tu te souviens de ce que je t'ai raconté à propos du phare et de mon père ? Eh bien, tout ça fait partie de mon grand projet...

— Raconte-moi !

— En fait, je voudrais ouvrir un restaurant, juste à côté du phare. La déco serait sur le thème de la mer – un peu de sable et de vent, du matériel de bateau, des lanternes de couleur, et beaucoup de poissons au menu

— Et ce serait toi le chef cuisinier ?

Il a hoché la tête en souriant timidement.

— Ensuite, avec l'argent du restaurant, je voudrais restaurer le phare de mon père et qui sait... peut-être même en faire une auberge, une sorte de chambre d'hôte. Les phares sont vraiment une espèce en voie d'extinction, pourtant les histoires qu'ils racontent, l'idée de permettre aux navires de repérer les zones dangereuses et d'arriver à bon port, de se protéger contre les tempêtes, d'apercevoir une balise dans le brouillard...

Travis m'a lancé un clin d'œil.

— ... les gens raffolent de ce genre de récit. Et moi je les attendrai en caisse avec ma machine à carte bleue !

— Tu rigoles mais c'est un rêve fantastique !

— Et je compte bien le réaliser.

— Ça, je n'en doute pas.

J'avais l'impression que l'atmosphère se réchauffait de plus en plus. Tandis que je l'écoutais parler du restaurant qu'il espérait ouvrir pour retaper le vieux phare de son père, son visage s'illuminait comme le détroit de l'East River un soir de fête nationale. Mais soudain, il s'est assombri.

— Bon sang, quel idiot. Je suis là à te raconter mes rêves alors que tu ne peux même pas te rappeler les tiens. Tout ça à cause de moi !

Une fois de plus, un sentiment de malaise m'a envahie. J'avais devant moi un type parfait, dont j'étais en train de tomber sévèrement amoureuse (non sans espérer que ce soit réciproque), et tout était basé sur un mensonge. Il culpabilisait à cause de l'accident, et moi encore plus de lui mentir. C'était formidable. On était deux à être complètement rongés par la culpabilité. Sauf que contrairement à lui, j'aurais pu y faire quelque chose. J'aurais pu lui dire : « Au fait, tu sais cette histoire d'amnésie, j'ai tout inventé. En réalité, je suis en pleine forme. » Mais j'attendais le bon moment. Peut-être celui de mon testament ?

— Ne t'en fais pas, lui dis-je pour essayer de dédramatiser. Je suis sûre que je vais retrouver la mémoire d'un jour à l'autre. Vraiment. Parlons d'autre chose. Alors, comment vas-tu faire pour que ce rêve devienne réalité ?

Travis semblait sincèrement navré. J'ai haussé les sourcils en lui faisant un signe de tête pour l'encourager, l'air de dire : « Ça m'intéresse ! Ce n'est pas du bla-bla de comptoir, alors ne m'épargne aucun détail, je t'écoute vraiment ! »

— Eh bien, commença-t-il en se rapprochant de la table, j'ai bossé dur et économisé depuis des années, et aujourd'hui, j'ai une bonne situation. J'ai de quoi régler une bonne partie du premier acompte, et avec les taux d'intérêt qui sont encore raisonnables pour l'instant, je peux faire un emprunt pour le reste. Concrètement, tout est déjà prévu – les plans, la déco, le budget, le menu et le flux de clientèle selon la saison. J'espère ouvrir au début de l'année prochaine.

— Ce serait fantastique ! Un article dans *Food & Wine*, des files entières s'étirant jusqu'à la baie, et des gens rouspétant parce qu'ils n'arrivent jamais à avoir de réservation ! Sensass !

— Je voudrais t'emmener là-bas.

— J'en serais ravie.

On a continué à discuter toute la nuit, sans qu'un seul silence vienne peser sur la conversation. Nos mots se couraient après dans un perpétuel mouvement. On a tous connu ces moments uniques de la vie où l'on découvre une autre personne dans laquelle on voudrait se fondre pour ne faire qu'un. C'est ce que j'ai vécu lors de cette soirée. J'ai réalisé que pas une seule fois je n'avais été aussi à l'aise avec Dirk, à aucun niveau proche de celui-ci. Peut-être parce que Dirk n'était pas bien dans sa peau, contrairement à Travis. Ou simplement parce qu'il n'était pas fait pour moi. Quoi qu'il en soit, assise là près de Travis, je me sentais vraiment bien, comme si je suivais sa lumière jusqu'à mon propre port d'attache.

L'heure nous a surpris. Il était extrêmement tard ; si tard qu'il était presque tôt. J'ai commencé à rassembler mes affaires pour partir. J'avais tellement envie qu'il m'embrasse que j'étais un peu empotée. Je ne savais pas où me mettre, ni quelle attitude adopter. Ça se voyait qu'il en avait envie aussi, mais lui non plus ne savait pas comment s'y prendre. Tout à coup, il a eu l'air très agité.

J'ai enfilé mon manteau tandis que Travis me raccompagnait à l'ascenseur.

— J'ai vraiment passé une excellente soirée, lui dis-je pendant qu'il s'engouffrait derrière moi dans la cabine.

Et voilà, les fameux blancs tant redoutés. *Sept...* *six... cinq...*

— Tu es un cuisinier extraordinaire, j'ai été très impressionnée. Pour le restaurant, tu y arriveras, j'en suis certaine. Je crois en toi.

— Merci, répondit-il, manifestement touché. Et merci d'être venue.

Trois... deux...

Les portes de l'ascenseur ont coulissé et Travis a marché avec moi jusqu'à la sortie.

— Tout le plaisir était pour moi.

Son bras s'est levé... pour arrêter un taxi.

— Je suis content, dit-il en m'ouvrant la portière.

— Bien, répliquai-je une dernière fois dans l'espoir qu'il m'embrasse. À bientôt alors ?

Un pied dans la voiture, l'autre dehors. Une main sur la portière, le menton s'attardant encore dans le vide...

— Oui, à bientôt.

— Bon. Bonne nuit alors.

Allez, embrasse-moi !

— Bonne nuit, Jordan.

Je n'avais pas d'autre choix que de monter dans la voiture et de refermer la portière. Sans qu'il m'ait embrassée. Néanmoins, je continuais à nager dans un bonheur absolu. Mieux valait qu'il n'ait rien tenté. Ça aurait été complètement inutile à ce stade. On m'aurait prise à flâner sans but dans les rues, m'émerveillant devant les vitrines de magasins, fascinée de voir des vendeurs racler des tranches d'agneau trop cuites sur leur plaque en fonte, saluant joyeusement de parfaits inconnus d'un signe de la main. J'étais tombée amoureuse de Travis une deuxième fois. Et inévitablement, celle-ci allait me troubler encore plus que la première.

20

Et si *Quand Harry rencontre Sally* disait vrai ? L'amitié homme-femme existe-t-elle vraiment ?

E n rentrant chez moi, j'ai sauté sur mon ordinateur pour faire des recherches sur les phares. J'étais frappée par leur diversité, par leur aspect fascinant et captivant, tel que m'en avait parlé Travis. Du moins, pour une grande partie d'entre eux. D'autres étaient de pittoresques cylindres blancs, tantôt charmants avec leurs chapeaux en forme de cône, tantôt majestueux comme des tours de châteaux, mais parfois quelconques et fonctionnels... En revanche, j'avais le sentiment que celui que son père avait gardé serait assez spécial. Je suis tombée sur quelques sites Internet très bien faits et entièrement consacrés à ce thème. Les descriptions portaient sur l'histoire des phares, leur architecture, l'étrange existence de leur gardien et leur salaire de misère (les employés au trafic de l'époque), les efforts de restauration vainement mis en œuvre par certains fidèles dans de petites communautés maritimes... On expliquait aussi que les phares avaient d'abord été éclairés au bois et au charbon, puis au pétrole et aux ampoules à forte consommation, avant de s'éteindre complètement, devenant presque tous de tristes reliques avec l'arrivée de la technologie maritime moderne.

En réalité, je ne suis pas certaine que l'un d'eux ait eu un jour une fonction *concrète*. Je pense que tous ces phares étaient de parfaites métaphores. Une balise pour ramener les naufragés chez eux ou les conduire en lieu sûr en contournant les hauts-fonds rocheux des mers démontées. Une lueur dans la brume, une sentinelle solitaire, conçue non pas par des architectes mais par des poètes, exploitant sans pudeur leur charme tout trouvé, tel Henry Wadsworth Longfellow dans son poème intitulé *Le Phare*. Ces réflexions m'ont donné une idée. Je voulais faire une surprise à Travis, pas parce que je me sentais affreusement coupable (ce qui était le cas, ceci dit) mais parce que subitement, lui faire plaisir était devenue la seule chose qui comptait à mes yeux. En imaginant son sourire, j'avais la sensation d'un coucher de soleil orange foncé au creux du ventre.

Puis le téléphone a sonné.

— Allô ?

— Salut, tu te souviens de moi ? demanda la voix énervée de Todd.

— Non, j'ai tout oublié, tu te rappelles ?

— Où est-ce que t'étais passée ?! dit-il d'un ton brusque.

— Nulle part. J'étais là. Pourquoi, qu'est-ce qui ne va pas ?

— Je t'ai laissé trois messages !

Mince. J'étais devenue la fille qui néglige ses amis quand elle a un nouveau copain. Je détestais ce genre de nanas.

— Je suis désolée, mon chou. Je viens juste de rentrer et d'allumer l'ordinateur. Je n'ai même pas encore consulté mon répondeur. Tout va bien ?

— Maintenant, oui. Bon, on va se prendre une dose de caféine ?

— J'aurais bien aimé mais... je suis vraiment fatiguée.

— C'est à ça que sert le café, répliqua-t-il.

Je me suis assise pour réfléchir. Si j'y allais, Todd se sentirait mieux, et moi aussi par la même occasion, car je lui accorderais enfin un peu d'attention. Donc, au final, tout le monde serait content. J'étais sur le point de lui dire que j'étais d'accord quand il a répété sa question :

— Mais t'étais passée où au fait ?

— J'étais chez Travis.

— Ah. OK. N'en dis pas plus.

— Quoi ?

— Ça t'arrange bien d'avoir eu cet accident, hein ? Une promotion, un nouveau mec... et d'un jour à l'autre, ce foutu producteur de Ed McMahon va se pointer chez toi pour te proposer un film !

— C'est pas mon mec ! On ne s'est même pas embrassés.

— Tu crois que j'ai besoin de savoir ce genre de truc ?

Todd hurlait à présent.

— Merci de garder les détails de ta vie sexuelle pour toi, OK !

— Quels détails ? Je viens de te dire qu'il ne s'était rien passé ! C'est quoi ton problème ?

— Aucun. Je n'ai juste pas l'habitude que tu me laisses tomber pour un type qui t'a écrasée. Si je t'avais balancé une brique dans la tête, moi tu m'aurais enguirlandé !

— Oh, Todd, je suis vraiment désolée ! Apparemment, t'as passé une mauvaise journée et je n'étais pas là pour toi. Raconte-moi, qu'est-ce qui se passe ?

— Rien, je vais me prendre un café.

— Prends peut-être un déca ? lui suggérai-je.

— Ouais, plus tard.

— Attends, Todd...

Mais il avait déjà raccroché. Là, ça craignait pire que tout. Déjà que je culpabilisais de mentir à tout le monde... Bon sang, Todd était le seul à connaître la vérité ! Alors quoi, lui aussi il allait être fâché contre moi maintenant ? Non pas que les autres le soient... mais ce serait le cas s'ils savaient. Et ils ne seraient pas seulement *fâchés*. Je m'étais élancée dans ma nouvelle vie stimulée par la liberté de ne pas être moi, et je baissais les yeux pour la première fois. Subitement, j'avais l'impression qu'intérieurement, tout s'écroulait. Tous allaient se retourner contre moi, je m'en rendais bien compte. Sauf Todd. Mais voilà qu'il les devançait tous. Le choc était très perturbant, et je n'avais pas l'habitude de ce genre de scène un peu excessive, surtout venant de Todd. Alors, naturellement, cédant à un urgent besoin de fuir la réalité, je me suis replongée dans mes recherches sur les phares en repensant à Travis... et à moi. *Moi et Travis.* Si je rêvais avec autant d'ardeur, c'était peut-être parce que j'essayais d'oublier tout ce dont je prétendais ne pas me souvenir. Néanmoins, je commençais à avoir le sentiment que je ne me lasserais jamais de prononcer ces deux mots : moi et Travis. Au pire, dans le cas contraire, je pourrais toujours les permuter.

Soudain, on a frappé à la porte. Rien à voir avec la façon de frapper susmentionnée, à savoir celle de ma mère, qui était la seule personne capable d'entrer dans l'immeuble par la ruse sans avoir la clé de l'Interphone, à part... Dirk ?! Au début, je me suis dit que si je ne répondais pas, il finirait par partir. Mais pensez-vous. Il a continué à tambouriner à la porte.

— Jordan ? s'enquit la voix de Dirk, confirmant mes doutes.

Je suis restée figée. Bien sûr, il ne pouvait pas me voir, mais j'avais peur qu'au moindre mouvement, il puisse m'entendre, or je ne voulais pas avoir affaire à lui.

— Jordan ! Je viens de t'entendre au téléphone. Je sais que tu es là !

Au téléphone ? Superman faisait-il les cent pas devant ma porte depuis dix minutes en réfléchissant si oui ou non il devait se jeter à l'eau ? Je me suis levée pour lui ouvrir. Dirk est passé devant moi sans un mot en regardant autour de lui.

— Comment vas-tu ? lui demandai-je sérieusement (le sérieux étant devenu une seconde nature chez moi).

— Pourquoi tu ne m'as pas appelé ?

— J'ai été très occupée.

— Occupée, toi ? Et par quoi ? T'as pas de vie !

— Tu te *fous* de moi ? rétorquai-je d'un ton sec.

Dirk a presque sursauté. Forcément, il n'était pas habitué à ce genre de tirade de ma part. Les yeux écarquillés, il s'est mis à agiter frénétiquement la main comme pour effacer ce qu'il venait de dire.

— Ce n'est pas ce que je voulais dire, plaida-t-il. Simplement, comme tu ne te rappelles rien, je ne comprends pas ce qui peut t'accaparer autant.

— Ah, je comprends mieux !

Crétin.

— Figure-toi que j'ai eu une promotion, donc ma charge de travail n'est plus la même. Je suis aussi sortie avec mes amis...

Et tombée amoureuse.

— ... pour essayer de me rafraîchir la mémoire.

— Mais tu ne m'as pas appelé, insista-t-il, l'air vraiment contrarié.

— Et alors, toi non plus.

— Oui mais c'était toujours toi qui m'appelait avant.

— Vraiment ? m'étonnai-je. Eh bien, comme le chantait un sage à la voix marginale à la radio l'autre jour, je dirais que « *les temps sont en train de changer*[1] ». Il paraissait sincèrement troublé. À mon avis, pas parce que je lui manquais, mais plutôt parce qu'il ne comprenait pas pourquoi je ne faisais pas ma carpette habituelle en le suppliant de passer du temps avec moi pour qu'il puisse me traiter comme un chien. À moins qu'il ait un problème avec les radios qui passent encore du Bob Dylan. Il a baissé les yeux en fouillant le sol du regard, et l'espace d'un instant, il a eu cet air de petit garçon qui, à l'origine, était une des choses qui me plaisaient chez lui. Je m'en voulais un peu. Il n'était pas méchant à cent pour cent. Sous les apparences, il avait bon cœur. Il avait juste besoin d'un pontage pour remplacer l'artère mal fichue qui avait tendance à faire la loi.

— J'ai entendu dire que tu intentais un gros procès, me dit-il. Tu vas sûrement y gagner au moins sept chiffres.

— Qui t'as raconté ça ?

— La La Schneider.

— La La ? La copine de ma sœur ? devinai-je, sans me rendre compte que je n'étais pas censée me souvenir d'elle.

Je me suis vite repris.

---

1. *The Times They Are A-Changin*, un des plus célèbres titres de Bob Dylan. *(N.d.T.)*

— Enfin… je crois que je l'ai rencontrée quand j'étais chez mes parents.

La La était la fille qui avait couché avec Chris Tannenbaum en cinquième parce qu'ils étaient « amoureux ». À treize ans ! Moi, j'en avais seize à l'époque et je n'avais encore jamais roulé de patin. Alors comme ça, Dirk et elle se voyaient ? De mon point de vue, c'était à la fois une bonne et une mauvaise nouvelle. La mauvaise : Dirk me trompait désormais avec les copines de ma petite sœur, et il avait sûrement choppé une MST puisque La La avait contracté l'herpès à un âge mûr – quinze ans – après avoir couché avec son cinquième partenaire sexuel, un moniteur de colo de deux ans son aîné. La bonne : je n'aurais plus jamais de contact physique avec Dirk, et de toute façon je m'en contrefichais étant donné que j'étais dingue de Travis. En ce qui me concerne, cette liaison ne me faisait donc ni chaud ni froid.

— Ouais, je suis tombée sur La La sur la terrasse du toit chez Bed.

Il était tombé sur elle ? Mais bien sûr ! Sans doute qu'il avait même trébuché avant de lui rentrer pile *dedans*. En attendant, je n'aurais même pas dû me souvenir qui était La La étant donné que j'étais amnésique. Ça aurait été une énorme bévue si Dirk n'avait pas été un abruti fini. Mais Dieu merci, il l'était.

— Alors tu vas nous rendre riche, hein ?

— Nous ? soulignai-je en reculant la tête comme pour esquiver une mauvaise haleine.

— Toi et moi, bébé. On va mener la grande vie !

— Navrée de briser tes rêves, mais je n'intente aucun procès à personne, répondis-je avant de me mettre à penser à voix haute : je croyais avoir été claire là-dessus la première fois que ma zélée et cupide de mère a parlé de ça.

— En fait, elle l'a plutôt confirmé.

— Je te demande pardon ?

— Ouais, le procès est lancé.

— Mais bon sang, pourquoi est-ce que tu parles à ma mère ?!

— Je prenais juste de tes nouvelles. Je voulais savoir comment tu allais... et elle sait que je sais comment faire la loi...

— Si tu voulais de mes nouvelles, pourquoi ne pas m'avoir consultée *moi* ?

— Je suis tombée sur elle.

— Tu es aussi tombé sur ma mère ? Dis-moi, tu tombes sur beaucoup de gens ces derniers temps, Dirk !

— Sam a fait une petite soirée privée chez ta mère le soir où je les ai croisées avec La La.

Dirk, Samantha et La La faisant une partie à trois. Les images se déchaînaient dans mon cerveau et me donnaient la nausée.

— Écoute, pour moi il n'y aura pas de procès, c'est clair ?

— Tu devrais, Jordan. C'est la victoire assurée, fais-moi confiance.

Te faire confiance, sûrement pas ! Franchement, il croyait vraiment que j'allais me faire de l'argent sur le dos de Travis et qu'il allait empocher les bénéfices ? Il méritait tous les herpès de la terre.

Dirk s'est approché un peu plus près.

— Hé..., me susurra-t-il.

Et, comme ça, sans prévenir, mon sein droit s'est retrouvé dans sa main.

C'était censé être des préliminaires ou... ?!

Brusquement, j'ai éclaté de rire.

— Qu'est-ce qu'il y a de si drôle ?

Je secouais la tête sans répondre, incapable de m'arrêter. Il me faisait penser à un singe. J'ai cru que j'allais m'en étouffer tellement j'étais hilare. Inutile de préciser que mon fou rire n'amusait pas du tout Dirk.

— T'es cinglée, fulmina-t-il.

Sur ce, il a tourné les talons et pris la porte, tout seul, comme un grand.

Pour ma part, j'ai continué à rire pendant cinq bonnes minutes après son départ. Je m'en voulais un tout petit peu d'avoir froissé son ego mais honnêtement, c'était la tentative de séduction la plus minable que j'avais jamais vue. Très recherchée et bien amenée aussi avec son « hé ».

Vraiment, pitoyable.

21
Maudites cornes de brume

A llô ?
J'ai répondu le combiné à mi-chemin
entre la bouche et l'épaule, pressée de
faire taire le gargouillis électronique du téléphone.

— J'aimerais parler à Jordan, s'il vous plaît.

Au ton caractéristique et au chahut des voix de
fond occupées à la même activité, j'ai compris que
c'était ma fouineuse financière, alias Cindy de Citibank.

— Elle-même à l'appareil.

— Ah, OK, ajouta la voix pleine d'entrain, légèrement confuse. C'est Cindy de Citibank !

— Cindy ! Je ne savais pas que chez vous on
s'appelait par le prénom ?

— En effet, Jordan. Je me permets de vous rappeler
concernant votre compte courant qui est à présent

débiteur depuis presque trois mois, dit-elle d'une voix nettement moins guillerette subitement.

Je savais que je ne pourrais pas y couper. Avec moi, la note finissait toujours par tomber. Mais je ne me sentais pas d'attaque. Je n'étais pas parée pour. Je n'appréciais pas ces appels intempestifs et encore moins que Cindy ait raison. Du reste, je n'avais toujours pas son argent. Alors j'ai décidé de laisser mon amnésie parler.

— Kimmy, je suis certaine que vous savez ce que vous faites et vous avez même sûrement un bon dossier à l'appui. Le problème, c'est que depuis l'accident, je ne me souviens ni de vous, ni de ce compte bancaire ou de votre agence...

— Je vous appelle de la part de Citi...

— Ni des achats que j'ai pu faire avec une carte de crédit. Ça ne peut pas être moi, et si c'est le cas, ce n'était pas tout à fait moi.

— Pourtant, la dernière fois qu'on s'est parlé, vous...

— Mais puisque je vous dis que je ne me souviens pas de vous, Candy ! Je ne me rappelle pas vous avoir eue au téléphone. Je suis amnésique.

— Bon, je...

Elle était troublée, et il lui a fallu quelques secondes pour se ressaisir.

— Mais je... votre compte a été transféré au recouvrement, autrement dit : moi. Je vous ai laissé des

quantités de messages et on en a discuté il y a plusieurs mois.

— C'est ce que vous pensez, Carrie. Et c'est peut-
être vrai. Mais je ne m'en souviens pas, donc je ne
vous serai d'aucune aide tant que je n'aurai pas
retrouvé la mémoire.

Elle ne disait plus rien.

— Dans ce cas, il faut que quelqu'un prenne vos
frais en charge, couina-t-elle.

— Sûrement. Mais là encore, *ce n'est pas moi.*

Alors je me suis enfoncée avec encore plus de
culot.

— Vous devriez appeler mon tuteur légal. Si vous
tenez absolument à ce que ces factures soient payées,
je vous suggère de voir ça avec elle. C'est Judith Landau. À Nassau. Elle est inscrite chez vous.

Ce n'était qu'un sursis, je le savais, et pas très glorieux de ma part, mais sur le coup, ça m'a évité de
déposer le bilan.

— Ah et au fait, Cammy ?

— Cindy.

— Oubliez mon numéro.

J'ai raccroché en faisant une petite danse victo-
rieuse. Oui c'était irresponsable, mais se débarrasser de
Cindy était fichtrement jouissif. Soudain le téléphone
a encore sonné ; j'avais peut-être crié victoire trop tôt.
J'ai décroché en piquant une colère :

— C'est si compliqué d'oublier un numéro !?

— Je tombe mal ?

C'était Travis. Ce doux et délicieux Travis... que je venais de rembarrer.

— Navrée, je croyais que c'était quelqu'un d'autre.

— Il n'y a pas de mal, dit-il. Moi aussi un jour j'ai cru que j'étais quelqu'un d'autre. Mais le problème s'est arrangé grâce à mon psy.

— Très drôle.

— Emporte une veste chaude demain. Je passe te prendre après le bureau.

— Pour aller où ?

— Bonne nuit, ajouta-t-il d'une voix volontairement énigmatique avant de raccrocher.

Une fois au lit, je me suis tournée et retournée pendant environ une minute – ou une heure. J'étais curieuse de savoir où il m'emmenait.

Le lendemain, j'ai passé mon temps à scruter la pendule du bureau, anticipant nerveusement mon rendez-vous et attendant que cette journée incroyablement lente se termine. Les aiguilles n'avançaient pas ; à croire qu'elles étaient littéralement peintes sur le cadran. Finalement, à cinq heures pétantes, je suis partie en trombe, fonçant dans le couloir, dans l'ascenseur, et jusque dehors où m'attendait Travis un panier de pique-nique dans la main et le sourire aux lèvres.

— Je te connais, *toi*, lui dis-je en m'approchant.

— Bonjour, beauté.

Je crois que je suis passée par toutes les nuances de rouge, et ça ne lui a pas échappé. Il a ri et passé un bras autour de mes épaules, alors je lui ai donné un petit coup de coude avant de me blottir contre lui.

— Bonjour Travis.

— En route.

On a marché et pris le métro jusqu'à la gare de Penn Station. Une fois le nez levé vers le panneau affichant les trains de banlieue en direction de Long Island, j'ai plus ou moins deviné où on allait. Mais je n'ai rien dit.

Quand on est arrivés au phare, c'était encore plus spectaculaire que je l'avais imaginé. Une vue inouïe donnant sur l'océan... des dunes de sable... une digue... des rochers déchiquetés gris et grèges. En réalité, la dune surplombant le mur de rochers lui-même surplombant la mer me faisait penser à un mille-feuille. Un gâteau en trois épaisseurs à dévorer des yeux. Le phare en soi était magnifique – bien qu'un peu phallique – et m'inspirait bien plus de respect et d'admiration que prévu. C'était comme un grand château efflanqué qui empestait de symbolisme puéril : car autant dire qu'en cet instant, Travis était solidement parti pour devenir le prince charmant de la petite fille que j'étais. Quoi qu'il en soit, ce lieu incarnait le comble du romantisme cinématographique.

— On y est ! me dit Travis, les bras grands ouverts.

— C'est beau...

— C'est *toi* qui es belle.

À ces mots, j'ai eu l'impression que mon ventre devenait de la guimauve. J'ai adoré la façon dont il les a prononcés. Il n'a pas dit que j'étais belle *à ses yeux*, ni *dans cette robe*, ou *coiffée comme ça*... Non il l'a dit simplement, d'un ton neutre. J'étais belle. Et pour la première fois de ma vie sans doute, j'étais convaincue que c'était vrai.

— Je voulais juste te voir encore rougir.

— C'est pas mon genre !

Subitement, je me suis sentie nettement moins belle, et beaucoup plus idiote.

— Qu'est-ce que tu en sais puisque tu es amnésique ?

— Disons que je ne crois pas que ce soit mon genre.

— Je suis désolé que tu n'en sois pas sûre... et tout ça par ma faute.

— Pas de quoi en faire un drame, vraiment. En plus, généralement, on ne garde pas *que* des bons souvenirs. Qui sait, tu m'as peut-être rendu service ?

— Je m'en veux quand même.

— Oublie ça, d'accord ?

— Oublier ton amnésie ? Elle est bonne celle-là, dit-il en riant.

Pendant une minute, on n'a plus rien dit.

— Cet endroit est incroyable, ajoutai-je finalement.

— Alors qu'est-ce que tu en dis ? Le coin est sympa pour un restaurant, non ?

— Il est même idéal ! Bon, c'est un peu isolé mais c'est le but, non ? Comment vas-tu l'appeler ?

— La Balise, je crois. J'avais pensé au Refuge mais ça me fait trop penser à une maison de repos.

— Ou à un mauvais feuilleton télé.

— Aussi, oui !

Il souriait.

— En tout cas je veux un nom symbolique, alors je crois que je vais garder *balise*.

— J'aime bien. Ça a quelque chose de chaleureux. Des navires perdus en mer, en quête d'un lieu sûr...

— C'est l'idée.

Il s'est rapproché de moi, et la tension du premier baiser est devenue sérieusement palpable. Comme d'habitude, j'ai senti un kaléidoscope d'émotions au creux de mon ventre, mais Travis ne s'est pas penché pour m'embrasser, alors la nervosité m'a forcée à poursuivre la discussion. Mon cœur a fait de son mieux pour tenir le coup.

— Je trouve que ce nom fonctionne à plein de niveaux, continuai-je. C'est parfait pour un restaurant, mais c'est aussi une belle métaphore des besoins humains les plus fondamentaux.

— En parlant de besoin... ça fait un moment que j'ai envie de faire ça...

Cette fois, Travis s'est penché pour m'embrasser, et j'ai senti que ce baiser allait être divin… sauf qu'au moment où nos lèvres étaient sur le point d'entrer en contact, une corne de brume totalement assourdissante a tonné sur le littoral est. *Pile* à cet instant, il a fallu qu'un prodigieux coup de sirène nous déchire les oreilles ! On s'est tous les deux mis à rire.

— Évidemment, ce n'est pas tout à fait ce que j'avais prévu, murmura Travis.

J'ai levé les yeux vers lui en me mordant légèrement la lèvre, attendant de voir ce qui allait se passer.

— J'ai limite peur de recommencer.

— Faut pas, lui dis-je, presque en chuchotant.

Alors il s'est penché de nouveau, ses lèvres ont caressé les miennes, et la corne de brume qui tempêtait dans mon ventre l'a emporté sur celle qu'on avait entendue l'instant d'avant. En réalité, toutes les cornes de brume de la planète auraient pu retentir à cette seconde, je crois qu'aucun de nous ne s'en serait aperçu.

Notre baiser s'est terminé sur un sourire.

— Bon, c'est l'heure de la question inévitable, lui soufflai-je. Comment se fait-il que tu n'aies pas de copine ?

Il a eu l'air pensif, puis m'a souri timidement avant de répondre.

— Je crois que j'en ai une. Enfin, *je l'espère*.

Cette réponse était… tout simplement parfaite ! Même si ce n'était pas vraiment le sens de ma question. Pour autant, j'avais le sourire jusqu'aux oreilles.

— Tu sais très bien ce que j'ai voulu dire.

— J'aurais pu te demander la même chose.

— Oui mais je t'ai devancé.

— Eh bien, j'ai eu mon lot d'histoires mais je n'ai jamais trouvé quelqu'un avec qui je me sente vraiment à l'aise. Ou bien je *croyais* l'être, mais au final... tu vois ?

Oh que oui. C'était comme s'il lisait dans mes pensées.

— C'est très important pour moi. J'ai besoin d'être entièrement moi-même et de savoir que cette personne me connaît sous toutes les coutures, mes défauts, tout ça, et qu'elle m'aime quand même.

— Ça ne doit pas être très difficile.

— Tu serais surprise, dit-il avec une pointe de malaise dans la voix.

Il avait été blessé. C'était la première lueur de son passé que je percevais vraiment.

Pour moi ça ne faisait aucun doute : plus j'apprendrais à le connaître, plus je serais amoureuse de Travis. Je commençais déjà à être dépendante.

— Et avec moi tu es à l'aise ? Je sais qu'on ne se connaît pas encore très bien mais...

— Oui. Je le suis. Ça va te paraître étrange mais je suis à l'aise depuis la première fois où tu as ouvert la bouche. Tu étais allongée par terre après l'accident, et au milieu de tout ça, tu as réussi à faire de l'humour...

Je te jure que j'ai ressenti un truc. Comme si j'étais destiné à te rencontrer.

— Tu aurais pu simplement te présenter, tu sais !

— Ça aurait été moins drôle. J'aime bien gratter le bitume pour me trouver une femme !

— Charmant.

— Tu m'as fait rire ce jour-là. Comme chaque fois que je te vois. Ne te méprends pas : je te trouve sensationnelle et l'attirance c'est très important, mais autant que l'impression de pouvoir être proche comme des amis. Et c'est ce que je ressens avec toi.

Il s'est tu un instant, puis m'a retourné la question.

— Pourquoi tu n'as pas de petit ami ?

Bam. Retour à la réalité. *J'avais* un petit ami. Mais je m'étais dit qu'à ce stade, Dirk n'était qu'un détail technique dont je m'occuperais bientôt.

— Eh bien, je ne m'en souviens pas vraiment...

Ne pas se souvenir. Une nouvelle position de repli bien commode.

— Cela dit, c'est aussi très important pour moi que mon petit ami me comprenne, ajoutai-je.

— Je comprends...

— Je vois ça, répliquai-je, amusée.

Il m'a lancé un gigantesque sourire avant d'attraper le panier de pique-nique.

— Tu as faim ?

— Très.

★
★ ★

Le timing était parfait. Travis avait de la chance. Pas d'être arrivé à ses fins — bien que ce soit venu en temps voulu (après trois semaines, au bout du cinquième rendez-vous, avec une fenêtre légèrement fêlée laissant entrer un filet d'air frais et un radiateur électrique tournant à bas régime sans doute dans la vaine tentative d'étouffer le bruit de nos joyeux délires et du sommier butant contre la table de nuit). Ce que je veux dire, c'est qu'il a eu de la chance de me faucher avec sa voiture au moment où j'avais touché le fond, où je ne croyais plus du tout à l'amour et à ses mirages. Même avec une prestation médiocre, il aurait peut-être gagné mes faveurs. Mais lui avait réussi l'exploit de concilier originalité, ingéniosité, prévenance et heureuses coïncidences.

On pourrait aussi considérer que j'étais juste une affamée pour qui tout avait bon goût. Soit ; dans ce cas-là, mon conseil est de se lancer dans chaque relation avec la faim au ventre. J'en avais tellement marre de Dirk que Travis semblait être l'antidote ou plutôt... l'anti-Dirk. J'étais peut-être juste troublée par l'ardeur de cette relation naissante, mais en attendant, le fait est qu'on pouvait pratiquement coller tous les adjectifs commençant par « in » à Dirk, alors qu'en enlevant le préfixe, on obtenait

Travis. *Indifférent, inattentif, insupportable, insensible...* la liste était sans fin.

On a dégusté de la cuisine marocaine avec les mains autour d'une table à baldaquin « réservée aux amoureux », dans un restaurant réputé pour son cachet romantique : décoration en bois massif, tapisseries, et danseuses du ventre ici et là. Il y avait possibilité de fermer les rideaux du baldaquin pour plus d'intimité, et d'après les bruits qui flottaient dans notre direction depuis le box des voisins, on était quasiment certains que le couple en question en était au « dessert ». Travis nous a inscrits à un cours de cuisine se déroulant sur un seul soir, histoire que je me ridiculise en essayant de cuisiner un plat – dont l'ingrédient secret commençait par RA et se terminait par GOUT, autre que mon célèbre plat de pâtes.

Ça a été le point de départ de ce qu'on a appelé notre phase « Représentation Unique ». Tour à tour, chacun choisissait une activité qu'aucun de nous n'avait jamais faite, du moins pas régulièrement, et ça devenait le thème de la soirée. La tâche était plus facile pour lui parce qu'il lui suffisait de suggérer à peu près n'importe quoi, et je faisais semblant de ne pas me souvenir.

Un jour j'ai choisi de nous emmener sur le ferry de Staten Island à la tombée de la nuit. Travis a déclaré qu'il avait volontairement essayé d'éviter cet endroit, mais il a accepté de faire l'aller-retour étant donné que techniquement, si on ne descendait pas du ferry, on ne pouvait pas se balader dans l'île. On s'est tenus par la main en appréciant le fabuleux panorama ; et on a aussi vu un type ivre dégobiller par-dessus la rambarde. Parfois on oublie de prendre en compte les joyeux avantages des transports publics.

Inspirée par le poivrot du ferry, je nous ai ensuite ramenés chez moi, où une bouteille de vin et un film étranger – non sous-titré – nous attendaient. Je lui ai alors annoncé que le programme de la soirée consisterait à réinventer le dialogue à voix haute pendant qu'on regarderait le film. Je ne sais comment, j'ai réussi à en faire un bon navet qui aurait sans doute plu à Ed Wood[1]. Travis, lui, soutenait que c'était un western.

À tour de rôle, on se mettait au défi d'accomplir une « première ». On prévoyait de se revoir « dans la semaine » mais on finissait ensemble pratiquement tous les soirs. Lors d'une soirée glaciale de la mi-décembre, il m'a exposé sa théorie :

— D.S., lança-t-il subitement.

— Oui ? Le nom de ton chien peut-être ?...

— Non, la Dynamique Sentimentale. Les bonnes choses ont tendance à se bonifier. Elles prennent de la vitesse. Zoom ! m'expliqua-t-il en passant la main à toute vitesse juste à côté de ma tempe droite. Alors que les choses qui ne vont nulle part empirent.

---

1. Edward Davis Wood Junior, entre autres réalisateur et acteur américain des années 1950, est considéré comme le plus mauvais cinéaste de l'histoire du cinéma. *(N.d.T.)*

— Zoom ?

— Cherche pas, c'est de la physique, bébé.

Travis a attrapé sa tasse de chocolat chaud.

— Et ça fait longtemps que tu as cette théorie ? demandai-je tandis qu'il buvait une petite gorgée de sa boisson.

— Je l'ai élaborée dans le taxi en venant ici.

Je ne me suis pas étendue, même si sa théorie était aussi typique, charmante et originale que lui. Et je n'ai rien dit de la mienne : si vous passez suffisamment de temps avec quelqu'un qui vous considère comme une denrée rare — disons, une station-service ouverte quand le réservoir est pratiquement vide à trois heures du matin — et que chaque fois que la personne s'en va, vous avez envie de lui taper doucement sur l'épaule juste pour la regarder une dernière fois, il existe aussi un terme pour ça.

Il n'y avait pas que mes amours qui étaient au beau fixe. Ma vie professionnelle allait très bien aussi. Lydia m'évitait et je gagnais l'estime des autres grâce à mes propres idées, plus ou moins. En vérité, en tant que rédactrice publicitaire junior (c'était mon titre : rédactrice publicitaire), c'était mon boulot de mettre en valeur mes supérieurs, mais au moins, j'avais des objectifs et j'avais trouvé ma voie. Je travaillais pour une nouvelle campagne de cafetière à piston et je venais de trouver une idée brillante.

Cependant, avant que j'aie le temps de la mettre par écrit et au moment même où je me disais à quel point c'était agréable de ne pas avoir affaire à Lydia, elle est entrée dans mon bureau en souriant, comme toujours, d'une façon extrêmement gauche. Je n'étais pas habituée à ses sourires cycliques et ils me mettaient terriblement mal à l'aise. Elle a observé la pièce comme si, subitement, ma vie l'intéressait. Puis elle a attrapé une photo de Todd et moi pour la regarder de plus près. Ce petit cadre-photo trônait sur le bureau de mon ancien box depuis deux ans. Elle n'y avait jamais accordé une minute d'attention. Je voyais bien qu'elle voulait m'interroger à ce sujet ; elle devait se demander si Todd était mon petit ami. J'aurais pu me payer sa tête en lui disant que c'était mon mari − et théoriquement c'était vrai −, mais je n'avais pas envie qu'elle s'attarde donc aucun intérêt de la faire marcher.

— Bonjour, Jordan. Comment allez-vous ?

— Bien.

Je peux savoir ce que vous venez faire ici ?

— Et vous ?

— Super. Vous avez passé un bon week-end ?

— Très bon, merci. Qu'est-ce je peux faire pour vous, Lydia ?

J'ignorais ce qu'elle avait derrière la tête mais je voulais la pousser à en venir aux faits.

— On faisait du bon boulot ensemble, vous savez. C'est dommage que ça s'arrête maintenant que vous avez vos propres dossiers... Après tout, on forme une seule et grande équipe à l'agence, non ?

— Hourra ! m'écriai-je avec un maximum de sarcasme. Vive l'esprit d'équipe !

Lydia a de nouveau regardé la photo de Todd et moi avant de pousser un énorme soupir.

— Cette campagne sur les bretzels me crève.

— Vous vous emmêlez les pinceaux ? lui lançai-je, d'un ton légèrement jubilant.

— Exactement. Alors je me demandais si éventuellement vous auriez des idées. Peut-être que vous pouvez y réfléchir et on se revoit plus tard pour faire le point ?

— Attendez, je regarde mon planning. Déjeuner, réunion de deux à trois...

J'ai marqué une pause pour la forme.

— Non, pas le temps aujourd'hui. Désolée.

— Allons, Jordan ! répliqua-t-elle d'un ton irrité avant de se ressaisir. Votre aide pourrait vraiment me servir, vous savez.

— Je n'en doute pas, Lydia, mais de vous à moi, je crois que vous vous êtes déjà suffisamment *servie* de moi.

Puis, moyennant un rapide changement d'intonation pour prendre ma plus gentille voix d'hypocrite, j'ai ajouté :

— Autre chose, Lydia ?

Et elle est partie sans répondre.

Environ une heure plus tard, j'ai jeté un œil à la photo de Todd pour la dixième fois de la matinée. Quelque chose clochait entre nous, c'était évident. Il avait une attitude très bizarre ces derniers temps et ça me contrariait beaucoup. Alors je l'ai appelé pour lui proposer qu'on se retrouve chez Cozy's après le boulot. Ils servaient la meilleure soupe aux pois cassés de tout Manhattan et ça faisait déjà longtemps que j'aurais dû prendre ma dose. En plus, innocente que j'étais avec mes yeux de biche et mes élucubrations de fausse amnésique, je devais constamment faire semblant de ne pas savoir ce que j'aimais, et par conséquent, esquiver mes plats préférés sur le menu et au supermarché quand j'étais en compagnie de mes vigilants coachs. Avec Todd, je pouvais tranquillement repasser au mode version originale, autrement dit, être moi-même. Sans compter qu'en prime, la soupe aux pois cassés débectait Todd, et quand l'occasion se présentait, je prenais toujours plaisir à l'écœurer avec mon alimentation. Todd se faisait désirer. Il m'a répondu qu'il était « pris » les deux soirs suivants, mais qu'après cela, il serait dispo. Donc on a convenu d'un rendez-vous au surlendemain et simplement raccroché − rien à voir avec l'habituelle interaction Todd-Jordan. Quel que soit le problème, j'avais hâte de le résoudre.

★

★ ★

En allant retrouver Todd chez Cozy's, je suis tombée sur ma Diva Des Rues. Quand elle m'a vue, elle a haussé les sourcils en reniflant.

— « *Si tu vois mon reflet dans les collines enneigées...* »

Je me suis figée. S'il y avait bien quelqu'un qui se souciait peu que je sois amnésique ou pas, c'était elle. Toutefois, à mon sens, ce n'était pas une bonne idée de montrer que j'avais reconnu les paroles de *Landslide*[1] ou que je savais que c'était à mon tour de répliquer. J'avais mauvaise conscience à l'idée de l'ignorer. Franchement, après tout, quel impact est-ce qu'elle pourrait avoir sur ma vie ? Mais quand même, j'estimais que je devais protéger ma fausse identité. Alors je suis passée à côté d'elle sans m'arrêter.

— Hum, marmonna-t-elle.

Je m'en voulais de la laisser tomber mais j'ai ravalé la réponse : « *L'éboulement l'emportera* ».

— Je sais ! lança la femme dans mon dos.

Du moins je crois que c'est ce qu'elle a dit. Aucune certitude. D'ailleurs tant mieux parce que sinon, je me serais mise à gamberger sur le sens de ces paroles, or j'avais vraiment autre chose à faire.

---

1. Chanson du groupe de rock Smashing Pumpkins. *(N.d.T.)*

*

* *

Todd avait commandé un potage de palourdes. Avec bonheur, je dégustais à grands bruits ma soupe aux pois cassés en savourant les croûtons au levain beurrés – un pur délice. Lui en revanche, regardait son bol d'un œil mauvais.

— C'est la pire soupe de palourdes que je n'aie jamais mangée ! râla-t-il. Normalement, on met des palourdes et des pommes de terre dans cette recette, non ? Moi je ne vois ni patate, ni palourde ! Franchement, tu peux me dire pourquoi ils appellent ça un potage ?

— Toi, t'es de mauvaise humeur.

— J'allais très bien avant qu'on m'apporte ce consommé. Ça les aurait fatigués d'ajouter trois pommes de terre et deux palourdes ? Juste pour se marrer ?

— T'as déjà réfléchi à cette expression ? Qui a eu l'idée d'inventer un truc pareil « juste pour se marrer » ? Au fond, ça veut dire quoi ? C'est vraiment le genre de formule qui veut tout et rien dire, tu ne trouves pas ?

— Je vois que la question te travaille.

— Non, je viens d'y penser en t'entendant. Et puis c'était pour te faire oublier ta soupe.

— Rassure-toi, ton analyse linguistique m'a définitivement coupé l'appétit. Dommage que je n'aie pas commandé de gâteau au chocolat. Au moins j'aurais eu de quoi vomir.

— Je suis désolée.

D'un air déçu, il a jeté un œil à sa soupe. Puis à moi. Puis par la fenêtre. Quelque chose n'allait pas et ça n'avait rien à voir avec la pénurie de palourdes dans son potage ; quoique, j'étais sur le point de découvrir que métaphoriquement, *si*, c'était lié.

— Bon, maintenant dis-moi ce qui te tracasse vraiment, Todd ?

— Ah... alors tu vois clair dans mon jeu.

— C'est-à-dire ? insistai-je sans comprendre.

— Arrête, Jordan. Tu sais très bien.

— Non, je ne sais *pas*.

— C'est ton histoire d'accident. Même si ça a bien arrangé ton affaire, je dois t'avouer que quand j'ai reçu ce coup de fil... ça m'a mis un coup. J'ai revu tout le film de ma vie. Je sais bien que ce n'est pas moi qui me suis fait renverser mais à ce moment-là, je me suis rendu compte que ce qui comptait le plus dans ma vie... c'était toi.

J'ai levé les yeux vers lui, la cuillère encore dans la bouche.

— Et pendant que tu t'amusais à faire ta « nouvelle Jordan », malheureusement pour moi j'ai continué à aimer l'ancienne comme un fou. Voilà. Tu me passes les biscuits d'apéro, s'il te plaît ?

J'étais assommée. Complètement abasourdie.

Qu'est-ce que vous voulez répondre à ça ? C'était le genre de grandes déclarations censées vous faire comprendre que c'est *elle*, la personne faite pour vous. Mais peut-être qu'on ne s'en rend compte que plus tard, après avoir enduré des tonnes de trucs et commis encore quelques erreurs jusqu'à ce qu'enfin, on retienne la leçon. Bien sûr, entre-temps on se sera empêtré avec quelqu'un d'autre ou bien l'élu en question passera devant monsieur le maire et on sera obligé de se plier en quatre pour le reconquérir alors que depuis le début, il était à vous. À ce stade, notre relation se dirigeait vers un territoire non partagé qui serait un déchirement pour au moins un des deux partis. Dans un sens comme dans l'autre, c'était la merde absolue. Et bien évidemment, ma réponse a été pire que bancale.

— Bon sang mais... Todd ? T'es comme un frère pour moi !

— T'as pas trouvé mieux comme réplique ? dit-il d'un ton sec. Franchement, Jordan, c'est *nul*.

— Mais c'est vrai ! Je te connais presque depuis que je suis née !

— Alors je dois rendre les armes sous prétexte qu'on est amis depuis longtemps ? Pourtant ça devrait être rassurant de savoir que quelqu'un te connaît et t'aime pour ce que tu es vraiment ?

— Oui, c'est très rassurant. C'est pour ça que je ne veux pas te perdre. Si jamais on sortait ensemble toi et moi et que ça tournait mal – ce qui serait sûrement le cas...

— Toujours ton pessimisme…

— Sérieusement, Todd, l'implorai-je. Et après ?! Je perdrais mon meilleur ami, voilà ce qui se passerait !

— Et pourquoi ça ne marcherait pas ?

Todd ne savait pas à quel point j'étais bien avec Travis. Même si je m'apprêtais à lui démontrer par A plus B que les histoires d'amour finissent toujours mal, intérieurement j'espérais qu'avec Travis, ce serait différent.

— Todd, combien d'histoires tu as eues – je ne parle pas des coucheries d'un soir ?

— Quelques-unes.

Il était sur la défensive.

— Et combien ont marché ?

— Rien à voir ! dit-il, quasiment en hurlant. Ça n'a pas marché parce que je suis amoureux de toi depuis le primaire !

— Ne fais pas ça, Todd. On se connaît par cœur.

— Et une fois de plus, je ne vois pas en quoi c'est mal. Oui, on se connaît bien, et alors ?!

— Alors j'ai besoin que tu sois mon ami. Est-ce que tu peux *s'il te plaît* être mon ami ?

J'ai eu l'impression qu'une éternité s'écoulait ; pourtant je suis sûre que c'était seulement des secondes. Quel enfer.

Mais Todd a encaissé. Et est resté fidèle à lui-même :

— Est-ce que j'ai le choix ?

Il a esquissé ce sourire apaisant si caractéristique, même si derrière la façade, je voyais bien qu'il était anéanti. Ça me rendait malade.

J'ai tendu le bras au-dessus de la table pour l'ébouriffer un peu. Plus stupide comme geste, je ne vois pas. Autant lui dire « bravo, champion » ou quelque chose de tout aussi insignifiant. Par exemple : « Merci, t'es vraiment un chic type, mon pote. » Je m'en voulais terriblement. Mais la dernière chose dont Todd avait envie maintenant, c'était que je me lamente sur son sort. Alors on est venus à bout de nos soupes – ou soupe et consommé si on préfère – puis on s'est dit au revoir à la va-vite et chacun est parti à grandes enjambées dans des directions opposées, pressé d'en finir avec cette épouvantable soirée.

Il fallait que je parle à Cat. Son appartement n'était pas très loin de chez Cozy's mais je n'avais aucune envie de jouer ma petite comédie d'amnésique maintenant. J'ai essayé d'imaginer de quelle façon je pourrais l'appeler et faire semblant de ne pas me souvenir de notre amitié ni du fait qu'elle était psy tout en faisant appel à ses compétences en la matière. Rien que d'y penser, je trouvais ça atroce. Néanmoins, j'avais besoin de parler à une personne qui ait sa perspective. Cat nous connaissait mieux que quiconque Todd et moi, et je savais que je pouvais lui faire confiance. Seulement, comment lui parler des changements de ma vie affective en continuant à faire semblant d'être amnésique et indifférente ?

Je l'ai appelée depuis mon portable en prétextant que j'avais trouvé son numéro dans mon répertoire et que j'avais besoin de parler à quelqu'un. Cat m'a dit de passer et m'a indiqué le chemin, heureusement sans savoir que j'étais déjà presque là.

En arrivant devant son cabinet, j'ai compris qu'un autre cas d'urgence était en cours — et pas le genre « séance de soutien au copain désespéré ». La porte s'est brusquement ouverte et j'ai aperçu (et surtout entendu) une adolescente de douze ans qui pleurait comme une hystérique. Ses cheveux étaient teints de cinq couleurs différentes et visiblement, elle se les était coupés avec un couteau à beurre. Elle avait un piercing au nez et portait un jean cent fois trop taille basse. Sa mère et son père la suivaient de près et personne n'avait l'air ravi.

—Je t'emmerde ! Je te tuerai dans ton sommeil ! cracha la fille en hurlant.

— Voilà, vous voyez ?! dit le père à Cat.

— Becky, c'est très grave de dire ça, dit Cat calmement. Je sais qu'au fond tu n'as pas envie de tuer tes parents.

—Ouais ! Parce que je ne veux pas aller en taule. Mais je voudrais qu'ils soient morts ! Ils devraient se suicider ! Ce serait un bon débarras pour tout le monde !

Dire que ma mère se faisait du souci pour *moi* quand j'étais ado.

— Je ferais peut-être mieux de repasser, dis-je à Cat.

— Ou d'aller te taper une vache ! me suggéra Becky.

— Pourquoi pas, répliquai-je avec flegme.

— Tu peux pas, pauvre conne ! Les vaches sont des femelles !

Cette fille avait douze ans !

— Ça suffit, Becky, dit sa mère. Je crois que la séance est terminée. Merci pour votre aide, Cat.

— Ouais, c'est ça. Merci pour rien ! ajouta Becky en se tournant vers moi. À ton tour, la cinglée. Si je vois encore un psy d'ici que j'aie ton âge, j'espère que je me ferai renverser par une voiture !

— Justement, c'est le cas, répondis-je en jubilant.

Je me suis gardée d'ajouter que si ça lui arrivait à elle et qu'elle devenait vraiment amnésique, l'avantage c'est qu'elle perdrait tout souvenir de la petite peste qu'elle était.

Une fois qu'ils ont été partis, Cat m'a serrée fort dans ses bras.

— Comment vas-tu ? demanda-t-elle en reculant pour me regarder dans les yeux.

— Ça va. Le boulot marche bien. Même très bien, en fait.

— Super. Mais… ?

—Je me souviens que tu m'as dit que t'étais psychologue, dis-je avec hésitation. Je ne savais pas quelle était la règle quand un ami a besoin de parler à quelqu'un qui peut l'aider...

—Je t'en prie ! Bien sûr que tu peux me parler ! Raconte-moi...

— C'est au sujet de Todd.

— Quel est le problème ?

— Il a dit qu'il m'aimait. Devant une soupe de palourdes.

— Quoi ?!

Elle a crié tellement fort que je suis certaine que son petit fœtus l'a entendue.

—Je sais, c'est incroyable ! Enfin, je crois... que je sais. C'est nouveau, non ?

— Complètement. C'est terrible, dit-elle médusée.

Je n'étais pas sûre de l'attitude à adopter, alors j'ai décidé d'improviser en imaginant ce que j'aurais fait si j'avais réellement perdu la mémoire.

—Je ne savais pas quoi dire mais j'avais dans l'idée qu'on était simplement amis lui et moi. Enfin, je ne sais plus. Toi qui me connais depuis longtemps, est-ce que j'avais des sentiments pour Todd ?

— Tu l'aimais, dit-elle, mais comme un frère.

— C'est exactement ce que je lui ai répondu ! Et je m'en voulais horriblement.

— Il va sans doute ressentir de la peine, voire de la colère. Faut t'y attendre. Mais n'oublie pas que tu n'es pas responsable de ses sentiments.

— Si... un peu en quelque sorte.

— Ah bon ? Tu as ce pouvoir ?

— Non. Ce n'est pas une question de pouvoir mais je...

— Tu n'as rien à te reprocher. Les gens peuvent avoir des sentiments liés à nos agissements mais ce n'est pas nous qui les poussons à ressentir ces émotions, c'est eux. Tout ce que nous pouvons faire, c'est être honnêtes et leur donner l'attention qu'ils méritent. Je sais que tu ne voulais pas lui faire de mal.

— Bien sûr que non.

— Alors laisse-lui juste un peu de temps. Laisse-le endurer ses souffrances et revenir vers toi pour remettre votre amitié sur les rails.

J'ai jeté un œil à son ventre pour voir si le bébé commençait à se voir, mais non. Une fois le problème Todd résolu, je me suis dit que je ne devais pas me risquer à parler d'autres choses, et comme Cat ne savait pas non plus quel sujet aborder, on est restées silencieuses un moment.

— Tu veux un peu de thé ? me proposa-t-elle finalement.

— Non, vaut mieux que j'y aille.

— Sûr ?

— Oui. La journée a été longue et c'est Noël ce week-end. J'ai encore tous mes cadeaux à acheter. Je n'ai aucune idée de ce qui pourrait faire plaisir aux uns ou aux autres mais je dois de toute façon leur trouver quelque chose.

— C'est l'intention qui compte.

J'ai enfilé mon manteau, et en traversant le hall de son immeuble, cette phrase a continué à résonner dans ma tête : *c'est l'intention qui compte.*

Quitte à me sentir idiote et honteuse, j'ai décidé d'aller faire tous mes achats de Noël chez Duane Reade. Qu'est-ce que j'en savais moi, que c'était une chaîne de supermarchés ? Après tout, je n'étais qu'une fille privée de mémoire. Pour une fois, mes fautes de goût seraient excusées.

22
Une perdrix, deux de perdus

L'absence de honte découlant de ma soi-disant ignorance m'a donné une liberté que je n'avais jamais ressentie lors de mes précédentes courses aux cadeaux. Par le passé, je voulais coûte que coûte faire plaisir aux autres et j'étais tellement prise de panique à l'idée de ne pas trouver ce que j'allais offrir à ma famille que j'avais les paumes moites rien que de penser aux achats de Noël. Mais en flânant dans les allées de ce drugstore new-yorkais par excellence le matin du réveillon, je me suis peu à peu laissée prendre au jeu. À supposer que je ne connaisse pas ces gens et que je les considère comme l'étrangère que je prétendais être, qu'est-ce que je penserais ? De quoi auraient-ils besoin ?

Pour mon beau-père, c'était facile. Dans la deuxième allée, j'ai repéré une lampe torche étanche avec revêtement en caoutchouc. À mon sens, c'était le cadeau idéal pour un papa. Pour ma mère, direction le rayon cosmétiques. Une grande bouteille de parfum Jean Naté, un kit de produits de beauté assemblés dans une boîte en inox, et pour finir, un exfoliant visage car je savais quelle importance elle accordait à un bon gommage.

Le cas de Samantha était un peu différent. Qu'est-ce que vous voulez offrir à la fille qui a tout ce qu'elle a toujours voulu mais rien dont elle a vraiment besoin ? Une fille qui toute votre vie vous a donné l'impression d'être moins ceci ou moins cela. Qui est tellement occupée à brasser du vent, à essayer de vous faire trébucher et échouer que... et c'est là que ça a fait tilt : un sèche-cheveux. Comme ça elle pourrait brasser tout l'air qui lui chante du matin au soir ! Mais pas un modèle T3 exorbitant à deux cents dollars pièce dont Lydia m'avait vanté les mérites en dépit du fait que ses cheveux persistaient à ressembler à un pull en mohair et, sauf erreur de ma part, avaient commencé à tomber depuis qu'elle utilisait ce séchoir de luxe. Non. Sam aurait le Conair en promotion : quinze dollars et quatre-vingt-dix-neuf cents.

J'ai amené tous mes paquets en caisse et ajouté un rouleau de papier cadeau et un appareil photo jetable pour pouvoir immortaliser leurs têtes lorsqu'ils ouvriraient leurs présents. De retour chez moi, petite séance d'emballage expéditive avant de sauter dans un train pour rejoindre la famille et entamer les réjouissances. J'avais pris un sac avec des affaires pour une nuit. Pas plus. C'était le maximum que je pourrais supporter.

Mon beau-père est passé me prendre en voiture à la gare. Sur le chemin du retour, je regardais par la vitre, observant toutes les décorations de Noël des maisons, et l'espace d'un instant, une pointe de jalousie m'a tiraillée. Je me demandais ce que ça ferait si j'étais née dans une autre famille. Mais à peine me faisais-je cette réflexion que je me suis rendu compte d'une chose : même si toutes ces maisons qu'on croisait ressemblaient à des tableaux de Norman Rockwell, je savais que derrière la plupart des façades se trouvait probablement une autre famille à problèmes avec son lot de difficultés. Peu importe que l'herbe soit plus verte ou, en l'occurrence, que la reconstitution de la Nativité sur leur pelouse et que le renne et le traîneau du Père Noël sur leur toit soient plus tape-à-l'œil : je n'avais aucune idée de ce qui se passait *vraiment* à l'intérieur. À la réflexion, j'en ai conclu que les apparences étaient souvent trompeuses... non ?

Du coup, ça m'a fait penser à Travis. Quelque chose chez lui me faisait dire que c'était un tout petit peu trop beau pour être vrai. Toutefois, je n'avais pas pris le temps d'y réfléchir parce que j'étais trop absorbée par ce nuage chimérique en barbe à papa qu'est la phase « découverte de l'autre ». Seulement, il ne pouvait pas être aussi parfait. Personne ne l'était. La seule question était de savoir quelle serait l'ampleur du bourbier quand il ferait finalement surface. Est-ce que je serais capable de passer outre ? De faire avec ? Ou bien est-ce que mon tout nouveau personnage anti-baratin serait moins indulgent ?

Lorsqu'on est arrivés devant chez nous, les décorations habituelles m'ont rappelé des souvenirs très nets que j'ai dissimulés du mieux que je le pouvais grâce à un vague sourire d'émerveillement. Les guirlandes lumineuses du jardin, toutes blanches, car ma mère trouvait que celles de couleur faisaient vulgaires ; la couronne accrochée à la porte d'entrée qui, il va sans dire, était l'œuvre de Mme Kornblut ; et les clochettes de Noël suspendues au manteau de la cheminée qu'on faisait tinter une fois l'an – un détecteur de mouvement maison permettant de signaler l'arrivée ou le départ du Père Noël.

— Bonjour, Carmelita ! dis-je en entrant dans la maison.

La gouvernante avait l'air dans tous ses états ; de petites gouttes de sueur perlaient sur le bord de sa lèvre supérieure.

— Bonjour, mademoiselle Jordan.

— Besoin d'un coup de main ?

Mais avant qu'elle ait le temps de répondre, ma mère a débarqué en cuisine (à croire qu'elle possédait son propre radar à clochettes) et m'a aussitôt fait sortir de la pièce.

— Laisse Carmelita tranquille, me dit-elle. Alors ce trajet en train ?

— Merveilleux ! Est-ce que je peux aider avant le
dîner ?

— Non, reste à l'écart, ma chérie.

C'est ce que j'ai fait. Je suis restée à l'écart pendant
les deux heures qui ont suivi jusqu'à ce qu'on passe
tous les quatre à table. Je me suis dit qu'à l'avenir, si
jamais j'embauchais quelqu'un pour m'aider à préparer un repas de fête, je veillerais à ce qu'il y ait une
place à table pour cette personne afin qu'elle dîne
avec nous.

J'ai aussi remarqué autre chose ou plutôt, l'absence
de quelque chose : la dinde. Depuis toute petite, les
dîners de Noël étaient pour ainsi dire tous les mêmes,
à savoir, un remake de Thanksgiving impliquant systématiquement cette volaille. Haricots verts, purée de
pommes de terre, épis de maïs grillés (mais sans épi
pour Princesse Samantha), canneberges, farce, différentes variétés de patates douces et *dinde*. Mais au lieu
de ça, de petites choses rôties occupaient nos assiettes :
des oiseaux qui me rappelaient un peu trop Sneevil.

— Seigneur, nous te remercions pour ce repas, dit
Walter. Grâce à toi nous sommes en bonne santé...

— Du moins, pour la plupart, ajouta soudain Sam.

— ... merci de nous avoir accordé le bonheur
d'avoir une famille et des amis. Nous n'oublions pas
les plus démunis et répandons l'esprit de générosité
autour de nous.

J'ai jeté un œil à Carmelita qui, en ce moment
même, était largement épargnée par notre générosité,

et songé à l'hypocrisie de cette dernière phrase, regrettant une fois de plus que la gouvernante ne dîne pas à nos côtés. Pour moi, elle était plus que la bienvenue pour partager ce repas, quelle que soit la nature du volatile qui se trouvait dans nos assiettes.

— Amen, acquiescèrent ma mère et Samantha.

— Amen, dis-je à mon tour. Alors... quel est le menu de ce soir, maman ?

— De la caille. J'ai eu envie de changer pour une fois.

— Ah. Donc c'est plus une perdrix dans un poirier mais dans l'assiette[1] ?

— Ce n'est pas de la perdrix, c'est de la caille ! siffla Sam.

— À vrai dire, intervint Walter en prenant ma défense, c'est pareil. On peut substituer la perdrix à la caille dans la majorité des plats.

J'ai fait une association d'idée avec les pigeons. Je n'avais aucune envie de manger ce genre d'oiseau et en même temps, je ne voulais pas faire ma difficile. Mais je voyais là une occasion d'être la personne que je voulais être et non celle que j'avais toujours été.

— Excusez-moi mais... le pigeon fait-il aussi partie des volailles « substituables » ? demandai-je sans la moindre hésitation.

---

1. Référence à une comptine anglo-saxonne, la perdrix dans le poirier symbolisant le Christ sur la croix. (N.d.T.)

— Berk ! Évidemment que non, Jordan ! s'écria Samantha.

— Oui, je crois, ajouta Walter. En cuisine, on parle de « pigeonneau ».

Sur ce, il a souri en entamant son plat de caille/pigeonneau/pigeon/perdrix d'un coup de fourchette. J'ai regardé Sam en lui faisant une grimace – attitude qui était plutôt sa spécialité auparavant.

Ma sœur a repoussé son assiette.

— Désolée mais moi je ne mange pas de pigeon.

— Ce n'est PAS du pigeon, Samantha ! répéta ma mère. C'est de la caille et c'est un mets très fin. Tu en as déjà mangé.

— T'es sûre ? insista-t-elle, cherchant à être rassurée.

— Absolument.

Ma mère a secoué la tête, légèrement indignée.

L'effet de réciprocité entre elles a ensuite fait le reste. Peu importe que Sam ait oui ou non mangé de la caille auparavant et que ce soit du pigeon ou autre dans son assiette, elle suivait toujours l'exemple de ma mère. On aurait pu lui servir une pomme de pin rôtie assaisonnée au vomi de chien, du moment qu'on la lui aurait présentée comme un mets délicat, Sam aurait approuvé.

Moi en revanche, je ne les ai pas suivis. Impossible. Jamais testé la caille et pas vraiment envie que ça change. Bien que Sneevil ne soit pas mon canari, qu'il ait sérieusement ravagé ce qui était jadis un appartement plus ou moins bien rangé (si si), et qu'il m'ait rendue chèvre plus d'une fois, je l'appréciais de plus en plus. Sans compter qu'il était amoureux d'un pigeon (que j'avais baptisé Roméo) qui avait définitivement élu domicile sur mon rebord de fenêtre. Par conséquent, et pour moult autres raisons, y compris le fait que Roméo était peut-être parent(e) avec la caille qui me fixait dans l'assiette, j'étais incapable de toucher à cet oiseau.

L'avantage d'être relativement invisible aux yeux de sa famille, c'est que lorsqu'un problème se pose – par exemple, avoir de la caille rôtie à dîner –, on peut se défiler sans trop de crainte. Tout le monde a attaqué le repas tandis que je déplaçais les aliments du bout de la fourchette, picorant *autour* du volatile et évitant soigneusement d'y toucher. Puis, je ne sais comment, j'ai communiqué par télépathie avec Carmelita d'un simple regard, laquelle m'a servi davantage de purée en subtilisant Roméo n° 2 de mon assiette avant de disparaître en cuisine. Personne n'en a rien su.

Le lendemain matin, après avoir essuyé mes yeux embués de sommeil, j'ai descendu les escaliers d'un pas lourd. Sam, Walter et ma mère m'attendaient, déjà assis près du sapin.

— Joyeux Noël ! lançai-je.

— Joyeux Noël, répondirent-ils en chœur.

— On t'a attendue, dit ma sœur, comme si je ne voyais pas les innombrables cadeaux déjà déballés.

— Je vois ça, dis-je en attrapant un des paquets que j'avais apportés pour ma mère. Tiens maman, c'est pour toi.

— Ouvre le tien d'abord.

Elle m'a tendu un paquet qui, visiblement, contenait un vêtement.

— Merci, répondis-je en déchirant l'emballage.

L'espace d'une demi-seconde, je suis passée par toutes les variantes de la culpabilité – une pour chaque Noël – principalement parce que j'avais trouvé son cadeau chez Duane Reade. Puis j'ai ouvert mon paquet. C'était un tricot que je lui avais offert l'année précédente. Je l'avais acheté chez Saks, à sa taille et dans sa couleur préférée : le rose. Je n'ai jamais porté de rose, jamais aimé ça, et je ne faisais plus sa taille depuis l'âge de neuf ans ! Non seulement elle me réoffrait mon cadeau, mais en plus elle le faisait tout sourire parce que je n'avais soi-disant pas souvenir de lui avoir offert à *elle* à la base.

J'ai fait de mon mieux pour prendre un air impassible et sourire chaleureusement.

— J'adore ce pull !

— C'est ta taille ? dit Samantha pour essayer de me contrarier.

— Non, évidemment, répondis-je gentiment. Mais ce n'est pas grave. Ce qui compte, c'est que ma mère ait choisi un beau cadeau rien que pour moi. Merci maman !

— De rien, chérie.

— C'est lequel le mien ? me demanda alors ma sœur.

Je lui ai montré du doigt son paquet.

— Celui-ci est de ma part, ajouta-t-elle.

Elle s'est jetée sur son cadeau, s'attendant à ce que j'en fasse autant.

Alors j'ai ouvert son paquet et découvert une trousse de voyage. Attention, pas n'importe laquelle, mais le nécessaire de nuit de première classe d'American Airlines. Autrement dit, le kit qu'on vous offre gratuitement quand vous prenez un avion à destination de l'Europe ou d'un pays suffisamment lointain pour que vous puissiez, en théorie, dormir, ou, à défaut, vous ratatiner dans votre siège telle une serviette en papier usagée digne des toilettes d'un restaurant.

— Merci beaucoup, Samantha. Il va falloir que je parte en vacances pour pouvoir m'en servir !

— Pas de quoi, dit-elle en levant mon cadeau en l'air. Un sèche-cheveux ?...

— Sympa, hein !

J'avais presque poussé un cri de joie.

— Ouais... très. Si les trois que j'ai déjà rendent l'âme, je ne manquerai pas de m'en servir.

— Oh, tu en as déjà un ? répondis-je en prenant un air déconfit. Désolée, je ne savais pas !

Sam a regardé notre mère qui a haussé les épaules et continué à déballer les cadeaux que je lui avais apportés, manifestement déconcertée. Soudain, on a toutes eu un choc en entendant Walter hurler.

— C'est fantastique !

Je me suis tournée vers mon beau-père qui brandissait sa lampe torche comme un trophée.

— J'en avais justement besoin, Jordan ! C'est tellement indispensable !

Et il le pensait, bonne âme qu'il était.

— Merci mon ange.

— De rien, papa.

Il a passé la main dans mes cheveux, rabattant doucement une mèche derrière mon oreille, et suscitant chez moi un sentiment sécurisant et familial (bien que temporaire) que je n'avais jamais ressenti.

Les souvenirs sont des instants divins, badigeonnés d'émotions pour qu'ils soient difficilement reconnaissables. Peu importe. Tout à coup, je me sentais heureuse. Pour le moment, et peut-être aucun autre, jamais je ne ferais semblant d'oublier ce Noël.

Il y avait quand même un cadeau auquel j'avais réfléchi un minimum, celui de Travis. D'une certaine façon, on était encore dans la phase courtoise où on apprend à se connaître, donc je voulais lui offrir un truc gentil et attentionné, sans en faire trop pour autant sinon il allait peut-être flipper. Le choix était délicat : d'un côté, mon cadeau ne serait peut-être pas aussi chouette que le sien, de l'autre il serait peut-être dix fois mieux. La bonne nouvelle, c'est qu'il ne s'agissait pas d'un anniversaire, donc on était tous les deux dans le même bateau, risquant l'un comme l'autre de saborder cet échange de cadeaux.

Il n'y a rien de pire que de se méprendre sur le stade d'une relation et d'en prendre péniblement conscience par le biais d'un présent. C'est ce qui s'était passé avec Dirk lors de notre première Saint-Valentin. Notez que j'ai toujours eu un très mauvais karma pour la fête des amoureux.

J'avais passé presque une heure chez Hallmark à essayer de trouver la bonne carte. Rien qui disait « je t'aime » ni de trop neuneu, juste un message mignon et sympa. Je lui ai acheté un gigantesque chocolat Hershey et un petit ours en peluche rouge. C'était assez conventionnel, facile à se procurer et pas cher, et aucun danger pour que mon choix semble être le fruit d'une longue réflexion – autant dire un exploit après plus d'une heure de recherches angoissées. À ce stade, ça collait pile avec l'idée que *je* me faisais de notre relation.

Dirk m'a appelée environ dix minutes avant l'heure à laquelle il devait passer me prendre en m'annonçant qu'il aurait un peu de retard – ce qui n'est jamais bon signe, et j'étais loin de me douter que ça vaudrait pour le reste de notre histoire. Quand je lui ai demandé le programme de la soirée, il m'a répondu qu'il ne savait pas. J'ignorais si ça signifiait que c'était une surprise et s'il faisait exprès d'être évasif, ou s'il n'avait réellement pas réfléchi à la question. Mais je n'ai pas tardé à le savoir.

Une heure et dix minutes plus tard, lorsque Dirk s'est enfin amené, il avait cet air désinvolte qui m'a tout de suite incitée à me mettre sur la défensive. Du moins en théorie, si ça n'avait pas été la Saint-Valentin. Mais je me suis dit qu'à ma place, saint Valentin se serait montré indulgent (sinon comment voulez-vous accéder à la sainteté ?) et que je devais en faire autant. Je l'ai accueilli avec un baiser et l'ai regardé enlever sa veste en cuir tanné en s'affalant sur mon canapé.

— Alors... qu'est-ce qu'on fait ?

— J'en sais rien, je suis un peu fatigué. Si on commandait un truc à manger ?

— D'accord...

J'avais acquiescé, conjurant une fois de plus l'esprit magnanime et pacifiste de saint Valentin.

On a commandé de la cuisine indienne et regardé la télé en attendant la livraison. Lorsque l'Interphone a retenti, je me suis levée pour aller ouvrir en marquant un temps d'arrêt pour le regarder. Ce coup d'œil aurait dû sous-entendre : « Mon cher Dirk, c'est la Saint-Valentin, donc tu vas immédiatement lever tes fesses de ce foutu canapé et venir payer le dîner. »

Des clous.

Alors j'ai payé, pensant qu'il était juste dans la lune. Il allait s'en rendre compte d'un instant à l'autre et se lever d'un bond en dégainant son portefeuille. Ou bien le livreur allait dire « ah, j'oubliais… » et déclencher une quelconque réaction chez Dirk.

J'ai mis la carte, l'ours en peluche et le chocolat dans un sac et l'ai apporté sur la table. Il a déballé le tout et souri en voyant les cadeaux.

— Bonne Saint-Valentin, Dirk.

Rapidement, il a lu mon petit mot. Je n'avais rien écrit de trop sentimental. Je crois que j'avais juste suivi l'idée du message sur la couverture et signé.

— Toi aussi.

Il s'est penché vers moi et je l'ai embrassé à contrecœur en me demandant ce qu'il avait dans le crâne ; si tant est qu'il y avait quelque chose.

Sur ce, Dirk a attaqué le repas. Je suis restée sans rien dire, un peu abrutie et l'appétit subitement coupé, mais finalement, j'ai mangé ce que j'avais commandé. Après tout, j'y étais allée de ma poche.

À la fin du dîner, il a tenté une petite séance de préliminaires mais je n'étais vraiment pas dedans étant donné que j'attendais encore mon ours en peluche. Il a fini par abandonner en disant qu'il était fatigué, puis il a remis sa veste en cuir et il est parti.

J'ai toujours su que mes attentes n'étaient qu'une façon déguisée d'anticiper les déceptions mais quand même… c'était la Saint-Valentin.

Ce n'était pas tant qu'il ait complètement zappé cette fête alors qu'il m'avait demandé qu'on la passe ensemble, mais plutôt le fait qu'il parte en oubliant la carte, le chocolat et l'ourson sur la table. Le choc ultime. Comme quoi, on apprend à tout âge. Et on ne passe pas la Saint-Valentin avec quelqu'un qui répète « quoi de neuf ? » chaque fois qu'il vous appelle. C'est toi qui me téléphone Dirk, donc *tu* es censé avoir quelque chose à raconter.

C'est fou ce que ça peut changer selon l'homme. Maintenant il s'agissait de Noël et de Travis. J'avais tapé et imprimé le poème de Longfellow. Mon plan comprenait deux parties. D'abord, j'allais faire reproduire le poème sur du papier parchemin dont je brûlerais les coins pour qu'il ressemble à un vieux document égaré (et finalement retrouvé). Un cadeau fait main donc ; peut-être même le manuscrit original du poète, si toutefois ils avaient eu des ordinateurs à l'époque (je n'avais pas trop le choix au niveau de la typo). J'avais aussi acheté un cadre ancien en bois qui, à mon sens, irait très bien dans le restaurant de Travis, et j'allais lui faire la surprise avec.

Deuxièmement, je faisais faire le prototype d'un tee-shirt qui allait de pair avec un petit plan marketing futé auquel j'avais pensé pour La Balise. Je sais que c'est typiquement ce qui s'appelle mettre la charrue avant les bœufs, mais j'étais certaine que ça donnerait le sourire à Travis, et peut-être même que ça le pousserait à continuer si un jour il avait envie de tout laisser tomber.

On était tous les deux convenus de se donner nos cadeaux lorsque je serais rentrée de chez mes parents. D'ici là, je serais déjà passée chez Kinko's pour réaliser mon petit projet Art déco ; quant au tee-shirt, j'espérais qu'il serait prêt. La boutique d'impression que j'avais sollicitée avait l'habitude de produire des tirages par centaines alors quand j'étais venue passer commande pour un seul exemplaire, autant dire qu'ils n'étaient pas très enthousiastes. D'autre part, ils m'avaient facturé une fortune considérable parce qu'apparemment, les coûts initiaux de fabrication étaient les mêmes que ce soit pour un ou cent tee-shirts sérigraphiés. Donc ils auraient vraiment pu s'ajuster en termes d'attitude.

J'ai d'abord fait un arrêt chez Kinko's.

— Bonjour, lançai-je au type distrait derrière le comptoir. Je voulais savoir si…

Il continuait à fixer la caisse d'un air concentré, comme s'il essayait de fissionner l'atome.

— Hé ho ! Bonjour ?

Toujours rien.

— Brandon ?

Il a enfin levé les yeux.

— Comment vous connaissez mon nom ?

On n'était pas sortis de l'auberge.

— À votre insigne, répondis-je en pointant vers le badge qu'il portait fièrement.

— Ah OK. Cool. Bonjour.

Le vendeur a de nouveau baissé la tête vers la caisse et recommencé sa méditation.

— Dites... vous auriez une minute, Brandon ?

— Moi ? Bien sûr !

Au final, comme dans bien d'autres situations dans la vie, l'essentiel c'est de poser la bonne question.

— Voilà, je voulais savoir si vous pouviez reproduire ce poème sur du papier parchemin ou un support du genre. Il faut que ça puisse rentrer dans ce cadre, mais ça je m'en occuperai.

— On ne fait pas d'encadrement.

— Oui, c'est ce que je dis. Je me chargerai de cette partie.

— OK. Cool.

Brandon est retourné à sa caisse, cette fois pour en sortir la bobine de papier et l'examiner. Chaque fois que je vais chez Kinko's et que je suis confrontée à ce genre de quiproquo, j'ai toujours l'impression d'être victime d'une caméra cachée.

— Brandon ?

— Ouais ? me dit-il comme si on était de vieux copains.

— J'ai quand même besoin de faire cette reproduction.

— Ah, d'accord. En quoi je peux vous aider ?

— Eh bien, j'aimerais que ce texte soit copié sur du papier parchemin de couleur.

— Pas de problème. Vous voulez la nuance Grès ou Brume Désertique ? Personnellement, je préfère la Grès.

— Allons-y pour celle-là puisque c'est votre préférée.

S'il travaillait sur un papier qu'il aimait bien, ça accélérerait peut-être le processus ? J'ai attrapé mon portable pour appeler Travis qui était désormais la touche trois de mes numéros abrégés. Je lui ai dit que j'étais un tout petit peu en retard mais que je le retrouverais en bas de chez lui dans vingt minutes. Ensuite, j'ai appelé la boutique d'impression pour les avertir que j'allais passer. Manque de pot, ils m'ont annoncé que le tee-shirt n'était pas prêt. Faisant de mon mieux pour ne pas m'énerver, j'ai demandé si ça prendrait encore longtemps. Au moins deux heures apparemment. La poisse. Tant pis, je me suis dit que j'irais retrouver Travis pour lui offrir le poème encadré au dîner, et qu'ensuite on irait se balader et que je lui ferais la surprise du tee-shirt.

Brandon est revenu avec la reproduction. Ça rendait vraiment bien mais il fallait encore que je peaufine les coins pour lui donner cet aspect archaïque et vieilli. Je suis sortie du magasin et j'ai commencé à brûler les bords. Brandon me regardait faire depuis son comptoir et il a écarquillé les yeux en me voyant approcher le briquet du papier. Il est arrivé dehors en courant.

— Mademoiselle !

J'ai levé les yeux vers lui.

— J'aurais pu le faire avec du Brume Désertique ! Moi je préfère le Grès mais si vous n'aimiez pas le résultat, fallait le dire ! Je l'aurais refait avec l'autre nuance.

Émerveillée par ce soudain revirement, j'ai expliqué à mon expert du service après-vente ce que j'étais en train de faire. Soulagé, Brandon est retourné à l'intérieur du magasin, et j'ai continué à brûler les bords de mon parchemin en soufflant rapidement dessus pour éteindre les flammes. Une fois achevé, le résultat était parfait. Enfin non, pas parfait, mais justement, c'était l'idée. Ça donnait un truc abîmé, ancien, et assez proche de ce que je voulais. En fait, j'avais un peu carbonisé la fin d'un vers mais les dernières lettres étaient encore lisibles, et je trouvais que ça ajoutait au charme. J'ai glissé le poème dans le cadre et me suis mise en route pour rejoindre Travis.

Quand un homme fait une réservation pour lui et sa petite amie chez One if by Land, Two if by Sea, ça suscite un prodigieux degré de suspicion déplacée chez les gens qui connaissent cet incontournable restaurant new-yorkais.

— Quoi, tu vas te fiancer ? s'était étonné Todd d'un ton irrité et sans enthousiasme quand je lui avais dit où j'allais dîner.

J'avais levé les yeux au ciel.

— À force d'émettre des conclusions aussi hâtives et tirées par les cheveux, tu vas finir chauve.

— De toute façon, c'est ce qui m'attend, marmonna-t-il.

— Comment ?

Mais j'avais très bien entendu.

Je m'étais alors rendu compte que je devais tempérer les confidences que je faisais à Todd. Malheureusement, cette prise de conscience était arrivée trop tard bien sûr ; intérieurement, j'avais l'impression que je venais d'essayer de supplanter ce petit Asiatique qui remporte tous les ans le concours de hot dog : j'étais gonflée et écœurée par ma propre insensibilité et toutes les conséquences qui en découlaient. Le problème c'est que je n'étais pas habituée à lui cacher des choses. Et comme Todd était le seul à connaître la vérité, ce récent malaise entre nous était d'autant plus pénible.

Pendant la période des fêtes, la menace permanente d'une demande en mariage fait justement partie du spectacle chez One if by Land. D'ailleurs en parlant de spectacle, j'en ai aperçu un autre en sortant du taxi. À sa vue, un doux frisson m'a envahie : de l'autre côté de la rue, dans le reflet d'une fenêtre enrubannée, l'arbre de Noël du Rockefeller Center scintillait. Le restaurant semblait avoir été construit dans une ancienne remise à calèches, et la rue tortueuse dans laquelle il se nichait – qui ressemblait si peu aux larges avenues quelconques qu'on venait de passer – le rendait d'autant plus intime. Dehors, il faisait un froid glacial ; quelques flocons de neige faisaient même leur apparition. Mais le restaurant possédait une cheminée et une chaleureuse atmosphère de fête qui donnaient le sentiment d'être chez soi. Ou du moins dans les maisons des magazines de déco et des gravures sur bois illustrant les premières pages des romans de Dickens et de Jane Austen. Chez mes parents, la cheminée était murée, repeinte en blanc et cachée par un paon en porcelaine. Pas très esthétique mais d'un entretien minime.

Une fois à l'intérieur, je me suis gauchement affairée à enlever mon manteau en cherchant le vestiaire des yeux pour ne pas avoir l'air de guetter Travis. C'était ridicule et ça manquait d'assurance mais ça faisait partie des réflexes hérités de l'ancienne Jordan que je n'avais pas encore oubliés. Je ne sais pas pourquoi mais j'ai toujours été mal à l'aise en entrant dans un restaurant ou en descendant d'un avion quand quelqu'un vient me chercher. Le fait d'avoir cet air scrutateur dans les yeux — ce qui est complètement normal et admissible en pareilles circonstances — me rendait nerveuse. Comme exposée aux regards. Ça venait peut-être de la crainte que personne ne soit là pour moi, auquel cas l'espoir et l'expectative qui se lisait sur mon visage se transformeraient en honte et déception, et les badauds me regarderaient passer du statut de jeune femme attendue à celui de sombre gourde qui s'est fait poser un lapin. Certes, je reconnais que c'est un peu prétentieux de penser que de parfaits inconnus prêteraient autant attention à ma petite personne et aux expressions de mon visage. Bref, j'ai fini par trouver le vestiaire qui était juste derrière le pupitre du maître d'hôtel, et où se trouvait aussi Travis.

À peine assis et avant même qu'il ait eu le temps de se beurrer une tranche de pain, j'ai posé le cadre emballé devant lui.

— Qu'est-ce que c'est ?

— Pas grand-chose. C'est une surprise en deux parties, mais il manque la deuxième. Ce n'était pas encore prêt mais ça le sera d'ici la fin du dîner.

— Tu n'aurais pas dû mais... je suis content quand même.

— Ah, tu avoues !

Il a ri et agité la main près de son visage.

— Oui, parce que ça montre que tu as pensé à moi. Quoi que ce soit, je sens que je vais adorer ce cadeau.

— C'est l'exemplaire du *New York Post* de mercredi dernier avec une vieille boulette de tabac à mâcher incrustée dans les pages sportives.

— Hum, sourit-il. T'as pensé à demander un ticket cadeau pour l'échange ?

— Te moque pas. C'est vrai, j'ai pensé à toi. En fait, cette réflexion m'a même donné, *à mon humble avis*, de sympathiques idées pour la promo de ton restaurant qui ouvrira ses portes à Noël prochain dans ton phare de prédilection !

— J'espérais plutôt un succès estival, ajouta-t-il en souriant.

— Justement, ce sera la révélation de l'été ! Mais pour ça, il va falloir faire de la pub. C'est là que je deviens utile.

— Entre autres choses, murmura-t-il. Je t'en prie, continue...

— Bon, mon idée c'est que peu importe que la cuisine soit bonne si personne n'est au courant : un nouveau restaurant a besoin d'une bonne pub. Il faut qu'il attire l'attention... un peu comme une corne de brume qui vous explose les tympans, tu vois ?

— Très alléchant.

— Exactement ! Il faut appâter les clients avec une invitation ! Une pour chaque personne qui entre dans les petites boutiques vieillottes de produits gastronomiques qui infestent toute la région des Hamptons.

— Cibler ceux qui dépensent des fortunes en spécialités culinaires ? s'étonna Travis. Excellente idée !

— Les fines bouches reçoivent un bon de réduction de vingt dollars dans ce type de commerces, ce qui nous permettra de nous faire bien voir des gérants. Et on donne aussi des invitations à tous ceux qui prennent le Hampton Jitney.

— Le bus qui fait la navette entre New York et les Hamptons ? s'étonna Travis, de plus en plus captivé.

— Les gens qui viennent au restaurant se font rembourser le coût du ticket.

— OK. Donc ce serait eux nos clients ?

— Parfaitement. Crois-moi, les New-Yorkais qui aiment aller dans les Hamptons apprécieront les vingt dollars de remise. À leur retour, ils ne se gêneront pas pour vanter les mérites de ce tout nouveau restaurant.

— Ça me plaît...

— Et pour la touche d'humour, les cinq cents premiers venus repartiront avec un tee-shirt. Devant, il y aurait écrit : « Souviens-toi l'été dernier... »

Travis éclata de rire.

— Ou un autre titre un peu débile du genre.

— Ce genre-là est génial.

— Et au dos du tee-shirt, le nom du restaurant serait écrit en gros : LA BALISE.

— En énorme, même ! répéta-t-il.

— Des lettres de la taille d'un phare ! Complètement phalliques ! Les gens porteront ces tee-shirts – hop, pub gratuite – et évidemment, ça donnera envie à d'autres d'en avoir un, et donc tu commenceras à les vendre. D'ailleurs, tous les profits pourront servir à la restauration du phare.

Travis a secoué la tête, incrédule.

— Je n'arrive pas à croire que tu aies réfléchi à tout ça.

— C'est rien, dis-je en haussant les épaules. Disons que je m'ennuyais au boulot.

— Tes idées sont vraiment géniales.

— Attends, c'est pas fini !

— T'as une deuxième campagne de pub entièrement gratuite en réserve ?

— Oui ! Enfin non, pas vraiment. En fait, j'ai consulté Internet à propos des phares et je suis tombée là-dessus...

J'ai poussé le paquet contenant le poème encadré vers lui.

— C'est vraiment beau. Il fallait que tu l'aies.

Il a déballé son cadeau et l'a fixé un moment. Puis il s'est mis à lire le poème à voix haute.

— « *La saillie rocheuse s'étire au loin dans la mer, / et à son extrémité, au bout de quelques kilomètres, / le phare élève son imposante maçonnerie...* »

Travis a posé le cadre à plat, et les yeux dans le vague, il a continué à réciter le poème mot pour mot.

J'étais stupéfaite.

— Tu connais ce poème ? dis-je émerveillée.

— *Le Phare*, de Longfellow, acquiesça-t-il, toujours aussi songeur.

Il semblait à mi-chemin entre la mélancolie et une profonde émotion, l'un ou l'autre, je ne savais pas.

— Mon père me récitait tout le temps ce poème. Je te jure, c'est la première chose que j'aie mémorisée quand j'étais petit. Ça et *La Bannière étoilée*[1].

— Alors j'ai visé juste ? dis-je, sentant désormais que j'avais le vent en poupe.

— Mieux que ça.

J'aurais juré qu'il avait presque la gorge serrée.

— C'est un cadeau vraiment... original. J'adore.

Il s'est penché vers moi, s'arrêtant à deux centimètres de mon visage pour me regarder. Puis il m'a embrassée avec une force à laquelle je n'étais pas

---

1. Poème de Francis Scott Key qui constitue l'hymne national des États-Unis. *(N.d.T.)*

habituée. C'était encore plus troublant sur le plan affectif que physique. À cet instant, je me suis sentie liée à lui plus que jamais. J'ai compris que tout ça était vraiment important... et que je commençais à compter pour lui. C'était le genre de baiser qui en dit long, plus que ce que les mots peuvent exprimer. J'étais tellement heureuse que ça me rendait nerveuse – ça devenait une habitude. Cependant, chaque fois que je réalisais à quel point Travis était merveilleux, à quel point j'étais bien avec lui, je me souvenais que depuis le début je lui avais menti, et une douleur lancinante s'éveillait dans ma poitrine. Il fallait que je lui parle. Oui mais comment ? J'allais devoir trouver une manière. Ça me rendait malade de lui cacher la vérité.

Travis relisait le poème, Dieu merci sans avoir conscience de mon trouble.

— Je vais l'accrocher à l'entrée du restaurant.

— Comme ça les clients auront de la lecture en attendant leur table vu que ce sera toujours bondé !

Il m'a regardée avec intensité.

— Je t'ai déjà dit à quel point j'étais fou de toi ?

— Non, pas encore. Mais si c'était le cas, je crois que je ne me lasserais pas de l'entendre.

— Tant mieux, parce que je risque de le répéter souvent.

On est restés à se contempler, nos visages à quelques centimètres l'un de l'autre, puis il s'est brusquement reculé.

— Quel idiot ! s'écria-t-il. J'étais tellement absorbé par ton cadeau que je ne t'ai même pas offert le tien !

— Ne t'inquiète pas, tout va bien. Je suis ravie que ça te plaise.

— Tiens. C'est juste un petit quelque chose. Ouvre !

Je me suis exécutée, découvrant alors le plus ravissant médaillon en or que j'aie jamais vu. Un « J » était gravé dessus.

— C'est un médaillon.

— Je vois ça. C'est magnifique, Travis.

Je l'ai ouvert pour voir s'il y avait quelque chose à l'intérieur, et c'était le cas. La minuscule photo d'un phare.

— J'adore !

— C'est provisoire. Tu peux mettre la photo que tu veux.

— Hors de question que je change, répondis-je avec douceur.

Je n'avais plus envie de badiner avec lui.

— J'espérais que tu dirais ça.

Son visage s'est épanoui en un large sourire.

Après dîner, on s'est promenés d'un bon pas en direction d'East Village. Je nous conduisais vers la boutique d'impression parce que je voulais récupérer le tee-shirt pour l'offrir à Travis ; le type m'avait dit qu'il serait ouvert tard. La surprise était presque gâchée puisque je lui avais déjà tout raconté, mais de toute façon j'étais nulle en surprise et lui ne savait pas que j'avais vendu la mèche ni qu'un tee-shirt était déjà en préparation.

Cela dit, c'était vrai. Je n'étais absolument pas douée pour les surprises. Je n'ai jamais su garder un cadeau acheté à l'avance tellement j'étais toujours fière de mes trouvailles. Si en plus, c'était un truc particulièrement sensass, j'étais tellement excitée qu'il fallait que je l'offre tout de suite à la personne. Même si c'était un mois avant l'événement pour lequel j'avais acheté le cadeau. Par conséquent, étant une personne facilement et souvent rongée par la culpabilité, j'étais finalement obligée d'acheter un *autre* cadeau le jour dit parce que je ne voulais pas arriver les mains vides ou prendre le risque que la personne ait oublié que je lui avais déjà offert quelque chose. Donc le fait d'être nul en surprise finit, en prime, par vous revenir extrêmement cher.

À présent, je m'imposais une date limite pour décider à quel moment aller acheter mes cadeaux − en général, entre trois et cinq jours avant l'événement. L'inconvénient de cette restriction, c'est que je me retrouvais au beau milieu de la bousculade de gens faisant leurs courses de Noël à la dernière minute. On me poussait pour un pull en cachemire au rabais que je ne voulais même pas mais que je finissais de toute façon par acheter car quitte à avoir un magnifique bleu, autant que j'en retire quelque chose. En somme, assez inextricable comme situation.

Pour l'heure, Travis et moi étions en train de couper par Union Square, précisément là où j'avais bataillé entre les stands du marché de Noël, quand soudain, j'ai aperçu Dirk en compagnie d'une ravissante idiote. J'ai pris le temps de voir ce que je ressentais. Étais-je blessée ? En colère ? Triste ? Il était à environ quinze mètres de nous. Je l'ai observé en l'imaginant faire son charmeur et raconter des anecdotes bien choisies tirées de son anthologie personnelle ; d'expérience, je ne doutais pas qu'il soit formidable d'entendre toutes ses histoires pour la première fois. Voire la deuxième ou la sixième.

J'étais ravie de constater que je ne ressentais absolument rien. Évidemment, c'était choquant de le voir avec une autre fille surtout étant donné qu'on n'avait pas officiellement rompu ; une fois de plus, il me trompait sans scrupule. Mais heureusement, ce soir, ça m'était égal.

Pour autant, il n'allait pas s'en tirer comme ça. L'occasion était trop belle. Le plus drôle, c'est que la première chose que j'avais remarquée c'était un homme dans une affreuse polaire noire Patagonia aux bords mauves et verts : c'était à se demander qui était chargé du choix de couleur chez Patagonia et pourquoi les gens leur laissaient passer ça. C'est seulement en y regardant de plus près que j'avais réalisé que c'était Dirk. Dirk dans une nouvelle veste.

— Tu veux bien m'excuser une minute ? dis-je à Travis.

Je me suis avancée vers Dirk et sa bimbo.

— Salut, Dirk ! lui ai-je lancé le plus gaiement du monde.

Dirk a levé les yeux et est devenu livide. Il a lâché la main de la fille et passé la sienne dans ses cheveux.

— Ah, Jordan. Salut !

Je me suis tournée et j'ai tendu la main à la fille en souriant. Elle l'a serrée, et tandis qu'on se saluait, je crois que Dirk aurait aimé que le sol se dérobe sous ses pieds pour pouvoir disparaître sous terre.

— Bonjour, moi c'est Jordan. Dirk vous a peut-être parlé de moi. Il paraît je suis sa petite amie. Du moins, Dirk croit que je crois que c'est le cas, mais je suis amnésique. Visiblement lui aussi d'ailleurs puisqu'il a oublié qu'il est censé être mon petit ami et, bon… il est là avec vous.

— Jordan…, dit Dirk entre ses dents.

J'ai fait semblant de ne pas l'entendre et continué à parler à la fille.

— Je suis désolée de vous le dire mais quand vous aurez passé un tout petit peu de temps avec lui, vous aussi vous aurez envie d'être amnésique. Cela dit, c'est un mec marrant. Bonne chance !

— Je t'appelle demain, marmonna Dirk du bout des lèvres, essayant piteusement de ne pas être entendu par sa copine.

— Franchement, ne te donne pas cette peine. Tu vois l'homme là-bas ?

Je lui montrais Travis du doigt.

— C'est la meilleure chose qui me soit jamais arrivée, alors ne te prends surtout pas la tête. Tout finit bien : toi et…

J'ai désigné la fille d'un mouvement de tête.

— Jessie, précisa-t-elle.

— Parfait. Toi et Jessie, moi et ce charmant gentleman, et au final, tout le monde est content.

— Mais... qu'est-ce que..., bafouilla Dirk.

Il s'est tourné vers sa copine.

— Excuse-moi juste deux secondes.

Dirk m'a fait signe de le suivre pour plus d'intimité, grosso modo à un mètre sur la gauche.

— Qu'est-ce qu'il y a Dirk ?

— Je suis désolé.

Il avait l'air sincère mais je ne voyais pas l'intérêt.

— Je t'assure, ce n'est pas ce que tu crois.

Intéressant. Je savais qu'il s'en voulait et j'appréciais qu'il fasse au moins semblant d'avoir des remords, mais honnêtement, ça ne me faisait ni chaud ni froid.

— C'est bon, Dirk. Vas-y et passe une bonne soirée.

— T'es sérieuse ? demanda-t-il, hésitant.

— Très, confirmai-je avec un petit rire pour le rassurer.

— Mais et *nous* alors ?

Il n'avait toujours pas percuté.

— À ton avis ? Il n'y pas plus de « nous ».

— Tu me plaques ? cria-t-il dans un mouvement de recul.

Je n'ai pas pu m'empêcher de sourire d'un air contrit.

— Ne fais pas comme si c'était complètement injustifié ou inattendu, grand bêta. Je crois qu'on peut tous les deux reconnaître les circonstances délicates de cette rencontre accidentelle.

— Ça, dit-il, sous-entendant Jessie, ça ne compte pas !

— Tu m'en vois navrée pour elle. Mais comme je te l'ai dit, *ça*...

Et là j'ai levé la main en direction de Travis.

— ... ça compte beaucoup pour moi ! Et de toute façon, ce n'est ni l'endroit ni l'heure pour en parler.

— Bébé, c'est un malentendu ! On fait fausse route, là ! Je te jure, j'ai justement dit à Mike et Joe au bureau que j'avais l'intention de te demander en mariage à Noël.

QUOI ?!

— Quoi ? répétai-je à voix haute, confuse. Ça sort d'où ? On ne se voit même plus ces derniers temps !

— C'est pourtant ce que tu veux, non ? Et puis, sur le plan professionnel, ce sera bien vu que je me fixe. Je suis sur le point de m'associer et je sais que si on se marie, ce sera juste le petit coup de pouce dont j'ai besoin. Tout le monde y trouve son compte !

Il a levé l'index, indiquant à Jessie qu'il n'en avait plus que pour une toute petite minute. Parce que là, il était pseudo en train de faire sa demande à sa petite amie. Mais il serait de retour en moins de deux et leur rendez-vous pourrait reprendre son cours.

— Tu ne vois pas qu'il y a un gros, *gros* problème, là ? dis-je calmement.

— Réfléchis-y. Je t'appelle demain.

— Non Dirk. Je te propose qu'on laisse passer un peu de temps, et si – et je dis bien *si*, OK ? – si on doit vraiment discuter, on avisera. À bientôt.

Je suis retournée auprès de Travis et l'ai pris par la main pour l'emmener loin de mon passé. Dirk m'a suivie des yeux, complètement sidéré. Jessie n'avait pas l'air ravie non plus. Mais alors moi... quel bonheur ! Il existe probablement peu de moments dans la vie où les gens peuvent vraiment dire qu'ils sont heureux. Et encore moins quand ce bonheur est reconnu de tous. Je voulais le savourer. L'aspirer à pleins poumons. Le ressentir pleinement, car pour la première fois depuis longtemps, je me sentais vraiment bien.

— Qu'est-ce qui s'est passé ? me demanda Travis.

— Rien, juste une affaire à régler.

Il m'a jeté un coup d'œil sceptique.

— C'est réglé, ajoutai-je d'un ton convaincant.

— Tant mieux.

Et sans se retourner, on a repris la direction du magasin d'impression, puis de l'appartement de Travis. Je lui ai dit de partir devant et que je le retrouverais devant chez lui car le reste de sa surprise arrivait.

— Encore un cadeau ? C'est Noël et mon anniversaire le même jour !

Les yeux fermés, il a tendu les bras devant lui et je l'ai gentiment poussé en direction de son immeuble.

— Allez ouste ! Du balai ! Je te rejoins dans cinq minutes.

Tandis qu'il s'éloignait, j'ai continué mon chemin vers le magasin.

Quand je suis arrivée là-bas, le tee-shirt était prêt et m'attendait déjà. Il était parfait. Travis allait l'adorer. J'ai payé le type en l'informant qu'on aurait sûrement besoin de plein d'autres exemplaires du même genre donc qu'il ne perde pas la maquette (je ne voulais pas que quelqu'un soit encore obligé de payer ces frais fixes). Le vendeur m'a dit qu'il gardait les fiches clients et les modèles pendant trois ans et qu'en cas de besoin, ils étaient disponibles.

— Au fait La Balise... c'est bien comme endroit ? demanda-t-il.

Je lui ai souri d'un air entendu.

— Ça va devenir le meilleur restaurant de la planète.

Quand je suis arrivée devant chez Travis, il n'était pas dehors, alors j'ai sonné à l'Interphone, puis je l'ai appelé sur son portable. Aucune réponse. J'ai fait quelques pas devant l'immeuble, supposant qu'il allait revenir d'une minute à l'autre.

Je crois que j'ai vu son ami Ben entrer dans le bâtiment, mais ensuite je me suis dit que ça ne pouvait pas être lui puisqu'il ne m'avait même pas dit bonjour. En fait, j'ai même eu l'impression que le type m'avait regardée d'un œil mauvais. J'ai continué à attendre, en rappelant plusieurs fois Travis mais toujours en vain.

Au bout d'environ quinze minutes, un couple de retraités rentrait chez lui alors je l'ai suivi à l'intérieur de l'immeuble.

Quand je suis arrivée devant la porte de Travis, j'ai entendu des voix à l'intérieur. Il était donc chez lui ? Qu'est-ce que c'était que cette histoire ? Je ne comprenais pas. C'est la voix de Ben que j'ai d'abord reconnue.

— Je t'avais dit de ne pas sortir avec elle mais *non* : monsieur contrôlait la situation !

Comme je frappais à la porte, celle-ci s'est brusquement ouverte. J'ai fait deux pas à l'intérieur mais personne n'avait l'air content de me voir.

— Salut. Qu'est-ce qui se passe ? J'avais une surprise pour toi...

— C'est bon, je suis servi question surprise, grogna Travis. Merci.

— Pourquoi tu dis ça ? Quel est le problème ?

— Pas grand-chose, excepté que je suis poursuivi en justice !

— Oh mon Dieu ! m'écriai-je. Mais par qui ?

Travis m'a regardée comme si j'étais folle.

— Par toi ! hurla-t-il.

— De quoi tu parles ?

Il m'a brusquement mis les documents sous le nez. Je les ai pris, les ai regardés, et en dépit des mots écrits noir sur blanc sous mes yeux, je n'arrivais pas à le croire.

Pourtant le libellé était très clair : j'intentais un procès à Travis. Mais je n'avais rien à voir avec tout ça ! J'étais aussi abasourdie que lui de voir ces papiers.

— C'est n'importe quoi, Travis ! Je te jure que je n'ai rien à voir avec ça. Il faut me croire.

— Je parie que c'est juste une coïncidence que tu m'aies dit de t'attendre pendant qu'on me remettait cette assignation ?

— Mais oui ! Je te le jure !

— Ça, ça m'étonnerait, intervint Ben.

— Bon, et si tu partais ? lui dit Travis. Je vais gérer maintenant.

— Étant ton avocat, je préférerais être présent lors des entretiens avec le plaignant.

Le plaignant ? Quel plaignant ? C'était de *moi* qu'il parlait ?!

— C'est ton avocat ?

— Ben, je t'assure, je m'en occupe.

— Appelle-moi sur mon portable en cas de besoin, dit Ben avant de partir.

Il m'a presque bousculée en sortant.

J'ai essayé de raisonner Travis.

— Travis, regarde-moi, le suppliai-je. C'est une coïncidence ! J'étais partie chercher ta surprise.

J'ai agité le tee-shirt face à lui mais il n'en avait rien à faire.

— Je n'y suis pour rien !

— Écoute, indépendamment des circonstances dans lesquelles j'ai reçu ces papiers, il y a bien écrit que tu me fais un procès. Jordan, si tu fais ça…

Il a terminé la phrase sans même me regarder, comme si je n'étais plus là.

— Je peux dire adieu à mon restaurant. Je n'ai ni le temps ni l'argent pour gérer cette affaire. En plus, mon assurance voiture qui me coûte déjà une fortune va monter en flèche alors que j'essaie de faire des économies.

— Travis, je ne te fais aucun procès ! Je ne ferais jamais ça ! dis-je presque en hurlant. C'est une histoire de fou ! C'est forcément ma mère qui est derrière tout ça. Depuis le début elle essaie de me persuader de te poursuivre en justice. Elle m'a même demandé de faire de la rééducation pour que ça joue en notre faveur — ce que je n'ai *pas* fait, soit dit en passant !

Travis a relevé la tête.

— Rien que de prendre un avocat pour me défendre…

— Justement, parlons-en de ton avocat. Ben, n'est-ce pas ? Je vous ai entendus parler quand j'étais derrière la porte. C'est quoi son problème ?

— Le même que le mien désormais, répondit-il en remuant un tout petit peu les pieds. Il n'a jamais trouvé que c'était une bonne idée qu'on sorte ensemble. À l'origine, il voulait juste que j'arrange les choses. Juste au cas où. Il veillait à mes intérêts.

À présent, c'est moi qui étais furax.

— Ah OK... je comprends ! Donc pendant tout ce temps, tu essayais juste de limiter les dégâts, c'est ça ? Moi je n'ai jamais eu l'intention de te faire de procès, mais toi par contre, tu m'as manipulée pour arriver à tes fins ? « *T'es vraiment une fille géniale, allons voir mon super phare, si romantique, et blablabla...* » Je suis complètement tombée dans le panneau. Tout ça c'était juste pour être sûr que je ne te fasse pas de procès ?

— Si c'était le cas, ça n'a pas marché, tu vois.

— Je n'arrive pas à le croire !

— C'est moi qui n'arrive pas à te croire ! répliqua-t-il.

Je lui ai balancé le tee-shirt, qui a atterri sur sa tête. Il l'a attrapé pour le regarder, et il a compris que c'était le maillot que j'avais décrit pendant le dîner. Que je l'avais fait faire pour lui. Il est resté là sans rien dire, le tee-shirt dans une main et l'assignation dans l'autre. Alors j'ai tourné les talons et je suis partie.

À peine sortie sur le trottoir, j'ai fondu en larmes. C'en était trop. Je ne comprenais plus rien. Je m'étais fait un sang d'encre à l'idée de lui dire que je n'avais jamais perdu la mémoire – inventant des petits scénarios pour pouvoir tout déballer, anticiper sa réaction et préparer ma défense pour qu'en définitive, tout s'arrange –, mais pas un seul instant je n'avais imaginé qu'un procès intenté par ma mère entrerait en ligne de compte. Je me suis mise à marcher, une main sur la bouche pour étouffer mes sanglots, l'autre cachant mes yeux pour fuir le regard des passants. Vue de l'extérieur, je devais avoir l'air de vouloir me dévisser la tête.

Je détestais ma mère. Et encore, *détester* n'était pas assez fort comme mot. Je la haïssais. Est-ce que *haïr*, c'était pire que *détester*? Que mépriser? Maudire? Déplorer? *Déplorer*, c'était trop faible. Je me contenterais de la haine au sens large. Laissez le soin à ma mère de saisir la justice pour une fausse affaire d'amnésie parfaitement huilée et d'en faire un vrai cas de conscience : elle avait toutes les chances de gagner.

Je remontais la rue McDougall en pleurant comme une madeleine – concrètement, en braillant comme un bébé –, lorsque subitement, une pensée m'est venue à l'esprit (mis à part le fait que j'avais l'air idiote et que j'étais sérieusement en train de m'humilier) : j'avais l'impression que c'était toujours *à moi* que ça arrivait. Mon mode opératoire, c'était d'être une victime. Il m'arrivait des histoires, les gens me faisaient des sales coups, et je souffrais parce que machin m'avait fait ceci et machine cela. Mais chaque fois, ce n'était pas ma faute. Et l'ancienne Jordan n'y voyait aucun inconvénient puisqu'elle n'assumait jamais rien.

À présent, cette Jordan était du passé. Il fallait que je comprenne quelle était ma part de responsabilité et que je trouve un moyen d'arranger les choses. Il était temps de se défaire de ce rôle de victime et d'arrêter de croire mordicus que tout était à cause des autres. Certaines choses arrivaient, c'était comme ça. Mais il ne tenait qu'à moi de redresser la situation au lieu de rester sans rien faire comme si je n'étais qu'une spectatrice de ma propre existence.

J'avais fait semblant d'être amnésique. Soit. Signé les papiers donnant droit de tutelle à ma mère ? D'accord. Sauf que je ne lui avais pas donné la permission de pulvériser la relation merveilleuse, quoiqu'un peu malhonnête, que j'étais en train de bâtir avec Travis.

Tandis que je rentrais chez moi, j'ai repensé aux choses que ma mère avait faites par le passé, aux disputes qu'on avait eues, aux portes qui claquent et aux échanges téléphoniques brutalement avortés... Je me suis rappelée une conversation que j'avais eue un jour avec Cat. Elle m'avait demandé pourquoi je persistais à rester en contact avec ma mère.

Pour moi la réponse était évidente :

— Parce que c'est ma mère !

— Et alors ? Qu'est-ce que ça signifie ? Et ne me sors pas des arguments biologiques !

Cat n'était pas du genre à faire de sentiments. D'après elle, ce n'était pas parce qu'une personne était du même sang que vous que ça lui donnait le droit de vous pourrir la vie. Et cette règle avait pour corollaire ceci : « La vie est trop courte pour se laisser emmerder par des cons qui n'en valent pas la peine, et même eux ont leurs limites. »

— Ça signifie que je l'aime et que je n'ai qu'une mère, avais-je répondu.

Même si je le pensais encore à cet instant, je ne pouvais pas m'empêcher d'avoir le sentiment de m'être fait escroquer au rayon maman. Une impression qui ne datait pas d'hier.

Ça c'était pour l'ancien moi. À présent, est-ce que la nouvelle Jordan ressentait encore la même chose ? Était-elle enfin convaincue que rien ne l'obligeait à supporter quelqu'un qui ne la respectait pas même si cette personne était sa mère ? Je ne connaissais pas la réponse mais je savais en revanche que j'allais appeler la femme en question et exiger un petit tête-à-tête pour y voir plus clair, qui plus est, pour l'obliger à arrêter ce satané procès.

Quand je suis arrivée chez moi, j'étais émotionnellement épuisée. Je me suis effondrée comme une masse minable sur mon lit, et ce faisant, j'ai entendu un froissement. J'ai roulé sur le côté, juste pour découvrir une impression du poème sur le phare. Travis. L'autre pendant du problème. En plus d'être furieuse contre ma mère, il y avait toute cette histoire de Ben l'avocat, de présomption de culpabilité, et au passage, de mec parfait dont j'étais tombée amoureuse et qui s'avérait finalement être un PARFAIT TORDU.

Qu'est-ce que ce Ben venait faire là-dedans d'ailleurs ? En fin de compte, Travis n'était peut-être pas celui que je croyais. C'était peut-être juste un pauvre type qui essayait de couvrir ses arrières pour ne pas finir au tribunal. Je ne me rappelle même pas m'être endormie. J'ai simplement pleuré et pleuré pendant des heures et quand j'ai rouvert les yeux, c'était le lendemain matin. J'ai appelé ma mère et lui ai demandé si on pouvait déjeuner ensemble. Au début, j'ai oublié d'être ferme à la mesure de mon ressentiment– c'était encore l'ancienne Jordan au bout du fil. Sauf qu'elle a commencé à hésiter. Alors je suis passée au mode catégorique. *Sois là*, point barre. Et après qu'elle a accepté à contrecœur, alors qu'elle était déjà en plein laïus, j'ai raccroché.

23
(Im)puissante justice

Q uand je suis arrivée au Blue Water Grill, ma
mère était déjà assise en train de boire. Elle
en était sûrement à son deuxième merlot (« et
donnez-moi votre meilleur cru, hein ! »), et bien
d'autres allaient suivre.

— Bonjour, maman, dis-je avec une pointe
d'agressivité en prenant place sur le siège libre, face
au mur.

Je sais bien qu'il faut respecter ses aînés et tout ça,
mais ma mère exigeait toujours de s'asseoir sur la banquette pour avoir la belle vue. Je suis sûre que c'est de
coutume lors d'un rendez-vous galant – l'homme doit
céder la meilleure place à la femme –, mais est-ce qu'il
existe une règle qui affirme que votre mère doit systématiquement faire face à la salle ? Je suis une adulte, et
par conséquent nous sommes *deux* femmes, non ?

Alors pourquoi est-ce que c'est elle qui s'adjuge toujours la place la plus agréable ?

— Merci d'être venue.

— Ça avait l'air urgent, dit-elle en sirotant son vin. Qu'est-ce qu'il peut y avoir de si important ?

— Tu as intenté un procès en mon nom contre Travis.

— Travis ? répéta-t-elle en feignant la confusion.

Comme si ce nom ne lui disait rien. Et nous y voilà : auriculaire droit sur la frange, quelques mèches repoussées sur le côté, et puis ses doigts qui courent en file indienne sur le sommet de sa tête comme s'ils cherchaient une issue de secours. J'avais fini par appeler ça : la raie symptomatique. Le signe incontestable que ma mère mentait.

— Oui, maman, confirmai-je sur un ton qu'elle n'avait sans doute jamais entendu venant de moi. *Travis*, le type que tu poursuis en justice. À moins que tu aies intenté d'autres procès de ma part ?

— Non, chérie, seulement celui-là. Navrée, dit comme ça, je ne me rappelais pas son nom.

Foutaises.

— Eh bien tu vas devoir y mettre fin.

— Je suis désolée, Jordan, répondit-elle d'une voix presque ennuyée, mais c'est impossible.

— Je ne ferai pas de procès contre lui, insistai-je. Alors quoi que tu aies fait, tu annules.

— Non.

Sa réponse était simple. Une réponse qu'elle m'avait donnée toute ma vie sans aucune réserve. Ce n'était jamais, *non parce que ceci*, ou *non et je vais te dire pourquoi*. Mais *non*, purement et simplement. Je suppose que ma mère avait été en droit de s'opposer à plusieurs choses tout au long de mon existence. Comme la fois où à l'âge de sept ans, je lui avais demandé si je pouvais redevenir fille unique, cinq ans après la naissance de Samantha. («Non.») Ou quand j'avais demandé à habiter seule à quatorze ans parce qu'elle criait constamment après moi sous prétexte que je mettais la musique trop fort, et que le fait d'avoir mon appart résoudrait le problème. («Non.») Ou à l'âge de quinze ans, quand on était partis à Londres en vacances et que j'avais exigé un verre de vin à table en soutenant (en toute honnêteté) que le Royaume-Uni autorisait la consommation d'alcool (dans les foyers) à partir de cinq ans sous réserve d'autorisation parentale. («Je vais finir par m'énerver, Jordan.»)

D'accord, elle avait complètement le droit de mettre son veto à ces requêtes. Mais aujourd'hui, c'était différent. J'étais une grande personne et il s'agissait de ma vie. Et même si en théorie, cette vie m'appartenait depuis ma majorité, c'était seulement à partir de l'accident que j'en avais vraiment pris le contrôle. À ce titre, j'avais besoin de davantage d'arguments pour pouvoir répliquer.

— *Non* quoi, maman ? Pourquoi non ? Pour quelles raisons ? demandai-je aussi calmement que possible.

— On lui fait un procès, fin de l'histoire.

Elle a avalé une grosse gorgée de vin et fait signe au serveur de lui apporter un autre verre en tapotant son ongle contre celui qu'elle venait de finir.

— La requête est déposée. La machine judiciaire est déjà en route. Un procès va avoir lieu et voilà tout.

— OK, jusque-là je comprends. Effectivement, un procès entre lui et moi est en cours, mais je n'ai *rien* intenté du tout et je ne veux pas le poursuivre en justice, donc je te demande d'annuler ! Je vais bien, c'est clair ?

— Non, tu ne vas pas bien, Jordan. Tu es amnésique !

— Et ça me plaît, d'accord ? Alors arrête ce procès !

— Non. Je suis ta mère, je sais ce qui est bien pour toi et tu n'es pas en mesure de prendre cette décision étant donné ton état.

Le serveur est arrivé avec un autre verre.

— Attends, je ne suis pas en train de te le demander, je te le *dis* : annule ! Je suis majeure et vaccinée et tu ne peux pas intenter un procès à ma place. Je peux m'en charger mais étant donné que c'est ton avocat qui s'en est occupé, c'est à toi de faire en sorte qu'il l'annule.

— Non. On fera ce procès. Tu es peut-être majeure mais tu n'as plus toute ta tête depuis l'accident. Écoute-toi ! Ça te « plaît » d'avoir perdu la mémoire ? Est-ce qu'au moins tu te rends compte de ce que tu dis ? J'en doute. Je suis ton tuteur légal et en tant que tel, j'ai une procuration qui me permet au sens littéral du terme de me procurer un avocat.

Elle marquait un point. À ses yeux, j'étais victime d'un grave préjudice qui m'avait fait beaucoup de tort et elle essayait de me protéger et de punir la personne qui m'avait infligé ça. Pour autant, ça me fichait en rogne.

— Tu ne peux pas faire ça !

— Trop tard, chérie. Comme je te l'ai dit, la machine est lancée.

— Dans ce cas, arrête-la ! répliquai-je d'un ton résolument ferme. Arrête cette putain de machine !

— Surveille ton langage, Jordan !

Quelques personnes se sont retournées en regardant dans notre direction. Les larmes me sont montées aux yeux, troublant ma vue et l'image de ma mère ; tant mieux, car je ne supportais même plus de la voir.

— Maman, je t'en prie ! Il faut que tu annules ! S'il te plaît !

— Désolée, chérie.

Je lui ai lancé un regard assassin ; au sens figuré, s'entend. De toute façon, je n'avais pas de poignard sous la main. Juste un couteau à beurre sur la table.

— Ça y est ! Me revoilà prisonnière de l'horrible cachot de Judith Landau dont j'ai mis dix-huit ans à m'échapper !

Un amnésique n'aurait sans doute pas manifesté un tel parti pris ni autant de colère refoulée, alors je me suis vite rattrapée :

— Du moins, à en croire cette crise.

Ma mère a jeté violemment sa serviette sur la table.

— Ce que tu viens de dire est ignoble !

— Excuse-moi. C'est juste que... Tu ne peux pas faire ça. Écoute-moi, je t'en supplie. C'est avec ma vie que tu es en train de jouer, là. Je ne souffre pas tant que ça, crois-moi, je vais bien. Et je vais trouver un moyen d'annuler ce procès, quoi qu'il en coûte. Travis compte beaucoup pour moi. Si tu le traînes en justice, tu vas détruire tous ses rêves.

— *Ses* rêves ? Mais je m'en fiche, moi ! Désolée, Jordan, mais c'est toi mon souci, pas lui.

— Alors fais-le pour moi, l'implorai-je.

— C'est ce que je fais, chérie. Seulement, pour l'instant tu n'as pas les idées assez claires pour t'en rendre compte.

Le serveur nous a apporté les menus. Tandis qu'il les posait sur la table, je me suis levée.

— Je ne reste pas.

Ma mère a bu une petite gorgée de vin et s'est tournée vers le serveur en haussant les épaules.

— Et pour info, j'irai voir moi-même l'avocat.

Je suis sortie comme un ouragan du restaurant, visualisant en alternance le visage de ma mère et celui de Travis que je piétinais sur une marelle imaginaire. J'ai sorti mon portable pour appeler Cat.

— Je hais ma mère !

— T'as jamais été sa plus grande fan, répondit Cat.

— Elle me rend dingue ! Elle fait un procès à Travis, tu te rends compte ?

— Aussi tordu que ça puisse paraître, elle pense bien faire.

— Tu ne vas pas la défendre ?

— Non, je dis juste que...

— Elle m'a coincée. Je croyais que j'allais la convaincre de tout annuler et que ça s'arrangerait. Maintenant qu'est-ce que je vais dire à Travis ? *Désolée mais je te fais un procès et je ne peux rien y faire ?*

— Ça craint, je sais... mais c'est la vérité, non ? Je ne savais même plus ce qui était vrai ou pas.

— Ça collait vraiment bien entre vous, hein ?

— Il est attentionné, prévenant, intéressant, ambitieux, drôle, futé... tout le contraire de Dirk ! Du moins il l'était.

Et de lui résumer grossièrement l'affaire Ben.

— Il est un peu monté sur ses grands chevaux, ce Ben, non ? dit-elle, me prenant presque les mots de la bouche.

— Si, mais quand même... je le sens mal. S'il est bien avocat, c'est son boulot.

— De quoi ? Faire en sorte que les gens se détestent ? plaisanta Cat.

— Non. Ça on sait le faire tout seul. Quelque chose me dit que Travis, c'était le bon.

— Sérieusement ? s'étonna Cat. Alors tu officialises ? Tu penses mariage ?

— J'en sais rien, dis-je en soupirant. Il semble avoir tout le potentiel requis pour devenir mon mari infâme un jour...

— T'as entendu ce que tu viens de dire ! s'exclama soudain Cat, tout excitée.

Zut. Ma langue avait encore fourché. J'avais dit « mari infâme ». Quand on était gosses, on croyait que c'était la formule officielle à la fin des vœux de mariage – au lieu de « je vous déclare mari *et femme* ». Lorsque Todd et moi on s'était mariés, voilà bien des années, on l'avait dit avec beaucoup de sérieux pendant la cérémonie, pensant qu'on était dans le vrai. J'ai décidé de faire l'idiote.

— Quoi ? demandai-je d'un ton ahuri.

— Tu as dit « mari infâme ». C'est une blague entre nous ! Tu t'en es souvenue !

— Vraiment ?

— Mais oui ! La mémoire te revient ! Tu as eu d'autres souvenirs dernièrement ?

— Je... je ne sais pas. Peut-être bien que oui.

Cat semblait si heureuse que je n'ai pas voulu lui gâcher son plaisir en prétendant que c'était un coup de veine. Je l'ai laissée croire que ça m'était subitement revenu. C'était comme de choisir quel mensonge était le plus adapté aux circonstances. Ou quelle robe porter à son propre enterrement. Autrement dit, l'angoisse.

Mais plus j'y réfléchissais, mieux ça allait. Car si je retrouvais la mémoire, ma mère n'aurait alors plus droit de tutelle sur moi et je pourrais tout arranger.

★
★ ★

Je suis passée au bureau et aussitôt, j'ai été frappée par l'absence de chaos. C'est vrai que l'endroit était plutôt désert, à l'exception des idiots comme moi qui viennent travailler de leur propre gré en pleins congés de Noël, mais j'avais quand même une nette impression de calme avant la tempête. Je ne sais pas si c'était ma propre agitation qui commençait à déborder et à me brûler intérieurement ou si c'était autre chose qui me guettait derrière une cloison de box. J'ai remonté les couloirs en marchant bien au milieu, regardant de gauche à droite avec méfiance.

Pour rien au monde l'ancienne Jordan n'aurait mis les pieds au bureau en période de vacances mais après la pause de Noël, on avait présenté nos idées à la Rinaldi Coffee Company pour leur nouvelle cafetière à piston, et même si j'étais assez contente de ma présentation, je voulais m'assurer que c'était le meilleur projet de ma jeune carrière. Quelques jours avant Noël, j'avais trouvé le slogan du siècle : « La Richesse. À Portée de Main » : impossible que Rinaldi n'approuve pas. Vu que j'avais mis le paquet pour la campagne VibraLens, c'était pile ce qui allait me permettre de me maintenir dans la course en tant que rédactrice prometteuse et pleine d'avenir.

Sauf que je n'arrivais pas à me concentrer. Je ne pensais à rien d'autre que Travis. J'avais beau tenter un effort surhumain pour faire table rase mentalement et me remettre au travail, mon esprit persistait à battre la campagne : je voyais un élastique par terre, je me baissais pour le ramasser, ça me faisait légèrement monter le sang à la tête, du coup je touchais mon front, la manche de mon chemisier frôlait mon médaillon, et je pensais à Travis. Je secouais mon tapis de souris au-dessus de ma corbeille pour le débarrasser des petits débris qui s'y étaient accrochés, et tandis que ces minuscules copeaux tombaient, des particules accrochaient la lumière et étincelaient légèrement. Ça me rappelait les flocons de neige dans le halo du réverbère devant le restaurant où nous étions deux jours plus tôt... *Et zut.*

Chaque fois que j'essayais de faire le croquis d'une idée, machinalement je dessinais des bonhommes représentant Travis et Jordan. Jordan et Travis heureux. Travis pas content. Jordan s'excusant. Travis d'accord. Travis pas d'accord. Jordan en larmes. Travis et Jordan faisant voler un cerf-volant – ça, je ne me l'explique pas trop. Je me suis retrouvée avec sept pages de bandes dessinées illustrant différents scénarios sur la façon dont on aurait pu se sortir de ce pétrin si on avait tous les deux été des gribouillages dans une autre vie.

Quand j'ai enfin compris que je n'arriverais à rien ni au bureau ni ailleurs tant que je n'aurais pas résolu le problème avec Travis, j'ai remballé mes affaires et décidé de ne pas y aller par quatre chemins pour mettre de l'ordre dans ma vie. Il n'y avait qu'une seule personne qui pouvait m'aider maintenant. J'ai fourré la BD dans mon sac et je suis partie.

J'ai quasiment couru jusque chez Todd. Si quelqu'un pouvait m'aider à trouver une solution, c'était lui. Même si pendant un moment, l'aveu de ses sentiments avait mis un coup à notre solidarité et légèrement dérouté notre amitié, je savais qu'on finirait par surmonter ça et j'avais besoin de lui sur-le-champ.

Dans la version romancée de ma vie, je n'aurais pas eu le temps d'aller jusque chez Todd que Travis m'aurait rattrapée, complètement hors d'haleine en me déclarant son amour.

Sauf qu'on n'était pas dans un film, et que concrètement, je n'ai croisé aucun héros en chemin, et c'est un Todd pas douché et pas tout à fait content de me voir qui m'a accueillie.

— Qui arrive dans ma tanière sans y avoir été invité ? lança-t-il en ouvrant la porte.

— C'est moi, répondis-je timidement.

— Bonjour, moi. Que me vaut l'honneur de cette surprise ?

— J'ai besoin de ton aide. Je sais, je suis nulle. Je ne suis qu'une sale égoïste et je devrais respecter tes sentiments et te laisser tranquille...

— On est d'accord, me coupa-t-il en commençant à refermer la porte.

Mais je suis passée devant lui moyennant un petit coup de coude.

— Cela dit..., insistai-je alors qu'il levait les yeux au ciel, tout ça c'était ton idée !

Il a ouvert tout grand la bouche, abasourdi.

— Si c'était le cas, tu serais hyper mal en ce moment même et tu comprendrais ce que je ressens.

Todd a refermé la bouche.

— Tu es le seul qui puisse m'aider, le seul à connaître la vérité, et le seul en qui j'aie confiance.

Il m'a fait signe de m'asseoir sur le canapé. Après avoir poussé deux boîtes de céréales vides et une tour de Pise de magazines *Adweek*, j'ai trouvé une place. Concernant le fait qu'il regardait *Alerte à Malibu* en espagnol, j'ai dit *nada*.

— Alors, c'est quoi l'urgence ?

Je lui ai tout raconté : la sordide affaire concernant ma prédatrice de mère, le procès, la dispute avec Travis, ainsi que le sentiment que j'avais de m'être fait avoir sur toute la ligne même si j'espérais de tout mon cœur que ce n'était pas le cas parce que j'étais vraiment heureuse... Tout ça mis bout à bout, mon récit avait dû faire l'effet d'aiguilles à tricoter aux oreilles de Todd.

— Ouais, dit-il en poussant un énorme soupir.

À l'odeur, j'ai pu me faire une idée assez précise de ce qu'il avait mangé ; du McDo je dirais.

— C'est vrai que t'es dans de beaux draps.

— Il faut que j'arrange ça.

— Eh bien fais-le, dit-il impassible.

Le manque de compassion était prévisible, du moins je crois, mais ça m'a quand même blessée.

— J'avais tout prévu dans les moindres détails. Je comptais tout déballer...

— Et tu devrais le faire. Depuis le premier jour, je suis contre cette idée.

— Je sais, Todd. D'ailleurs j'ai encore fait une gaffe avec Cat... encore une personne que je trahis.

— Jordan, toute cette histoire d'amnésie, c'était... je ne sais même pas quel est le meilleur adjectif. *Malhonnête* me vient à l'esprit. Et *sournois* aussi.

Il a réfléchi quelques secondes.

— Et j'ajouterais *dégueulasse*. La seule chose qui m'impressionne, c'est que tu aies réussi à simuler aussi longtemps.

— Ça va, j'ai compris. Tu me détestes. Mais est-ce que tu peux mettre ça de côté cinq minutes ?

— Va pour cinq.

— Si j'avoue que je n'ai jamais été amnésique, alors il n'y aura pas de procès et ma marionnettiste de mère verra sa gentille poupée couper toutes ses ficelles sous son nez. En plus, je peux prouver que j'ai toutes mes facultés pour qu'elle ne soit plus ma tutrice légale.

— Bien. T'as qu'à faire ça. Pourquoi t'as besoin de moi alors ?

— Mais je ne peux pas, Todd ! Tu me vois dire à Travis que je n'ai jamais été amnésique et que j'ai fait semblant pendant tout ce temps ? Que je lui ai menti ? Quand je pense à quel point il culpabilisait pour l'accident... Il s'en voulait tellement ! Comment veux-tu que je lâche le morceau ? Tu crois que par miracle il va me répondre « Super ! Oublions cette stupide histoire d'amnésie et vivons heureux pour toujours » ? Non ! Il va piquer une crise et au final, il me prendra pour une cinglée !

— Ce que tu es, conclut-il en levant les mains au ciel.

— Merci, Todd.

— De rien, Jordan, répliqua-t-il en remettant le son de la télé.

— Mais je ne suis pas folle !

Todd ne parlait pas espagnol mais il préférait écouter une langue qu'il ne comprenait pas plutôt que moi, une fille absurde.

À la réflexion, peut-être qu'il savait exactement ce qu'il faisait.

— C'est ça, ironisa-t-il, les yeux rivés sur le poste.

Il regardait une scène insolite montrant un personnage qui folâtrait un peu trop loin du rivage.

— Les gens sensés simulent l'amnésie tous les jours ! Écoute, Jordy, tu sais que je t'aime. Je ne parle pas de cet amour-là. Je veux dire, tu sais que je tiens à toi, indépendamment de toutes tes petites excentricités et de tes plans farfelus. Mais cette comédie d'amnésique, c'était vraiment une folie.

— J'ai quand même besoin de ton aide.

— Tu n'arrêtes pas de dire ça mais je ne sais toujours pas ce que tu veux que je fasse.

— Il faut que je retrouve la mémoire.

— Hein ?

— Je l'ai perdue et maintenant j'ai besoin de la retrouver.

— OK, dit-il en agitant la main devant mon visage. Hop ! Ça y est. La mémoire t'est revenue. T'as vu, c'était facile ?

— Non, il faut que Travis soit là. Je ne peux pas débarquer en lui disant : « Bon sang, pendant tout ce temps ma mémoire était là... »

J'ai plongé la main dans la poche de mon manteau pour en sortir un gant.

— « ... pile là où je l'avais laissée ! » Sans compter que ce sera l'occasion de soulager sa conscience. Depuis le début, il croit que tout est sa faute et il culpabilise. Il faut qu'il soit présent lorsque je retrouverai la mémoire, comme ça, une fois de plus, il sera une sorte de témoin, de héros presque, et la boucle sera bouclée. Il ne s'en voudra plus et tout ira pour le mieux.

Todd me regardait comme s'il attendait la suite du plan.

— Donc il faut que je prenne un coup sur la tête.

— Sans problème, je me dévoue, répondit Todd en fouillant la pièce du regard. Tu préfères te défoncer le crâne contre le mur ou que j'utilise un vase ?

— L'idée c'est de faire *semblant* de prendre un coup. Comme le catch à la télé.

— Contrairement à ce qu'on croit, c'est pas vraiment simulé. Mais qu'est-ce que tu mijotes en fin de compte ?

— Il faut qu'on mette en scène un faux accident. Tu pourrais balancer un pot de fleurs par la fenêtre, par exemple.

Todd s'est levé et a commencé à arpenter le salon d'un air excédé.

— Dis-moi que j'ai mal entendu ! Un pot de fleurs ? T'es sérieuse ?

— Euh… oui pourquoi ?

— OK Coyote. Et si on prenait plutôt une enclume ?

— Bip bip, acquiesçai-je docilement.

— Bon Dieu, Jordan !

— Sans rire, écoute-moi : tu balances le pot de fleurs, je m'effondre juste à côté en faisant semblant de l'avoir pris sur la tête et de perdre connaissance quelques secondes. À mon réveil, je me souviens de tout. Les gens n'y verront que du feu.

— Et après, c'est la pause pub, c'est ça ? T'es vraiment cinglée. Je le pense, Jordan. T'as pas l'impression que c'est un peu trop compliqué comme plan ? Et tout ça pour quoi ?

— *Moi* ?

Todd m'a dévisagée fixement en clignant des yeux.

— Non, désolée, Jordan. Je ne marche pas. Débrouille-toi toute seule avec ta fausse amnésie.

— D'accord. Je comprends.

L'instant a été ponctué par une réplique entre David Hasselhoff et Pamela Anderson. « *Adiós, mujer.* » Visiblement, la blonde pulpeuse faisait sa dernière apparition dans la série.

J'étais donc seule sur ce coup. Instinctivement, je m'étais tournée vers la personne qui avait toujours été là pour moi. Mais j'avais souvent dépassé les bornes avec lui et cette fois j'en demandais un peu trop. Pourtant j'aurais aimé que Todd me croie : même si ça avait mal tourné, tout ça n'était pas juste une supercherie pour moi. Soudain je me suis sentie vraiment triste et incroyablement égoïste. Je n'aurais jamais dû le solliciter. Todd avait raison de me repousser. Personne n'allait m'aider à m'en sortir. J'allais devoir affronter la situation toute seule.

★

★ ★

J'ai fait de mon mieux pour me préparer psychologiquement à la déposition sous serment. Manifestement, il s'agissait juste de me déclarer autonome et de faire en sorte de ne pas passer pour une hystérique et une folle. Rien que la phrase « je ne suis pas inapte » insinue sans doute pile l'inverse dans certains contextes ; celui-ci par exemple. Qui plus est, Travis m'attendrait à l'intérieur, et avec ma mère qui se sentirait obligée de cracher son habituel venin sous des airs d'impuissance mielleuse et d'émerveillement face à la machine judiciaire en action, il y avait de grandes chances que les choses ne se déroulent pas comme je l'aurais souhaité. Même en sachant ça, le regard noir et impassible que Travis m'a lancé lorsque je suis entrée dans la salle d'audience m'a complètement déstabilisée.

Ma mère était déjà là, les cheveux un peu plus crêpés que d'ordinaire, assise d'un côté de la table près d'une femme que j'ai reconnue comme l'auteur du premier flot de questions à l'hôpital et que je soupçonnais à présent d'être notre avocate. Travis était assis loin à sa gauche, aux côtés de Ben et d'un autre type un peu plus âgé, ventru et rougeaud ; quelques mèches brunes serpentaient vers le sommet de son crâne dégarni comme si elles lui vouaient un culte. Il a pris la parole le premier, et après que quelques consignes laconiques ont été exposées, j'ai juré de dire la vérité rien que la vérité (posant la main sur la Bible avec précaution, redoutant un choc atroce ou une

chaleur incandescente issue du feu de la damnation).
La séance a alors commencé.

— Je m'appelle Adam Manning et je représente le
mis en cause.

Je l'ai écouté en regardant la greffière prendre des
notes sur sa petite machine.

— Bonjour, répondis-je.

J'ai jeté un œil à Travis mais il m'a ignorée.

— Veuillez décliner votre nom complet et l'épeler
pour le procès-verbal, dit Adam Manning.

— Jordan Landau. J-o-r-d-a-n L-a-n-d-a-u.

Il m'a demandé quel âge j'avais, où j'habitais et
quelle profession j'exerçais. Puis il m'a posé tout un
tas de questions banales auxquelles j'ai répondu en
regardant de temps en temps en direction de Travis
qui ne faisait que serrer et desserrer le poing sans lever
le nez.

— À présent, revenons au jour de l'accident, je
vous prie. À quel moment de la journée s'est-il produit ?

— L'après-midi.

Pour avoir regardé d'innombrables épisodes de *New
York : Unité spéciale* (autant dire le *Starsky et Hutch*
d'aujourd'hui puisqu'il est impossible d'allumer sa télé
sans tomber sur une rediffusion), je savais que je
devais répondre uniquement à la question posée.

— Où étiez-vous ?

— À New York.

— Où précisément ?

J'ai précisé. Au cours des minutes qui ont suivi, on a établi le fait que je roulais à vélo sous la pluie.

— Est-ce qu'il y avait des embouteillages ?

— Oui, je crois. Comme toujours dans Manhattan.

— Est-ce que vous vous droguez ?

— Non ! m'écriai-je, déconcertée par le revirement de l'interrogatoire.

— Étiez-vous sous l'emprise de stupéfiants le jour où vous avez percuté la voiture de mon client ?

— Objection ! intervint mon avocate. Vous tirez une conclusion basée sur des faits non retenus ici. Elle n'a pas percuté la voiture. Votre client a ouvert sa portière devant elle.

— Je vais reformuler. Étiez-vous...

— Non, je n'étais pas droguée, répétai-je.

— Combien gagnez-vous par an ? me demanda l'homme.

Je ne voyais pas quelle importance ça avait et j'étais un peu – OK, *très* gênée par le montant de mon salaire.

— Je gagne environ trente-cinq mille dollars par an. Mais je viens d'avoir une promotion et mon salaire va augmenter.

— Est-il exact que vous soyez au bord de la ruine ?

— De la ruine ?

J'ai regardé l'avocate de ma mère d'un air implorant. Elle a cligné des yeux lentement, comme si elle me faisait secrètement signe de tout dire.

Manning a repris, la tête penchée de côté.

— Est-il exact que plusieurs agences de recouvrement vous appellent régulièrement ?

— Oui.

— Diriez-vous que vous avez d'importantes dettes ?

— J'en ai *quelques-unes.*

— Diriez-vous que vous avez besoin d'argent ?

— Qui n'en a pas ? répondis-je.

Ben a levé les yeux au ciel et écrit quelque chose sur un morceau de papier qu'il a glissé devant Travis. Je mourais d'envie de savoir ce que le mot disait mais il fallait que je fasse attention au type qui me posait les questions ; sa tête était désormais tellement inclinée que j'ai commencé à avoir mal au cou pour lui. Histoire de coopérer et de garder le contact visuel, je me suis mise aussi à pencher la tête mais ça n'a pas servi à grand-chose.

— Est-il exact que vous n'ayez pas été gravement blessée ? Que vous soyez ici aujourd'hui non pas à cause de vos séquelles physiques mais parce que vous avez besoin d'argent ?

— Non, c'est faux ! Je ne voulais même pas venir ici !

— Est-il exact que vous soyez au courant de la situation financière de M. Travis Andrews et que vous ayez lancé ce procès uniquement lorsque vous avez su qu'il avait des économies destinées à sa future entreprise ?

— Non, répondis-je au bord des larmes.

— S'il vous plaît, dites-nous à partir de quand vous avez perdu la mémoire ?

— Après l'accident.

— Mais vous vous souvenez que la portière s'est ouverte juste devant vous. Vous voulez nous faire croire que vous avez oublié tous les événements antérieurs à l'accident mais que vous vous rappelez l'accident en soi ?

— Oui, je me souviens de l'accident.

J'étais désormais tellement troublée que si l'occasion de prouver mon innocence m'était tombée toute cuite dans le bec, je ne m'en serais même pas aperçue.

— Vous souveniez-vous que vous deviez beaucoup d'argent ?

Est-ce que c'était Travis qui l'avait renseigné à ce sujet ? Ben ? Je me sentais au bord de la nausée.

— Non.

On a fait une courte pause, le temps pour eux d'insérer une nouvelle cassette, et quand on a repris, c'était au tour de Travis de faire sa déposition.

— Veuillez décliner votre nom et l'épeler pour le procès-verbal, dit notre avocate.

Puis elle a commencé à entrer petit à petit dans son histoire personnelle ; tout ça était assez pénible mais j'étais trop révoltée pour être capable de m'en arracher.

— Avez-vous déjà été impliqué dans un accident de la route par le passé ? demanda notre avocate.

— Objection quant à la formulation, souligna Manning. Vous pouvez répondre, Travis.

— Une fois, quand j'avais dix-sept ans.

— Avez-vous déjà été poursuivi en justice ?

— Non.

— Où habitez-vous ?

— East Seventeenth Street.

— Vivez-vous seul ?

— Oui, répondit Travis.

— Êtes-vous marié ?

— Objection ! intervint Ben que Manning a tout de suite regardé de biais. La question n'est pas pertinente.

— Je ne fais qu'établir sa situation actuelle, expliqua notre avocate. C'est une déposition, Ben. Tu peux exiger que la question soit rayée du procès-verbal si tu maintiens ton objection mais ce ne sont que des infos d'ordre général.

Ben a jeté un œil à Travis.

— Êtes-vous marié ? réitéra l'avocate.

— Oui.

24
L'homme propose, Dieu dispose

P renez toutes les issues possibles de cette déposition, de la plus hypothétique à la plus inventive en passant par l'absurde, multipliez-les par seize puis ajoutez-y environ cinq mille autres scénarios : nulle part dans ce vaste panorama je n'avais imaginé la perspective que la conclusion principale serait une femme. Celle du mis en cause.

J'étais assommée, écœurée, attristée, furieuse. On dit que le chagrin passe par des phases de choc, de rejet, de colère puis d'acceptation. Je ne connais pas précisément les horaires d'arrivée et de départ pour chaque étape mais dans le cas présent, j'ai fait le parcours complet à toute allure en sautant l'obstacle de l'acceptation sans le toucher, et je suis revenue au stade du choc avant que les mains agiles de la greffière aient eu le temps de taper le mot « oui ». Cette révélation était aggravée par le fait que lorsque Travis avait avoué l'impensable, il m'avait regardée, et j'étais pratiquement sûre qu'il avait souri ; un sourire neutre, comme s'il me la présentait. C'est ça : c'était des présentations en quelque sorte.

Déjà avant, j'étais bouleversée et il y avait de quoi. De toute évidence, Travis n'avait pas suffisamment confiance en moi pour croire que je n'y étais pour rien dans ce procès. Premier accroc ; mais je m'étais dit que ça s'arrangerait. Ce n'était qu'une question de temps. Un petit pépin. Un malentendu idiot.

Alors que *ça*... c'était une tout autre histoire. Une histoire qui allait directement passer au mot « FIN ». Il était donc marié ? Mais comment était-ce possible !? Quel bon Dieu tolérerait une telle réalité ? Pourquoi n'avais-je rien vu venir ?

Soudain j'ai compris. Le karma. J'étais punie à cause de mon expérience. J'avais pris l'habitude d'appeler ça une expérience parce que, d'une certaine manière, ça semblait moins choquant ; sauf pour ceux qui dictaient la loi au royaume du Châtiment Karmique. Là-bas, au sommet de la montagne, le terme usuel était aussi vieux que la capacité des hommes à exprimer leurs pensées. Le *mensonge*. Sans scrupule. Est-ce que je m'étais aussi menti à moi-même ? Bonne question.

Ma mère a profité de ce terrible aveu pour reculer sa chaise de biais par rapport à la table et se mettre en retrait ; une bonne chose que ce petit mouvement m'ait distraite étant donné que j'étais à deux doigts de tomber dans les pommes. S'il existait un son perceptible accompagnant le désespoir, il aurait étouffé tout le jargon des avocats qui continuaient à parler tandis que nous rassemblions nos affaires pour quitter la salle d'audience. En un éclair, j'ai vu mon avenir avec Travis s'évanouir. Dans le cas présent, c'était sa faute, mais dans un autre, ça aurait facilement pu être la mienne. Il aurait pu découvrir que je simulais et me dire de faire comme ma mémoire et ficher le camp. Mais j'aurais au moins eu la possibilité de lui demander pardon. De m'expliquer, ramper... faire quelque chose. Maintenant je n'avais plus les cartes en main. Je ne pouvais rien dire qui puisse justifier l'existence de sa femme. Aucune prière ni bonne action ne pourrait changer la situation.

Sa femme. Je détestais ces mots. Tout comme je détestais les images qui prenaient corps dans mon esprit : mariage, emménagement ensemble, linges sales mélangés dans le même panier d'osier, réveils difficiles, quêtes groggy de la brosse à dents, étreintes chaleureuses. Sans oublier le message du répondeur :

ELLE : Bonjour, c'est Trucmuche...
LUI : Et Travis...
ELLE :Nous sommes absents pour le moment...
LUI :Mais laissez-nous un message...
ELLE : Et bien sûr nous vous rappellerons dès que possible !
ENSEMBLE : Hi-hi-hi !
MOI : *Burp*

Comment avait-il pu oublier de mentionner ce détail crucial ? Je ne pouvais pas m'empêcher de me demander à quoi elle ressemblait. Comment s'étaient-ils rencontrés ? Est-ce qu'ils étaient heureux ? Impossible. Travis vivait seul. Remarque, peut-être pas finalement ? Est-ce qu'ils étaient séparés ? Avaient-ils des enfants ? Est-ce qu'il y avait une assurance vie impliquant un accord à l'amiable entre les bénéficiaires ? Les questions fusaient dans ma tête à un rythme vertigineux. Sans oublier celle-ci : comment avais-je pu être aussi stupide ?

Dehors, je pouvais à peine respirer. En partie parce qu'il faisait si froid que l'air me piquait la gorge à chaque aspiration mais surtout à cause du coup de massue que je venais de prendre. Ma mère a proposé de me raccompagner chez moi mais j'ai refusé, n'ayant aucune envie d'être avec elle. C'est dans ce genre de moments qu'une fille a vraiment besoin de sa mère. Seulement moi, je ne voulais pas de la mienne.

En dépit du temps glacial, je n'étais pas pressée de rentrer. J'ai quitté le centre des affaires et traversé différents quartiers jusqu'à ce que je me retrouve dans West Village, où j'ai regardé des gamins jouant au ballon de l'autre côté de la rue, criant, se courant après et célébrant la désinvolture spontanée de l'enfance. Quelle chance ils avaient d'ignorer tout du merdier qui les attendait. La vie était rude.

Si j'avais su ce que ça signifiait d'être adulte, j'aurais exploité chaque seconde de ma jeunesse. D'une, j'aurais regardé un peu moins la télé, et de deux, j'aurais fait davantage la sourde oreille quand on me demandait de l'aide à la maison. Non pas que je rechigne aux tâches ménagères, mais ma sœur avait consacré l'équivalent de nos deux enfances à fuir devant ses responsabilités. À cet instant, avec recul et nostalgie, je me suis dit que j'aurais justement dû trouver un terrain de jeu comme celui-ci. Un des garçons s'est retourné et m'a regardée furtivement en faisant semblant de ne pas me remarquer alors que j'étais à deux pas. Son visage était tout rouge à cause du froid, et sa tête semblait surgir de son blouson sous l'énorme pression qu'exerçait son col. Lorsqu'un de ses camarades fonçait sur lui, il faisait un saut de côté et tombait, puis il se relevait tant bien que mal en jetant rapidement un œil dans ma direction pour voir si j'étais toujours là.

Oui, j'étais là, m'approchant un peu plus de la petite barrière qui nous séparait sans même m'en rendre compte. Hébétée, triste, de nouveau perdue, je regardais autour de moi, réalisant que je n'avais rien à faire ici, plus maintenant, sans même percevoir le tumulte grandissant de leurs voix éraillées lorsqu'ils m'ont crié un mot que je n'ai jamais entendu.

— *Attention !*

Seul un gémissement se faisait entendre au loin, comme une sirène se rapprochant un peu plus de moi à chaque seconde. Jusqu'à ce que je comprenne que c'était ma propre voix.

25
Qui êtes-vous ? Acte II, scène 1

L es sourcils. Il y avait des sourcils partout. Arqués et affichant différents degrés d'inquiétude, surplombant des yeux que je ne reconnaissais pas, fixés sur des visages qui m'étaient inconnus, me dévisageant à travers un gouffre. Les parois du gouffre étaient vaguement blanches et bleu ciel, et la souffrance affluait de toute part, déformant ces visages qui semblaient encore plus surpris par ma présence que moi par la leur.

— Chérie ?! dit quelqu'un.

Mais moi j'entendais plutôt quelque chose comme « shhh…rie ».

— Bé…hé ? dit une autre voix.

« Bébé » apparemment.

Et aussi « ten-han ? », mais ça je n'ai pas réussi à comprendre.

Diverses supplications de la même nature, rien que j'aie pu déchiffrer. J'ai voulu lever la main pour déloger l'eau dans mon oreille mais impossible de bouger le bras droit. C'est là que je me suis rendu compte que je ne voyais pas ledit bras. Je ne le sentais plus.

À travers les fines fentes de mes paupières, j'ai regardé les cinq personnes auxquelles appartenaient ces visages dont une en blouse blanche. Je ne savais absolument pas ce qu'ils faisaient là, à l'exception de Blouse-Blanche qui, je suppose, était leur chef. Dans un coin, un téléviseur fixé en hauteur que je distinguais à peine diffusait une scène dans une chambre avec un lit et des murs blancs et bleus, et des gens tout autour regardant la personne dans le lit, ce qui rendait la situation d'autant plus surréaliste. Une chambre d'hôpital dans une chambre d'hôpital. Et une blouse blanche qui renfermait un docteur.

— Le scanner ne montre aucune hémorragie interne, dit doucement Blouse-Blanche.

Sans doute pour que je n'entende pas. (Mais j'ai entendu ; sans que je sache comment, l'eau avait l'air de s'évacuer de mes oreilles.) Le chef s'adressait à certaines des personnes présentes qui me regardaient les bras fermement croisés et les pouces appuyés sur le menton.

— Une chance pour elle car c'est la région occipitale qui a été touchée, ajouta-t-il.

— Une *chance* ? intervint une femme d'apparence étriquée. Pourquoi ?

— Parce que cette zone est moins protégée par le crâne, expliqua Blouse-Blanche.

— Mais elle va bien ? demanda un type fluet.

Une veine saillante marquait son front, et il portait un tee-shirt disant : « QUI JÉSUS POURSUIVRAIT-IL EN JUSTICE ? »

— Plus ou moins, répondit le chef. Elle n'a pas d'hématome mais elle a subi ce qui s'appelle un effet de coup-contrecoup. C'est ce qui se produit lorsque la boîte crânienne reçoit un choc direct d'arrière en avant et à nouveau en arrière.

— Nom de Dieu ! s'écria judicieusement l'avocat-conseil de Jésus.

— Mais, comme je vous l'ai dit, il n'y a aucune lésion cérébrale apparente et mon pronostic serait très positif... si toutefois elle répondait. Son silence m'inquiète...

La voix de Blouse-Blanche s'est estompée.

La Femme Étriquée ne disait rien, secouant simplement la tête.

— Je trouve que... c'est remarquable, marmonna soudain Blouse-Blanche pour lui-même. Cette coïncidence... j'ai déjà vu des lésions traumatiques s'aggraver mais jamais de ce genre.

— C'est-à-dire ? s'étonna une petite voix.

— L'évolution de l'état de santé est toujours incertaine mais dans le cas présent, l'effet papillon va s'amplifier, précisa-t-il. Nous allons la suivre de près mais je ne peux vraiment pas vous dire quelle ampleur ça prendra.

— Qu'est-ce que ça signifie ? répéta Femme Étriquée.

Un je-ne-sais-quoi chez cette jeune cinquantenaire semblait dire qu'elle avait passé chaque heure de sa vie avec un coach particulier. Elle avait les cheveux courts et un balayage travaillé, et portait une sorte de survêtement en cachemire.

Il y avait aussi L'Autre — une femme tout aussi minuscule — qui semblait quasi identique à la première, mais en beaucoup plus jeune, genre étudiante. C'était effrayant à quel point elles se ressemblaient. Je me suis dit qu'elles devaient être parentes. Derrière elles se trouvait un homme plus âgé, aux cheveux bruns effilés s'agitant dans tous les sens autour de sa tête. Il avait beau rester en retrait, ce sont ses sourcils qui m'ont le plus marquée car il clignait des yeux et semblait ne jamais détourner le regard. Il était plus grand que tous les autres (ce qui n'était pas très difficile puisqu'il n'y avait que des gens petits), et des trois, c'était le seul qui m'avait souri lorsqu'ils étaient entrés dans la chambre pour se joindre à Blouse-Blanche.

— Bon mais… qu'est-ce qui se passe au final ? demanda Bébé Clone.

— Elle est amnésique, dit Monsieur Souriant.

— Je suis au courant, papa, répondit la fille en levant les yeux au ciel.

— Non, je veux dire : elle est *de nouveau* amnésique, clarifia le père.

— Mais alors… qu'est-ce qu'elle a oublié exactement ? Le mois dernier ? Ce serait possible que Jordan ait oublié qu'elle avait tout oublié avant et qu'elle redevienne normale ?

C'était encore le Mini-Moi qui parlait.

Personne ne s'était directement adressé à moi pour l'instant, alors j'ai essayé de parler. Au début, j'ai eu un mal épouvantable à décoller la langue de mon palais, comme quand on essaie de détacher une pile de magazines qui ont séché les uns sur les autres après qu'on a renversé quelque chose dessus. Au bout de quelques claquements de langue et autres murmures, ils se sont tus en se penchant au-dessus de moi. J'ai réussi à chuchoter un mot.

— B-bon… jour.

Tous m'ont dévisagée. J'ai tourné la tête vers la petite femme qui s'est penchée davantage.

— Qui êtes-vous ?

— Et c'est reparti ! râla la plus jeune à voix basse.

— Je suis ta mère, dit celle en cachemire. Voici ta sœur Samantha et ton père.

J'ai regardé attentivement ces trois visages dans l'espoir d'y lire un signe familier, mais rien. Je n'avais pas la moindre idée de qui étaient ces personnes. Je me suis demandé si je leur ressemblais trait pour trait aussi.

— Miroir ?

Mes prétendues mère et sœur ont toutes les deux plongé la main dans leur sac pour en sortir un poudrier identique qu'elles m'ont brusquement mis sous le nez. J'ai regardé dans le plus près, celui de ma mère. Je ne ressemblais en *rien* à ces gens. Vraiment, pas du tout.

— Vous êtes ma famille ? demandai-je.

Vu que j'étais allongée dans un lit d'hôpital, je ne pouvais pas vraiment dire combien je mesurais mais d'après ma silhouette, j'ai supposé que j'étais au moins un petit peu plus grande que ces femmes qui devaient faire dans les un mètre cinquante, un mètre cinquante-cinq peut-être ; sans compter qu'elles avaient l'air de ne jamais se nourrir. Il devait y avoir erreur.

Puis un autre homme que tout le monde semblait connaître est arrivé. Tous sauf moi. Il était mignon, avec un look étudié genre *Men's Fitness*, grand, le menton saillant et des cheveux bruns coiffés en brosse. Ce type portait une casquette de base-ball un peu bancale sur sa coupe et même si je ne savais rien de lui, j'ai compris à son regard qu'il n'avait pas vraiment de personnalité.

— Qu'est-ce qu'il fait ici, lui ? demanda le type au tee-shirt Jésus.

— Je l'ai appelé de la voiture, répondit ma mère. Bonjour mon chou !

Elle s'est alors tournée vers moi.

— Jordan, je te présente Dirk.

J'ai regardé son visage souriant sans rien dire. C'était laborieux pour moi de distinguer les rôles de chacun sachant que je ne situais ni les prénoms, ni les visages ; à vrai dire, j'avais l'impression que mon esprit était au point mort. L'un d'eux devait avoir un lien amoureux avec moi, et c'était perturbant de savoir que je pouvais être intime avec quelqu'un sans en avoir aucun souvenir. Très étrange comme sensation. Tout au mieux, j'ai supposé que le type au tee-shirt était peut-être mon petit ami ou mon mari ou mon frère ; je n'ai rien dit avant d'en avoir la confirmation.

— Bonjour, bouton d'or, me dit Dirk.

Soudain un troisième type est entré.

— Qu'est-ce que vous faites ici ? lui lança la personne qui représentait ma mère.

— Todd m'a prévenu, répondit-il en jetant un œil au tee-shirt Jésus.

Mon frère s'appelait donc Todd. J'ai tourné la tête dans sa direction.

— Todd ?

— Oui, Jordy. Je suis là, me répondit-il.

Il tremblait. Lui et moi devions être très proches ; il semblait plus soucieux que le reste de ma famille.

— Qu'est-ce que vous avez fait cette fois ? lança ma sœur au nouveau type. Vous l'avez assommée à coup de massue ?

— Sam, les médecins l'ont expliqué, intervint Todd. Elle a reçu une balle de base-ball dans la tête par des gamins qui jouaient dans la rue.

— Vous n'avez rien à faire ici, dit la mère au type. Je vous prie de partir.

Le type avait l'air vraiment abattu. Il s'est tourné vers mon frère Todd et l'a tiré de côté.

— Écoute, elle semble être entre de bonnes mains, donc je vais y aller.

— Entendu, répondit Todd.

— Je reviendrai quand il y aura un peu moins de monde.

Mon frère a fait un signe de tête d'un air compréhensif à l'homme que ma mère détestait, et ce dernier est parti. Tout ça était très déroutant.

— Alors elle est encore amnésique ? demanda Dirk.

— Oui, dit Todd.

— Donc elle ne souvient pas du tout du passé ?

— Oui, Dirk. C'est le propre de l'amnésie.

— Et elle a aussi oublié ce qui s'est passé depuis le premier accident ?

— Elle a tout oublié, conclut mon père.

Lorsque tout le monde est parti, il ne restait plus que Todd et moi. Il n'avait pas arrêté de me regarder bizarrement pendant tout le temps où la famille était là, comme s'il essayait de me demander ou de me dire quelque chose. Je ne comprenais pas où il voulait en venir, et honnêtement, ça me rendait nerveuse. À tel point que j'ai décidé de fermer les yeux et de m'endormir parce que je ne pouvais pas gérer.

Pendant mon sommeil, j'ai rêvé que j'étais dans une boîte de nuit où tout le monde semblait me connaître alors que moi je ne connaissais personne. Ils étaient tous très proches et dansaient ensemble en essayant de me faire participer. Pour je ne sais quelle raison, j'étais vigoureusement, presque violemment opposée à cette idée. Je ne sais pas si c'était parce que je ne savais pas danser ou parce que je n'en avais pas envie – voire les deux peut-être, mais je me débattais comme une furie alors qu'on me poussait et me tirait dans tous les sens. Je me suis retournée si brusquement en essayant de m'extirper de ces bras tentaculaires que ça m'a réveillée. Un tube en plastique oscillait sous mon nez.

Todd était toujours là, assis à me regarder.

— Salut, dit-il doucement.

— Salut, répondis-je un peu gênée, en me demandant si j'avais bavé en dormant. Je parie que c'était passionnant de me regarder dormir ?

— Je suis juste content que tu ailles bien… plus ou moins.

— T'es plus ou moins content que j'aille bien ou t'es vraiment content que j'aille plus ou moins bien ?

— Deuxième option.

Et il a recommencé à faire ce truc bizarre. Il plissait les yeux en m'examinant attentivement comme s'il essayait de déchiffrer un truc sur mon visage.

— Quoi ? Pourquoi tu me regardes comme ça depuis tout à l'heure ?

— Alors c'est vrai ? répondit-il. Enfin, je crois que oui mais je veux juste en être sûr. C'est tellement dingue ! Quelles étaient les chances pour que ça t'arrive vraiment ?

— Mais de quoi tu parles ?

— Alors c'est vrai ? répéta-t-il mot pour mot.

— Quoi qui est vrai ?!

— Tu ne sais vraiment pas de quoi je parle ?

Comme je ne comprenais rien à ce qu'il racontait, j'ai juste soutenu son regard. Je me suis dit que puisqu'il était le seul à être resté après le départ des autres, je devrais sans doute me montrer reconnaissante. Néanmoins ça ne m'empêchait pas de le trouver *vraiment* bizarre.

— Bon, ça va te paraître un peu étrange mais...

— Oui ?

— Tiens-toi bien, dit Todd en jetant un œil vers la porte de ma chambre.

J'ai croisé les bras sur la poitrine en m'agrippant les épaules.

— Je suis prête.

Il a regardé de côté une dernière fois avant de se mettre à chuchoter :

— Jusqu'à il y a encore deux jours, tu faisais semblant d'être amnésique.

Évidemment, c'était le truc le plus ridicule que j'aie entendu jusqu'à présent ; encore plus que le fait d'être de la même famille que les deux petites femmes.

— Tu peux être plus clair ?

— J'étais le seul au courant. C'était une idée folle que t'avais eue, et moi, en tant que meilleur ami et mec génial sur toute la ligne...

— Mon meilleur ami ? Alors, t'es pas mon frère ? J'étais encore plus paumée.

— Ton *frère* ? s'étonna-t-il en reculant brusquement la tête comme si ma suggestion était répugnante. Qui a dit que j'étais ton frère ?

J'ai réfléchi à la question et me suis rendu compte qu'effectivement, personne ne l'avait présenté de la sorte.

— Personne, je crois. Je ne sais pas... je l'ai juste présumé.

— Tu plaisantes ? dit-il sans attendre de réponse. Précieuse info ! Même ton subconscient a fait une croix sur moi.

— Hein ?

— Rien, laisse tomber. Désolé, c'est mon cauchemar perso. Mais on parlait du tien.

— Ah oui. Que je ne voulais pas danser. Je t'en ai parlé au fait ?

— De quoi ? Danser ? Non.

— Aucune importance. C'est un rêve que je viens de faire. Mais j'ai compris : toi tu parlais du cauchemar de ma vie ?

— C'est ça, poursuivit-il. En fait, je t'aidais.

— Tu m'aidais... ?

— Oui, à simuler ton amnésie.

— Je ne comprends pas. Pourquoi quelqu'un voudrait-il faire semblant d'être amnésique ? Franchement, j'ai l'air de m'amuser là ?

— Non, pas trop.

— Alors pourquoi faire exprès ? Ou du moins, faire semblant ?

— Pour avoir une seconde chance, répondit-il, tentant de trouver une explication logique à son histoire de fou. Tu voulais remettre les compteurs à zéro.

— C'est vraiment absurde. Excuse-moi mais j'ai du mal à te croire.

— Fais-moi confiance, je sais que c'est bizarre, mais ce qui se passe dans ta petite tête est un mystère que Dieu seul comprend. Et une fois que t'as un truc dans le crâne, c'est fini. Crois-moi, j'ai essayé de t'en dissuader mais il n'y avait rien à faire.

— Pourquoi aurais-je voulu faire ça ? Quel intérêt ?

Todd a poussé un soupir.

— Tu n'aimais pas la tournure que prenait ta vie.

— À ce point-là ? J'étais quoi… une sorte de pauvre fille ?

J'avais beau essayer de comprendre pourquoi quelqu'un voudrait simuler l'amnésie, je n'y arrivais pas. Les scénarios qui me venaient à l'esprit étaient tellement sinistres que ça ne tenait pas debout. Surtout étant donné toutes les gentilles personnes qui étaient venues me voir à l'hôpital. J'avais l'impression que ma vie n'était pas si mal.

— Non, tu n'étais pas comme ça...

— Mais ?

— Tu ne savais pas te défendre. Tu ne choisissais jamais les bons types avec qui tu sortais. Sans parler que tu n'adorais pas ta famille et que tu étais malheureuse au boulot...

Tout ce qu'il disait n'avait ni queue ni tête.

Voyant que je trouvais ses propos complètement saugrenus, Todd s'est soudain égayé.

— Quoi qu'il en soit, t'as réussi ! T'as renversé la situation et ça a marché. Ça allait vraiment bien pour toi dernièrement !

Je sentais bien que c'était un chouette type ce Todd, mais je n'avais pas envie d'entendre ses histoires pour le moment. Je ne le connaissais ni d'Ève ni d'Adam — et je ne savais plus qui j'étais ; et encore moins Ève ou Adam. Ce qu'il racontait me troublait davantage que tout le reste. Je ne voulais qu'une chose : m'endormir et me réveiller avec ma mémoire intacte pour ne pas avoir à écouter ces énormités.

— Je suis un peu fatiguée, dis-je à Todd. Ça t'ennuierait qu'on en reparle une autre fois ?

Il a eu l'air accablé. J'étais embêtée pour lui et désolée que son histoire ne me dise rien mais j'étais incapable d'y croire. C'était grotesque. Plus que je ne pouvais en supporter en cet instant.

— Bien sûr, dit-il. Repose-toi. Mais, rends-moi juste un service...

— Oui ?

— Ne dis à personne ce que je t'ai raconté. Aussi bizarre que ça paraisse, tu n'aimerais pas que quelqu'un d'autre soit au courant. Je t'assure, crois-moi au moins là-dessus.

— OK, si tu le dis. Bye.

— Bye, Jordy. Rétablis-toi vite.

Il s'est mis en route, mais avant de partir, il m'a regardée une dernière fois comme s'il m'adjurait intérieurement de me souvenir de lui ou de n'importe quoi d'autre. J'ai haussé légèrement le sourcil, alors il a détourné les yeux et il est parti. Vraiment, j'étais mal pour lui. C'était peut-être un chic type – d'ailleurs il a dit qu'il était mon *meilleur* ami. Mais les amis ne comptent pas beaucoup quand on n'a pas la moindre idée de qui ils sont. En plus, il m'avait vraiment fait flipper avec son histoire.

— Bonjour, beauté, dit le type mignon en se penchant pour m'embrasser sur le front.

Dirk. C'est comme ça que ma mère l'avait appelé la veille.

— Bonjour.

— Moi c'est Dirk, tu te souviens ?

— Tu étais là. Avec les gens qui sont venus ici hier. Malheureusement, c'est tout ce dont je me souviens.

—Je suis ton petit ami, dit-il en me prenant la main. Ça ne t'ennuie pas ?

La question faisait référence à son geste.

— Non. C'est sympa.

Donc une énigme de résolue : le mignon était mon copain.

— Comment tu te sens aujourd'hui ?

— Mieux, je crois. Je ne sais pas comment je me sentais avant. J'ai toujours aussi mal à la tête...

— C'était à prévoir.

Son visage affichait une expression très douce. J'avais envie de caresser sa joue mais ne me sentais pas encore assez proche de lui.

— C'est plutôt normal de détester être à l'hôpital, non ?

— Complètement, me rassura-t-il.

J'ai froncé les sourcils. Je voulais exprimer ce que je ressentais, ce sentiment d'impuissance et d'incertitude, et toute cette attention qu'on m'accordait, mais sincèrement, je ne trouvais pas les mots. J'aurais voulu me montrer du doigt et dire : « Vous voyez ? C'est ça que je ressens. » Et avec un peu de chance, les gens auraient rempli les blancs eux-mêmes.

— Tu sortiras bientôt et je te ramènerai chez toi. Ne t'inquiète de rien. Je vais prendre soin de toi. Comme toujours.

Comme toujours. C'était agréable d'entendre ces mots ; les premières paroles réconfortantes que j'entendais depuis mon réveil.

— Je suis désolée, Dirk. Je m'en veux de ne pas me souvenir de toi. Tu as l'air formidable. Je suis certaine que tu es un petit ami en or.

— Tu ne t'es jamais plainte, en effet.

— J'ai beaucoup de chance alors.

Il m'a souri, et j'ai compris pourquoi j'avais dû tomber amoureuse de lui. Il avait un sourire ravageur. Confiant et, certes, un peu insolent, mais dégageant un sentiment de sécurité, l'idée qu'il m'appartenait et que je n'avais aucun souci à me faire. Je ne voyais vraiment pas pourquoi Todd m'avait dit que je choisissais mal mes partenaires. Sans doute était-il juste jaloux. Puis une jeune femme blonde est entrée dans la chambre.

— Bonjour ma chérie ! me lança-t-elle.

Mais en apercevant Dirk, elle a complètement changé de ton.

— Bonjour, Dirk.

Je me suis demandé ce qu'il y avait entre eux. Cette fille était peut-être son ex ? Si c'était le cas, pourquoi tant d'égards envers moi ? Est-ce qu'on était amies ? Est-ce que j'étais amie avec toutes les ex de Dirk ?

— Alors on se retrouve encore à la case départ ? me dit-elle en haussant les sourcils.

Je l'ai regardée sans vraiment saisir mais en lui accordant toutefois le bénéfice du doute – comme à tous ceux qui déambulaient dans cette chambre. Oui, en quelque sorte je recommençais à zéro.

— C'est pas croyable, continua-t-elle. Sans rire, je suis même étonnée que tu ne fasses pas la une des infos locales. Non, en fait on se fout du JT — ton histoire serait plutôt digne d'un reportage dans *60 Minutes*.

— Plus que ça, répondis-je. Ils ont dit que j'en avais pour cinq jours. Mais je ne me souviens que d'aujourd'hui et un peu d'hier.

Elle a esquissé un sourire éclair avant de reprendre la parole.

— Personnellement, un quart d'heure de célébrité m'irait très bien ! Moi, c'est Cat. On est les meilleures amies du monde... depuis toujours en fait. On était voisines quand on était petites, et on a grandi ensemble.

Elle a sorti une photo et me l'a mise sous le nez. Deux petites filles avec des perruques.

— C'est nous. Toi en blonde et moi en brune. Mais ce sont des perruques. Plutôt naze comme look à huit ans mais nous on se trouvait assez sexy.

J'ai contemplé cette photo de nous, puis l'ai regardée elle. J'essayais de voir de quelle manière son visage avait changé. Je ne connaissais pas encore assez le mien pour pouvoir établir un quelconque rapprochement. Je m'étais vue seulement quelques secondes quand j'essayais de me comparer à mes miniatures de mère et sœur.

Cat est passée à une autre photo de nous petites.

— C'est encore nous — sans perruque cette fois — il y a de ça bien longtemps. Comme tu vois, on est aussi mignonnes aujourd'hui qu'on l'était à l'époque !

Elle a sorti une troisième photo. Une de Todd et elle, en train de faire la chaise à quelqu'un en se tenant les mains, bras croisés. Ce quelqu'un, c'était moi.

— En voilà une autre très drôle.

J'ai jeté un œil à toutes ces photos et me suis sentie complètement dépassée. Je ne reconnaissais personne et ne me rappelais pas du tout ces épisodes de ma vie. Mes narines se sont mises à gonfler et mon menton à trembler ; j'ai essayé de résister à l'envie de pleurer mais j'ai perdu le contrôle et les larmes ont commencé à couler le long de mes joues.

— Je suis désolée, dis-je à Cat en essuyant mes yeux et en reniflant pour empêcher mon nez de couler.

J'ai tout de suite regretté le bruit répugnant que ça a fait.

— C'est… tellement bizarre.

Je ne me souvenais de rien, ni de *personne*. Apparemment, j'avais plein de bons souvenirs mais j'avais beau fixer les photos et essayer de me concentrer, ils ne signifiaient rien pour moi.

— Ne t'inquiète pas, dit Cat. Je sais à quel point ça fait peur de ne reconnaître personne mais ça va passer. Tu vas aller mieux.

Dirk avait l'air un peu mal à l'aise ; sans doute de me voir pleurer.

— Désolée de faire ma pleurnicheuse.

— Mais non, ma puce. Tout ça est très dur. Il faudrait être un robot pour ne pas se sentir effrayé et perdu, dit-il.

Cat rejeta brusquement la tête en arrière avant de lancer un petit sourire narquois à Dirk.

— En parlant d'humain artificiel, tu peux me dire ce que t'as fait du vrai Dirk ?

Il n'a pas répondu.

— Je vous laisse vous retrouver. De toute façon, je dois y aller, dit-il en jetant un œil à sa montre. J'ai un rendez-vous.

— Oh, toutes mes excuses ! ironisa Cat. Forcément, avec une visite à l'hôpital et ce rendez-vous, t'es surbooké !

— En fait, il se trouve que c'est pour du bénévolat expliqua Dirk. C'est pas grand-chose mais on compte sur moi.

— Vraiment ? C'est gentil de faire ça ! dis-je à Dirk.

— Ça concerne la seule chose qui pourrait se mettre entre nous, me souffla-t-il en me faisant un clin d'œil.

— Ça ou... n'importe quelle mini-jupe assise sur un tabouret de bar, souligna Cat.

— Cat, estime-toi heureuse que Jordan soit encore parmi nous. Essaie de ne pas être aussi aigrie parce que deux personnes s'aiment, répliqua-t-il d'un ton noble. C'est peu charitable venant de toi.

Puis Dirk m'a soufflé un baiser avant de partir.

— Je repasserai te voir plus tard, bébé.

— Pouah ! Ce mec me donne envie de vomir ! dit Cat une fois que Dirk eut quitté la pièce.

— Tu ne l'aimes pas ?

— Il n'y a *rien* à aimer chez lui.

Décidément, quelque chose ne collait pas dans ce tableau. Elle avait dû coucher avec lui. Ou essayer. Oui, c'était sûrement ça. Elle avait dû essayer de me le piquer et il l'avait repoussée. Quel genre d'amie était-elle ? Adorable et engagé comme il était, impossible que Dirk ait pu volontairement lui faire du mal. Évidemment, j'étais suffisamment lucide pour me souvenir que l'amour et le désir sont des tyrans capricieux, mais à mon avis, l'égo de Cat était un peu blessé.

Soudain, le type qu'ils avaient mis dehors la veille est arrivé avec un gigantesque ours en peluche qui avait une tête un peu niaise et des yeux de cocker. Au début, j'ai seulement vu l'animal, mais après j'ai aperçu le type caché derrière qui se démenait pour le porter.

— Voici Barthélemy, le saint patron des amnésiques, dit-il. Il est venu prendre soin de toi et t'aider à retrouver la mémoire. Et il est aussi là pour que tu n'oublies pas qu'il y a quelqu'un qui est fou de toi et qui n'attend qu'une chose, c'est que tu te dépêches d'aller mieux.

Ce qu'il pouvait être mignon, lui !

— Alors l'as du base-ball, comment te sens-tu ?

— Ça va, répondis-je.

Même si je ne comprends rien à ce que tu me dis. L'as du base-ball ? C'est quoi, un genre de nom de code ? J'étais censée répondre par un mot de passe ?

— Bonjour, moi c'est Travis, dit-il à Cat en lui tendant la main.

Elle l'a serrée et a hoché la tête vers moi en signe d'approbation.

— Ça fait longtemps que j'attends ce moment ! dit-elle, le visage radieux. J'ai beaucoup entendu parler de vous, Travis. Ravie de vous rencontrer enfin.

Puis elle m'a souri en tournant brusquement les yeux vers lui à plusieurs reprises comme si je ne l'avais pas vu et qu'elle voulait me signaler sa présence.

— Je crois que je vais aller me chercher un café et vous laisser tous les deux. Rien de mieux qu'une bonne vieille cafétéria d'hôpital ! Je reviens.

Cat est sortie de la chambre puis a passé la tête dans l'embrasure de la porte en levant les pouces vers moi pendant que Travis regardait ailleurs.

— Désolé pour la taille de l'ours, me dit ce dernier en regardant d'un air désapprobateur la montagne de fausse fourrure. Ils n'avaient rien de plus gros ! Comme j'avais déjà tapé dans les fleurs et les chocolats la dernière fois, j'ai pensé que... ceci dit, en y réfléchissant bien, tu ne t'en souviens sans doute même pas, donc j'aurais pu refaire la même chose. Quoi qu'il en soit, je le trouvais assez mignon alors...

— Merci, ce nounours est super.

— Et quand je te ramènerai chez toi, il y a un plat spécial « prompt rétablissement » que je voudrais te faire.

— Tu sais cuisiner ?

— Oh que oui. Je sais faire le ménage aussi. Et si tu es très gentille, je peux même remplir ta feuille d'impôts.

— Quelle veinarde. Attends... je paie des impôts ?

— Tu n'as jamais été très douée question factures, blagua Cat qui traînait encore sur le pas de la porte. Bon, cette fois j'y vais. Je reviens vite !

— C'est pareil pour tout le monde, me confia Travis. En fait, les chiffres c'est pas du tout mon truc mais je ferai de mon mieux pour bien semer la pagaille dans ta déclaration avant que tu décides de faire appel à un pro.

— Très gentil à toi.

— Je n'arrive pas à croire que ça te soit arrivé...

Il a écarté une mèche de mon visage ; ça m'a un peu angoissée étant donné que je ne le connaissais pas. Mais il m'a alors regardée avec beaucoup de douceur. Il se passait quelque chose là. Il fallait que je sache quoi.

— Est-ce qu'on... ?

J'ai levé les yeux vers lui en espérant qu'il comprendrait ce que je voulais dire.

— Est-ce qu'on quoi ? me dit-il, sans saisir l'allusion.

— J'ai l'impression qu'on… enfin à la façon dont tu… Est-ce qu'on est sortis ensemble ?

— Mon Dieu, je suis désolé. Je croyais que tu le savais. *Oui*, me dit-il, avant d'esquisser un sourire timide. Je t'aime, Jordan. Bon, il y a quelques trucs… beaucoup de trucs dont on doit discuter mais… on va régler ça.

De nouveau, j'ai commencé à avoir froid et les mains moites. Subitement, j'ai repensé à la visite de Dirk un peu plus tôt, et à la manière dont il m'avait dit qu'il était mon petit ami. Je n'osais pas croire ce que j'entendais. Alors j'étais une sorte d'allumeuse infidèle en fait ? Combien de types dehors se considéraient comme mon petit ami ? Et lequel est-ce que j'aimais vraiment ?

— Ah.

— Ah, super ? Ou ah… *merde* ? me demanda Travis.

— Je… désolée, je ne m'en souviens pas.

— C'est pas grave. Ne t'angoisse pas avec ça. Tu ne te rappelles *rien*. Si tu n'avais oublié que moi, là j'aurais de quoi m'inquiéter !

— Tout ça est tellement troublant. Ça fait beaucoup d'infos à gérer.

— Je m'en doute. J'imagine ce que ça doit être pour toi. Mais on va se rattraper. T'en fais pas, je vais veiller sur toi.

— OK, répondis-je en m'efforçant de sourire.

Mais au fond de moi, j'étais vraiment tendue. Et j'avais mauvaise conscience. Il était si gentil ! Cette histoire d'amnésie, ce n'était pas l'idéal si on est effectivement une mangeuse d'hommes et une garce infidèle.

Travis est resté jusqu'à la fin des horaires de visite et m'a ensuite promis de revenir. Je me suis laissé gagner par le sommeil avec une image de lui et Dirk se tenant côte à côte ; s'étranglant mutuellement puis se tournant vers la véritable source de leur malheur : moi. Alors l'espace de quelques instants, j'ai essayé de ne plus penser du tout.

Plus tard, un homme en chemise de coton bleue et en pantalon est entré dans ma chambre en me souriant.

— Bonjour, Jordan. Comment vous sentez-vous ? dit-il en vérifiant le machin qu'il m'avait mis en intraveineuse.

— Ne dites rien, répondis-je. Vous et moi on sortait aussi ensemble ?

— Non, mais je suis partant si ça vous dit !

Ils jouaient tous la comédie. Moi, en revanche, j'étais perdue et dans une situation assez critique. Pour ce que j'en savais, je trompais tout le monde... avec tout le monde.

Puis il a sorti un abaisse-langue.

— Dites « aaah ».

Présumant que c'était un énième médecin, j'ai ouvert la bouche, tiré la langue et fait ce qu'il m'avait demandé. Si seulement je m'étais lavée les dents ces derniers jours. Je me demandais quel genre d'haleine de dragon je lui renvoyais dans la figure. Il a posé son instrument sur ma langue et griffonné quelque chose sur le graphique médical.

Ce faisant, il a souri.

— Quoi ? bafouillai-je.

Ce n'était pas très intelligible avec ce bâton collé sur ma langue. Le médecin l'a retiré.

— Impressionnant !

— Quoi ? Mes amygdales ?

— Non, votre réflexe nauséeux. La plupart des filles ont un haut-le-cœur au bout de cinq secondes.

— Ah, commentai-je, sans être certaine que le sujet soit vraiment approprié.

Sérieusement ? Qu'est-ce qu'il essayait de me faire comprendre là ?

— J'ai fait mon internat à Los Angeles. Les filles de la côte ouest contrôlent très bien leur haut-le-cœur. De vraies actrices. Bref, allez comprendre ! En tout cas vous êtes la meilleure de la côte est sur laquelle je sois tombé.

J'ai écarquillé les yeux. Je rêvais ou on était en train de parler de mes nausées, là ? Comment ça « tomber sur » ? J'avais le talent d'une actrice porno ou quoi ?

Quoique. Apparemment j'avais deux petits copains, donc il n'y aurait rien d'étonnant à ce que je reçoive la palme du meilleur réflexe nauséeux.

— Je ne sais pas trop quoi vous répondre. Merci du compliment peut-être ?

— Vous aimez danser, Jordan ?

Du tout. Est-ce qu'il était en train de me faire des avances à cause de mon super réflexe ?

— Euh... je ne sais pas. Et vous ?

— Oui, ça me plaît assez.

— Tant mieux, répondis-je, sans vraiment comprendre où cette conversation allait nous mener.

— Je vous pose cette question parce que je vais vous envoyer chez le Dr Debra. Elle organise de ce qu'on appelle une thérapie par la danse.

— Ça a l'air sympa, acquiesçai-je.

Le toubib a haussé les épaules, puis calé son stylo derrière l'oreille.

En arrivant devant la salle de thérapie, je suis restée sur le pas de la porte, pas très emballée à l'idée d'entrer. Mais l'enseignante, le Dr Debra, me connaissait.

— Bonjour, Jordan, chantonna-t-elle en me faisant entrer jusqu'au milieu de la pièce.

— Bonjour, Jordan, me dit un type d'une bonne quarantaine d'années. Ravi de vous revoir !

Brusquement, la panique m'a submergée. J'étais en train de devenir folle, c'est ça ?! Pourquoi « revoir » ? Le médecin m'envoyait ici pour la première fois !

— Désolée, vous devez me confondre avec quelqu'un d'autre.

— Non, Jordan, insista le type. On vous connaît. Mais peut-être que vous ne vous souvenez pas de nous.

— Je ne me rappelle pas être déjà venue ici, dis-je en examinant la salle du regard. En plus, ça fait seulement deux jours que je suis à l'hôpital.

— Oui, on nous a raconté. C'est vraiment affreux. Au fait, je m'appelle Paul. Vous et moi, on était partenaires de danse avant.

— Ah oui ?

Alors soi-disant j'étais déjà venue ici et j'avais déjà souffert d'amnésie ? À moins que… ? À en croire l'histoire de Todd, j'avais fait semblant. Mais *pourquoi* ? Quel intérêt aurais-je eu à traîner à l'hosto et à danser avec des malades atteints de congestion cérébrale ? Je n'avais pas la moindre idée du genre de personne que j'étais et/ou comment je prenais mon pied avant mais j'avais du mal à imaginer que ce soit *ça* ma conception de la fête.

— Ça fait plaisir de vous revoir, me dit Paul. Vous avez l'air en forme.

— Ah, euh… oui, vous aussi.

Le Dr Debra a lancé un morceau de musique New Age et nous a demandé de commencer à bouger en rythme. Ce qu'on a fait. Je suppose que je m'en sortais mieux que la dernière fois vu ce que le Dr Debra disait.

— Excellent, Jordan. Vous vous lâchez beaucoup plus. C'est un grand progrès !

— Merci ? marmonnai-je.

Là, ça devenait pire que bizarre.

— Sentez votre corps de l'intérieur. Dansez vos émotions !

Une femme s'est mise à gesticuler comme si elle faisait une crise d'épilepsie. J'ai cru qu'elle allait mourir sur-le-champ... jusqu'à ce que je comprenne qu'en réalité, elle exprimait ce qu'elle ressentait. Et, coup de chance pour elle, même si c'était bel et bien une sorte de crise, elle était au bon endroit. Dans d'autres circonstances, on l'aurait emmenée en fauteuil roulant vers le bon service et on se serait occupé de son cas.

— Bougez, Jordan ! ordonna le Dr Debra.

J'avais été tellement absorbée par la pseudo-épileptique que j'avais omis de « danser mes émotions ». Au début, je ne voulais pas danser. Je me sentais empêtrée, effrayée, contrariée et agacée... et puis, pour des raisons que seuls Dieu et peut-être l'inventeur de Dance Dance Revolution[1] connaissent, j'ai eu envie de danser. Il n'y avait pas de mots pour révéler ce que

---

1. Jeu vidéo qui se joue avec les pieds sur un tapis de danse, inventé au Japon en 1998 et adapté sur plusieurs types de consoles en Europe. *(N.d.T.)*

je ressentais, et subitement j'ai eu le besoin urgent de m'exprimer. Alors je l'ai fait. J'ai dansé. Comme une folle. Furieusement. Sans aucune inhibition. Je me dandinais, partais brusquement sur le côté, tournoyais, bougeais les épaules d'avant en arrière... à tel point que des milliers de petites perles de sueur se formaient sur mon visage, mais je m'en fichais. Je n'ai même pas remarqué que les autres s'étaient arrêtés pour me regarder, et quand j'ai finalement commencé à m'essouffler et que j'ai aperçu toutes ces paires d'yeux braquées sur moi, ça n'a rien changé.

Plus étonnant encore, tout le monde s'est mis à m'applaudir.

— Très convaincant, Jordan, dit le Dr Debra. C'est la révélation que nous espérions la dernière fois. Félicitations, merci de votre participation.

Après la thérapie, on m'a renvoyée dans ma chambre. Toutes les infirmières me disaient bonjour en m'appelant par mon prénom quand je passais. Je n'en reconnaissais aucune.

Je me suis assise sur mon lit et j'ai fait tout mon possible pour me souvenir de quelque chose. J'ai visualisé tous les gens qui étaient venus me voir et me suis concentrée sur leurs visages pour essayer de faire renaître un souvenir, une image... n'importe quoi. Mais ça aurait été trop beau. Au final, j'ai juste écopé d'un mal de tête monumental.

Je commençais vraiment à me demander si je n'étais pas folle. Je n'en avais pas l'impression, seulement, si j'avais vraiment fait ce que Todd avait dit – ce que je n'étais pas du tout portée à croire –, alors je devais avoir un sérieux problème. Franchement, quelle idée de simuler l'amnésie ? Qui aurait envie de faire un truc pareil ?

★
★   ★

Je suis restée à l'hôpital pendant des semaines. Le psychologue chargé de m'aider à combler les brèches – c'est mot pour mot ce qu'il a dit, à moins qu'il ait parlé de me « remettre sur les rails » ? « D'aplomb » ? « À jour » ? Bref, je ne sais plus comment il appelait ça mais le fait est que, exception faite du mercredi, il tenait séance du lundi au samedi dans un minuscule bureau du septième étage, de l'autre côté des couloirs verrouillés du service psychiatrie à proprement parler. Il appelait cette zone « la périphérie » ; ou l'arrière-pays, la région excentrée, je ne sais plus. Je ne m'arrêtais pas trop aux détails à ce stade. Quoi qu'il en soit, son enthousiasme discret avait toujours tendance à me mettre à l'aise, et ce jour-là, j'étais justement d'humeur à me détendre.

Manque de veine, il n'était pas dans son bureau. Mais à l'étage, c'était le tohu-bohu général ; en même temps on était au service psychiatrie et les horaires de visite venaient de débuter. Certains malades restaient seuls, sans aucun visiteur. C'étaient eux les plus tristes et eux sur qui mon regard se posait. Je me demandais depuis combien de temps ils étaient là et pourquoi personne ne venait les voir, et aussi comment ils avaient atterri ici et pourquoi on les qualifiait de « psychotiques ». Quelle était la goutte d'eau qui avait fait déborder le vase, le dernier geste alarmant qu'ils avaient eu pour qu'on les envoie à l'HP ? À moins que ce ne soit une accumulation en cours de route ? Était-il possible que l'acte d'une de ces personnes, bien que déraisonnable à première vue, ait en fait été une réaction saine à une situation insensée ? Rien que d'y penser, ça me terrifiait. Sans ces tuniques bleues mal ajustées, comment distinguer les visiteurs des patients, les civils des conscrits ?

Une femme en particulier a attiré mon attention. Elle avait l'air encore plus débraillée que ses camarades de chambre avec sa peau abîmée et ses cheveux s'aventurant dans tous les sens. Elle portait un bandana gris crasseux noué autour du poignet droit. Elle marmonnait toute seule. J'arrivais tout juste à comprendre quelques mots, mais chaque fois qu'elle terminait une phrase, on aurait plus ou moins dit qu'elle attendait une réponse de ma part.

— Prends garde à ce que tu dis... on te traitera de radical... libéral... fanatique..., dit-elle en haussant le sourcil à mon attention.

Est-ce qu'elle parlait politique ? Était-ce des mots qu'on avait employés à son égard ? Elle se serait fait arrêter lors d'une manifestation et amener de force ici ? Je ne pouvais pas m'empêcher de penser qu'au moins, le temps de son séjour à l'hôpital, elle avait un toit sur la tête.

J'ai détourné le regard, ne voulant pas la fixer plus longuement, mais ça l'a encore plus perturbée. Elle s'est brusquement levée de sa chaise en épiant les alentours, puis elle a marché en crabe dans ma direction et s'est assise directement en face de moi.

— Ne leur donnez pas votre nom, me souffla-t-elle au visage avec force.

— Mon nom ? m'étonnai-je. Ils ont dit que c'était « Jordan ». Je n'ai pas vraiment de quoi contester.

Elle a rejeté ma réponse d'un geste de la main.

— On voudrait être sûr que vous êtes admissible... respectable... présentable... un *légume* quoi !

— C'est vrai, j'ai des petits trous de mémoire... mais je n'irais pas jusque-là, répondis-je en reculant lentement.

— Hum, marmonna-t-elle.

Puis elle s'est éloignée en sifflotant quelque chose entre ses dents, me laissant plus confuse que jamais.

Quand je suis arrivée dans ma chambre, ma mère était là avec mon médecin.

— Avant que je vous renvoie chez vous, il y a quelque chose dont j'aimerais vous parler, dit le docteur en s'adressant à moi autant qu'à ma mère.

— De quoi s'agit-il ? demanda-t-elle.

— Comme je vous l'ai expliqué, être atteint d'amnésie deux fois de suite, c'est vraiment un cas sans précédent. Je me demandais, juste par curiosité, si ce n'était pas... une réaction. Quelque chose de psychologique, mais qui serait plus lié à un événement traumatisant qu'à une lésion cérébrale, laquelle n'est d'ailleurs pas très grave en ce qui vous concerne.

Donc, pendant que j'étais en balade dans le service psychiatrie, ma mère et le gentil toubib discutaient de ma santé mentale.

— Qu'est-ce que vous voulez dire ? demandai-je, craignant d'avoir déjà une chambre réservée au septième étage.

— Eh bien, chacun sait à quel point les blessures à la tête sont incertaines. Les conséquences ne se manifestent pas forcément en fonction du nombre de lésions visibles. Elles sont difficiles à définir avec précision. Donc ce que j'aimerais savoir, Jordan, c'est si vous avez eu des problèmes durant votre enfance ? Est-ce qu'il s'est passé quelque chose dont vous n'avez jamais parlé à personne ?

— Je... je n'en ai aucune idée.

— Qu'est-ce que vous insinuez, docteur ? demanda ma mère d'un ton moyennement aimable.

— Absolument rien. J'émets seulement l'hypothèse que Jordan essaie peut-être de refouler un événement traumatisant qu'elle aurait vécu dans son enfance.

— Comme d'assister à une scène épouvantable ? demandai-je.

— Plutôt *vivre* un scène épouvantable, ou choquante ou effrayante.

— Je vois très bien où vous voulez en venir mais je peux vous assurer qu'il ne lui est rien arrivé de la sorte, dit ma mère. Aucun oncle ayant des gestes déplacés...

Le médecin s'est tourné face à moi.

— Je ne sous-entends rien de spécifique, mademoiselle Landau, ni d'abus en particulier. Excusez-moi si je vous ai donné cette impression. Vous êtes en sécurité, ici, Jordan. Vous pouvez tout nous dire, il ne peut rien vous arriver.

— Merci, répondis-je, mais je ne me souviens de rien, donc je ne peux que confirmer ce que dit ma mère.

— Je vais vous dire moi, intervint cette dernière, Jordan a toujours été un peu le vilain petit canard de la famille. Rien à voir avec moi, ni sa sœur Samantha, vous voyez ?

— Je ne suis pas en train de dire que cet accident n'a engendré aucun dommage, répliqua le médecin. Jordan a souffert. Mais la première réaction de son cerveau semble être de s'éteindre comme une machine tout simplement pour *oublier*. Ce type de réponse pourrait correspondre à un trauma, peut-être enfoui dans le subconscient de Jordan. Il faut y réfléchir. Je vais vous donner les coordonnées d'un excellent psychiatre que vous pourrez contacter quand bon vous semblera.

— Merci, docteur répondis-je en même temps que ma mère.

Puis j'ai aperçu Dirk dans le couloir. Il parlait avec une des infirmières. Elle était en train de lui noter quelque chose – sans doute des recommandations pour ma convalescence. Voyant que je le regardais, il est venu dans la chambre.

— Ton carrosse est avancé, me dit-il.

— Et où est-ce qu'il m'emmène ?

— Chez toi. Je vais t'accompagner pour t'aider à retrouver tes marques, faire en sorte que tu sois à l'aise.

Ma mère lui a souri puis l'a pris dans ses bras.

— Vous êtes vraiment un amour, dit-elle à Dirk. Jordan a de la chance de vous avoir.

Alors que je rassemblais mes affaires, j'ai songé à Travis et au fait que lui aussi avait dit qu'il viendrait me chercher. Le problème c'est que je ne voyais pas encore très bien quelle était sa place dans tout ça. Travis essayait peut-être juste de se faire bien voir et vu que j'étais affaiblie, il avait sauté sur l'occasion. En même temps, il était tellement gentil et tendre... c'était peut-être lui le bon. Finalement, je me suis dit que Dirk était venu le premier et ma mère semblait l'apprécier, donc c'était avec lui que je devais partir.

★

★ ★

En montant dans le taxi, j'ai vu Travis entrer dans l'hôpital avec, visiblement, deux grands cafés. Il ne nous a pas vus et Dirk ne s'est aperçu de rien non plus, mais en le regardant franchir les portes automatiques, une boisson dans chaque main, j'ai senti une boule dans ma gorge. Un nœud de confusion, de peur, d'incertitude et de regret qui me serrait le cœur face à quelqu'un dont je ne me souvenais pas plus que du chauffeur de taxi qui nous a emportés dans la plus grande indifférence.

26
Mais en fait… non

J'ignore à quoi je m'attendais quand on est entrés dans mon appartement mais il ne s'est rien passé. J'imaginais sans doute que le fait d'être chez moi éveillerait un souvenir… quelque chose, mais non. On y était, c'est tout. J'ai regardé quelques photos exposées dans la pièce principale – Dirk et moi, Cat et moi, Todd et moi, et ma famille aussi. Des souvenirs encadrés qui ne signifiaient rien et qui auraient aussi bien pu être ceux d'une autre.

Je ne sais pas très bien ce que j'avais fait pour mériter le droit de sortir étant donné que je n'étais toujours pas redevenue moi-même – quelle que soit cette personne –, mais ma famille avait parlé à mon médecin, et le médecin au psychologue et chacun leur tour à une assistante sociale, et on avait décidé pour moi (je n'avais pas trop mon mot à dire) que je devais rentrer. Chaque fois qu'on m'avait posé la question, j'avais expliqué sans me tromper où j'habitais, à quel endroit je faisais mes courses, chez quel teinturier j'avais l'habitude d'aller (même si je ne me rappelais pas le nom de la gérante ni celui de sa fille, ni même si c'était bien une femme ou une fille qui tenait la boutique) et où se trouvait la poste. Je savais quel distributeur du quartier j'utilisais mais pas mon code PIN ; je me souvenais du salon de manucure mais pas du vernis qui m'allait bien ; je savais comment aller à mon travail mais plus quel métier j'exerçais. Dans mon esprit, le paysage était parsemé de blancs et de taches noires comme si on avait mis le pouce sur l'objectif au moment de prendre les photos. Je n'arrive pas à exprimer l'étrangeté de tout ça mais tout le monde possède des tirages de ce genre, donc je n'ai peut-être pas besoin d'expliquer davantage.

— Voilà, c'est chez toi, dit Dirk, juste pour combler le silence. Je l'ai nettoyé – enfin, je l'ai fait nettoyer.

— C'est vrai ? m'étonnai-je, subitement honteuse et me demandant dans quel état j'avais laissé l'appartement. C'était en désordre ? Est-ce que je suis désordonnée ?

— Non, juste… enfin tu sais, quoi. Tu n'étais pas là depuis un moment et je voulais que tu trouves une maison propre à ton retour.

— Merci, répondis-je en contemplant la pièce.

Effectivement, c'était propre. Impeccable, même. Et petit aussi. Incroyablement petit. Je savais que c'était mon appartement et je n'avais pas souvenir de l'avoir trouvé particulièrement étouffant avant. Mais à travers cet œil neuf et lucide... je trouvais qu'il ressemblait à une pauvre boîte à biscuits. J'ai examiné l'étagère de livres pour voir si un éventuel titre stimulerait ma mémoire ; c'est là que j'ai aperçu un oiseau dans un coin de la pièce.

— Hé ! m'exclamai-je. Qui c'est lui ?

— Ça ?...

À son ton, j'aurais presque juré que Dirk le voyait lui aussi pour la première fois.

— Ça, c'est... ton oiseau.

— Ah, j'ai un oiseau, moi ? Comment il s'appelle ?

— Il s'appelle Cui... Cui-cui, le Canari.

Je me suis approchée de sa cage.

— Salut, Cui-cui. Désolée de ne pas me souvenir de toi. Je te promets que ce n'est pas une critique.

Dans ce genre de circonstances, on est forcé de se demander si en réalité les animaux ne sont pas plus malins qu'ils ne veulent bien le faire croire car juste au moment où j'ai dit ça, il a donné un coup de bec à son reflet dans le petit miroir qui se trouvait à l'intérieur de sa cage.

— Oui, c'est toi, Cui-cui, mais ne t'énerve pas.

Dirk s'est approché dans mon dos en m'enlaçant par la taille. Sentant mes joues chauffer, je me suis demandé si je rougissais. Il m'a conduit jusqu'au réfrigérateur et l'a ouvert.

— J'ai fait le plein avec tous tes trucs préférés, me dit-il.

Je n'ai pas eu le temps d'ouvrir la bouche pour le remercier qu'il m'a tendu un téléphone portable.

— Et voilà ton nouveau téléphone.

— Nouveau ?...

— On n'a pas retrouvé l'ancien après ton accident, alors j'ai pris la liberté de t'en acheter un neuf. Ton numéro est le même. Je t'ai déjà enregistré le mien, comme ça quand tu as besoin de quelque chose, t'as juste à appuyer sur la touche deux. Les fabricants programment toujours le numéro de la boîte vocale sur la première touche donc j'arrive en deuxième position sur ton téléphone, mais je reste *numéro un* dans ton cœur.

— C'est adorable...

Comme par hasard, le nouveau téléphone en question s'est mis à sonner. J'ai jeté un œil à Dirk, ne sachant pas très bien ce qui se passait. Est-ce qu'il l'avait programmé pour qu'il sonne pile à cet instant ?

— Je devrais répondre, non ? Vu que c'est mon téléphone ?

D'une pichenette, j'ai ouvert le clapet du téléphone pour décrocher.

— Allô ?

— Salut ! répondit une voix enjouée à l'autre bout du fil. Tu es rentrée chez toi ? C'est Travis. Je voulais passer te prendre aujourd'hui mais je présume qu'ils t'ont laissée sortir plus tôt ?

— Oui.

Mes mains ont commencé à être moites.

— Qui c'est ? me demanda Dirk.

De plus en plus moites.

— Travis, chuchotai-je en couvrant le combiné d'une main.

— Ce type est un con ! Raccroche !

— Euh... je peux te rappeler Travis ?

— Pas de problème. Attends, je vais te donner mon numéro au bureau.

— D'accord, j'attrape un stylo.

Mais Dirk m'a arraché le téléphone des mains.

— Elle n'a pas besoin de ton numéro, mec. Ne t'avise plus de l'appeler.

Et il a brusquement refermé le clapet. J'étais consternée et surtout très mal vis-à-vis de Travis.

— C'est pas très sympa d'avoir fait ça, Dirk.

— Sympa ? Bébé, je te rappelle que ce type t'a renversée et qu'ensuite il a essayé de te mettre dans son lit pour que tu ne lui fasses pas de procès ! On va lui faire payer jusqu'au dernier centime. Il ne t'a attiré que des ennuis.

Au même instant, ma mère a frappé à la porte et est entrée avec un sac plein de provisions.

— Ah bon ? Je ne savais pas, répondis-je à Dirk, incrédule.

— Tu ne savais pas quoi ? me demanda ma mère.

— Que Travis m'avait renversée, répétai-je.

— Ah ça, oui ! Quel horrible type ! s'écria-t-elle. On le poursuit en justice, tu sais. Ne le laisse pas t'approcher !

— Ah.

Pourtant, il avait l'air gentil ce Travis, contrairement à la plupart des conducteurs imprudents. Non pas que j'en aie croisé beaucoup dans ma vie, enfin je crois — aucun moyen de le savoir. En plus, il a dit qu'on était... du moins, il a insinué qu'on sortait ensemble. Non, il l'a bien *dit*. Mais alors... il aurait menti ? Il était fourbe à ce point ?

— Peu importe, poursuivit ma mère. Je t'ai fait des courses ! Dirk, mon chou, vous pouvez m'aider à ranger ?

— Bien sûr, madame Landau. Cela dit, je vous préviens, j'ai eu la même idée que vous donc le frigo est déjà plein à craquer.

Il a attrapé les sacs qu'elle tenait et les a posés sur le bar de la cuisine.

— Au fait, ce pull vous va à ravir ! lança-t-il à ma mère.

Dirk avait l'air de bien connaître mon appartement, autant que ma famille.

— N'est-ce pas un garçon génial ? me dit-elle. Garde-le, ma chérie. Celui-là, il ne faut pas le laisser filer !

Elle avait dit autre chose du même genre quand j'étais à l'hôpital, du coup je me suis demandé quelles étaient ses arrière-pensées concernant Dirk.

— Désolée de passer en coup de vent mais il faut que j'y aille. Tu es en de bonnes mains, me dit ma mère avant de nous souffler un baiser en quittant l'appartement.

Dirk s'est affalé sur mon lit puis il a tapoté la place vide à côté de lui pour que je vienne m'asseoir. J'y suis allée.

— Que dirais-tu d'un massage ? proposa-t-il.

— Oh... c'est pas la peine.

J'étais déjà suffisamment mal à l'aise sans qu'on se touche.

— Je parlais de moi ! ajouta-t-il en enlevant son tee-shirt et en s'allongeant sur le ventre, torse nu sur mon lit.

— Ah ?! balbutiai-je, surprise.

Mais il s'est remis sur le dos et a commencé à rire.

— Je plaisante ! Allez, allonge-toi et laisse-moi faire. Je te dirais bien d'oublier tous tes soucis mais tu as déjà pris de l'avance sur ce plan !

Plutôt que de débattre, je me suis contentée d'obéir. J'ai gardé mon tee-shirt, me suis allongée sur le ventre et l'ai laissé me pétrir le dos. Ça me rendait nerveuse de me faire masser par ce parfait inconnu/ petit ami en or, mais j'ai quand même réussi à me détendre... Tout à coup, mon téléphone s'est mis à sonner et Dirk avait disparu.

— Allô ? répondis-je.

— C'est Cat. Je suis en bas... tu m'ouvres ?

— Est-ce que Dirk est encore là ? m'étonnai-je en le cherchant des yeux.

Mon appartement était trop petit pour qu'il puisse se cacher donc je me suis dit qu'il avait dû partir.

— Euh, je ne sais pas, dit Cat. Il est là ?

— Non, excuse-moi. Je ne savais plus où j'en étais… je crois que je me suis endormie pendant qu'il me massait. J'espère que je n'ai pas ronflé. Tu sais si je ronfle ?

— Jordy ? Je suis *en bas*. Tu peux me faire monter ?

— Ah, euh, oui, désolée, bredouillai-je en regardant autour de moi pour trouver l'Interphone. Comment je fais pour t'ouvrir ?

J'aurais dû me faire tatouer un point d'interrogation géant sur le front vu que c'était mon état d'esprit presque vingt-quatre heures sur vingt-quatre.

— L'Interphone se trouve sur le mur juste à droite en sortant de ta cuisine, me dit Cat. Tu sais, cette petite pièce qui contient une cuisinière ?

Lorsqu'elle est entrée, Cat faisait la même tête que tout le monde depuis mon réveil à l'hôpital ; comme s'ils portaient une boucle d'oreille de deux kilos d'un seul côté et qu'elle faisait ployer leur tête. Ils me demandaient tous comment j'allais, le visage penché et l'air désolé pour moi. J'avais l'impression de faire pitié.

— Comment ça va ? me demanda-t-elle inévitablement.

— Bien, je crois. Enfin, je ne sais pas : d'après toi, je vais bien ?

— Tu es... différente par rapport à ta première amnésie.

— Vraiment ? Comment ça ?

— Je ne sais pas. Disons que la dernière fois, tu étais plus... toi-même. Enfin, bien sûr, tu es toujours toi aujourd'hui, mais tu as l'air plus... *perdue*. C'est le cas ?

— Je ne me souviens pas de l'autre fois donc j'aurais du mal à te répondre, mais le moins qu'on puisse dire c'est que je n'ai pas le sentiment de m'être *trouvée*.

— C'est propre chez toi, commenta-t-elle en examinant l'appart.

Puis elle s'est aperçue d'une chose.

— Bon sang mais pourquoi Sneevil est encore ici ?

— Aucune idée, répondis-je, inquiète.

J'avais l'impression d'avoir gardé un livre emprunté à la bibliothèque trop longtemps ou de porter une tenue complètement démodée.

— C'est quoi un Sneevil ?

— Un piaf. L'oiseau de Sam.

— Cui-cui ?

— Cui *qui* ? répéta Cat, le front plissé, et redressant la tête en arrière.

— Dirk m'a dit qu'il s'appelait Cui-cui.

— Bah tiens. Dirk ne sait rien de rien. C'est le canari de Samantha. Ta sœur ?

— Ah oui, répondis-je en me demandant lequel des deux disait la vérité.

Chaque fois que Cat et Dirk étaient dans les parages, j'avais un topo différent de l'histoire. J'hésitais à lui faire confiance. Je trouvais ses rapports avec Dirk assez bizarres. Elle manifestait une telle animosité envers lui. Ça n'avait vraiment aucun sens.

— Tu veux qu'on aille courir ? suggéra-t-elle.

— Je faisais du jogging avant ?

— Oui, avec moi.

— Et j'aimais ça ?

— Pas vraiment ! avoua-t-elle.

— Ah, ça me rassure alors, répondis-je à la fois soulagée que Cat ne soit pas une menteuse finie et de ne pas être obligée d'aller courir. Honnêtement, l'idée d'un jogging maintenant me tente autant que d'aller chez le dentiste. Peut-être que je me souviens que je détestais ça ?

— C'est vrai que ce n'était pas ton truc, ajouta-t-elle en haussant les épaules, mais tu le faisais quand même. De toute façon, j'espérais mieux qu'une balade au pas de course...

Elle me décocha un regard plein d'espoir mais je n'étais toujours pas emballée.

— Non merci, m'excusai-je.

— Qu'est-ce que je peux faire pour toi, ma chérie ? Je me sens si impuissante, dit Cat en cherchant autour d'elle quelque chose pour me redonner le sourire.

— T'en fais pas, c'est déjà super que tu sois là avec moi. Je me sens comme une espèce de grosse tache noire qui ne se rappelle rien. Je suis d'un ennui mortel mais toi, tu es quand même là.

— Tu n'es ni une tache ni ennuyeuse.

— Si. Je suis un vrai légume. Non, pire que ça : un truc encore plus insipide. Qu'est-ce qu'il y a de plus fade qu'un légume ? Du *tofu*. Voilà, je suis un tofu.

— Arrête tes bêtises.

— Je suis de la protéine de soja à l'état pur. Même pas digne d'un bagel.

Cat s'est levée pour attraper une photo de Todd, elle et moi.

— Écoute, j'ai discuté avec Todd. Il se fait beaucoup de souci pour toi et on a eu une super idée. On en a parlé à Travis aussi et il marche avec nous.

— Travis ? répétai-je, une fois de plus confuse.

— Oui, tu te rends compte ? Todd et Travis sont copains maintenant. Ils se sont croisés à l'hôpital après ton départ.

— D'accord mais Travis est...

— Tu vas voir, c'est génial, enchaîna-t-elle. On veut faire une fête en ton honneur. Une sorte de soirée sur le thème de ta vie. Je trouve que c'est une idée fantastique. On invitera tous ceux qui comptaient pour toi. Un truc finira forcément par stimuler ta mémoire.

— Et si ça marche pas ?

— Alors c'est une bonne excuse pour faire la fête !

— Mais Travis, c'est le type qui m'a renversée ? Pourquoi Todd lui parle-t-il ? On est en procès contre lui. Il ne devrait pas...

— Jordan, me coupa Cat. Je ne sais pas ce que tu fiches encore avec Dirk, mais tu aimais beaucoup, beaucoup Travis.

— Dirk est mon petit ami ! Voilà ce que je fais avec lui. Je ne sais pas ce que tu as contre lui et je ne veux pas te blesser mais je dois t'avouer que ça me met un peu mal à l'aise.

— Désolée, s'excusa Cat en se mordant la lèvre. C'est juste que... Dirk est un vrai salaud !

— Il s'est passé quelque chose entre vous ? lui demandai-je de but en blanc.

— Jordan ! Je te rappelle que je suis enceinte ! s'exclama-t-elle.

Alors c'était *ça* ?

— Il est de lui ?

À en juger par le fou rire de Cat, j'en ai conclu que la réponse était clairement *non*.

— Elle est bien bonne celle-là, dit-elle finalement en arrêtant de glousser. Promis, je te présenterai Billy à ta fête – le mari que j'aime éperdument. Là tu comprendras que je cherche uniquement à retrouver ma meilleure amie. Enfin, bon. J'arrête de t'embêter avec ça pour l'instant. Même si je dois quand même te dire qu'au fond tu détestais Dirk et tu étais follement amoureuse de Travis.

Je commençais à avoir mal à la tête.

— Ce n'est pas ce qu'a dit Dirk. Ni ma mère.

— Soit. Bon alors on l'organise cette fête ? Moi je trouve que c'est une bonne idée.

— Je ne sais pas... je peux y réfléchir ?

— Si tu veux.

— Merci, Cat, dis-je avec retenue pour ne pas déverser toute ma contrariété sur elle. Surtout, ne me prends pas pour une ingrate. Tout ça me perturbe beaucoup et l'idée de faire une « fête souvenir » est juste un peu... bizarre. Mais j'ai conscience que tu fais ça pour m'aider et je t'en suis vraiment reconnaissante. Tu étais sûrement une amie formidable.

— C'est normal..., répondit-elle. Mais pour info, je suis *toujours* une amie formidable, et toi aussi.

J'étais allongée sur mon lit, frustrée de ne ressentir aucun attachement particulier à cet endroit. Mon lit, mon appartement... tout ça aurait dû susciter un certain bien-être, mais non. C'était juste un meuble dans un soi-disant chez-moi auquel je me sentais totalement étrangère. Pas le moindre signe de réconfort. J'avais l'impression d'être une inconnue dans mon propre appartement – et dans ma propre vie d'ailleurs.

Je me suis demandé s'il y avait une part de vérité dans ce qu'avait dit le médecin, si cette amnésie était effectivement la conséquence d'un choc mental et si je souffrais d'un stress post-traumatique. Qu'est-ce qui se passerait si jamais je ne retrouvais pas la mémoire ? Qu'est-ce que j'étais censée faire ?

J'ignorais ce que signifiait le fait d'être Jordan Landau. Est-ce que c'était à moi de recoller les morceaux en fonction de ce que me racontaient les gens ou bien est-ce que je devais suivre mon instinct et faire de nouveaux choix, devenir quelqu'un d'autre ? C'est ce que Todd avait prétendu, non ? Que j'avais feinté pour pouvoir faire peau neuve ?

Dans une certaine mesure, je comprenais que l'idée de faire table rase du passé et de décider librement de la suite avait son charme, mais de là à perdre complètement mon identité, non. La sanction me paraissait trop sévère.

Je n'étais personne. Je n'avais aucun souvenir de la maison dans laquelle j'avais grandi, ni de ma famille, de mes amies ou de mon boulot. Aucune trace d'un premier jour d'école, d'une maîtresse préférée, de fêtes d'anniversaire ou de genoux écorchés. J'étais capable de tenir une conversation au téléphone, de préparer un repas, d'enfoncer une clé dans une serrure et d'utiliser ma carte bleue – du moins, je savais la présenter au guichet mais vu l'état actuel de mon compte, le porte-monnaie de papa venait bien souvent à ma rescousse. « Comment », ça allait à peu près. Mais « qui » et « quoi », c'était la cata.

La sonnerie du téléphone m'a fait sursauter, m'arrachant avec soulagement à mes pensées.

— Allô ? répondis-je, hésitante, ne sachant pas si j'allais reconnaître la voix à l'autre bout du fil.

— Salut, c'est Travis.

Travis. Encore un point d'interrogation. Son nom, je commençais à le connaître, et d'après ses visites à l'hôpital, je savais maintenant qu'il était lié à un mystérieux triangle amoureux (peut-être un carré ou un pentagone à ce stade). Seulement, c'était comme d'avoir un livre dans ma bibliothèque que je ne me rappelais pas avoir lu ou un meuble que je n'avais pas souvenir d'avoir acheté. Dirk avait sa vision de l'affaire, Cat en avait une autre. Manifestement, Travis était tenace, et le fait que Dirk lui ait raccroché au nez ne l'avait pas découragé. Alors j'ai pensé que je devais écouter ce qu'il avait à dire

— Bonjour, Travis.

— Comment vas-tu ?

— Ça va. J'essaie de me souvenir de trucs... par exemple, si j'aimais vivre dans une région polaire et le cas échéant, pourquoi ?

— Bonne question. Tu sens comme il fait froid ?

— Ne m'en parle pas.

— C'est vrai que c'est assez rude aujourd'hui. Sans rire, on est vraiment en train de parler du temps qu'il fait ?

Il m'a semblé entendre un sourire dans sa voix.

— Désolée, répondis-je. C'est le genre de sujets facile à aborder. Je ne sais pas si j'ai les compétences pour discuter d'autre chose. Les médecins m'ont fait faire quelques exercices à l'hôpital : ils me posaient des questions sur des dessins qu'ils tenaient. On pourrait faire ça... mais peut-être pas au téléphone ?

— Peut-être pas effectivement, répondit-il en riant.

Puis il y a eu un blanc. Pourtant s'il m'appelait, c'est qu'il avait une raison de le faire, non ?

— Alors... est-ce que tu te souviens de certains trucs ? reprit Travis avec optimisme. Des personnes par exemple ?

— Non. J'aimerais bien mais les gens, c'est justement le chaînon manquant.

— Désolé, je sais que c'est dur. Et si je te disais des mots pour voir si ça te parle ?

— Oui pourquoi pas.

— La Balise ?

— Non.

— Longfellow ?

— Non. Quelqu'un de mon entourage ?

— Pas vraiment, à moins que tu aies dans les cent cinquante ans, blagua gentiment Travis. D'ailleurs, ce ne serait pas très excitant... du moins, pour moi. Et si je te dis Thanksgiving ? Aller s'incruster chez des gens avec moi pendant leur repas ?

— Non. On a fait ça ?

— Oh oui, dit-il en riant tandis qu'il se repassait la scène de tête. Tu as été géniale.

— C'était cette année ?

— Affirmatif.

— Je n'étais pas en famille ?

— Si, mais tu as fait une petite pause.

— Ah, dis-je en essayant de le suivre en vain.

De nouveau, le silence s'est fait.

— Les autos-tamponneuses ? ajouta-t-il finalement.

— Désolée.

— C'est pas grave, tu n'y peux rien. En tout cas, cette fois ça n'est pas ma faute.

— Oui, j'ai entendu parler de ça...

— Jordan, c'est un vrai gâchis. On risque de te raconter tout un tas d'histoires et aussi qu'on s'était disputés. Mais, sans vouloir te troubler, sache qu'on était vraiment heureux ensemble avant cette stupide engueulade.

— D'accord...

Je ne savais pas quoi répondre d'autre.

— Je me doute que ça fait beaucoup de choses à assimiler et sans doute que les versions diffèrent selon les gens, mais je tiens énormément à toi. Tout ce qui s'est immiscé entre nous a une explication, du moins en ce qui me concerne.

— Tu sais, Travis, je ne me souviens pas de ce qui s'est « immiscé », donc je ne sais même pas de quoi on parle.

— Je sais. J'avais juste besoin de te le dire. Il fallait que ça sorte.

— OK.

— Bon, je te laisse retourner à tes occupations et...

— OK, répétai-je.

— Et si jamais tu as envie de me voir ou si subitement tu te souviens de quelque chose, je veux que tu saches que je ne suis pas en colère et que je peux tout t'expliquer...

Il s'est interrompu. Puis il a terminé sa phrase d'une traite.

— Bref, je l'ai déjà dit. Voilà... bonne nuit, Jordan.

— Bonne nuit, Travis.

★

★ ★

L'après-midi suivante, Cat est revenue, et elle était très contente d'elle parce qu'elle avait un plan. Lequel ? Celui d'essayer de me rafraîchir la mémoire *via* des associations d'idées négatives. Son raisonnement était le suivant : durant ma première crise d'amnésie (la formule ne doit pas être utilisée très souvent), elle avait essayé de m'aider en me cuisinant mes plats préférés, en m'emmenant dans des endroits que j'aimais, et en me montrant des photos du bon vieux temps... mais rien n'avait marché.

Cette fois, elle a décidé qu'on ferait le contraire. Première étape : Elton John. Elle a inséré l'album *Greatest Hits* dans mon lecteur CD et lancé le morceau *Your Song*.

— Elle est jolie cette chanson, commentai-je. Où est le problème à l'origine ?

— Attends, tu vas comprendre...

On est restées à écouter les paroles sans rien dire, et soudain, Cat a mis sur pause.

— *Là*, t'as entendu ?

— Quoi exactement ?...

— Cette phrase, quand il dit « *si j'étais un sculpteur... mais en fait... non* ».

— Oui, et alors ?

— Alors c'est ridicule ! Ça ne veut rien dire ! Cette chanson nous a toujours cassé les pieds, surtout à toi ! On dirait qu'Elton change d'avis au beau milieu de son texte. Quel intérêt de laisser cette phrase dans les paroles ? C'est comme les PS dans les e-mails : fait remonter ton foutu curseur et insère-le dans ton message !

— Je ne sais pas quoi dire, répondis-je impuissante.

— C'est pas grave, dit-elle en attrapant un autre CD qu'elle a inséré à la place du précédent.

Puis elle en a mis un troisième, puis un quatrième. Rien qui ait suscité le moindre souvenir ; néanmoins, même après une seule écoute, *a priori* je dirais que je n'ai pas besoin de réentendre *La Macarena*. Plus jamais. Pas la peine.

Quand j'ai enfin eu le courage de suggérer qu'on arrête cette expérience musicale, Cat a accepté volontiers et m'a dit d'enfiler mon manteau – on levait le camp.

Quand on est entrées dans ce bar appelé Le Lounge, Cat affichait un sourire entendu.

— Ça va marcher, me dit-elle. Je le sens !

— Je n'aimais pas les bars ? répondis-je, étonnée.

— Ce n'est pas un bar mais un *lounge*.

— Ah. Donc je n'aimais pas les *lounge* ?

— En règle générale, non. Mais ce n'est pas le bar en soi, dit-elle en se frayant un chemin jusqu'au comptoir pour nous commander deux verres.

J'ai observé la clientèle présente et remarqué une fille en particulier. Elle sirotait sa boisson en dansant, dévisageant tour à tour différents types assis au bar. Elle buvait une petite gorgée de sa boisson et se dandinait. Si elle n'obtenait pas de sourire ou de signe d'encouragement en retour, elle passait au suivant. Sa façon de danser laissait entendre un message très explicite : *messieurs, si l'un d'entre vous a envie de me ramener chez lui ce soir, je suis libre et je serais ravie de vous montrer mes talents d'amazone.*

— Tiens, dit Cat en me mettant un verre contenant une feuille dans la main.

— Merci, répondis-je en goûtant.

Le sourcil froncé, Cat a approché son visage à deux centimètres du mien. Si je m'étais écoutée, j'aurais pensé qu'elle voulait m'embrasser. Mais elle attendait juste ma réaction par rapport à la boisson.

— Alors ?...

— C'est bon. Qu'est-ce que c'est ?

— Un Mint Julep. Tu détestes ça.

— Ah bon ? dis-je en reprenant une gorgée pour voir si cette savante combinaison de sucre et de menthe était toujours aussi savoureuse après vérification.

Et effectivement, c'était aussi bon que trente secondes plus tôt.

— J'aime bien, confirmai-je en culpabilisant un peu.

— Tout ça pour ça, soupira Cat, déçue.

Quelques heures et trois cocktails plus tard (les miens étant les seuls alcoolisés étant donné sa situation actuelle), on s'est retrouvées à errer (tituber pour ma part) dans les rues du Meatpacking District en essayant de héler un taxi... sans grand succès.

— En voilà un ! cria Cat.

— C'est pas un taxi, rectifiai-je, c'est un PT Cruiser. Et violet, en plus.

— En effet, répliqua Cat qui me serra la main en trébuchant.

Pourquoi savais-je qu'un modèle de voiture n'était pas un taxi mais n'avais-je aucun souvenir de cette femme sympa quoique curieusement obstinée qui, si on tenait compte du fait qu'elle avait quasiment tenté de m'embrasser et furtivement serré ma main, semblait s'ajouter à ma brochette de prétendants ? Plusieurs taxis pris ou en fin de service sont passés devant nous, alors on a décidé de marcher jusqu'à l'artère suivante. Au cours de notre mini-excursion, on a croisé ce qui devait être un travesti — à savoir, une femme vraiment *très* grande aux mollets énormes, deux types en train d'uriner — pas l'un sur l'autre heureusement, mais quand même, on se serait passé du spectacle, et un quartier de bœuf — au sens propre.

— Berk !

— T'as raison, c'est ignoble, acquiesça Cat en dégainant son téléphone portable. On va appeler Todd. C'est trop drôle. On a besoin de lui.

— Cat, il est tard…, soufflai-je – trop tard justement.

— Todd, c'est nous ! Jordan et moi ! On est devant un crochet de boucherie et on pense à toi !

Sur ce, elle a raccroché. Répondeur, je suppose.

Finalement, on a aperçu un taxi libre qui se dirigeait vers nous, mais une fille en parka courait pour l'attraper.

— Hé ! lança Cat. Ce taxi est à nous ! Fonce, Jordan ! Ne la laisse pas nous le piquer !

Mais la femme à la parka m'a devancée.

— Désolée, elle était plus près.

— Super, maugréa Cat. Manifestement, t'as aussi oublié comment te battre pour avoir un taxi.

Ça faisait une semaine que j'étais rentrée chez moi et je n'avais pas tellement plus de souvenirs que durant les premières heures de mon réveil à l'hôpital. On m'avait prévenue que le chemin vers la guérison serait aléatoire, mais sans mémoire pour m'occuper, l'impatience semblait devenir mon principal passe-temps. J'errais sans but dans mon appartement, discutant avec le canari à l'occasion.

— Ici, tu vois, c'est mon appartement, lui confiais-je. Le problème, c'est que ça me dit rien du tout. L'oiseau me regardait, tournait la tête vers la fenêtre, puis vers le salon, l'air aussi paumé que moi.

Apparemment, mon ami à plumes et moi avions un autre point commun : un propriétaire hostile à notre présence. Cet endroit ne m'était pas totalement étranger, mais paradoxalement, j'avais le sentiment que je n'aurais pas choisi ce genre d'appartement si j'avais eu toute ma raison. De toute évidence, la ponctualité m'avait fait un peu défaut au niveau du loyer, et à plusieurs reprises. Les gens de la banque pourraient d'ailleurs en répondre. Mais ce n'était pas le seul souci. Dans une série de mots et de lettres truffés de fautes d'orthographe, on me rappelait que la présence de l'oiseau était un « déli », que le loyer était dû, impayé puis « cruèlment en retard », et enfin « entièrement payé, merci Mme Land*ua* ». Ne vous y trompez pas : légalement je n'étais pas mariée mais à la charge de Mme Judith Landau. Je me suis dit que j'éclaircirais ce point plus tard. Pour l'instant, l'heureux « dénoumant » de mes soucis financiers me suffisait.

J'ai commencé à fouiller dans mes affaires dans l'espoir que quelque chose éveillerait un souvenir mais rien ne me sautait aux yeux. J'ai examiné attentivement des photos de moi avec des amis, essayant de revivre l'instant auquel les images avaient été prises mais tous ces gens m'étaient inconnus. Moi, y compris.

Todd était passé me voir plusieurs fois, et à mon sens, la raison de notre soi-disant amitié était claire : en plus d'être un chic type, il me faisait tout le temps rire. Cat était repassée deux autres fois pour mettre en pratique de nouvelles stratégies susceptibles de m'aider à retrouver la mémoire, mais toutes ses astuces et autres combines n'aboutissaient à rien, sauf à me faire tourner la tête.

On m'avait expliqué que je n'étais pas vraiment proche de ma famille, donc ça m'a surprise quand Samantha s'est pointée chez moi pour prendre de mes nouvelles. Elle m'a serrée dans ses bras puis m'a regardée droit dans les yeux en me demandant comment j'allais. Elle avait l'air sincère.

— Je crois que ça va, répondis-je. En fait, non, pas vraiment. Je tourne en rond. Je me sens perdue.

— Je te dois des excuses, me dit-elle soudain.

— Pourquoi ?

— J'ai été méchante avec toi... avant. Lorsque t'as eu ta première amnésie. Tu te souviens de la période où tu es restée avec nous chez les parents ?

— Pas du tout.

Je me suis demandé si je leur avais causé des ennuis et pourquoi cette fois ils ne m'avaient pas proposé de séjourner chez eux.

— Je ne croyais pas à ton histoire d'amnésie. Pour moi, tu faisais semblant.

Intéressant étant donné que Todd avait dit que je simulais.

— Tu avais une raison de le penser ?

— Non, pas vraiment, répondit-elle évasive, tout en attrapant et en reposant différents objets. Mais j'ai l'impression de ne pas t'avoir soutenue à l'époque et maintenant ton état s'est aggravé.

— Ce n'est pas ta faute, Samantha.

— Tu peux m'appeler Sam. D'habitude, c'est ce que tu fais.

— Sam, répétai-je en lui souriant pour essayer de lui faire comprendre qu'elle n'y était pour rien.

Le canari a commencé à faire du bruit et Sam s'est tournée vers la cage. Elle avait l'air de se sentir coupable.

— C'est ton oiseau ? lui demandai-je.

— Oui.

— Comment il s'appelle ?

— Sneevil…

Elle a plus ou moins haussé les épaules, apparemment gênée.

— Sneevil Knievel.

— Ah bon.

Perdue dans mes pensées, je me suis demandé pourquoi Dirk l'avait appelé Cui-cui.

— Je suis désolée, dit Sam.

— C'est rien. Je l'aime bien. Il me tient compagnie.

— Non… pas de t'avoir laissé l'oiseau sur les bras – ceci dit, je m'en excuse aussi.

Elle s'est levée pour aller jeter un œil à la fenêtre puis elle a continué sans me regarder.

— J'ai toujours été jalouse de toi. Tu es plus intelligente et t'as un bon boulot. Et même si maman et moi on a plus de points communs, elle a plus de respect pour toi. Même mon père, qui n'est pas le tien, te préfère à moi.

— Je suis sûre que tu te trompes, dis-je en m'approchant.

— Je sais, me dit-elle en redressant la tête et en remballant son humilité. Mais c'est parfois ce que je ressentais.

A priori, je venais d'avoir un aperçu des rapports que ma sœur et moi entretenions, et ce n'était pas joli.

— D'accord.

— Oui, bon, je vais y aller, me dit-elle.

— Comme tu veux, répondis-je en jetant un œil à la cage. Tu veux reprendre ton oiseau ?

— Pff…, soupira-t-elle en faisant voleter sa frange. Non, tu peux le garder encore un peu.

— Entendu.

J'ai regardé Sneevil en me demandant si ma sœur avait un jour été attachée à cet oiseau, et comment elle en avait hérité à la base.

— Tu reconnais quelque chose à part les Puma ? me demanda soudain Samantha.

Je me suis retournée pour comprendre de quoi elle parlait, et j'ai aperçu les baskets aux pieds de Todd qui se tenait sur le pas de la porte.

— Chaque fois que j'ai le sentiment que l'absence d'une petite sœur m'a privé de quelque chose d'important, je me souviens à quel point j'ai été béni de n'avoir qu'un frère. Pourvu que jamais je ne découvre que j'ai une sœur démoniaque comme toi, balança-t-il à Sam.

— À plus, dit ma sœur en passant devant lui avec indifférence.

— Salut, me dit Todd. Le moment n'est pas mal choisi au moins ?

— Euh, non. Pour quoi faire ?

— Oh..., bafouilla-t-il.

— Quoi ? J'ai encore oublié un truc ?

— Non, pas du tout ! C'est juste une visite surprise. Ne t'inquiète pas.

— Ouf ! Dans ce cas, n'importe quel moment est le bon.

De manière générale, je ne recommanderais l'amnésie à personne, mais quelque part, le fait de ne pas reconnaître les gens me permettait d'avoir une vision d'eux extrêmement nette lorsqu'ils réapparaissaient dans ma vie. Peut-être parce que c'était comme si je les voyais pour la première fois ; ou peut-être que mon esprit essayait de rattraper son retard en se fabriquant de nouvelles impressions. N'importe comment, je n'en perdais pas une miette : j'observais avec avidité leur façon d'être, de parler, de bouger ; la position ou les mouvements de leurs mains ; les signes révélateurs, prouvant qu'ils écoutaient ou pas. Et pour une raison ou une autre, tandis que je le regardais appuyé contre le montant de porte après l'avoir vu tout au plus deux fois depuis l'accident, j'avais le sentiment que Todd était différent.

— Tu entres ? lui proposai-je.

Il a baissé les bras en regardant ses pieds, et l'espace d'une seconde, j'ai cru qu'il allait tourner les talons et partir.

— C'était une invitation, répétai-je. Attends, je reformule de façon plus officielle : entre, s'il te plaît.

Il est resté immobile, souriant à moitié, et embrassant du regard l'intérieur de l'appartement d'un air gêné ; vu la taille de la pièce, ça ne lui a pas pris longtemps. Le sens de l'humour doit être lié à la mémoire car en ce qui me concerne, j'étais incapable de sortir un seul truc drôle pour détendre l'atmosphère.

— Todd, entre !

Là, il m'a regardée droit dans les yeux comme s'il se réveillait, et il est enfin entré dans la pièce.

— C'est joli, ça, lui dis-je. C'est nouveau ?

— Quoi ? répondit-il brièvement.

— D'un autre côté, ajoutai-je, songeuse, je suppose que je ferai le même commentaire chaque fois que je verrai ce que les gens portent.

Il m'est alors venu à l'esprit que l'amnésie avait peut-être un ou deux avantages. Exemple : une garde-robe flambant neuve ! (En d'autres termes : une lucidité qui permet de voir les nombreux défauts de votre penderie actuelle.)

Todd a jeté un œil à sa veste en cuir, encore vierge d'éraflures, rigide, et craquant un peu selon ses mouvements.

— Cette veste ? Ça fait des années que je l'ai. Je sais plus où je l'ai dénichée.

Il flânait dans la pièce, observant mes bougies, mes bouquets de fleurs séchées et mes Buddhas en plastique, ouvrant des magazines et feuilletant quelques pages sans rien lire.

— Tu ne trouves pas ça étrange au moins, si ?

J'ai essayé de saisir l'allusion.

— Non. À vrai dire, la plupart des gens qui viennent ici font pareil : ils regardent mes affaires comme s'ils s'attendaient à ce que mon appartement ait totalement changé de look à la suite de mon amnésie.

J'ai attrapé un porte-clés en forme de tracteur John Deere sur une étagère.

— Franchement, je crois que ça ne m'aurait pas dérangée.

— Non, je parlais du fait que je sois passé à l'improviste. D'habitude, je ne viens jamais sans prévenir. Mais tu ne dois pas t'en souvenir...

— Tu es le bienvenu ici. Je ne suis pas d'une grande compagnie vu que je ne me rappelle de rien nous concernant, mais ils disent que ça va s'arranger avec le temps.

Todd s'est appuyé contre la petite table de cuisine.

— Si c'est vrai que tu as perdu la mémoire – et je n'en doute pas, affirma-t-il (même si à son ton, on aurait vraiment dit qu'il en doutait), alors tu ne dois pas non plus te souvenir de... enfin tu sais.

Non, je ne savais pas, alors je l'ai regardé d'un air perplexe.

— Ce qui s'est passé entre nous ?

— Entre toi et moi ? répétai-je, étonnée.

— Oui, autrement dit : *nous*, répéta-t-il en se redressant et en recommençant son circuit dans l'appart.

Il a pointé un Buddha vers moi et les mains levées de la statuette me pointaient du doigt aussi.

— Toi et moi on était plus ou moins ensemble. Tu m'aimais bien et moi j'avais un gros béguin pour toi. On était sur le point de dépasser le stade de l'amitié.

La foule de soupirants grossissait à vue d'œil. Ça aurait dû être un énorme réconfort, un coup de fouet pour mon ego d'être entouré d'autant d'hommes sympathiques, mignons, sensés et, par ailleurs, bien sous tous rapports. Mais au risque de passer pour une ingrate, je voulais juste fermer les yeux et faire le vide malgré le fait que les quelques images gravées dans mon esprit étaient encore toutes neuves. Je suis allée m'asseoir sur le canapé.

On est restés silencieux un moment. J'observais Todd pour essayer de comprendre ce qu'il avait de différent. Il avait tout le temps cette esquisse de sourire aux coins des lèvres ; il se tenait à moitié penché, à moitié debout, me regardant sans me regarder. Toujours mi-ceci, mi-cela. Oscillant dans un entre-deux.

À l'hôpital, il gesticulait beaucoup, avec énergie, presque comme un fou. Il semblait toujours sur le point de trébucher mais se rattrapait au dernier moment. Riant trop fort, fronçant les sourcils, tirant la langue. À présent, il avait l'air d'un gosse qui a conscience d'avoir fait une bêtise. Je dois aussi avouer, même si ça me mettait légèrement mal à l'aise, que d'une certaine manière, c'était attendrissant... le genre d'attitude qui m'inspirait des adjectifs tels que *enfantin* et *attachant*. Il s'est assis près de moi et s'est tourné pour me faire face.

— Jordan, si c'est vrai (encore cette histoire de « vrai »), si c'est vrai que tu ne te souviens pas, peut-être que je devrais faire en sorte que ça te revienne.

Sans comprendre exactement ce qu'il voulait dire, j'ai pressenti que quelque chose se tramait vu notre proximité ; son genou se trouvait à deux doigts du mien. Sans parler du silence. Les pauses entre chacune de nos phrases étaient relativement muettes mais qui prête attention au silence et l'écoute ? Moi justement. Je l'entendais grignoter le temps qui s'écoule.

Todd s'est avancé de sorte qu'à présent nos genoux se touchaient. Puis sa main s'est tendue pour se refermer sur la mienne. Elle tremblait et semblait un peu moite au toucher. Peut-être qu'après avoir passé sa vie à affronter des situations comme celle-ci, d'instinct on est censé savoir comment gérer. Mais moi ça m'échappait totalement. J'étais terrifiée, certes, mais fascinée aussi. Je n'ai pas du tout su quoi faire pendant ce quart de seconde où il s'est délicatement penché vers moi, rapprochant peu à peu son visage du mien…

Puis il s'est brusquement interrompu.

— Bon Dieu !

Il s'est penché en avant, se pliant presque en deux pour m'attirer à lui et m'envelopper d'un bras, le menton appuyé sur mon épaule.

— Bon sang, c'est quoi mon problème ?!

— Je ne sais pas…, murmurai-je timidement.

— Ouah, soupira-t-il tandis qu'il se relevait et recommençait à faire les cent pas. Ça va entrer dans l'histoire comme le truc le plus naze, le plus flippant et le plus salaud que j'aie jamais fait ! T'as le droit d'être en colère. Mais pas trop longtemps quand même, hein ?

Je ne comprenais rien.

— Excuse-moi mais… qu'est-ce que tu as fait ?

— Nom de Dieu, dit-il en hésitant quelques secondes avant de poursuivre. Je t'ai menti. C'est un gros mensonge. On n'est pas… on est amis. Juste amis. Je suis désolé de ce qui t'arrive.

Sa voix était de plus en plus rauque.

— Et je suis d'autant plus désolé d'avoir essayé de profiter de la situation. J'espère que tu me pardonneras. Bon sang, je me déteste.

J'étais si surprise, je ne comprenais tellement rien, que pendant un instant je suis restée les bras ouverts sans bouger. Finalement, je me suis levée à mon tour et l'ai pris dans mes bras.

Puis il s'est reculé pour me regarder ; il avait les yeux humides mais un vrai sourire sur les lèvres. Alors c'est moi qui me suis mise à pleurer.

— Oh, non, arrête. C'est rien, me dit-il en secouant la tête. Ce qu'il y a entre nous ne changera jamais. Tu verras, ça reviendra. Au pire, on recommencera à zéro.

Todd… Je ne savais pas encore très bien qui il était, mais une chose était sûre : je l'aimerais toujours.

27
La familiarité engendre le mépris

« L e bonheur n'est rien de plus qu'une bonne santé et une mauvaise mémoire. » C'est plus ou moins ce que disait Albert Schweitzer ; d'après une carte que Cat m'avait offerte lors d'une de ses visites. Pour ma part, j'étais plutôt en forme – mis à part la récente bosse sur ma tête – et j'avais une mémoire pitoyable, mais qu'on me permette de le dire : j'étais *loin* d'être heureuse.

Certaines personnes avaient une manière d'être, et une autre d'agir. Il n'existait pas de carte routière ou de Profil Bac sur la moralité humaine. Je suppose que ça vaut en toute circonstance mais quand on n'a aucun souvenir du tempérament de quelqu'un, on a tendance à faire des choix désastreux, à se fier aux mauvaises personnes. Si seulement les gens portaient un écriteau sur eux, comme un panneau publicitaire qui annoncerait la couleur, qui ils sont, leurs défauts, leurs qualités. Un simple préavis d'un mot, pour que j'aie le temps de me retourner et que je sache à qui j'ai affaire. Untel est un : Menteur. Tricheur. Coureur. Imposteur. Manipulateur. Traître. Criminel. Narcissique. Salaud. Unetelle est : Fiable. Honnête. Égoïste. Vaniteuse. Gentille. Hypocrite. Bienveillante. Satan.

La sonnerie de mon Interphone a retenti, me donnant presque une crise cardiaque. En appuyant sur le bouton d'écoute, j'ai été soulagée de reconnaître la voix de Dirk. En quelques secondes à peine, il était sur le pas de ma porte, comme s'il avait perçu mes ondes de stress. Il m'a mis un sac en papier dans les bras.

— Qu'est-ce que c'est ? demandai-je en l'ouvrant.

— À la base, c'était une glace-surprise-tardive, dit-il en sortant les deux pots de glace Ben & Jerry's (beurre de cacahuète et morceaux de biscuits aux pépites de chocolat), mais maintenant que je te vois, jolie comme tu es, c'est plutôt « peut-être-qu'on-devrait-pimenter-les-choses-et-passer-à-l'étape-suivante-étant-donné-qu'on-est-ensemble-depuis-deux-ans-même-si-tu-as-oublié-ce-que-c'était-que-la-glace ».

— C'est un nouveau parfum ? Ils ont réussi à écrire tout ça sur l'emballage ?

— Oui !

Il avait l'air amusé.

— C'est gentil, dis-je en oscillant d'un pied sur l'autre alors que ma mâchoire se serrait. Ton idée a l'air très sympa mais… je ne me sens pas encore prête.

J'ai haussé les épaules en grimaçant un peu.

— Je suis désolée, Dirk.

— Pas de problème. Je vais chercher des cuillères.

Dirk m'a passé le pot aux pépites de chocolat puis il est parti en cuisine. J'ai aperçu mon reflet dans le miroir – la lumière scintillant sur mon collier – et je me suis avancée un peu plus près pour l'examiner.

C'est toi qui m'as offert ça ? lançai-je à Dirk.

— Quoi ? répondit-il en me tendant une cuillère et en enlevant le couvercle de son pot.

— Ce joli collier ?

Dirk l'a regardé de la même façon que quand il a vu Sneevil pour la première fois, donc j'ai su que la réponse serait non. Je le connaissais peu mais je savais désormais décrypter les expressions de son visage.

— Non, me dit-il.

— Hum.

Je me suis penchée un peu plus vers le miroir en ouvrant le médaillon et j'ai découvert la photo qu'il contenait.

— Il y a un phare à l'intérieur…

— Ah ouais ? répliqua Dirk, indifférent, avant de brandir sa cuillère pour porter un toast. À nous et aux nouveaux départs !

Alors on a fait trinquer nos cuillères et on a attaqué.

*

* *

Entre mon séjour à l'hôpital et ma période de convalescence chez moi, il s'était passé quatre semaines supplémentaires depuis les congés que nous accordait ma boîte à la période des fêtes. Comme je m'étais lancée dans des séances de rééducation et de psychothérapie deux fois par semaine, je me sentais plus ou moins occupée. Mais quelle qu'elle soit, j'étais prête à reprendre ma vraie vie. Alors je n'ai pas été mécontente un matin de recevoir un appel de la DRH de Splash Media. La femme, extrêmement charmante, m'a demandé quand je serais en mesure de reprendre le travail, et elle s'est résolue – un chouia à contrecœur je crois – à me faire remarquer que j'avais manqué un travail fou durant les derniers mois. Je lui ai dit que j'étais prête quand ils l'étaient. Le lendemain, un appel a fait suite au précédent de la part d'une certaine Lydia, qui semblait également charmante à l'extrême et qui s'est montrée particulièrement intéressée par mon retour à l'agence.

Le lundi suivant, comme j'en éprouvais l'envie, j'ai enfilé un pantalon en laine gris, un corsage bordeaux en soie et rayonne, des mocassins noirs et une veste noire – une tenue des plus sérieuses en somme – et me suis mise en route pour le bureau.

En arrivant chez Splash, j'ai tout de suite été frappée par la pagaille qui régnait dans les locaux. Les gens étaient dans tous leurs états à seulement neuf heures du matin. Je suis passée devant un type qui m'a regardée de la tête aux pieds en s'esclaffant.

— Tu viens passer un entretien d'embauche ? me dit-il.

— Ah bon ? m'étonnai-je sans trop comprendre.

— Oh, c'est vrai, marmonna-t-il en remuant le doigt dans ma direction. Désolé, j'avais oublié. Moi, c'est Kurt.

— Euh, bonjour Kurt.

— C'est ta tenue, ajouta-t-il en agitant la main de haut en bas face à moi. D'habitude tu ne t'habilles pas comme ça. On taquine toujours ceux qui se pointent en tailleur au bureau. *A priori*, on suppose qu'ils ont un entretien dans un autre agence parce que ici, c'est clair qu'on ne se met jamais sur son trente et un !

— Ah...

Subitement embarrassée, j'ai regretté de ne pas avoir emporté une tenue de rechange.

— On dirait que tu vas pleurer, dit Kurt. T'en fais pas, t'es très jolie comme ça.

Pas du tout. J'allais pas pleurer !

— Merci, répondis-je. Ça va mais... quelques points sont encore plus que flous. Mon bureau, par exemple. Tu pourrais me montrer le chemin, s'il te plaît ?

— Bien sûr. C'est par là, au bout de ce couloir.

Je l'ai suivi à travers le dédale de corridors jusqu'à ce qu'on atteigne mon bureau.

Ça ne faisait que trois minutes que j'étais assise lorsqu'une femme est apparue dans l'embrasure de la porte.

— Ravie de vous revoir. Je m'appelle Lydia.

— Bonjour, répondis-je en feuilletant nerveusement un bloc de Post-it.

— Écoutez, dit-elle en poussant un gros soupir, je sais que vous avez dû vous faire des idées vu ce qui s'est passé mais je tiens à arranger ça, d'accord ?

— Désolée mais je n'y arrive pas.

Elle s'est figée net. J'avais à peine ouvert la bouche pour lui dire de ne pas s'en faire quand j'ai réalisé que je ne savais pas du tout de quoi elle parlait. Dans les tiroirs de mon esprit — certains vides, d'autres débordant de toutes parts —, celui étiqueté au nom de LYDIA contenait très peu de choses. Manifestement, nous travaillions ensemble, mais de là à savoir si elle dirigeait l'agence ou si elle m'apportait le café et les croissants le matin, aucune idée. Je me souvenais que je rédigeais des papiers et peut-être avait-elle participé à ces écrits, mais ces textes n'étaient pas liés à une Lydia en particulier ni à aucune expérience concrète. Ce n'était que des inscriptions, comme des graffitis sur des vitres de métro dont je ne comprenais pas le sens.

— Je ne voulais pas vous faire sursauter, repris-je. C'est que... je n'ai aucun souvenir de vous, dans un sens comme dans l'autre. Je suis navrée mais, pour l'instant, je ne me rappelle pas du tout ce qu'on a pu faire ensemble.

Elle s'est égayée, et j'ai songé avec bonheur que je venais de toucher un point sensible chez elle.

— Eh bien, je... bon mais est-ce que vous vous sentez d'attaque ? Prête à faire renaître la magie ensemble, partenaire ?

— Je viens juste d'arriver mais oui... Qu'est-ce que je dois faire ? Enfin, *on* ?

— Votre campagne « La Richesse. À Portée de Main » fait un tabac. Pendant votre absence elle a fait son chemin toute seule et s'en est très bien sortie !

— Tant mieux, répondis-je sans savoir de quoi elle parlait mais ravie d'avoir fait quelque chose correctement.

— Donc maintenant vous êtes libre de travailler de nouveau pour moi.

— Super. Quel est le projet en cours ?

— On doit faire la promo d'un produit très risqué mais génial : Harvest.

Je n'ai pas saisi le nom et je suppose que ma confusion s'est vue parce qu'elle a vite précisé.

— Harvest, les assurances.

— Ah, d'accord.

— Ça fait des années que leurs pubs représentent des champs de blés ct ils essaient de se détacher de cette image. Donc on a plus ou moins carte blanche tant que ça n'a rien à voir avec le blé.

— Compris.

— Parfait. On refait le point ensemble dans l'après-midi, me dit-elle avant de partir.

Quatre secondes plus tard, elle est réapparue.

— Au fait, sympas vos mocassins.

Et elle est repartie.

Todd m'a appelée pour me proposer de le retrouver devant mon bureau à la pause-déjeuner. Lorsque je suis arrivée dans le petit parc de l'autre côté de la rue, lui et Travis m'attendaient.

— C'était un guet-apens ! dis-je en plaisantant.

— En fait, oui, répondit Todd.

Il avait l'air d'une loque ; ça m'a tout de suite frappée. Ses yeux étaient enfoncés et bordés de cernes noirs, ses cheveux hérissés dans tous les sens, et il portait un pantalon en velours côtelé et un tee-shirt noir difforme. On aurait dit un vampire traversant une mauvaise passe.

— Mince ! Qu'est-ce que j'ai fait ? leur demandai-je.

— Justement, on est là pour en discuter, répondit Todd.

— Bonjour, lançai-je à Travis qui n'avait encore rien dit.

— Je ne suis pas au courant, me dit-il dans un haussement d'épaules. Todd m'a juste demandé de le rejoindre ici, donc je n'en sais pas plus que toi.

— Que se passe-t-il ? insistai-je auprès de Todd.

— Je vous demanderai à tous les deux de réserver votre jugement, annonça Todd.

— OK. De quoi s'agit-il ? s'étonna Travis.

— Jordan, je fais ça pour ton bien. C'est à propos de ce que je t'ai dit à l'hôpital...

Puis Todd s'est tourné vers Travis.

— Travis, Jordan n'a jamais été amnésique.

— Quoi ? s'écria-t-il, les traits subitement crispés. Bien sûr que si.

— Non. Pas quand tu l'as renversée, ni quand tu as fait sa connaissance ou que tu as commencé à sortir avec elle. Elle faisait semblant.

— Todd, pourquoi tu fais ça ?!

— C'est vrai ? me demanda Travis.

J'étais à la fois paniquée et perdue. Je *voulais* dire la vérité, mais je ne savais pas ce qui était vrai ! Alors j'ai répondu honnêtement.

— Je n'en sais rien.

— Comment ça tu n'en sais rien ? insista Travis, légèrement nerveux.

— Elle ne sait pas, intervint Todd, parce qu'aujourd'hui, elle est réellement amnésique. Je suis le seul au courant pour avant.

— OK. Alors petit un, pourquoi Jordan aurait-elle fait ça, et petit deux, pourquoi est-ce que tu me dis ça à moi ?

— Parce qu'elle t'aime. Et que je l'aime. Et que Dirk est en train de lui refaire son petit numéro. Je veux seulement remettre de l'ordre dans tout ça.

Travis s'est tourné vers moi.

— Alors tu faisais semblant depuis le début ? Je n'arrive pas à le croire !

— Écoute, intervint Todd, si je peux me permettre, j'ajouterai qu'elle était très mal vis-à-vis de toi et qu'elle s'en voulait de te mentir. Sérieusement. C'est pour ça qu'elle minimisait toujours l'importance de l'accident et des séquelles. Mais cette balle de base-ball qui l'a frappée, c'était une coïncidence de dingue parce qu'elle venait justement de me demander d'essayer de simuler un autre accident, différent du premier, pour pouvoir se rattraper à tes yeux.

— C'est ça, commenta Travis, désormais à cran. Heureusement que je te connais un peu sinon j'aurais pensé que vous étiez aussi cinglés l'un que l'autre.

— Ça risque pas maintenant, marmonnai-je.

— Elle voulait organiser ce faux accident. Soi-disant pour remettre sa mémoire en place…

— Je crois que c'est le truc le plus stupide que j'aie jamais entendu…, dit Travis.

— Attends, c'est pas tout, continua Todd, de plus en plus enthousiaste.

— Tu as raison, je dois « réserver mon jugement ».

— Elle voulait que ce soit toi le héros. Que tu ne te sentes plus coupable en quelque sorte… Tu étais là la première fois qu'elle a perdu la mémoire et tu aurais été là quand elle l'aurait retrouvée. Elle aurait repris le contrôle de son gardiennage – ou je sais plus comment sa mère appelait ça, et fait annuler le procès.

À présent, Travis regardait Todd attentivement.

— Elle a fait tout ça pour moi ?

— En tout cas, c'était pas pour moi.

— Ah, murmura Travis.

— Comme tu dis, ajouta Todd, adoptant un sourire confiant. *Stupide* mais adorable.

Tous deux semblaient parvenus à une sorte d'accord, mais pour ma part une chose était sûre : j'étais dans le brouillard le plus complet. Sans compter qu'ils ne m'incluaient pas vraiment dans la conversation donc je ne voyais pas pourquoi ils m'avaient fait venir, à part pour m'humilier.

— Je peux y aller, là, ou vous avez encore besoin de moi ? demandai-je. Parce que bien entendu je ne crois pas un mot de tout ça et franchement, je ne veux plus en entendre parler.

Mon estomac gargouillait étant donné que j'avais sauté le déjeuner du fait de ce traquenard absurde. Alors je suis retournée à mon bureau, j'ai ouvert une barre de muesli trouvée dans le premier tiroir et passé les deux heures suivantes à lire un paquet d'infos sur la société Harvest et à griffonner des notes en vue de ma réunion avec Lydia. Je ne sais pas si c'était le choc des aveux rocambolesques de Todd, la barre périmée depuis plusieurs mois, la lucidité de mon esprit vierge ou l'excitation d'avoir presque retrouvé une vie normale assise à mon bureau... Ou peut-être que c'était l'effet grisant du monde des assurances ? En tout cas, les idées sont venues très facilement. Elles ont explosé dans ma tête, réellement, comme le flash de l'appareil photo numérique de Cat (elle s'était donnée pour mission de me créer des souvenirs tout neufs au cas où les anciens auraient une sale tête à leur retour). D'après la femme des RH, je savais que j'avais fait du bon boulot et que dans certains services, on avait attendu avec impatience que je revienne. Pour autant, je ne pensais pas être capable de reprendre les choses en l'état avec autant d'aisance.

En fin de journée, Lydia est revenue, un bloc-notes à en-tête dans les mains, et s'est assise sur le bord de mon bureau.

— Alors... ? Vous avez des idées ?

Je ne voulais pas paraître trop sûre de moi alors j'ai misé sur la modestie. Après tout, les brainstormings consistaient à balancer ses idées comme des boulettes de papier mâché et à voir lesquelles collaient. Je pouvais déprécier le projet et avoir l'air non seulement brillante mais aussi imperturbable.

— Eh bien, ça fait un bon moment que cette marque se base sur l'uniformité, commençai-je, mais cette campagne de marketing nécessite un message à la fois moins conservateur mais toujours aussi rassurant et adapté. Un discours qui s'adresserait aux plus gros consommateurs d'assurance. Pas Mapplethorpe[1] mais pas Norman Rockwell non plus. Voilà, c'est à ça que j'ai pensé.

J'ai posé mes mains côte à côte sur la table.

— H-hum, dit Lydia en prenant des notes.

— Maintenant, l'accroche : « Avec Harvest... vous êtes entre de bonnes mains ».

Lydia a cessé d'écrire.

— Quoi... comme une parodie ? Une simple comparaison ? Je ne sais pas s'ils vont aimer le rapprochement. Mais sous un angle humoristique, peut-être...

— En fait, la coupai-je légèrement déroutée qu'elle n'ait pas lâché son bloc-notes pour me sauter au cou, l'approche n'est pas vraiment humoristique. Ce sont deux mains, unies, qui vous portent et vous soutiennent, comme ça...

J'ai fait une petite coupe avec mes mains, comme je l'avais conçue si clairement en imagination.

— Cela dit – et je viens juste d'y penser, ça veut aussi dire : « On prend soin de vous, vous êtes à l'abri chez nous » ou « Harvest, le coup de main qu'il vous faut ».

---

1. Robert Mapplethorpe, photographe américain célèbre pour ses portraits en noir et blanc et ses nus masculins. Le caractère cru et érotique de certaines de ses œuvres a déclenché des polémiques sur le financement public de l'art aux États-Unis. *(N.d.T.)*

Lydia a suçoté le bouchon de son stylo.

— Question, me dit-elle. Est-ce que votre prochain concept implique un ogre vert ou un genre de Super Mario ?

Bam ! Sans relever cette remarque, j'ai brusquement frappé le bureau des deux poings.

— C'est incroyable ! Il doit y avoir... de l'électricité dans l'air ! Je bouillonne d'idées. Comme si elles s'écrivaient toute seules dans mon esprit !

Laissant le bloc-notes pendre mollement au bout de son bras, Lydia m'a dévisagée sans sourire.

— Je ne sais pas si elles se sont écrites toutes seules mais en attendant elles sont là.

— Vous ne prenez pas de notes ? Il ne faut pas qu'on perde ces idées !

— Ne vous en faites pas, elles n'iront pas bien loin, répliqua-t-elle.

J'ai jeté un œil à la feuille sur laquelle j'avais griffonné mes pensées.

— Vous avez sans doute raison. Ce serait difficile de les oublier. Ça coule de source !

— Comme vous dites.

Et elle a quitté la pièce en me laissant le soin de juger si je l'avais épatée... ou pas.

★
★ ★

Parce qu'elle bouleversait tout quotidien personnel que j'avais pu avoir, l'amnésie me poussait constamment à attendre mon heure. J'attendais que les gens m'appellent, qu'ils passent me voir, qu'ils fassent des projets, qu'ils changent d'avis. Je me nourrissais bien, je faisais ma lessive, mais je n'entreprenais rien ; ce qui me laissait sans défense face à toutes sortes d'excursions douteuses. Comme de suivre ma mère et ma sœur dans leur virée shopping chez Barneys un soir après le boulot.

— Salut, Jordan, dit Samantha. Bienvenue dans notre univers !

En entendant ces mots, je me suis arrêtée un instant. J'avais déjà entendu ça quelque part.

— Je connais cette phrase... ça vient d'où ?

— C'est la chanson qui passait chez FAO Schwarz[1], m'expliqua Sam.

Barneys semblait comparable à une cavalcade frénétique parmi des allées de jouets pour adultes, cruellement hors de portée ; la formule de Sam était donc pertinente.

— On venait souvent ici toutes les trois ? demandai-je.

Ma mère et ma sœur ont échangé un coup d'œil et se sont mises à rire.

---

1. Nom d'une chaîne de magasins de jouets fondée en 1870 à New York. C'est le plus grand magasin de jouets au monde, devant Toys'R' Us. *(N.d.T.)*

— Non, me répondit Sam. Le shopping, c'était pas ton truc.

— Alors c'était quoi mon truc ?

— Disons que t'étais plutôt...

— Un esprit libre, termina ma mère.

— Quoi, j'étais une coincée ?

— Non, je ne dirais pas ça. Pas *coincée*.

— Si, maman, intervint Samantha. Jordan n'avait rien d'une fille *cool*. C'est pour ça que c'était une vraie performance de ta part de sortir avec Dirk.

— Vous l'aimez bien Dirk, n'est-ce pas ?

C'était bizarre. Todd et Cat avaient autant d'arguments en faveur de Travis que ma mère et ma sœur en avaient pour Dirk.

Ma mère a acquiescé d'un signe de tête.

— C'est un homme merveilleux, chérie.

— J'étais heureuse avec lui ?

— *Très.*

— Tu as passé beaucoup de temps avec nous ?

— Non, mais on savait que tu étais heureuse.

— Écoute, Jordan, me dit ma sœur. Tu ne trouveras pas mieux que Dirk. Jamais. Alors à ta place, je ne me poserais pas trop de question à son sujet.

Pendant l'heure qui a suivi, j'ai observé ma mère et ma sœur viser les mêmes tenues, du même coloris, puis se disputer pour savoir laquelle les avaient repérées en premier, décidant finalement qu'elles achèteraient chacune un exemplaire d'une couleur différente pour se les prêter. J'ai vu ma mère — mon petit tyran personnel tout droit importé de Long Island – quasiment arracher le dernier jean Joe's en taille trente-huit des mains d'une fille (de sorte qu'il ne soit ni à Joe ni à cette malheureuse femme, mais à elle et elle seule), et ce, sans se démonter.

Dans un respect mêlé de crainte, j'ai regardé ma mère et ma sœur déambuler en expertes à travers les allées et cibler ce qui représentait pour elles l'indispensable. Elles pouvaient se trouver chacune d'un bout à l'autre du magasin, bizarrement, elles réussissaient toujours à choisir des articles extrêmement similaires. Quand elles se rejoignaient en se racontant leurs trouvailles, simultanément, elles disaient : « Mais où as-tu trouvé ça ?! »

Les vendeurs les reconnaissaient et les appelaient par leur prénom, et, chose encore plus effrayante, ils leur sortaient une sélection personnelle qu'ils avaient eux-mêmes choisie et tenue en réserve en prévision de leur prochaine venue. En revanche, personne n'avait l'air de savoir qui j'étais chez Barneys.

J'ai examiné un pull qui était *plus ou moins* plaisant et vérifié le prix sur l'étiquette : deux mille huit cents dollars. Ça ne faisait pas un peu beaucoup pour un pull ? J'avais loupé un wagon depuis mon accident ou... ? À croire que tout le monde était tombé sur la tête et trouvait ça normal de dépenser l'équivalent de quinze jours de vacances à l'étranger dans un tricot !

Tandis qu'elle passait leurs articles en caisse, la vendeuse a offert un string à ma mère et ma sœur. Le nouveau modèle Cosabella. Un cadeau pour les meilleures clientes.

— Offert à titre gracieux, leur dit la vendeuse tout sourire en fourrant les strings dans les sacs.

J'en ai attrapé un autre et l'ai brandi devant moi.

— Vous êtes superbe avec ce string, dis-je en prenant une drôle de voix comme si c'était le bout de tissu qui parlait. Excellent choix de votre part. La couleur fait vraiment ressortir vos yeux !

Ma mère m'a pris le string des mains et l'a reposé sur le comptoir.

— Qu'est-ce que tu fabriques, Jordan ? me dit-elle d'une voix indignée.

— Je faisais juste une petite blague. La vendeuse a dit que c'était « gracieux ». Le string te rendait *grâââce*, tu me suis ?

Ça ne les a pas fait rire. La vendeuse m'a prise en pitié, et même si je n'avais rien acheté, elle a *gracieusement* ajouté un troisième string dans le sac.

Comme si la journée n'avait pas été suffisamment longue, en arrivant chez moi, Todd m'attendait.

— Excuse-moi pour l'autre jour, dit-il.

— Todd, je suis très fatiguée là…

— S'il te plaît, fais-moi confiance. Tout ce que j'ai dit est vrai.

Je sentais bien que je pouvais lui faire confiance mais j'étais extrêmement gênée.

— Faire semblant d'être amnésique ? C'est horrible de faire ça aux autres ! Aux gens qui se font du souci pour moi...

— Hé... je te rappelle que c'était ton idée.

— Je sais, tu me l'as dit, mais c'est tellement bizarre. Ça allait si mal que ça dans ma vie ?

— Tu traversais une mauvaise passe.

— Et quelles chances j'avais pour qu'au final, ça m'arrive vraiment, hein !? Tu parles d'un karma. Je suis une horrible personne. Maintenant je suis punie. Dieu me punit !

— Dieu n'a rien à voir dans tout ça.

— Si, il me déteste !

— Arrête, Jordan ! se moqua Todd. Tu es la personne la plus géniale que je connaisse. On va faire en sorte que tu retrouves la mémoire pour que t'en rendes compte par toi-même.

Todd dégageait une douceur rassurante ; je me sentais en sécurité auprès de lui.

— Je vais te montrer un truc, dis-je en sortant le string encore dans mon sac.

Il a légèrement rougi.

— Euh, on n'était pas *aussi* proches avant. Je croyais que j'avais tiré ça au clair.

— Non, dis-je en agitant le string. Il faut que tu me donnes ton avis parce que je pense que *là*, tu vas comprendre.

J'ai raconté à Todd la façon dont la vendeuse de Barneys m'avait offert le string, lequel me paraissait encore plus étrange à mesure que je racontais l'anecdote. Sérieusement, en quoi ce cadeau était « gracieux » ? Quel était le message pour le client ? *Merci d'avoir fait votre shopping chez nous mais maintenant soyez gentil de bien vouloir mettre ce truc sur vos fesses… ?* À la minute où j'ai répété « la couleur fait vraiment ressortir vos yeux », Todd a éclaté de rire.

— Quel sous-vêtement flatteur ! s'amusa-t-il. Très mignon ton histoire. Ça c'est la cinglée que je connais et que je tolère !

Instantanément, je me suis sentie beaucoup mieux.

— Fallait pas espérer que ta famille d'extraterrestres saisisse la blague. Ils sont pas très futés, et question sens de l'humour, tu peux oublier.

— Mais comment expliques-tu que moi j'en aie ?

— Parce que tu es géniale ! Ne te demande pas pourquoi toi tu es comme ci et eux comme ça, sinon tu seras forcée de conclure la même chose que moi : tu as été adoptée. T'as suffisamment de soucis en ce moment, alors on réexaminera ce problème plus tard. D'ailleurs, je te rassure, tu n'es pas adoptée. Tu es simplement épatante, unique au monde, brillante et drôle. Résultat : à côté de toi, les gens ont toujours l'air moins bien. Parce qu'ils le sont en fait.

— Pourquoi j'ai la chance d'avoir un ami comme toi ?

— Disons que je suis moi aussi unique, fantastique, brillant et plein d'humour. Qui se ressemble s'assemble !

— Je vois, acquiesçai-je d'un signe de tête.

Todd était un mec bien ; je le sentais, même sans me souvenir de lui.

— Merci d'essayer de m'aider.

— C'est la moindre des choses. Surtout, fais-moi confiance : je ne suis pas le méchant dans l'affaire, d'accord ?

— D'accord.

Du coup, je me suis demandé si ça sous-entendait que c'était Dirk le méchant. D'ailleurs, est-ce qu'il fallait forcément qu'il y en ait un ?

La réaction énigmatique de Lydia à mon slogan « entre de bonnes mains » m'a donné encore plus envie de l'emballer avec d'autres idées. Alors je suis arrivée au bureau le lendemain armée de deux concepts supplémentaires tout aussi bons l'un que l'autre ; le premier m'était venu à l'esprit la veille sous la douche, l'autre en me brossant les dents le matin même.

Je me trouvais au coin cuisine de notre étage en train de me verser un fond de café infect dans un gobelet en polystyrène lorsque Lydia s'est approchée de moi sans faire de bruit.

— Alors ? De nouvelles idées juteuses ? me demanda-t-elle brusquement.

— Euh, oui. Effectivement.

— Formidable, dit-elle en me suivant jusqu'à mon bureau.

— Alors voilà : aujourd'hui, l'idée est de mettre la marque en valeur, n'est-ce pas ? Quoi de mieux sur cette toile de fond que de faire ressortir distinctement les notions de confiance et de bien-être ?

— De bien-être ?

— Oui, pour une certaine raison, j'aimais vraiment bien les idées que je vous ai suggérées hier. Pas parce qu'elles venaient de moi...

— Jordan, le filon humoristique a déjà été exploité et j'ai bien compris que ça ne venait pas de vous...

— D'accord, acquiesçai-je sans comprendre mais ne voulant pas me retrouver en perte de vitesse. Si mes idées sont bonnes, c'est parce qu'elles fonctionnent. Quand on pense assurance, on veut être sûr qu'il y a des gens derrière les promesses. Donc dans cette optique, je crois qu'on devrait agir avec un peu plus d'audace étant donné que jusqu'à présent, cette marque a toujours évoqué une vague notion d'uniformité qui ne reflète pas assez l'idée de fiabilité et de service personnalisé à visage humain, vous comprenez ?

— Continuez...

— Alors j'ai pensé à deux visuels. Le premier représenterait une sentinelle de quartier. Pas un bénévole chargé de la sécurité du voisinage mais plus un gardien amical... un voisin qui monte la garde pour vous, qui surveille vos arrières.

— H-hum.

— Voilà le slogan que j'ai eu : « *Comme un bon voisin... Harvest est là pour vous* ». On pourrait décliner le thème du bon voisinage de différentes façons, par exemple...

— Jordan, m'interrompit Lydia, vous pouvez me donner une minute ?

— Bien sûr.

— Je veux juste mettre le patron au courant, dit-elle avant de s'éclipser de mon bureau.

Apparemment, le moteur de recherche de l'ancienne Jordan fonctionnait encore à merveille ; une fois de plus, j'avais peut-être tapé dans le mille.

Quelques minutes plus tard, Lydia est revenue accompagnée d'un homme aux cheveux blancs et du fameux Kurt que j'avais croisé et qui s'était moqué de ma tenue « entretien d'embauche ».

— Bonjour, Jordan. Bon retour parmi nous, dit l'homme aux cheveux blancs. Je m'appelle Ted Billingsly.

— Bonjour... Ravie de vous voir.

— Jordan était en train de me parler de ses nouvelles idées très inspirées pour la campagne Harvest. Je voulais que vous entendiez ça par vous-même, dit Lydia en m'adressant un sourire rassurant. Allez-y, racontez-leur.

J'ai réexpliqué mon histoire de voisins tandis que M. Billingsly se tenait immobile en me fixant d'un air ébahi. Puis, il a ouvert la bouche mais aucun son n'est sorti. J'ai jeté un coup d'œil d'un côté puis de l'autre et j'ai continué nerveusement. Supposant que ce concept était peut-être trop flou ou trop subtil pour une entreprise moderne, j'ai décidé d'exposer mon autre idée ; idée que je n'avais pas encore présentée à Lydia.

— J'ai ensuite pensé à autre chose. Ça suit un peu le même raisonnement, la stabilité, tout ça..., radotai-je.

— Oui ? dit Billingsly.

— Solide comme un roc, ajoutai-je en attendant leur réaction.

Mais ils n'ont rien dit, alors j'ai enchaîné.

— Ce qui signifie que ce sont *eux* vos rocs. Harvest est là pour vous !

J'ai répété les mots en chantonnant, tel qu'ils avaient résonné dans ma tête pendant je me brossais les dents.

— *Comme un roc !*

Kurt s'est étranglé de rire et a dissimulé ça derrière un semblant de toux. Je ne comprenais pas ce qui se passait mais un sentiment d'angoisse me démangeait peu à peu la gorge.

M. Billingsly m'a souri puis s'est tourné vers Kurt et Lydia.

— Vous pouvez nous laisser seuls quelques minutes ?

—Je te l'avais bien dit, entendis-je Lydia chuchoter à Kurt.

— State Farm, ça vous dit quelque chose ? me demanda gentiment le directeur.

— State Farm ?

— Les assurances ?

— Non, désolée. On a travaillé pour eux ?

— Non. Mais leur campagne ressemble étrangement à celle que vous venez de décrire.

— Une campagne qui dure depuis, quoi ? Trente, quarante ans ? ajouta Kurt complaisamment, encore présent aux côtés de Lydia.

— Ah bon ? m'étonnai-je, sentant à nouveau des chatouillements dans la gorge mais cette fois plus marqués. Je suis navrée, je n'essayais pas de voler leurs idées. Ça m'est venu comme ça...

—Je comprends, dit Billingsly. Je pense que c'est juste votre subconscient qui se remémore des slogans existants.

— Des slogans ? Au pluriel ?

— Lydia m'a raconté que vous lui aviez présenté la campagne Allstate hier. Quant à l'idée dont vous venez de nous parler — « *comme un roc* » — c'est celle de Chevrolet. D'après la chanson de Bob Sieger.

— Mon Dieu, m'écriai-je, la gorge désormais complètement nouée. Je suis morte de honte. Je vous jure que...

— Ce n'est rien, me coupa gentiment Billingsly.

Puis il a fait signe à Kurt et Lydia de partir.

— Nous comprenons. L'important est que vous alliez mieux.

— Merci.

— Mais pour l'instant, Jordan, je ne pense pas que ça vous soit bénéfique d'être ici. Le mieux pour tout le monde serait que vous preniez un congé exceptionnel.

Je me suis levée immédiatement et j'ai commencé à rassembler mes affaires. Machinalement, j'ai fourré l'agrafeuse dans mon sac à dos, mais je l'ai vite ressortie et reposée à sa place.

— Oui, vous avez tout à fait raison, répondis-je, chancelante, en remuant des papiers sur mon bureau. Je comprends parfaitement. Combien de temps, le congé ?

— Nous verrons ça avec les Ressources Humaines et nous trouverons une solution. Navré, Jordan, conclut Billingsly en se levant pour partir.

— C'est un congé *définitif* ?

Ma voix tremblait.

— Appelez-nous quand vous vous sentirez mieux.

Ce n'était pas ce qui s'appelle une réponse. En tout cas pas celle que j'espérais.

28
Damnésie !

L e vendredi suivant, sur le coup de six heures
du soir, j'ai été sidérée de voir Todd, Cat et
Travis débarquer chez moi. J'avais déjà vu les
tandems Todd-Cat et Todd-Travis mais jamais les
trois en même temps formant une triangulaire jusque
chez moi. Même si j'avais consenti dans une certaine
mesure à cette fête sur le thème de ma vie, j'avais supposé que ça n'aboutirait pas à grand-chose. Malheureusement, ils ne m'avaient pas attendue pour se
lancer.

— Sors de là, me dit Todd avec le sourire.

— Tu veux que je parte de chez moi ? Je croyais
que j'étais l'invitée d'honneur ?

— Il faut qu'on installe quelques trucs, ajouta Cat,
pour te faire la surprise !

— Surprise ! répéta Todd.

Il a regardé ses doigts et les a agités énergiquement.

— Je crois que j'ai la circulation coupée dans les mains. Fichus sacs en plastique. Damnésie à la noix !

— *Damnésie ?* Je m'en souviendrais de celle-là ! dis-je en riant.

J'ai jeté un œil dans les sacs et attrapé le premier truc à portée de main.

— Du Sunny Delight... et des Doritos au fromage ?

— Bas les pattes ! intervint Cat. Tu vas bousiller mon expérience !

— Dans un roman de Proust, expliqua alors Todd, le personnage principal se met à revivre des souvenirs très vifs de son enfance en buvant un thé avec des madeleines. Donc on s'est dit qu'on allait amorcer un peu la pompe avec des moyens culinaires.

— Des madeleines ?

— Mais oui, ces petits gâteaux en forme de coquille. Mais nous on a été élevés au SunnyD et aux Doritos.

— Je savais pas que t'avais lu Proust, commenta Cat.

— Je l'ai pas lu, répliqua Todd. Il y avait un article sur ça dans le *New Yorker*.

— Je savais pas tu lisais le *New Yorker* !

— Non plus. C'est une collègue du bureau qui en a parlé en réunion.

— Impressionnant, ajouta Cat en lui faisant un signe de tête.

Puis, avec un bruit sec, elle a ouvert le paquet de Doritos et plongé une poignée de chips dans sa bouche.

— La grossesse ! dit-elle la bouche pleine en haussant les épaules. J'ai le droit !

Au même moment, j'ai surpris Travis en train de me regarder et comme ça m'a mis un peu mal à l'aise, j'ai attrapé un magazine et fait semblant de lire un article. Plus j'étais gênée, plus cette sensation m'était familière, comme le souvenir d'une émotion. Embarras, vanité, déni de soi, timidité... je ne savais pas trop comment qualifier cet état d'esprit mais j'avais déjà été dans cette situation auparavant. Ce n'était pas la première fois depuis l'accident que des gens me dévisageaient. Pourtant, alors que mon regard naviguait de ses mains (il pliait et dépliait nerveusement les pouces), à Travis lui-même puis à Cat (qui posait des sacs partout), puis de nouveau à Travis (en faisant semblant de ne pas regarder mais en jetant quand même un coup d'œil dans sa direction), puis au sol (oui, oui, toujours sous nos pieds), et finalement à Travis (qui me cherchait toujours des yeux), je me sentais nerveuse. Bizarre. Quelque chose m'intriguait chez lui.

— Au fait, tu es très en beauté, me lança-t-il finalement.

Le magazine m'est tombé des mains, alors je me suis penchée pour le ramasser mais j'ai perdu l'équilibre et me suis cognée la tête contre un coin de table.

— Tout va bien ? s'inquiéta Travis.

— Oui, bien sûr, super, bafouillai-je en riant de douleur.

— Alors sors d'ici ! répéta Todd, toujours en souriant.

— D'accord... mais quand est-ce que je peux revenir ?

Ils m'ont demandé de partir pendant au moins une heure mais d'être de retour à huit heures car les invités commenceraient alors à arriver. Je ne savais pas trop comment m'occuper et on ne pouvait pas dire qu'il faisait vraiment chaud dehors, alors j'ai flâné dans les rues du quartier le plus longtemps possible (lisez : six minutes) avant de me retrouver dans un drugstore à lire des cartes de vœux.

J'en ai attrapé une qui illustrait un petit garçon avec des taches de rousseur et une casquette de base-ball. La carte disait : « *Quatre ans, ça se fête ! Joyeux anniversaire, p'tite brute !* » Le petit garçon du dessin me faisait penser à Dirk. Je me suis demandé pourquoi il n'était pas au programme des festivités mais, finalement, j'ai admis l'idée qu'il pouvait y avoir deux camps différents et que les uns ne plaisaient pas forcément aux autres. Si mes amis n'appréciaient pas Dirk, dommage. Mais le plus important, c'était que moi je l'aimais. Enfin il me semblait. D'après ce qu'on m'avait dit.

Emboîtant le pas à la femme qui me regardait avec un air curieusement renfrogné dans son écharpe rouge, ses bottes en plastique bleues et ses collants violets, j'ai décidé que j'avais passé suffisamment de temps au rayon cartes de vœux. Cela dit je ne faisais rien de mal ; en fait, j'avais même aidé plusieurs personnes à choisir leurs bons sentiments.

Ma porte d'entrée était fermée mais le verrou n'était pas tourné donc les gens pouvaient entrer sans frapper. J'entendais les bruits d'une fête – rires, verres, bavardages, vacarme diffus propre à toutes soirées, et bien que ce soit chez moi et en mon honneur, je ne me sentais pas de faire irruption sans prévenir.

J'ai frappé à la porte, doucement dans un premier temps, presque comme si je ne voulais pas qu'on m'entende pour que je ne sois pas obligée d'y aller. C'est seulement quand mes phalanges ont heurté la porte blanc cassé (qui avait bien besoin d'un coup de peinture) que j'ai commencé à paniquer. Et si ça s'arrêtait là ? Si c'était mon dernier tour de piste ? Si cette soirée ne donnait rien, est-ce que tout le monde me laisserait tomber ? Et d'abord, c'était qui *tout le monde* ? J'allais peut-être découvrir que je n'avais pas d'amis ? Que les seules personnes présentes à cette fête étaient celles qui l'avaient organisée ?

Brusquement, la porte s'est ouverte et Cat m'a accueillie avec un sourire niais et une bouteille de champagne dans la main. Elle m'a fait entrer tout en s'éclaircissant la voix de la façon la plus flagrante et détestable. Tout le monde s'est tourné vers moi.

J'ai parcouru des yeux ces visages – souriant dans ma direction, les sourcils haussés avec l'air d'attendre quelque chose – à la recherche de quelqu'un qui pourrait m'évoquer un souvenir. Il y avait des serpentins partout et d'épouvantables agrandissements photo de moi à différents âges. J'étais à la fois choquée et consternée, mais surtout gênée. Une photo me représentait sur une espèce de scène en train de jouer dans une pièce de théâtre ; une autre en compagnie de deux garçons – je ne peux pas l'affirmer avec certitude mais on avait l'air d'avoir fait du smurf. Et puis il y avait cette photo de moi dans un horrible uniforme rouge et bleu arborant le blason DOMINO'S PIZZA au beau milieu de la poitrine.

— C'est un peu embarrassant, dis-je en essayant de ne pas paraître ingrate et de ne pas montrer à quel point j'étais mortifiée. Mais c'est très gentil de votre part. Un tout petit peu trop « moi », mais gentil.

— Il est temps que tu redécouvres ce « moi », me dit Cat. Ce soir, c'est une soirée spéciale « moi » et au menu, l'entrée du jour... c'est « moi » !

— On parle bien de ce moi-*là* ? dis-je en pointant du doigt vers une photo.

— Oui à moins que tu t'avères être une fille barbante, répondit Cat en m'embrassant sur la joue. Auquel cas on fera la transition avec *moi* vers dix heures et demie.

En un rien de temps, l'appartement s'est rempli de gens qui avaient soi-disant compté dans ma vie à un moment ou un autre. J'étais surprise, et en mon for intérieur ravie, par le nombre d'invités. Le salon était plein à craquer. Cat me montrait les agrandissements photo du doigt pour essayer de me rafraîchir la mémoire.

— Regarde celle-là ! Tu te souviens ? C'était l'été après la sixième. Tu allais passer les vacances à l'étranger et toi et ton petit copain de l'époque, Warren, vous dansiez un slow sur *New York, New York* en pleurant ! C'était hyper triste !

— Mon Dieu ! Triste, je veux bien, mais amoureuse à cet âge ? C'est carrément dramatique !

— Il est là ! s'exclama-t-elle, rayonnante.

— Qui ?

Cat m'a indiqué un garçon de la main et s'est mise à lui faire signe.

— Warren !

Les années n'avaient pas été tendres avec ce pauvre Warren. Il avait des kilos en trop, le front dégarni, une légère tête d'abruti, et la bouche pleine de nourriture lorsqu'il a aperçu Cat. Il lui a fait signe à son tour et a commencé à venir vers nous.

— S'il te plaît, ne fais pas ça, Cat !

Trop tard. Il était là.

— Bonsoir, Warren, dit-elle.

— Salut, répondit-il de façon à peine audible vu qu'il n'avait toujours pas avalé sa bouchée.

Ses joues et son col étaient couverts de miettes.

— Salut Jordan. Tu es superbe.

— Merci. Toi aussi, Warren, brodai-je.

— Tu te rappelles de lui ? me demanda Cat en fronçant les sourcils.

Cat, non : ce n'était pas le genre à vous mettre la pression. Pas du tout.

J'ai fait tout mon possible. Je l'ai regardé longtemps et très attentivement ; ce qui n'était pas facile étant donné que Warren commençait à baver. Par chance, il a subitement ravalé sa salive d'un coup de langue. J'ai frissonné.

— Non, je ne vois pas, répondis-je finalement à Cat. Désolée. J'aurais bien aimé te dire le contraire. Warren avait l'air super, non pas comparé à avant mais juste à... enfin rien.

— À vrai dire, ajouta Cat à voix basse de façon que moi seule puisse l'entendre, en termes de simple comparaison, je dirais que « rien » serait le meilleur mot.

— C'est pas grave, dit Warren.

Puis il s'est penché vers nous en chuchotant suffisamment fort pour que tout le monde puisse l'entendre :

— Je t'ai pelotée la veille de ton départ en vacances.

— Pas possible ? ironisai-je à mi-chemin entre le dégoût et l'horreur.

Il a acquiescé d'un signe de tête, l'air très satisfait de lui-même. J'aurais voulu qu'une latte de mon parquet de la taille d'une Jordan s'ouvre sous mes pieds et m'engloutisse.

— Une chance qu'elle ait fini amnésique alors ! ironisa Cat avec un grand sourire.

Heureusement ou pas, ma sœur est arrivée.

— Salut Jordan. Dis donc, ces photos sont très drôles. Sympa l'uniforme Domino's...

— Ouais, sauf que j'ai pas l'air très heureuse.

Sur la photo, le calot de pizzaiolo enfoncé sur la tête et couvrant presque mes yeux, je me tenais les bras fermement croisés sur la poitrine.

— Jordan a travaillé là-bas un été, dit Sam à Cat et à tous ceux qui se trouvaient à portée de voix. C'était à l'époque de leur campagne « *livraison en trente minutes maxi* ». Je lui faisais des canulars en appelant de chez mes copines et en lui donnant une fausse adresse. Du coup, une de mes amies lui faisait signe depuis la maison d'à côté, et comme Jordan était en retard, la pizza était gratuite et elle se faisait enguirlander par son patron.

— C'est... super méchant.

D'accord elle m'avait avouée avoir été jalouse de moi mais quand même... cette fille était un vrai cauchemar !

— C'était pour rire, se justifia-t-elle. De toute façon on était boulimiques à l'époque donc ça ne servait à rien qu'on paye pour se nourrir puisqu'on allait tout vomir après.

— Quelle horreur, commentai-je à voix basse.

— Jordan aussi était boulimique, ajouta Sam.

— Vraiment ? m'étonnai-je, tracassée par cette révélation.

— C'est vrai ? demanda Cat elle aussi surprise, en penchant la tête de côté.

Apparemment, elle avait du mal à le croire étant donné qu'elle avait passé presque toute sa vie à mes côtés depuis ma naissance.

— Enfin bon, c'était une fausse boulimique, précisa Sam en riant. Pour ce qui était de manger ça allait, mais Jordan oubliait de faire du sport ou de vomir.

— Je savais que c'était faux ! répliqua Cat. Tu ne changeras jamais, Sam. Béni soit ton petit cœur de pierre.

— Je dois aller... vérifier un truc, m'excusai-je subitement.

Je me suis empressée de retrouver Todd qui se trouvait en compagnie d'une femme d'un certain âge ; je ne voyais pas bien quelle place elle occupait dans le tableau.

— Tiens te voilà Jordy ! T'as vu, y'a du monde ! Comment ça va ?

— Mieux maintenant. Dis-moi, Todd, ma sœur n'est pas vraiment quelqu'un de sympa, si ?

— Elle est infecte, confirma-t-il.

On est restés sans rien dire pendant quelques minutes.

— Au fait, j'ai rencontré mon petit copain de sixième.

— Et ? Quel effet ? s'enquit Todd.

— Oh, plusieurs... mais aucun souvenir de lui.

— J'étais en train de bavarder avec madame Oakmin, notre maîtresse de CM1, me dit-il pour changer de sujet. Dis bonjour, Jordan.

Cette façon dont tout le monde me faisait défiler devant les gens en me demandant de « dire bonjour » me donnait un peu l'impression d'être une petite fille ; comme si d'une minute à l'autre, on allait me demander de jouer *Au clair de la lune* au piano et de terminer par une révérence.

— Vous êtes devenue une belle jeune femme, me dit Mme Oakmin avec un fort accent allemand. Quelle belle poitrine !

Elle ne m'avait pas revue depuis le primaire et c'était la première chose qu'elle trouvait à me dire ?

— Ah, vous trouvez ? bredouillai-je, désarçonnée par cet étrange compliment. Eh bien... merci.

— À l'époque, vous étiez plate comme une planche à pain !

— J'avais neuf ans ! protestai-je.

Je me suis surprise à croiser les bras sur ma poitrine. Comme si tout ça n'était pas déjà assez humiliant, je me retrouvais maintenant à discuter de l'heureux dénouement de ma croissance avec ma maîtresse de CM1 !

— Vous étiez douée en rédaction. Est-ce que vous continuez à écrire ? J'espère que oui !

— Oui elle écrit, confirma Todd. Et elle est brillante.

— Je n'en ai jamais douté, assura Mme Oakmin.

Parmi la quinzaine de personnes qu'ils avaient rassemblées à grand-peine (oui, c'était un exploit vu la taille de mon appart), d'autres visages se trouvaient sur les photos agrandies. Aucun nom ni le moindre moment passé avec eux ne me revenait. J'allais littéralement devenir l'incarnation du néant. Ça me pendait au nez. Alors je me suis frayé un chemin dans cette foule d'étrangers/amis. Tout le monde me tirait par la manche pour essayer de discuter avec moi mais je n'avais qu'une envie : être seule. Soudain j'ai aperçu Travis. Dieu qu'il était mignon. Quel était *vraiment* son rôle dans tout ça ? Est-ce qu'il était l'affreuse personne que Dirk et ma famille haïssait ou le mec génial que Cat adorait ? Ou les deux ? Alors j'avais réellement trompé Dirk ? Est-ce que Travis était au courant ? Et Dirk ? C'était le genre de questions que je n'osais plus poser de peur de vendre la mèche ; même si je n'étais pas sûre qu'il y ait vraiment une mèche dans l'histoire. En tout cas, je me sentais attirée vers lui, me figurant que si j'approchais suffisamment près, je commencerais peut-être à comprendre ce qu'il y avait eu entre nous par une sorte d'osmose.

C'est alors que Travis est venu vers moi.

— Alors, tu tiens le coup ?

— Vous ne trouvez pas que vous êtes allés un tout petit peu trop loin ? Franchement : un petit copain de sixième ? Une prof de primaire ? On va remonter jusqu'où comme ça ?

— Tu vois cet homme là-bas ? me demanda Travis en m'indiquant un monsieur âgé à lunettes avec une veste en tweed.

— Oui ?

— Il t'a mise au monde.

Travis a marqué une pause pour voir ma réaction.

— Mais non, je plaisante !

— Tous ces gens ne me disent rien.

— Excuse-moi. Je disais ça pour t'aider.

Il a jeté un œil autour de lui comme s'il essayait de trouver un autre moyen de stimuler ma mémoire.

— Une petite projection de diapos ? proposa-t-il.

— Pitié, non !

On s'est tous les deux mis à rire. À présent je me sentais plus à l'aise avec lui, comme s'il avait sa place parmi nous.

Dirk s'est alors approché. Comme je ne l'avais pas du tout vu avant, je me suis demandé s'il venait juste d'arriver.

— Voilà ma ravissante petite amie ! dit-il en me soulevant pour me faire tournoyer.

C'était si grisant de virevolter dans les airs — à moins que ce soit juste parce que mon sens de l'équilibre était dérouté — que lorsqu'il m'a relâchée, je suis tombée dans ses bras en riant. Chamboulée comme j'étais, face à ce passé qui défilait autour de moi et si peu de souvenirs pour m'y raccrocher, j'ai ressenti un léger frisson de bonheur, la première joie spontanée dont je pourrais me rappeler après toutes ces semaines de convalescence. Je voulais qu'ils le sachent. Alors je l'ai dit haut et fort.

Todd en est resté bouche bée. Travis et Dirk m'ont dévisagée eux aussi, et j'ai pensé que j'avais dit une bêtise. Puis Dirk a eu l'air de s'en remettre, mais pas les deux autres.

— N'est-elle pas adorable notre petite Jordan ? dit-il en m'enlaçant par la taille pour me serrer contre lui une fois de plus.

Il a penché la tête sur le côté en écarquillant les yeux.

— « *Quand il me prend dans ses bras...* », commença-t-il à fredonner. Allez Jordan, souviens-toi de ce que je t'ai appris ! « *Qu'il me parle tout bas...* »

Effectivement. Je m'en souvenais. Quelques jours plus tôt, Dirk m'avait raconté qu'on avait l'habitude de traîner dans l'appart en se chantant des chansons. Il m'avait récité les paroles d'un de nos airs préférés parce qu'il disait que ces instants faisaient partie des meilleurs moments de sa vie. Il disait aussi que ce n'était pas grave si je ne retrouvais jamais la mémoire (correction : il espérait *presque* que ce serait le cas) parce que nous avions toute la vie devant nous pour nous créer de nouveaux souvenirs.

— « *Je vois la vie en rose...* », chantai-je à mon tour sans pour autant connaître la mélodie.

On s'est mis à chanter en duo, poussant la note de façon plus ou moins juste (surtout *moins* que *plus* d'ailleurs.)

— « *Il me dit des mots d'amour, des mots de chaque jour, et ça me fait quelque chose.* »

La tête de Travis imitait à présent celle de Todd sur le mode bouche bée. Je n'arrivais pas à dire s'ils étaient impressionnés ou quoi.

— Je vais vomir, ici, par terre, *maintenant*, dit soudain Todd.

Plutôt « ou quoi » apparemment.

Il a tiré la langue en grimaçant d'un air revêche.

— Sans rire, il me faut un bonbon à la menthe, je me sens mal.

Todd a contourné Travis, puis s'est approché de Dirk.

— D'abord c'est « des mots de TOUS les jours » ! Tu vous inventes un pseudo-souvenir précieux mais t'es même pas foutu de dire les bonnes paroles !

Dirk s'est approché lui aussi, redressant les épaules face à Todd. Ça commençait à sentir le roussi entre eux, et comme la pièce était petite, la moindre odeur se remarquait très vite. Plusieurs têtes se sont tournées sur différentes épaules, et des verres sont restés en suspens à quelques centimètres des bouches.

— Si tu crois que je vais rester là sans rien dire pendant que t'essaies de faire croire à Jordan que vous étiez proches et que toi et elle vous êtes maintenant comme cu...-*ir* et chemise, t'es encore plus abruti que je croyais.

Bon, il faut savoir que Dirk dépassait Todd de dix centimètres, de vingt kilos en masse corporelle et de quinze centimètres en tour de poitrine. Mais Todd avait peut-être le léger avantage d'être fou ; moi j'étais persuadée que Dirk allait bondir et lui sauter à la gorge, mais Todd, lui, souriait d'un air narquois.

— Comme la plupart des personnes ici ce soir, je suis venu pour Jordan, dit Dirk, alors je ne dirai rien pour cette fois. Mais ne fais pas l'erreur de croire que tu es le plus apte à juger ici, et évite de t'embarquer sur cette voie sinon je te promets que tu le regretteras.

Ça a calmé le jeu pendant quelques minutes tandis que dans la pièce, chacun cherchait un signe de compréhension dans le regard de l'autre. Clairement, Todd était hors de lui, mais Travis lui a chuchoté quelque chose que je n'ai pas pu entendre et ils se sont retournés vers Cat.

— Viens, il faut que je te parle, me dit Dirk dans le creux de l'oreille.

Prenant ma main, il m'a emmenée de force loin de Travis et Todd. J'ai jeté un œil par-dessus mon épaule dans leur direction, et j'ai été frappée non pas par Todd qui s'était détourné mais par le déchirement qui se lisait sur le visage de Travis. Une expression de désespoir, d'abattement et, tout simplement, de tristesse. Voyant que je regardais derrière moi, Dirk m'a saisie par le menton et a planté un baiser sur mes lèvres avant de m'entraîner dans ma chambre. Mais j'ai alors senti une autre main m'agrippant, voire me serrant le bras. Celle de Cat.

— J'ai trouvé, Jordy ! s'écria-t-elle.

— Quoi ?

— Ton journal intime ! Tu en tenais un, j'en suis certaine.

— D'accord et... où est-il ?

— Je n'ai jamais trouvé de journal intime, dit Dirk. Pourtant j'ai nettoyé l'appart de bout en bout.

— Peut-être mais le fait est qu'elle en avait un... et il disait sûrement la vérité à ton sujet des milliers de fois, siffla Cat.

— Dans ce cas j'espère qu'on va le trouver, répliqua Dirk avec sérieux en jetant un œil de gauche à droite.

— Cat, calme-toi, intervins-je, surprise de la voir elle aussi se mettre en boule. Tout va bien. S'il y a un journal intime, on finira bien par le trouver.

— Je ne crois pas qu'il existe, ma puce, ajouta Dirk.

— Évidemment, il l'a sans doute *brûlé*, fulmina Cat.

— Tu nous excuses deux secondes, lui dit Dirk qui respirait la quiétude malgré ces accusations.

Il m'a entraînée dans la cuisine.

— Je suis désolé de toutes ces histoires, bébé.

— Je ne sais pas pourquoi elle te déteste.

— Moi *si*, me dit-il. Cat a un intérêt égoïste et bien triste à saper notre histoire. Je ne voulais pas t'en parler parce que vous êtes amies depuis très longtemps et ça me ferait de la peine que tu perdes une amie de toujours mais... j'ai repoussé les avances de Cat à plusieurs reprises.

— C'est vrai ?

— Ça fait longtemps qu'on sort ensemble, toi et moi, et pendant tout ce temps, elle m'a dragué je ne sais combien de fois.

— Oh mon Dieu, c'est pas possible ! Pourtant ça m'étonne... elle est mariée, et *enceinte* en plus !

— Ce n'est pas la première femme mariée qui tente sa chance, et je suis sûr que ça ne sera pas la dernière. Il n'y a pas que le sexe qui intéresse Cat. Elle prétend être amoureuse de moi, que je serais mieux avec elle et qu'elle serait prête à quitter son mari. Mais ne t'inquiète pas. Jamais je ne pourrais être avec Cat. Je n'aime que toi.

— Merci, dis-je, plus confuse que jamais – si tant est que cela soit possible.

— D'ailleurs... en parlant d'aimer, avant qu'on soit interrompus j'essayais de nous isoler pour te demander quelque chose.

Flûte. Il était au courant. Il savait que j'avais été une petite amie infidèle, menteuse et traîtresse et il allait me questionner à propos de Travis. Je n'allais pas mentir. Je serais honnête. J'avouerais ce que je savais – que Cat m'avait dit que j'étais sortie avec lui mais que je ne l'avais pas revu depuis l'accident.

— D'accord, vas-y, répondis-je en m'armant de courage.

— Je crois qu'on devrait se marier, dit-il.

Pas exactement ce à quoi je m'attendais.

Je ne savais pas quoi faire. C'était une demande officielle ou bien il lançait juste un sujet de discussion ?

— Je n'ai pas encore de bague de fiançailles mais je vais y remédier. De toute façon, ce n'est qu'une formalité. Ce qui compte, c'est qu'on s'aime et qu'on veut être ensemble.

— Oh. Eh bé, bafouillai-je totalement sidérée.

— Je sais, dit-il. Tu es surprise. Je le suis aussi. Mais c'est la meilleure chose à faire.

— Mais je n'ai même pas retrouvé la mémoire. Je suis une épave. Je serais minable comme partenaire au bridge !

— Je m'en fiche. C'est toi que je veux. Et tu me voulais toi aussi. On sort ensemble depuis deux ans et il ne s'est presque pas passé un jour sans que tu aies fait allusion à l'envie d'avoir la bague au doigt.

— Ah bon ?

J'ai observé mon doigt en m'efforçant de retrouver ce sentiment de honte dû à un annulaire encore nu.

— Et comment ! La dernière pub Tiffany te faisait marcher sur la tête.

— Au moins j'avais bon goût.

— Oui puisque tu m'as choisi, dit-il avec un sourire effronté. Crois-moi, tu mourais d'envie de te marier.

— Vraiment ?

— Oui ! OK, j'avoue, dit-il d'un ton taquin en tortillant ses bras dans son dos. Moi aussi je veux me marier avec toi.

— T'es sûr ?

— Évidemment.

C'était dément. Je ne savais pas quoi faire. Ce type était là en train de me dire que je l'aimais et que je voulais l'épouser, et j'étais certaine que ma famille confirmerait tout ça, mais moi j'ignorais qui j'étais et quelle décision prendre. Si je disais oui, je suppose que la mémoire finirait alors par me revenir, et je serais ravie et on vivrait heureux pour toujours. Mais si je disais non, que se passerait-il si je retrouvais la mémoire mais que Dirk ait déjà renoncé par déception et que j'aie gâché ma seule chance d'être heureuse ? Je pouvais peut-être lui demander de patienter jusqu'à la fin de mon amnésie ? Non, ce serait un peu insultant. Comme si je doutais de ses propos, du fait qu'il se passait un truc fort entre nous. Et si je disais oui, que la mémoire me revienne, et que je me souvienne finalement que c'était Travis que j'aimais ? Non, je ne pouvais pas accepter. Je ne pouvais pas épouser cet homme comme ça. Je ne le connaissais pas. Ni lui, ni moi.

— Bon, dis-je en m'apprêtant à lui sortir mon baratin.

— Bon quoi ? s'écria-t-il. Tu veux bien m'épouser ?

— Tu ne me l'as pas vraiment demandé en fait. Tu as juste dit qu'on devrait le faire.

Alors Dirk s'est agenouillé.

— Jordan Landau... veux-tu être ma femme ?

— Oui.

Je sais. J'ai dit que j'allais refuser. Mais il était à genoux ! Et il a dit que c'était mon désir le plus cher.

Dans l'état où j'étais, mon cerveau ne se rappelait plus comment déclencher le doute dans mon esprit.

— Génial ! répondit Dirk en se relevant et en levant le bras pour me taper dans la main.

Je me suis sentie obligée de l'imiter, et alors qu'il faisait claquer sa main sur la mienne, j'ai eu l'étrange sentiment – presque comme un vertige – d'être en train de le regarder faire ce geste avec quelqu'un d'autre. Non pas une masse compacte mais une ombre ou une silhouette simplement hors champ et un Dirk habillé autrement et sensiblement différent, le tout dans une scène totalement dissemblable à celle-ci.

Au même moment, ma mère est arrivée avec un couple d'Hispaniques. Ils devaient avoir dans les quarante ans bien tassés, peut-être cinquante.

— Bonjour, madame Landau, dit Dirk. À moins que vous ne m'autorisiez à vous appeler *belle-maman* ?

Travis et Todd, qui se trouvaient à proximité, ont fait volte-face à ces mots.

— Jordan et moi venons de nous fiancer !

— Oh mon Dieu ! hurla ma mère. Je savais que ce jour viendrait !

— Oh... mon... Dieu, répétèrent Travis et Todd à l'unisson.

— C'est merveilleux ! s'exclama ma mère en nous serrant dans ses bras.

— Jordan, dit Travis, je crois tu devrais réfléchir avant de donner une réponse définitive.

— Qu'est-ce que tu fais encore ici, toi ? lui lança Dirk.

— Oui, pourquoi êtes-vous ici ? renchérit ma mère.

— Parce que je l'aime, répondit simplement Travis. Mon cœur battait la chamade. Deux hommes se battaient pour moi. Pourtant je n'avais pas du tout l'impression que ce soit mon genre, et puis je ne me souvenais d'aucun des deux. C'était horriblement perturbant.

— Je ne crois pas que Jordan soit très branchée sur la bigamie, dit Dirk à Travis.

— Quoi ? m'étonnai-je.

— Ton Don Juan est marié, précisa Dirk.

— C'est vrai, Travis ? balbutiai-je en me tournant face à lui. Tu es marié ?

— Oui, Jordan, répondit ma mère. Il est marié. C'est ce qu'on a découvert lors de la déposition.

— Ce type est un charleston, intervint Dirk.

— Un *charlatan*, le corrigea Todd d'un rire moqueur. Autrement dit, une personne qui trompe les autres. Je suis étonné que tu ne connaisses pas ce mot, Dirk !

Sans relever, Dirk a continué.

— Il est sorti avec toi uniquement pour essayer de ne pas débourser un centime au procès.

— Jordan, se défendit Travis d'un ton suppliant, c'est ce dont j'essayais de te parler. Ce n'est pas…

— Est-ce que oui ou non tu es marié ? répétai-je.

Il a baissé la tête, dépité.

— En théorie oui, mais…

— Tu ferais mieux de partir, mon vieux, lui dit Dirk en posant la main sur son épaule d'un air menaçant.

— Ne fais pas ça, me dit Travis en se retournant vers moi une dernière fois.

M'attrapant par le bras, ma mère m'a entraînée vers le couple d'Hispaniques.

— Jordan, ma chérie, est-ce que tu te souviens d'Esperanza ?

Autour de nous, les invités s'étaient rassemblés dans l'attente de ma réponse. Tout à coup, je me suis sentie prise de vertige. Je venais d'accepter la demande en mariage d'un homme que j'avais peut-être *ou peut-être pas* voulu épouser.

— Non, répondis-je d'un ton contrit. Je ne me souviens pas de vous. Désolée.

— C'était notre gouvernante quand tu étais petite, dit ma mère. Voici Luis, son mari.

La femme parlait un anglais écorché et me prenait sans cesse dans les bras, presque en larmes, en me disant que je lui manquais et qu'elle était désolée d'apprendre que j'avais de nouveau attrapé la « mnésie ».

— Yordan ! Vous êtes yolie. Vraiment yolie !

— Euh, merci, mais là j'ai besoin de… de prendre l'air.

— Une vraie yeune femme ! Je n'ai jamais oublié vous bébé. Très très sale !

— Ah ! C'est elle qui jetait son popo partout ? s'exclama son mari.

— *Ay, sí !*

Quoi ? Non mais je *rêve* ! Qu'est-ce qu'ils étaient en train de raconter devant cette assemblée de gens qui me connaissaient depuis toujours ?

— Pardon ?

Sam a enchaîné.

— Absolument ! Jordan était dégoûtante !

— Alors c'était vous ? *Dios*, ma mémoire… je ne sais plus. En tout cas, il fallait qu'on vous surveille ! ajouta Esperanza.

Soudain, j'ai regretté de ne pas avoir coupé court à la conversation.

— Parfois on faisait chacun notre tour mais la plupart du temps, c'était moi. Je m'asseyais près de votre petit lit et y'attendais et y'attendais, et puis madame Landau m'appelait alors je m'absentais cinq minutes. Après je revenais et *Dios Mío !* Du popo partout ! Comme si quelqu'un jeter gâteau au chocolat sur le mur !

Tout le monde a eu le fou rire. J'étais totalement mortifiée.

Inconsciente de ce qui venait de se passer, Cat a apporté un plateau de mini quatre-quarts au chocolat. Un visuel pas vraiment indispensable après ce glorieux récit de mes frasques murales à base de boudin fécal.

— Un petit gâteau ? proposa Cat autour d'elle.

Du gâteau ? Naturellement, personne n'en voulait. Choquée et horrifiée, j'ai scruté les quatre-quarts les yeux écarquillés, puis j'ai attrapé mon manteau et suis partie en courant.

29

Je vous déclare mari infâme...

Je ne sais pas si j'ai connu pire humiliation avant l'incident des quatre-quarts, mais je ne crois pas prendre trop de risques en affirmant que c'était le moment le plus épouvantable de ma vie jusqu'à ce jour. J'ai entendu une voix m'interpeler dans mon dos alors que je quittais l'appart comme une furie, mais je ne me suis pas arrêtée car ça n'aurait rien changé. On aurait pu me dire n'importe quoi, je ne me serais pas sentie mieux.

Cet échange avec Travis avait été le comble, la cerise sur le gâteau. Plus que je ne pouvais en supporter. Je suis sûre qu'au cours de leur existence, les gens s'interrogent sur leur seuil de tolérance. Quel est le baromètre de l'humiliation ? À quel stade passe-t-on de l'envie de vomir à celle de fuir à l'étranger en endossant une nouvelle identité ?

Une nouvelle identité. Intéressant comme concept. Est-ce que j'étais revenue à la case départ de mon remake d'*Un Jour sans fin* ? Comme si j'étais arrivée au point où trop c'est trop, et où mieux valait simuler l'amnésie pour faire peau neuve, encore et encore ? Était-ce le moment où j'étais censée me réinventer une nouvelle fois ? Et est-ce qu'à un certain stade du processus, je devais forcément finir avec une véritable amnésie ?

Bien sûr que non. Cette idée était ridicule. Pourtant c'était à ça que je pensais tandis que je dévalais les escaliers et me précipitais sur le trottoir pour prendre une bouffée d'air frais. J'avais couru comme si on me pourchassait, même si je savais pertinemment que la poursuite avait pris fin dès que j'avais fui cette voix qui avait voulu me retenir. Histoire d'en être certaine, je me suis retournée pour voir si Dirk me suivait, mais ce n'était pas le cas. Je n'ai pas cherché à savoir pourquoi.

J'ai commencé à être à bout de souffle et presque simultanément, je me suis rendu compte que mes pieds me faisaient un mal de chien, alors j'ai ralenti et continué en marchant, sans avoir de destination précise et sans en vouloir pour autant.

J'ai erré dehors quasiment toute la nuit. Je sais, ça peut paraître risqué, et ennuyeux aussi − je parle de New York, du froid et tout −, mais n'importe qui vivant ici sait qu'en réalité, pour ce qui est des grandes villes et même des autres, New York est un endroit sacrément sûr. D'abord parce qu'il y a toujours quelqu'un dans les parages, ce qui fait qu'on est beaucoup plus en sécurité ici que dans une rue déserte de banlieue. Ensuite, parce que la plupart des quartiers sont bien éclairés. Et enfin, parce qu'il existe plein d'endroits ouverts vingt-quatre heures sur vingt-quatre où vous pouvez aller vous réchauffer quand vos pieds sont trop fatigués ou gelés pour vous porter.

J'ai souri à des passants — des gens en train de fumer à l'extérieur des bars, des couples, les quelques rares sans-abri du coin — et c'était vraiment agréable d'être anonyme. De ne rien savoir des individus que je croisais et vice versa. C'était épuisant d'être connue d'un tas de personnes qui m'étaient totalement étrangères, et je commençais sérieusement à mal le vivre. J'avais envie de m'en prendre à quelqu'un et d'exiger qu'on me guérisse sur-le-champ. Mais à qui ? Et comment ?

J'ai marché, traversant les quartiers les uns après les autres, m'imprégnant des différentes odeurs et des panoramas. Même un périmètre d'une dizaine de rues suscitait une émotion distincte, et avancer sans but à travers ce dédale au beau milieu de la nuit m'a permis d'apprécier à quel point cette ville était fascinante.

Au bout d'un moment, quand j'en ai eu assez de marcher, je me suis arrêtée dans un bar miteux qui n'avait même pas d'enseigne sur sa devanture. À l'intérieur, un juke-box proposait plusieurs morceaux des débuts de la country, ainsi que des albums de hard rock et quelques-uns de punk. Je regardais les titres des chansons en me demandant pourquoi je les reconnaissais presque tous alors que j'étais incapable de me souvenir de ma propre mère.

L'endroit était plutôt désert. Sans ironie de ma part, les principaux clients étaient un type d'un certain âge avec une casquette de routier sur la tête et deux filles qui s'étaient fait toutes belles, peut-être parce qu'elles croyaient que ce soir elles allaient rencontrer le prince charmant ou du moins un homme ayant suffisamment d'argent pour deux vodkas-pomme et une salade César. Elles tournaient la tête vers la porte chaque fois qu'une nouvelle personne entrait dans le bar ; autant dire, pas souvent. Dans leurs yeux, je voyais l'espoir se transformer en déception lorsque ce n'était pas *le bon*.

Je me suis installée confortablement sur le dernier tabouret. Sera, la barmaid, avait un piercing au nombril et un tatouage sur le bras représentant une femme nue allongée sur un sandwich. Elle m'a raconté que quand elle était au lycée, elle avait changé l'orthographe de son prénom Sara après avoir vu le film *Leaving Las Vegas*. Elle trouvait ça plus cool. Tout le monde veut être unique, même si pour ça les uns copient ouvertement les autres.

Vers environ trois heures du matin, Sera et moi étions assez soûles. Je lui ai raconté que je venais de me fiancer et que je n'étais pas sûre d'avoir pris la bonne décision. J'ai aussi parlé de mon amnésie – y compris de la fausse que j'avais oubliée – et du fait que je n'avais toujours pas retrouvé la mémoire. Je lui ai expliqué qu'il y avait une soirée en mon honneur qui, pour ce que j'en savais, était toujours en cours, mais que c'était trop accablant et que j'étais partie. J'ai fait l'impasse sur Esperanza et la tempête fécale. Ainsi que sur les gâteaux. Personne n'avait besoin d'entendre ça. Moi la première, je m'en serais passé. Sera savait écouter. Remarquez, ça faisait sûrement partie de son boulot, mais elle semblait faite pour ça, un peu comme un sage. Elle m'a donné tout un tas de conseils, et elle avait un point de vue intéressant sur chaque problème que j'évoquais.

Mon absence d'identité, par exemple. D'après elle, « personne ne sait vraiment qui il est de toute façon. La majorité des gens ne fait qu'avancer péniblement dans la vie en attendant que quelque chose se produise. La vraie nature d'une personne se manifeste seulement lorsqu'elle est mise à l'épreuve, face à des circonstances extrêmes... et la plupart des gens passent justement leur vie à essayer d'éviter ce genre de situation. »

— Alors je suis pas plus différente qu'un autre en fait, répondis-je, pensive. Le problème est un peu plus acceptable. Un avis concernant mes fiançailles ?

— Le fait que tu ne saches ni qui tu es, ni comment tu te conduisais avant – ce qui, au fond, fait de toi une autre personne que celle dont ton fiancé est tombé amoureux – et qu'en dépit de ça, il te demande quand même de l'épouser, c'est très révélateur. Il est prêt à faire le grand saut en espérant que le parachute s'ouvrira. Ça s'appelle la foi. Et pour moi, ça ressemble à de l'amour.

Je n'avais pas vu les choses sous cet angle. Subitement, la demande en mariage de Dirk avait beaucoup plus de sens à mes yeux. Même si je ne me rappelais pas avoir eu envie de me marier avec lui, j'étais de plus en plus persuadée d'avoir fait le bon choix.

— Ça vaut ce que ça vaut, dit Sera, mais j'ai la conviction que quand on a trouvé l'amour, mieux vaut dépenser sans compter... et être prêt à tous les sacrifices.

Cette barmaid était la sagesse incarnée. Un cliché, sans doute, mais les clichés naissent généralement d'une certaine vérité, et c'était là un parfait exemple.

— Tu as une belle façon de voir les choses, lui dis-je. Ta vie doit être fabuleuse.

— Ne crois pas tout ce que je dis, répondit-elle avec un petit sourire narquois. Je suis enceinte du videur.

Elle a fait un geste vers la porte d'entrée.

Tournant la tête dans la direction qu'elle m'indiquait, j'ai aperçu un type sans cou qui devait peser dans les cent trente kilos. Sera a haussé les épaules.

À quatre heures du matin, elle m'a mise dehors. Le bar fermait mais j'étais la bienvenue n'importe quand, m'a-t-elle dit.

Il existe deux types de personnes sur terre. Ceux du matin... et tous les autres. Je ne savais pas si j'étais ou avais été du matin par le passé, mais après avoir traîné dans un bar en observant les noctambules et les travailleurs de nuit aller et venir nonchalamment puis m'être baladée jusqu'à l'aube, j'ai pris conscience qu'en passant une partie de sa journée à dormir, on peut manquer beaucoup de choses.

Je me suis assise sur un banc et j'ai observé les premiers joggeurs matinaux, des ouvriers du bâtiment s'attelant à la construction de nouveaux gratte-ciel, des gens partant travailler, d'autres aux yeux bouffis promenant leur chien. Chacun commençait une nouvelle journée, reposé et prêt à conquérir le monde. Je me suis surprise à regretter de ne plus savoir ce que c'était d'avoir une journée à entamer – quels étaient mes rituels, comment je me sentais selon l'heure, si je voulais changer ou arrêter une habitude, si j'avais un moment préféré dans la journée. Qu'est-ce qui me faisait plaisir et qu'est-ce qui m'exaspérait au plus haut point ? Quand et/ou *si* je retrouvais la mémoire, est-ce que je me sentirais différente de celle que j'étais à cet instant ?

Le temps que je rentre chez moi, il était sept heures. Todd m'attendait, à moitié endormi, juché sur une chaise près de ma fenêtre. Le pauvre, ça se voyait qu'il avait lutté contre le sommeil toute la nuit.

— Jordy ! Dieu merci tu es là ! s'exclama-t-il en bondissant de son siège.

Il a couru vers moi pour venir m'enlacer mais il a trébuché après s'être pris les pieds dans le tapis ou ses lacets de baskets. Il était épuisé.

— Fallait pas m'attendre, Todd.

— C'est ce que je fais de mieux, répondit-il en me regardant d'un air las.

— Sérieusement, va te reposer, ajoutai-je. Tu veux dormir ici ?

— Non. Je veux savoir où tu as traîné toute la nuit.

Alors je lui ai parlé de ma soirée. De tout ce que j'avais pu évaluer de la ville en étant à pied, de Sera, et du fait d'avoir regardé le soleil se lever et me demandant comme tous les matins depuis un mois si ce jour serait celui de ma guérison définitive. Todd n'avait pas l'air content, et ça se comprenait. Il s'était fait du souci.

— Je suis désolée que tu te sois inquiété.

— Tu aurais pu passer un coup de fil !

— Je n'avais pas les idées claires. J'étais gênée et je n'avais qu'une envie, c'était d'être ailleurs. Je ne pensais pas que tu m'attendrais.

— Tu parles !

— Je te jure ! Je suis désolée. Tu me pardonnes ?

J'ai poussé des petits cris plaintifs comme un chiot en reniflant deux ou trois fois.

— Tu sais très bien que je te pardonne toujours.

— En fait, non, je n'en sais rien. Mais je le pressentais. Tu veux petit déjeuner ou faire une sieste ?

— Je crois que j'ai besoin de dormir, répondit-il.

— Oui moi aussi.

On s'est tous les deux écroulés sur mon lit sans plus rien dire. Je me suis réveillée la première, vers treize heures. Todd était encore assoupi, alors je l'ai regardé dormir. Je venais de faire un somme à côté de ce dénommé Todd et je me sentais complètement en sécurité... à l'aise. J'avais confiance en lui. Qui plus est, je me sentais plus que chanceuse, voire vraiment bénie, d'avoir un ami comme lui dans ma vie. Il a sans doute senti que je le fixais parce qu'il s'est réveillé et m'a regardée en fronçant les sourcils.

— C'est quoi cette tête ? me demanda-t-il.

— Rien. je suis juste heureuse qu'on soit amis.

— Eh bien... tu le seras moins quand tu auras entendu ce que j'ai à te dire.

— Ah ?

— Ouais, dit-il en haussant un sourcil.

— Mais encore ?

Todd s'est redressé en s'armant de courage.

— Jordan, tu ne peux pas, *mais alors pas du tout,* épouser Dirk.

— Oh non, pas ça, dis-je en me levant d'un bond pour aller me brosser les dents. On va pas revenir là-dessus.

— *Si,* il le faut ! Tu ne te rends pas compte de la taille du problème. C'est un cauchemar, un cataclysme !

— Arrête, c'est pas si grave que ça.

— T'as raison, c'est pire !

— Todd, je sais que tu penses savoir ce qu'il y a de mieux pour moi et j'apprécie l'intérêt que tu me portes, mais je comprends aussi qu'il y a deux camps différents ici : or je peux pas satisfaire *tout le monde* tout le temps.

— Non, mais tu peux faire en sorte de te rendre heureuse, *toi*. Et je te promets que si tu épouses Dirk, tu ne seras jamais heureuse.

Il avait l'air certain de ce qu'il avançait. Mais d'instinct, j'en ai déduit qu'il y avait peut-être d'autres facteurs en jeu.

— Très bien alors laisse-moi te poser une question.

— Ce que tu veux, me dit-il.

— Est-ce que tu avais des sentiments pour moi avant ?

— Oui, avoua-t-il à contrecœur. Mais je t'assure, ça n'a rien à voir avec ça. Je préférerais cent fois te voir avec Travis qu'avec Dirk.

— OK. Alors question suivante : quand je sortais avec Travis — à supposer que ce que vous m'avez raconté soit vrai —, est-ce que tu étais heureux pour nous ?

Todd s'est tu. Il s'est pincé les lèvres en gonflant plus ou moins les narines. Manifestement, la réponse était négative. Donc je ne pouvais pas vraiment me fier à l'opinion de Todd sur ce point, même si c'était un ami merveilleux et si je sentais que je pouvais lui faire confiance sur n'importe quel autre sujet.

Il s'est levé, a attrapé son manteau et s'est dirigé vers la porte. Avant de partir, il s'est tourné vers moi.

— Non, je n'étais pas non plus heureux pour toi et Travis, mais — et c'est un énorme *mais*...

— Si gros que ça ? dis-je en essayant de plaisanter.

Mais ce n'était pas drôle.

— Je t'aime. Je t'aime en tant qu'amie et fille à qui je suis profondément attaché depuis l'âge de sept ans. Oui, j'avais des sentiments pour toi et, oui, je me suis comporté comme le dernier des imbéciles plusieurs fois parce que j'ai toujours espéré que tu finisses par voir les choses comme moi et que tu te rendes compte qu'on était faits l'un pour l'autre... mais le fond du problème, c'est que tu comptes plus que tout pour moi. Tout comme ton bonheur. Jamais je déconnerais avec toi dans un moment pareil. C'est trop important et tu es trop vulnérable. Je ne me compte même pas dans l'équation là. Tout ce que j'ai à gagner en te disant ça, c'est ton bonheur. Lequel s'avère en fin de compte beaucoup plus important que le mien. Alors s'il te plaît, écoute-moi : ce n'est pas Dirk, mais *Travis* que tu aimes. S'il y a bien une chose que tu peux faire, rien qu'une seule, c'est de me croire sur ce coup.

Après quoi, il est parti.

Deux heures plus tard, Cat s'est pointée chez moi et a commencé à ouvrir des tiroirs et à fouiller mes meubles. Elle s'était mise en tête de retrouver mon journal intime et aucune de mes protestations ne l'arrêterait.

Peut-être dix minutes après, Dirk est arrivé, et tous les deux ont recommencé à se prendre le bec.

— Écoute, Alice Roy, il y a pas de journal, OK ? dit-il. Tu pourrais pas arrêter d'inventer des problèmes et te contenter d'être heureuse pour nous ?

— Ce sera pire qu'une journée en enfer ! répliqua-t-elle à mon attention. Je ne comprends même pas cette histoire de mariage ! En fait, Dirk voulait ce qu'il ne pouvait pas avoir et il essaie de devenir associé dans sa boîte, etc. Ça encore, je saisis. Mais de là à te pousser au mariage ? Quand il aura mis la main sur toi, une fois de plus, dès qu'il t'aura eue, de façon officielle... crois-moi, il te fera beaucoup moins la cour. Je te le garantis.

— Cat ! rouspétai-je d'un ton qui me surprit moi-même. J'ai besoin que tu sois heureuse pour nous. Mets de côté ce qui a pu se passer entre toi et Dirk. Si moi j'ai la volonté de fermer les yeux là-dessus, alors toi aussi tu peux le faire.

Cat s'est relevée en enlevant les peluches qui s'étaient amoncelées sur son pantalon à force de s'accroupir et de fouiller partout. Elle a cambré le dos en posant une main sur son ventre comme le font souvent les femmes enceintes, puis elle a regardé tour à tour vers la fenêtre, Dirk, moi, de nouveau la fenêtre, ses pieds, et enfin vers moi.

— Très bien, acquiesça-t-elle. Comme tu voudras. Je suis là pour toi.

Un dernier regard vers Dirk, les yeux plissés, puis elle m'a embrassée sur la joue et elle est partie.

★

★ ★

Pour une raison que j'ignorais, Dirk voulait que nos fiançailles soient courtes. D'après lui, c'était ce que j'aurais souhaité, donc la date du mariage a été fixée à trois mois plus tard, après cette soirée en mon honneur.

Durant les douze semaines qui ont suivi, une tornade de trucs liés au mariage m'a accaparée. Même si je m'étais promis de ne jamais remettre les pieds chez Barneys après l'histoire du string, c'est là qu'on a trouvé ma robe. Un modèle Christian Lacroix absolument incroyable, aux lignes à la fois romantiques et fantaisistes bien que simple : tulle de soie sans bretelles, ruban de dentelle brodée, corsage ruché au tombé asymétrique sur la taille... un rêve prenant corps dans une robe.

J'ai eu l'impression d'avoir fait quinze essayages alors qu'en réalité, il n'y en avait eu que trois. Les filles qui travaillaient au rayon nuptial de Barneys se montraient étonnamment attentives et sérieuses même si elles faisaient ça des dizaines de fois par jour, tous les jours, pour différentes futures mariées.

Je me suis également rendue plusieurs fois chez le coiffeur pour faire des essais et voir quelle coiffure m'allait le mieux. On a opté pour un chignon sophistiqué et quelques fines mèches devant pour encadrer mon visage. Ma mère semblait beaucoup plus chaleureuse que par le passé. Elle se faisait une joie d'organiser le mariage et elle s'y est attelée corps et âme. Walter m'a dit que c'était agréable de nous voir aussi proches, et pour ma part, j'étais contente qu'on puisse partager l'excitation de ces préparatifs ensemble car, à l'inverse, du côté de Cat, Todd et Travis, l'enthousiasme n'était vraiment pas très manifeste.

Ma mère prenait ses responsabilités de « mère de la mariée » très au sérieux, au point d'expliquer un jour à un potentiel décorateur floral que c'était « elle qui commandait » et qu'on devait « satisfaire à ses exigences ». Je n'ai pas su dire si elle le draguait ou si elle se montrait simplement condescendante envers lui, mais dans un cas comme dans l'autre, c'était déplacé et malheureusement typique de sa part. La perspective de voyager comme passager plutôt que d'être à la place du conducteur avait tendance à exciter ses craintes comme des pigeons sur une miche de pain à l'abandon.

Cat n'a finalement plus rien dit au sujet de Travis et a accepté d'être ma demoiselle d'honneur. Elle, ma cousine Danielle – dont je ne me souvenais pas mais que ma mère voulait absolument avoir parmi nous –, ma sœur et maman constituaient le cortège des intimes de la mariée. Je n'allais pas discuter étant donné que sans la cousine Danielle, il y aurait juste eu Cat, Sam et ma mère, et même si j'étais parente de trois des quatre personnes « proches », ça faisait quand même moins minable.

Je n'ai plus entendu parler de Travis. Quant à Todd et moi, on ne s'est revus que très peu de fois avant le jour J. J'ai essayé de faire en sorte qu'on se retrouve lui et moi mais il passait son temps à me regarder d'un air dépité et, au final, c'est devenu trop dur à supporter. J'ai été très affectée par la perte de Todd, mais je ne savais pas pourquoi. Tout se passait tellement à la vitesse de l'éclair que je n'ai pas eu le temps d'étudier le problème.

Pour chaque détail, c'était le branle-bas de combat : de l'emplacement de la pièce montée (gâteau fourré aux deux chocolats et nappé de crème au beurre) au choix de l'orchestre (sans oublier la liste des morceaux proscrits : *Mony Mony, Celebration, Boogie Wonderland, YMCA* et consorts), en passant par l'assortiment de couleurs, les chemins de table, les petits cadeaux pour les invités et l'organisation de la réception (décoration grandiose dans le jardin de mes parents). J'ai renoncé à un enterrement de vie de jeune fille car le manque de familiarité avec les deux parents proches de mon cortège me donnait le sentiment que la soirée serait plus gênante qu'amusante.

Pendant tout ce temps, Walter m'avait paru préoccupé. Je me disais qu'il devait s'inquiéter que sa pelouse soit saccagée juste au moment où les jeunes pousses commenceraient à surgir, mais pour chaque requête, il se montrait très accommodant. Ce mariage n'avait simplement pas l'air de le rendre très heureux, à aucun point de vue. Comme il semblait toujours sur le point de me dire quelque chose sans jamais se décider à le faire, j'ai présumé qu'il avait du mal à déterminer le rôle qu'il était censé jouer en tant que beau-père.

Sans que je m'en rende compte, les giboulées de mars ont laissé place aux floraisons de mai, et la veille des noces est arrivée.

★

★ ★

Ma mère était dans tous ses états. Cependant, comparé à ce que j'avais découvert d'elle au cours des mois précédents, elle semblait bien disposée. Comme épanouie. Elle était vivante ; je ne l'avais jamais vue comme ça depuis mon accident. Même lorsque des petits contretemps se produisaient en cours de route, des choses qu'elle jugeait dignes d'une crise, je percevais toujours une pointe de sourire dans sa voix une fois le problème réglé. Ma mère faisait en sorte que tout se passe comme elle l'avait prévu.

Elle s'était vraiment démenée comme un diable. D'ailleurs, je me demandais ce qu'elle allait devenir lorsque le mariage serait fini car pendant les trois mois qui avaient précédé cette date cruciale, elle n'avait vécu que pour ça, jour et nuit. Et le résultat ne passait pas inaperçu. L'église était époustouflante. Elle n'avait rien laissé au hasard, pas même les vitraux.

Dans leurs robes anthracite, Cat, Danielle et Samantha étaient l'image de la beauté. Leurs toilettes étaient, si j'ose dire, stupéfiantes. Ma mère s'était surpassée en les faisant faire sur mesure, et elles ressemblaient nettement plus à des robes haute couture destinées au tapis rouge qu'à des tenues de demoiselles d'honneur. Cat avait cette allure de star enceinte qui avait faire fureur durant la dernière saison de cérémonies de remise de prix à Hollywood.

— Vous êtes ravissantes, leur dis-je.

— Ça c'est vrai, acquiesça Cat. Je ne pensais pas qu'une proche de la mariée puisse être autrement qu'affreuse, et encore moins que je serais l'une d'elles. Il faudrait que quelqu'un prenne une photo.

— C'est ce que je fais, dit ma mère.

Le visage à moitié caché par son appareil, elle nous aveuglait de flashs.

— Ma chérie, tu es superbe, me dit Cat en réprimant des larmes d'émotion.

— Bon, intervint Sam, alors c'est le moment de le faire ?

J'ai froncé les sourcils en me demandant à quoi ma sœur faisait allusion, mais lorsqu'elles se sont toutes mises à attraper des paquets cadeaux, j'ai compris qu'elle parlait de cette vieille quoique indispensable tradition des quatre éléments : un ancien, un neuf, un emprunté, et un bleu.

— Le mien d'abord, exigea Sam.

J'ai pris le paquet qu'elle me tendait et tiré sur le ruban pour défaire le nœud qui l'entourait. En jetant un œil à l'intérieur, j'ai aperçu une touche de bleu. J'ai deviné ce que c'était sans même enlever le papier de soie : une jarretelle bleu clair.

— Du fond du cœur et du haut de ma cuisse, merci Sam ! dis-je en la montrant aux filles. Alors ça me fait un élémênt neuf *et* bleu ?

— Non, seulement bleu, répondit ma mère en me faisant comprendre que l'élément neuf venait d'elle.

J'ai soulevé ma robe pour enfiler la jarretelle en me demandant s'il y avait une « bonne » et une mauvaise jambe. Mais comme je me sentais déjà suffisamment embarrassée, je n'ai pas posé la question.

— Mauvaise jambe, me fit remarquer Cat.

— Je suis gauchère, protestai-je, et je vous ferai remarquer qu'on a des soucis plus importants qu'une petite entorse à la tradition.

— Ouvre celui-ci, dit Cat en tapant joyeusement dans ses mains.

Comme demandé, j'ai ouvert son paquet. J'ai alors découvert le collier de perles et de diamants le plus joli et le plus fin que j'avais jamais vu – quoique, peut-être que si en fait ? J'avais l'impression de le reconnaître, comme si j'étais face à une photographie. Sauf que le collier était dans mes mains. Cat m'a aidée à le mettre puis m'a entraînée devant le miroir.

J'ai caressé les pierres et la nacre du bout des doigts.

— Il est très beau.

— C'est un élément emprunté, me dit Cat. Et ancien, aussi. Ce collier appartient à ma mère.

— Il m'a l'air plutôt bon, je le mangerais bien !

Surprise, Cat a brusquement retenu son souffle.

— Tu as dit exactement la même chose la dernière fois ! s'exclama-t-elle en sortant une photo. En fait, tu l'as mis dans ta bouche deux secondes, et si ma mère t'avais vue, je crois qu'on serait toutes les deux mortes à l'heure qu'il est !

C'était une photo de moi à l'âge de sept ans, en train de me marier avec Todd dans le jardin de mes parents. Je portais aussi le collier de sa mère ce jour-là. J'ai levé la main vers mon cou pour le toucher. Cat m'avait montré cette photo quand j'étais à l'hôpital pour faire travailler ma mémoire, donc je ne savais pas trop si mon souvenir remontait à ce moment-là ou à notre enfance. En tout cas, je ressentais un truc. Comme si mon cerveau me démangeait.

— À mon tour, dit ma mère. Voilà un élément neuf.

Elle m'a tendu un petit paquet enveloppé de papier argenté. Je l'ai ouvert avec précaution en essayant sans succès de ne pas déchirer le joli emballage et j'en ai sorti une petite boîte noire en velours. À l'intérieur se trouvaient des boucles d'oreilles en diamant.

— Elles sont magnifiques.

— C'est ce que je me suis dit. D'ailleurs toutes les femmes devraient en avoir une paire, répondit ma mère d'un air autoritaire.

— Merci, maman.

Peu à peu, j'avais l'impression d'être presque en train de vivre une expérience de sortie de corps – le mien en l'occurrence. Quelque chose d'étrange se passait en moi, une douce alliance de vertiges, de nausée, de mal de tête et d'anxiété. Ça me prenait par intermittence. Je voulais m'asseoir, puis me lever, puis m'asseoir, puis mettre les voiles et me balancer d'un arbre invisible. Le trac du mariage, à tous les coups. Je me suis approchée du miroir pour passer les boucles mais un des petits fermoirs a glissé de ma main gantée et est tombé par terre. Alors que Sam le ramassait et me proposait son aide, j'ai subitement eu une peur panique qu'elle me fasse mal en me piquant le lobe avec la boucle.

— Arrête de bouger, Jordan ! râla-t-elle. Aujourd'hui, c'est ta journée. Même si on me payait, je ne te ferais pas mal, et aucune offre intéressante ne s'est présentée pour l'instant. Du reste...

Elle parlait tout en fixant la pierre de la taille d'une molaire sur mon lobe.

— ... ça fait longtemps que j'ai arrêté de faire ce coup-là.

Quel coup ? Je l'ai regardée fixement, longuement, puis je me suis frottée plusieurs fois les oreilles avant de tourner la tête pour lui montrer le résultat.

Ma mère, Cat et Danielle ont quitté la pièce pour aller faire quelques vérifications de dernière minute, nous laissant seules, ma sœur et moi.

— Bon, dit Sam en hochant la tête, légèrement mal à l'aise.

— Bon...

— Je crois que c'est le moment où je dois te dire des trucs de sœur et où on finit au bord des larmes.

— D'accord...

J'ai attendu. Un moment de gêne s'est installé pendant que Sam balayait le sol en balançant son pied gauche d'avant en arrière.

Finalement, elle s'est lancée.

— C'est difficile de trouver quelque chose à dire qui ne soit pas, disons, blessant, tu vois ?

D'un geste nerveux, elle a pincé le col de sa robe.

Puis, coup du sort, quelqu'un a frappé à la porte.

— Entrez ! dit Sam en même temps que moi, presque en criant.

La porte s'est ouverte, laissant apparaître Dirk. Il était vraiment très beau dans son smoking mais surtout... il me regardait !

— Hé ! m'écriai-je, subitement consciente de ce que sa présence impliquait. Tu n'es pas censé me voir avant que j'entre dans l'église ! Ça porte malheur !

— Je vous laisse, dit Sam en s'éclipsant de la pièce.

— Viens par là, me dit Dirk en m'attirant contre lui. *Ça*, ça porte bonheur.

Il m'a embrassé avec douceur. Puis ses lèvres ont effleuré ma joue, puis mon cou, et se sont finalement posées sur mon oreille. Il s'est mis à la lécher comme un chien affamé lapant les miettes de son dîner après avoir été privé de nourriture pendant une semaine. Les doux baisers avaient laissé place à un travail d'amateur dans mon conduit auditif. Je ne voulais pas le vexer, mais c'était répugnant.

D'instinct, comme je repoussais doucement son bras en me raidissant un peu, j'ai eu le sentiment d'avoir déjà vécu ce moment. Nous deux assis dans une position très proche, moi la tête tournée de profil et les yeux écarquillés. Je ne savais pas si c'était une impression de déjà-vu ou un souvenir bien réel mais la langue de Dirk serpentant dans mon oreille était une sensation vraiment désagréable que j'étais presque certaine d'avoir vécue par le passé. J'ai reculé pour le regarder. Je me suis concentrée très fort. De toutes mes forces. Est-ce que ma mémoire était en train de revenir ? Dirk m'a lancé un clin d'œil.

— On se retrouve à l'autel, bébé.

Et il est parti.

Je suis restée dans la même position au milieu de la pièce pendant au moins une bonne dizaine de minutes, essayant de me rappeler cet épisode, le précédent — un moment antérieur aux poignées de souvenirs que j'allais emporter avec moi dans cette cérémonie, en remontant l'allée centrale jusqu'à notre vie commune. Je venais de ressentir quelque chose à cet instant. Une intuition qui n'avait rien à voir avec le présent.

Walter a ouvert la porte, et Cat a passé la tête dans l'embrasure, un sourire tremblotant sur les lèvres, en me faisant signe de venir. J'ai attrapé mon bouquet puis me suis redressée, droite comme un i, dans les froufrous de ma robe.

Soudain une phrase m'a traversé l'esprit, mais elle ne concernait pas Dirk. « Sage pour son âge. » Enfant, je n'arrivais pas à prononcer ces quatre mots ensemble correctement. Même si je ne le situais ni dans le temps ni dans l'espace, ce vague souvenir semblait flotter quelque part dans ma conscience. J'entendais le rire de ma mère qui me reprenait, mais la phrase n'avait pas plus de sens à mes yeux.

Je ne voulais pas bouger. Soudain, le fait d'être postée à cet endroit précis m'avait rendue superstitieuse ; j'avais l'impression que les souvenirs me rattrapaient pile *là*. Alors je suis restée immobile quelques minutes de plus, je ne sais même pas combien, à attendre le retour de ma mémoire, ou ne serait-ce que d'un autre mot, d'une phrase, d'une image. Rien ne s'est produit. Sauf les premières notes de « La Marche nuptiale ». J'ai pris ça comme un signe du destin et me suis préparée pour l'événement le plus important de ma vie – en tout cas de celle dont je me souvenais.

Cat, Danielle et Samantha se sont frayées tant bien que mal un passage jusqu'à l'entrée pour faire équipe avec les garçons d'honneur de Dirk et remonter l'allée centrale. Ma mère leur a emboîté le pas, puis j'ai glissé mon bras au creux de celui de Walter, sentant subitement tous mes muscles se paralyser. J'ignorais si j'allais hurler comme un putois, m'évanouir, éclater de rire, pleurer ou tout ça à la fois mais pas forcément dans cet ordre.

J'avais la nette impression qu'une autre Jordan se tenait à mes côtés, à seulement quelques mètres, vêtue d'un jean et d'un tee-shirt Dr Pepper, observant une mariée sur le point d'être conduite à l'autel ; je ne la connaissais pas malgré le fait que ce soit *moi*. Peut-être qu'à cet instant crucial, avec les vœux qui attendaient à seulement quelques pas, tous les jeunes mariés sombrent dans une folie légère l'espace d'une seconde ou deux, poussés par l'intuition abrutissante que leur vie va changer de manière irréversible. Je ne sais pas combien se consolent en pensant au possible revirement que représente un divorce mais je n'en fais pas partie. Mon esprit dérivait à travers un paysage irrégulier, moitié aride, moitié peuplé de visages que j'avais connus et de lieux où j'étais allée, troublé par des voix que je ne comprenais pas et par une musique qui résonnait comme si elle était diffusée sous l'eau. Cette autre Jordan était tentée de partir mais la mariée demeurait immobile au bras d'un beau-père qu'elle connaissait à peine, s'apprêtant à marcher jusqu'à l'autel et à consacrer le reste de sa vie à un homme que la moitié de ses amis juraient qu'elle détestait.

On se tenait à l'entrée lorsque Walter m'a mis un petit truc rond dans la main droite. Un bonbon Jelly-O orange.

— Ça te portera chance, dit-il.

J'ai fourré la dragée dans ma bouche, j'ai mastiqué et avalé. Puis les invités se sont levés tous ensemble et se sont tournés pour me regarder faire mon entrée.

— Prête, Jordy Jelly ? me demanda mon beau-père.

À ces mots, tout s'est figé. Les voix, les puissants accords de Mendelssohn dégringolant le long des murs vertigineux, le bavardage visuel d'images défilant à toute allure devant moi comme un vidéoclip à la bande magnétique rayée. La brume chimérique dans laquelle j'avais avancé à tâtons depuis une demi-heure commençait à se dissiper. Les fragments de souvenirs qui se frôlaient se sont tous raccordés, les uns après les autres, le filet d'eau se transformant en raz-de-marée. Désormais complètement limpide. Un bienfait caché, derrière des diamants. Sage pour son âge. L'assaut adolescent de Sam sur mes lobes d'oreilles qui venaient juste d'être percés, improvisant de nouveaux piercings à l'instar d'une longue tradition de tourments. Mari infâme.

Et Jordy Jelly. Ça aussi, je connaissais. Et je savais pourquoi. Le bonbon mandarine. J'étais née à l'ère Reagan, à l'époque où les bonbons Jelly-O commençaient à faire un tabac, et par amour pour ces dragées, Walter pourtant apolitique s'était trouvé un point commun avec le Grand Communicateur. Dans la réserve qu'il gardait sous la main dans son bureau à la maison, il mettait toujours les mandarines de côté, pour moi, sa Jordy Jelly. Je m'en *souvenais*.

Walter a tiré un petit coup sur mon bras et on a commencé à remonter l'allée centrale. Je regardais les bancs de part et d'autre et reconnaissais les visages, pas tous mais la plupart. C'était presque comme un champ de fleurs bourgeonnant à chaque pas, chacune incarnant le visage identifiable d'une personne de mon existence. Mme Winchell, la voisine que personne n'aimait mais qui nous apportait toujours un cake aux fruits à Noël que ma mère s'empressait de refourguer à l'assistance publique. Mme Redding, ma professeure de piano. Je n'avais pas pratiqué depuis quinze ans et il n'y avait pas la moindre chance pour que je me rappelle des trois premiers accords d'*Edelweiss*, mais *elle*, je m'en souvenais. L'Affreux Oncle Ritchie. Ce n'était pas vraiment un parent de la famille mais le meilleur ami de Walter. Il me donnait souvent des petites gorgées de bière en douce, et quand un jour je suis rentrée de l'école en lui demandant ce que c'était que le soixante-neuf, il me l'a dit, mais en me faisant promettre de ne pas révéler d'où je tenais cette explication. À l'époque, j'avais trouvé ça dingue qu'on puisse être capable de s'embrasser sans s'arrêter pendant *soixante-neuf secondes*.

Et Dirk. Le voilà devant l'autel... toujours aussi beau dans son smoking, l'enfoiré.

Les mauvais souvenirs de notre vie de couple se sont mis à pleuvoir ; images affligeantes et sordides, les unes après les autres. Je me souvenais des différentes filles qu'il avait reluquées, draguées, embrassées dans mon dos. L'anniversaire oublié. Le premier réveil à l'hôpital, tout le monde me disséquant comme un rat de laboratoire. Puis le second réveil. Et Dirk prétendant qu'on sortait encore ensemble alors que j'en avais radicalement et explicitement fini avec lui. Souvenir, après souvenir... jusqu'à ces quelques minutes précédant la cérémonie : Dirk plantant sa répugnante langue de bœuf dans mon oreille. Le Caprice Lingual signé Michael Dirkston. Tout est revenu d'un coup, transporté par un violent torrent de salive.

Comment est-ce arrivé ?

Dirk a attiré mon attention en me faisant un petit clin d'œil. J'ai gravi les marches de l'autel et me suis retrouvée au cœur de mon mariage. C'était complètement surréaliste.

Le prêtre nous a fait un signe de tête qui voulait dire « c'est l'heure », et j'ai pris une profonde inspiration. J'ignorais à quel moment j'étais censée annoncer la nouvelle comme quoi il n'y aurait pas de mariage. Quand serait-il opportun que je lève la main ?

— Nous sommes réunis ici aujourd'hui pour unir Jordan Landau et Michael Dirkston par le saint sacrement...

Le bon moment, c'était immédiatement. À la seconde où j'ai entendu le prêtre prononcer les mots « saint sacrement » dans la même phrase que mon nom et celui de Dirk, j'ai décidé que cette farce tragicomique devait cesser.

— Mon père...

M'éclaircissant la voix, j'ai levé la main.

— Oui ? me répondit ce dernier.

— Je proteste.

Un mouvement de confusion s'est fait entendre dans les rangées, ainsi que bien des murmures parmi la foule. Je me tournée face à l'assistance.

— Bonjour ! lançai-je.

J'ai observé tous ces gens venus assister à mon mariage. *Mon* mariage. Avec *Dirk* ! Quelle horreur.

— Bonjour ? répondirent quelques invités perplexes.

— C'est moi, Jordan ! Enfin, je sais que vous savez que c'est moi, mais je veux dire c'est vraiment moi. Je viens à l'instant de retrouver la mémoire ! Les souvenirs sont encore en train d'affluer dans ma tête mais ça y est, je me souviens !

Des *oh*, des *ah* et des « formidable ! » ont fusé et des sourires abondé... sauf sur le visage de Dirk. Il avait l'air tendu comme une ficelle de string.

— Dis-moi, Dirk, il me manque un truc. Où est passé mon journal intime ?

— Ton journal ? s'étonna-t-il en prenant sa voix la plus candide.

— Oui, mon journal, répétai-je. Il était sous mon lit. Si tu as nettoyé mon appartement, tu l'as forcément trouvé. Et si tu l'as parcouru, tu as dû lire ceci : tu as oublié mon anniversaire l'an passé. Ou un jour, au mois de juillet, tu as dit que je ressemblais à la créature du lagon noir alors que je sortais de l'eau. Ou l'épisode où tu m'as trompée – la première fois, j'ai pleuré si fort que mes larmes ont trempé la page et j'ai entouré les taches au stylo sur le papier humide pour ne pas *oublier.*

Dirk a jeté un œil à nos invités en souriant nerveusement. J'ai examiné ces visages, dont bon nombre que je reconnaissais.

— Je me rappelle de vous tous ! Bonjour madame Dunlap ! criai-je à la femme qui portait un chapeau en paille avec un énorme ruban en satin au troisième rang. Je me souviens que vous nous faisiez du ragoût de brocolis. C'était infect mais je ne disais rien. Ravie de vous voir !

Je me sentais survoltée. J'étais passée de la colère ardente au bonheur fulgurant.

— Je me souviens ! Je me souviens de tout !

J'ai commencé à pointer les gens du doigt.

— Je me rappelle de vous, de vous et de vous… !

Et puis j'ai aperçu Todd qui avait l'air de retenir son souffle. Descendant les marches de l'autel, j'ai remonté l'allée jusqu'à lui.

— Et surtout… je me souviens de toi.

— Vraiment ? dit-il.

— Comment pourrais-je oublier mon premier époux ?

Il a souri, apparemment au bord des larmes. Par contre, le prêtre n'était pas trop ravi d'entendre parler de mes précédentes noces.

— On avait sept ans, mon père.

Le prêtre a simplement froncé les sourcils.

— Espèce de dévergondée ! lança une vieille femme au premier rang que je ne reconnaissais même pas.

Je me suis de nouveau tournée vers Todd.

— Dire que tu as failli me laisser épouser ce sale type !

— C'est pas faute d'avoir protesté, se défendit-il. Comme tu ne voulais pas me croire, je me suis assis là en essayant de rester calme et en priant pour que tu te réveilles.

— Je suis désolée de ce que je t'ai fait subir... et de ne pas t'avoir fais confiance.

Puis mon regard s'est posé sur Cat. Elle me regardait avec l'air d'attendre quelque chose, que je lui parle enfin.

— Et bien sûr, je me souviens de ma meilleure amie !

Cat a couru jusqu'à moi pour me serrer dans ses bras.

— Ma Jordan, tu es revenue, dit-elle. J'ai essayé de t'en empêcher...

— Je sais.

Un mouvement inattendu a attiré mon attention. C'était Lydia qui se levait ; à sa tête, elle avait l'air de vouloir être n'importe où sauf là. Qu'est-ce qu'elle fichait à essayer de sortir discrètement du cinquième rang ?

— Lydia ! dis-je en poussant un cri aigu. Vous avez piqué mes idées pour la campagne KidCo. Sans compter que vous couchez avec un type qui a quinze ans de moins que vous.

— Oh, dur ! commenta quelqu'un.

J'ai levé les yeux pour voir qui c'était et je me suis rendu compte que la salle était pleine de gens sans intérêt à mes yeux. Et surtout, des gens qui s'intéressaient bien peu à moi.

Puis j'ai aperçu Esperanza. Elle qui m'avait accusée de jeter mes excréments partout ! Je sais que j'étais mal placée pour réécrire l'histoire mais ce n'était pas moi la coupable dans cette affaire.

— Au fait, Esperanza, dis-je en agitant le doigt sans sa direction, c'était *Sam* qui badigeonnait les murs avec son caca, pas moi !

Ma sœur a roulé des yeux comme si elle ne savait pas de quoi on parlait, mais je n'avais pas l'intention de lâcher prise sur ce coup.

— Oh, *sí*... yé crois que vous avez raison, acquiesça Esperanza en hochant lentement la tête.

Ah tu crois ?

— Je sais que j'ai raison, parce que je m'en souviens ! affirmai-je d'un ton victorieux. Je ne sais même pas ce que vous faites ici pour la plupart. Je vous regarde et c'est à peine si je trouve une poignée de gens parmi vous qui aient été une seule fois sympas avec moi.

Je me suis tournée vers ma mère.

— Toi, par exemple. Presque toute ma vie, tu m'as traitée comme une belle-fille non désirée. Alors d'accord tu m'as organisé un beau mariage, et je t'en remercie. Mais comment as-tu pu me trahir à ce point ? Tu savais que j'aimais Travis !

Ma mère s'est approchée de moi.

— Ce n'est ni l'endroit ni l'heure, Jordan, dit-elle à voix basse.

— Ah non ? répliquai-je d'un ton incrédule. Tu veux dire que c'est plutôt le moment pour moi d'épouser un homme avec qui j'avais rompu avant de perdre la mémoire — ce que tu savais *parfaitement* ?

— J'ai fait ça uniquement pour ton bien.

— *Mon* bien ? Tu es vraiment impayable !

Puis j'ai aperçu Samantha qui avait l'air de se délecter de la scène.

— Et toi, Sam, pas la peine de prendre cet air arrogant. Tu as profité de moi depuis que tu es en âge de marcher.

J'ai marqué une pause pour l'effet.

— Pas étonnant que ton propre père m'aime plus que toi !

Je me suis alors tournée vers Walter.

— Toi au moins tu as toujours été plein de bonnes intentions, dis-je avant de me tourner vers le reste de l'assemblée. Mais la plupart d'entre vous m'ont toujours traitée comme une moins que rien ! Ah et pour info : la première fois, je faisais semblant d'être amnésique parce que j'avais besoin d'un nouveau départ. Je voulais oublier tout ça, tout le monde ! Parce que je m'étais laissé écraser si souvent par vous que ça me semblait le seul moyen de repartir à zéro.

J'ai levé les mains vers le ciel.

— Alors pardonne-moi mes péchés, Seigneur, car j'ai menti. Mais ça n'arrivera plus jamais !

— Ça suffit ! pesta ma mère.

— Comme tu dis. C'est même plus que je ne peux en encaisser ! Tant qu'à faire, puisque tu fais toujours tout pour mon bien, va donc t'excuser auprès de ces pauvres gens de leur avoir fait perdre leur temps en les invitant à ce simulacre de mariage. Et pour *ton* bien, je te conseille d'arrêter de poursuivre mon véritable petit ami en justice si tu veux garder un lien avec ta fille. J'ai toutes mes facultés alors il n'y aura ni tutelle, ni procès. Travis n'est pas fautif. Il n'a rien fait, à part m'aimer.

Dès que j'ai prononcé ces mots, j'ai pensé à Travis. Il fallait que je parte d'ici sur-le-champ et que je le retrouve au plus vite.

— Je présume que le mariage est annulé ? me demanda Dirk nerveusement.

Et c'était ça l'idiot que j'étais censée épouser ? *Mari infâme* prenait aujourd'hui tout son sens.

— Oui, Dirk, rétorquai-je. Le mariage est terminé.

Alors je me suis retournée vers l'assistance.

— Vous avez entendu ? Il n'y aura pas de mariage aujourd'hui. Fini le spectacle. Maintenant si vous voulez bien m'excuser, je dois aller retrouver l'homme dont je suis vraiment amoureuse.

30
Vers le phare

D ans les rues de New York, on peut voir à peu près tout et n'importe quoi n'importe quand. Donc le fait que je sorte en courant de l'église, que je remonte Broadway sur plusieurs mètres jusqu'à Union Square et que je trouve un taxi qui m'emmène chez Travis alors que j'étais encore en robe de mariée n'a pas vraiment fait sensation. Bien sûr, j'ai eu droit à quelques remarques et autres regards perplexes, mais peu importe. J'étais en mission. Dès que j'étais sortie de l'église, j'avais composé le numéro de Travis. Mais j'étais tombée sur un message disant qu'il n'était plus attribué, ce qui m'avait rendue encore plus dingue.

Un type entrait dans l'immeuble de Travis au moment où j'arrivais, alors plutôt que d'attendre et de sonner à l'Interphone, je l'ai suivi à l'intérieur de façon peu discrète mais tout sourire (pour référence ultérieure, une robe de mariée peut être une couverture idéale pour un gros cambriolage), puis j'ai pris l'ascenseur. Une fois sur le palier, j'ai foncé jusqu'à sa porte et me suis mise à sonner et à tambouriner comme une folle furieuse.

La porte s'est ouverte... et Ben est apparu. Ce n'était pas exactement la personne que je m'attendais à voir. Lui non plus d'ailleurs. Il m'a dévisagée de la tête aux pieds et s'est esclaffé.

— Vous êtes tombée de la pièce montée ou quoi ? dit-il hilare.

— Où est Travis ? lui soufflai-je, hors d'haleine.

— Il n'est pas là. Il n'habite plus ici. J'ai repris son appart.

— Où est-il ?

— Qu'est-ce que ça peut vous faire ?

— À votre avis ?

— Et si vous lui fichiez la paix, Jordan ? Si vous *l'oubliiez* deux secondes ? Vous êtes plutôt douée pour ça, non ?

Je n'avais pas de temps à perdre avec ce genre de remarques. Ben et ses grands airs, c'était bien la dernière chose dont j'avais besoin.

— Ben, où est-il ? Dites-le-moi, insistai-je. Il faut que je le trouve. Où habite-t-il maintenant ?

— Je ne sais plus, répliqua-t-il d'un ton méprisant. J'ai dû oublier ! Vous savez ce que c'est...

— Très drôle.

— Oui, je trouve aussi. Merci de votre visite, dit-il en commençant à refermer la porte.

Je me suis glissée dans l'entrebâillement pour l'en empêcher.

— Ben, je vous en prie ! le suppliai-je. Dites-moi juste où il est. Il faut que je lui parle, et je pense que lui aussi aimerait me parler.

Il a soupiré. D'une certaine manière, ma nouvelle lucidité combinée à mon apparente démence a dû vaincre sa résistance.

— Travis a emménagé sur l'ancien bateau de son père. Il voulait préserver ses économies pour restaurer le phare et ouvrir le restaurant au cas où il n'aurait plus rien à l'issue du procès.

— Il n'y a plus de procès ! répondis-je farouchement. Vous connaissez son numéro de téléphone ?

— Il n'en a pas.

— C'est impossible ! Allez, donnez-le-moi, s'il vous plaît.

— Il n'a *pas* le téléphone, répéta-t-il.

— Bon mais vous savez au moins où il est ce bateau ?

— Généralement, on les trouve sur l'eau.

Les larmes me sont peu à peu montées aux yeux.

— Ben, *s'il vous plaît* ?

— Il est dans une marina, quelque part. Honnêtement, je ne sais pas laquelle.

Je voyais bien qu'il n'en savait vraiment rien, alors je l'ai remercié et suis partie.

D'une manière ou d'une autre, je retrouverais Travis. Même si pour ça, je devais fouiller toutes les marinas de New York à Miami.

★
★ ★

J'ai pris un taxi à la gare de Penn Station, puis un train pour Long Beach, et enfin un autre taxi jusqu'à la marina. Je misais sur le fait qu'il ne devait pas y avoir beaucoup de bateaux habités. Du reste, je m'étais figurée qu'ils seraient tous alignés en rang d'oignons et qu'il me suffirait d'arpenter le quai jusqu'à ce que j'aperçoive Travis.

Évidemment, j'étais stupide. Pour commencer, tous les bateaux étaient amarrés en étoile dans le port de plaisance et je n'avais aucun moyen d'y accéder. Ajoutons à cela le fait qu'ils étaient éparpillés sur un rayon d'à peu près quatre kilomètres, et nous y voilà : moi, impuissante sur le quai dans ma robe de mariée. Ridicule.

Énervée et accablée par les événements de la journée, je n'étais pas pressée de reprendre deux taxis et encore un train, alors j'ai enlevé mes chaussures et marché le long de la jetée. Retrouver Travis, me réconcilier avec Travis... Travis, Travis, Travis ! J'avais été tellement obsédée par lui que je n'avais même pas réfléchi à ce qu'il adviendrait de Jordan.

L'euphorie d'avoir tout déballé et rejeté Dirk s'était dissipée. Je me suis trouvée un coin tranquille, me suis affalée sur un banc, et j'ai contemplé les mâts des voiliers qui dansaient sur l'eau, m'émerveillant du naufrage que j'avais provoqué.

★

★ ★

Je suis descendue du train à Astor Place et j'ai aperçu Diva Des Rues en train de craquer une allumette. Dès qu'une flamme a jailli, elle a soufflé dessus pour l'éteindre. Puis elle en a allumé une autre et refait le même geste. J'ignorais si je devais être heureuse ou pas qu'elle ait réchappé de l'asile. Je voulais juste qu'elle soit en sécurité. À mesure que j'approchais d'elle, je me suis éclairci la voix pour signaler ma présence. Elle a levé les yeux en fronçant les sourcils.

Je suis passée en avançant d'un pas exceptionnellement lent afin de lui accorder tout le temps nécessaire pour me balancer une parole de chanson. Mais... en vain. Je ne sais pas pourquoi mais ça comptait beaucoup pour moi. Curieusement, j'avais le sentiment émouvant de perdre quelque chose. Sans doute ce qu'elle avait dû ressentir quand j'avais cessé d'entrer dans son jeu, d'abord égoïstement, pour brouiller les pistes, et ensuite par ignorance.

J'étais sur le point de tourner à gauche sur Broadway quand, à son tour, la vagabonde s'est éclairci la voix. Je me suis arrêtée en tournant la tête.

Elle a levé le menton d'un air de défi.

— « *J'ai neuf vies… des yeux de chat…* »

— « *Je vais toutes les utiliser et me déchaîner* », répliquai-je du tac au tac.

J'étais de retour. « Back in Black » comme dirait le chanteur d'AC/DC. Elle a brandi son poing enveloppé d'un fichu et, prise d'une impulsion, j'ai rebroussé chemin et foncé vers elle pour la prendre dans mes bras.

Puis elle m'a encore toisée en hochant la tête.

— « *Belle journée pour un mariage en blanc…* »

J'ai approuvé d'un signe de tête.

— « *C'est une belle journée pour…* »

Mais elle a terminé la phrase avant moi, rejetant la tête en arrière et inclinant tout son corps à angle droit.

— « *Pour recommencer !* » cria-t-elle en chantant à tue-tête.

C'était bon de se sentir chez soi.

Quand je suis arrivée à mon appartement aux environs de minuit, Sneevil a penché sa petite tête vers moi en poussant un minuscule gazouillis.

— Sneevil, tu te souviens de moi ? lui demandai-je tout haut.

Je me suis approchée directement de sa cage, et pour la première fois, j'ai ouvert la grille et tendu la main à l'intérieur ; bien que les canaris n'aiment pas ce genre de contact, il m'a laissée caresser non sans réserve sa petite tête de plumes. Il s'est même appuyé contre ma main en donnant des petits coups.

— Je suis désolée de t'avoir oublié, p'tit gars, dis-je doucement. Mais maintenant je suis là et tu vas rester avec moi.

Le voyant rouge de mon répondeur clignotait mais je n'avais aucune envie de savoir quel genre de nouvelles au vitriol il me réservait, donc j'ai décidé de l'ignorer. Mieux : d'effacer le message sans l'écouter. C'était le passé. Aussi cliché que ça puisse paraître, ma nouvelle vie avait commencé quand j'avais tout confessé au pied de l'autel. Ma réaction était égoïste et très perturbante, j'étais la première à le reconnaître, mais il fallait que j'en passe par là pour pouvoir recommencer à zéro... de nouveau. Cette fois, sans faire semblant, sans être paumée, mais en assemblant toutes les informations que j'avais réunies dans les deux cas de figure afin de trouver un projet sérieux pour mon avenir.

J'ai décroché le téléphone pour appeler Todd. Je voulais savoir ce qui s'était passé après ma désertion à mon propre mariage. En résumé, avec toutes ces émotions ma mère avait fait une crise d'hyperventilation et manqué de s'évanouir ; Samantha avait insisté pour que la réception ait lieu puisque tout était déjà payé ; et Todd et Cat étaient allés dans le premier bar qu'ils avaient trouvé et étaient arrivés *ex aequo* en nombres de verres (mais elle n'avait bu que du soda au gingembre).

— Et finalement, ma mère... ça a été ? Après sa crise ?

Il fallait quand même que je sache.

— Tout va bien, répondit Todd. Cinq verres de merlot et c'était reparti.

— Bon...

J'attendais qu'il m'en dise davantage mais il n'y a pas eu d'écho.

— Alors tu n'as aucun potin à me raconter ? T'es parti et c'est tout ?

— C'est *toi* le potin, cornichon ! Tu crois vraiment qu'il aurait pu se passer un truc plus palpitant que le fait que la mariée s'enfuie au beau milieu de son mariage ?

— Non, t'as sûrement raison.

— Alors ? enchaîna Todd. T'as l'intention de me raconter ce qui t'es arrivé après ton départ ? J'en déduis que tout ne s'est pas passé exactement comme prévu pour que tu m'appelles déjà. T'en es où avec Travis ?

— Il a déménagé, répondis-je. Sur un bateau, dans une marina. Je ne sais pas où.

Homme à la mer... relation par terre.

Évidemment, la première réunion officielle des Trois Mousquetaires risquait d'être bizarre. Mais il fallait que je m'excuse en personne auprès de Cat et je voulais parler à Todd aussi.

On s'est retrouvés chez Cozy's, et si j'avais un peu préparé ce que j'allais dire, tout est tombé à l'eau quand j'ai vu leurs visages. Cat essayait de contenir sa colère mais je voyais la douleur filtrer derrière le sourire avec lequel elle m'a accueillie.

— Cat, je suis désolée de t'avoir menti. En mon for intérieur, je savais que j'aurais pu te faire confiance. Mais je savais aussi que ça t'aurait horrifiée et je n'aurais pas tenu le coup. Tu étais la voix de la raison. Celle qui aurait mis le holà. Ça peut sembler idiot mais je respectais trop ton sens de l'intégrité pour t'impliquer dans cette histoire. Et je n'avais pas envie d'affronter tes critiques qui auraient été totalement légitimes.

Je me suis mise à jouer avec le distributeur de serviettes en papier ; des larmes commençaient à troubler ma vue et j'avais besoin de penser à autre chose. J'essayais machinalement d'essuyer une trace de doigt sur la boîte en aluminium mais je ne faisais que l'accentuer.

— Hé, tout va bien, Jordan, me dit doucement Cat en posant la main sur la mienne. C'est vrai que j'étais en colère au début... mais Todd et moi on a un peu discuté chez Chumley's au lieu d'aller à la réception de ton « mariage ». Même si ça me fait mal de l'avouer, j'aurais sûrement foutu ton arnaque en l'air.

— Tu dis ça pour me consoler.

— Non, intervint Todd, elle n'aurait vraiment pas assuré ! Elle est nulle pour ce genre de plan.

Cat a fait semblant de lui flanquer une beigne sur le bras et on est restés silencieux quelques minutes.

— T'es trop solide, Cat, ajouta Todd. Face à une pure bonté comme toi, on s'incline tous, pauvres empotés que l'on est.

— Par contre, la vraie amnésie n'était pas au programme. Merci d'avoir essayé de me dissuader à propos de Dirk et... désolée de ne pas vous avoir écoutés.

— Ça, c'était vraiment bizarre, renchérit Cat. Pas que tu deviennes réellement amnésique – ça c'était *méga* bizarre mais visiblement dû à ton karma –, mais toute cette histoire avec Dirk. Tu parles d'une approche pragmatique de la vie !

— « *Tous les moyens sont bons quand ils sont efficaces* », acquiesçai-je. Rien que ça ! Quelle angoisse... Quand j'ai retrouvé la mémoire et que je me suis rendu compte que j'étais sur le point d'épouser *Dirk*...

À cette pensée, j'ai frissonné d'un mouvement exagéré.

— Il t'avait et il a tout gâché, résuma Todd. Ensuite il t'a perdue et il a voulu te récupérer. Maintenant que t'es sortie de ce cauchemar...

— Damnésie ! ajoutai-je.

— Exactement ! répondis Todd en souriant. Et maintenant qu'il t'a perdue pour de bon, je me demande ce qu'il va faire.

— Pas moi, dit Cat. Je l'ai vu draguer ta cousine avant qu'ils se mettent en route pour la réception.

— La réception, répétai-je confuse. Quel gâchis j'ai fait. Je n'ai pas pensé à tout ça sur le moment : le gâteau, le buffet, l'orchestre et la location de la tente. Sans compter que ça va être l'enfer pour rembourser les cadeaux !

— Question enfer, ça aurait pu être pire, me dit Todd avec un clin d'œil.

Je n'ai pas pu m'empêcher de rire, et Cat non plus. On était là, moi en train d'avaler ma soupe aux pois à grand bruit – elle était encore meilleure que dans mon souvenir – et tous les trois nous excusant à tour de rôle pour diverses bourdes commises au cours des précédents mois. Une fois que tout a été dit, les choses sont revenues à la normale entre nous. Todd sortait même avec une fille depuis *plus* d'une semaine. Tout allait bien. À l'exception du cas Travis ; ça, ça n'allait pas. Pas du tout, même. Mais je ne voulais pas renoncer, et Todd et Cat ont accepté de m'aider.

★
★ ★

Première étape : passer au Département des Véhicules Motorisés. Sans doute le dernier endroit où on a envie d'aller, mais au lieu d'errer comme une âme en peine sur les docks en robe de mariée, Todd m'a suggéré de chercher le numéro d'immatriculation de Travis. J'ignorais si j'allais réellement obtenir des informations là-bas mais ça valait le coup de tenter. Résultat, voilà ce que j'ai appris :

1. Le DVM est une administration réellement épouvantable, autant qu'on le prétend.

2. Si on utilise un bateau dans l'État de New York, il faut l'immatriculer au DVM.

3. Cependant, le DVM ne fournit aucune information sur les véhicules en l'absence du propriétaire (OK, ça se comprend).

4. Ils ne sont même pas sympas en vous le disant.

5. Le désespoir des uns ne garantit pas toujours la compassion des autres.

Je me lamentais auprès de Cat en lui racontant l'impasse dans laquelle je me trouvais et le fait que je ne retrouverais jamais le bateau de Travis lorsqu'elle s'est mise à lancer des idées au hasard.

— Arpenter le quai avec un mégaphone ? suggérat-elle.

— Bof.

— Jeter une bouteille à la mer ?

— Pas vraiment.

— Des signaux de fumée ? ajouta-t-elle, toujours pour plaisanter.

Voilà, c'était *ça*. Pas des signaux de fumée mais des balises. *La* Balise. Le phare. Si je ne pouvais pas aller jusqu'à Travis, alors je le ferais venir à moi.

★
★ ★

Plutôt que de continuer à piétiner, j'ai décidé de faire quelques recherches sur Internet. Je me suis installée à mon bureau chez moi (*mon petit bureau, tu m'as tellement manqué !*), j'ai allumé l'ordinateur (*toi aussi, mon petit ordi !*), prête à taper l'adresse d'un moteur de recherche, mais une petite fenêtre est apparue sur l'écran m'annonçant cent soixante-huit nouveaux messages dans ma boîte de réception.

Méfiante, j'ai cliqué sur la petite icône de la messagerie pour lire les e-mails en diagonale et m'assurer que je ne loupais rien d'important. Résultat : des millions et des millions de messages de ma mère à Walter et vice versa, et pas un seul — à en juger de l'intitulé en objet — ayant un quelconque rapport avec moi (*ça, ça ne m'avait pas manqué*).

Volontairement, j'en ai ouvert un pour y répondre avant d'effacer tous les autres. Voilà ce qu'il disait :

De : judypatootie521@hotmail.com
À : wallygator317@hotmail.com
Objet : j'oubliais !

Je me souviens que je voulais te dire quelque chose mais je ne sais plus quoi. Peut-être que ça me reviendra plus tard. Sinon c'est que ce n'était pas important.

Néanmoins, c'était suffisamment important pour écrire un e-mail au sujet de *rien* et me l'envoyer en copie cachée. D'accord, ce n'était pas très grave, mais ça monopolisait quatre-vingt-dix pour cent de ma boîte de réception. Plus j'y pensais, plus je me disais que la seule solution était de leur demander d'arrêter. Tout simple en fait. Seulement voilà : comme bien d'autres problèmes en suspens, j'avais redouté la confrontation et n'avais jamais pris aucune mesure radicale. J'ai cliqué sur RÉPONDRE À TOUS.

**De :Jordan.Landau@yahoo.com
À :wallygator317@hotmail.com, judypatootie521@hot-mail.com
Objet : re : j'oubliais !**

**Chers parents,
Merci de ne plus me mettre en copie de vos e-mails. J'apprécie que vous souhaitiez m'inclure dans vos corres-pondances, cependant, si cela ne se rattache pas à moi ou si ça ne m'est pas adressé directement, je préférerais ne rien recevoir. Je me rends compte qu'il y a beaucoup de choses dont nous devons parler, mais ça faisait long-temps que je voulais vous demander d'arrêter de me mettre en copie, donc je le fais tant que j'y pense. Merci beaucoup d'avance.**

Message envoyé.

Je naviguais sur différents sites Internet – la New York Historical Society, l'association de sauvegarde du patrimoine et le service municipal – en essayant de trouver qui serait le plus à même de m'aider à remettre le phare en état de marche, si tant est que c'était possible. Ça ne faisait environ que sept minutes que j'étais dans mes recherches quand j'ai entendu le bip de ma boîte de réception.

De :wallygator317@hotmail.com
À :Jordan.Landau@yahoo.com
Objet : re : re : j'oubliais !

Ma Jordan,
Je te comprends entièrement et à l'avenir, je ne te mettrai plus en copie sauf si ça te concerne. Content que tu sois de retour. Vivement les prochaines retrouvailles de cette famille.

Bisous,

Wally (papa)

Sans rire ? Alors c'était aussi simple que ça ? J'étais sidérée. Une communication simple, calme et concise. Problème réglé. Sans identité d'emprunt ni trou de mémoire. Dingue.

Après une série de culs-de-sac (« *on ne peut pas vous aider. Vous devriez plutôt contacter…* »), j'ai finalement recueilli plusieurs informations utiles moyennant à peu près vingt-quatre heures pendue au téléphone. Une femme du nom de Brenda travaillant à la compagnie d'électricité de Long Island m'a surprise dans un accès de délire en train de chanter en chœur avec la musique d'attente. Elle s'est tout de suite prise de sympathie pour moi.

— Cette chanson a l'air de vous plaire. Je peux vous remettre en attente si vous voulez ?

J'ai gentiment décliné son offre. Elle a émis un petit gloussement en avouant qu'elle faisait la même chose quand elle était mise en attente.

Brenda m'a appris que le courant avait été coupé au phare de Redding Harbor en 1988 et qu'il n'avait pas fonctionné depuis.

— Attendez ? Ça signifie que le courant pourrait être rétabli ?

— Oui, répondit-elle, sous réserve d'une autorisation.

Personnellement, j'avais de gros antécédents en termes de tentatives de négociations avec les entreprises de service public. Mais, franchement, qui d'entre nous a déjà vu ses efforts aboutir dans ce genre de pourparlers ? Sûrement pas moi. Finances en berne obligent, on m'avait coupé le courant si souvent que parfois, vu de l'immeuble d'en face, mon appart devait faire l'effet d'un stroboscope : jour – nuit, jour – nuit. Scènes aveuglantes à répétition.

Mais Brenda et moi avions établi un bon contact. On avait sympathisé grâce à mon interprétation de *Because the night*, donc en tant qu'adepte des musiques d'attente, elle allait sûrement soutenir une crooneuse comme moi. J'ignorais juste quelle était la meilleure façon de m'y prendre pour obtenir son aide.

— Très intéressant tout ça, commentai-je.

— Si vous le dites ! dit-elle d'un ton chantant.

Puis elle a poussé un soupir, attendant sans doute de voir si j'allais dire autre chose. Il y a eu une pause dans la conversation, et s'il m'arrivait de trouver ces instants de silence appréciables comme n'importe qui, Brenda, elle, ne partageait peut-être pas cet avis.

— Vraiment très intéressant, répétai-je pour tenter de combler le vide.

— Bon...

— Jordan, terminai-je pour elle en essayant de donner une tournure plus privée à notre entretien.

— OK, alors dites-moi, Jordan, est-ce que je peux faire autre chose pour vous ?

— À vrai dire, *oui*, répondis-je, rassemblant enfin mon courage pour lui expliquer les raisons de mon appel.

Si on ne prenait pas en compte le fait que j'allais me retrouver à la lisière de la frontière terrestre, toute seule dans un phare abandonné sans couverture réseau mais avec la forte probabilité que Travis ne vienne même pas, mon idée n'était pas mauvaise.

Évidemment, Cat et Todd ne l'entendaient pas de cette oreille.

— Ça me plaît pas du tout de te savoir seule là-bas, dit Todd avec appréhension.

— Être seule, c'est pas très grave.

— Tout ça c'est très romantique mais tu ne crois pas que c'est un peu exagéré ? me demanda gentiment Cat.

— Si, acquiesçai-je.

— Au moins on est tous d'accord sur ce point, dit Todd.

— Je veux provoquer une rencontre avec Travis, ajoutai-je.

— Il ne risque pas de venir s'il ne sait pas quand, ni où, il est supposé se rendre, objecta Cat.

Ils ne comprenaient pas.

— Il ne s'agit pas d'une rencontre au sens propre, expliquai-je, mais de donner l'occasion à Travis de faire connaissance avec la nouvelle Jordan – dernière version. Travis m'a connue quand je prétendais être une autre – même si au fond c'était plus ou moins moi mais en plus anticonformiste et provocante, et ensuite il m'a connue quand je ne savais plus qui j'étais, ce qui est légèrement gênant. Mais au final, il n'a jamais rencontré la vraie Jordan.

— Parce que nous, si ? répliqua Todd. D'ailleurs t'as encore combien de Jordan en réserve ? C'est ton dernier mot ou bien une nouvelle version va sortir dans les semaines qui viennent ?

— C'est pas exclu, répondis-je.

Todd a jeté les mains en l'air et Cat a soupiré de façon spectaculaire.

— Mais je ne ferai plus aucune folie, les rassurai-je. J'essayerai juste de donner le meilleur de moi-même. Il se peut que je change... mais avec un peu de chance, uniquement dans le bon sens.

— Tu vas te transformer en gogo danseuse ? s'emballa Todd, optimiste.

— Non, là, je passe mon tour. En fait, je ne savais même pas qui j'étais avant. C'est vrai que j'ai commis des erreurs, et parfois pas des moindres... mais on dit que les épreuves forgent le caractère.

— Mon frère aîné me frappait tout le temps quand j'étais petit, raconta Todd. Sûrement pour ça que je suis devenu quelqu'un de pénible.

— Je veux que Travis ait l'occasion de me découvrir telle que je suis, ajoutai-je sans relever le commentaire de Todd. Pour voir si on a une chance, sans mensonge ni procès ou hôpital. Peut-être que ça ne marchera pas. En tout cas, l'ancienne Jordan n'aurait jamais osé tenter le coup. Elle aurait admis qu'elle avait commis trop d'impairs et qu'elle méritait d'en supporter les conséquences. Je ne suis plus cette Jordan-là. Vous me soutenez au moins là-dessus ?

— Évidemment, approuva Cat. Va retrouver ton Travis.

Todd ne disait rien. Il a pris une lente et profonde inspiration avant de soupirer. Finalement il s'est prononcé :

— OK. Lance-toi. Tu sais bien que je ne veux que ton bonheur. Mais souviens-toi d'une chose : tu as chanté *La Vie en rose* avec Dirk devant tout le monde et sans aucune ironie. Jamais je ne te laisserai oublier ça !

*
* *

Le trajet en train jusqu'à Redding Harbor n'est pas exactement ce qui s'appelle court. Le port se situe à la pointe la plus éloignée de l'île, au bout du bout. Dans ce genre de moment solitaire, on a le temps d'écouter des dizaines de chansons dans son iPod avant d'affronter les pensées qui se baladent dans sa tête d'une oreille à l'autre.

Il y avait un petit garçon assis à côté de sa mère – lacets de baskets défaits, jambes maigres pendantes – les yeux cachés derrière ses mains. Tous deux jouaient à se faire coucou. L'enfant posait les mains sur ses yeux et disait « Elle est où maman ? » puis ses mains retombaient et il gloussait, tout content d'avoir retrouvé sa mère.

Quand j'étais petite, je détestais ce jeu ; celui que je détestais encore plus c'était cache-cache, sûrement pour les mêmes raisons. Dans le premier, il y a une part de crainte momentanée. *Où est maman ?* Et puis le soulagement. *Ouf… elle est là.* Moi je n'étais pas à l'aise parce qu'au fond, je n'avais jamais la certitude

626

que lorsque j'allais rouvrir les yeux, ma mère serait bien là, de manière infaillible. Alors je trichais. Je regardais toujours entre mes doigts pour vérifier que personne n'essayait de me rouler et de m'abandonner. Techniquement, le jeu s'appelait « coucou, devine qui c'est ? », donc à ma décharge, je pensais qu'on avait le droit de jeter un œil pour deviner.

Cache-cache, c'était une tout autre histoire. Je détestais ce jeu parce qu'à mon sens, je ne valais pas la peine d'être cherchée. En plus, j'avais toujours peur de choisir une cachette trop difficile à trouver et qu'au final, les autres abandonnent les recherches et continuent la journée sans moi, me laissant toute seule dans un endroit sombre à me demander si le jeu était fini ou pas. Du coup, je choisissais toujours des coins faciles ; des planques tellement nulles que j'aurais aussi bien pu me mettre au beau milieu du jardin avec une pancarte publicitaire dans le dos. À l'époque, je ne savais pas pourquoi j'agissais comme ça, mais soudain, je comprenais mieux. Je *me* comprenais mieux.

Au fond, ma fausse amnésie comme la vraie avaient quelque chose d'une partie de cache-cache. La première fois, je dissimulais celle que j'étais. Je cachais cette personne qui finalement faisait honte à tout le monde, y compris à moi-même. Je n'aimais pas celle que j'étais devenue et je ne tenais pas forcément à ce qu'on retrouve l'ancienne Jordan. À la place, je voulais qu'on en découvre une autre, meilleure que ses versions précédentes. Sciemment la première fois, en toute innocence la seconde, mais dans les deux cas, en n'étant pas fière de ce que j'avais fait ni de celle que j'étais.

Aujourd'hui je ne me cachais plus. En fait, c'était même tout le contraire. J'essayais de toutes mes forces qu'on me trouve. J'étais sur le point de faire briller la lumière la plus vive, la plus intense et la plus éblouissante pour essayer de signaler ma cachette pas-si-secrète.

Je faisais ce que Sera la barmaid m'avait décrit : sauter sans filet en espérant que le parachute s'ouvrirait. Concrètement, que Travis réapparaîtrait. Certes, il restait encore beaucoup de questions sans réponse – principalement concernant sa femme – mais lors de ma vraie amnésie, il m'avait promis de s'expliquer, et j'étais convaincue qu'il le ferait. Pour ça, il fallait que je lui donne suffisamment confiance en moi. Et surtout, il fallait qu'il *s'amène*.

Le samedi après-midi, lorsque je suis arrivée dans la voiture de location que je m'étais appropriée pour la seconde partie du trajet (un exploit quand on n'a pas de carte de crédit), le phare était plongé dans l'obscurité. En approchant, j'ai vu pour la première fois à quel point l'endroit était décrépit et morne. Si la solitude fait partie du cliché concernant les phares, alors la balise de Travis avait le profil.

Comme la première fois, il était là pour me montrer le chemin et que je n'avais d'yeux que pour lui, je n'avais pas remarqué les fondations délabrées, la peinture écaillée, les fenêtres cassées, ni la masse difforme de chardons, de genévriers mal en point et de plantes grimpantes épuisées qui rampait autour du bâtiment. L'endroit semblait en ruine, comme abattu, et alors que je poussais fermement sur la porte pour l'ouvrir et finalement tomber pour ainsi dire dans le vide glacial et pierreux du vestibule au rez-de-chaussée, j'ai eu un frisson de doute, et de défaite aussi.

J'ignore pourquoi je m'attendais à ce que ce soit éclairé à mon arrivée, toujours est-il qu'en montant les escaliers, j'ai vite manqué de souffle et mon cœur s'est mis à battre plus vite. Dans l'agitation de mon état émotionnel, il ne m'était pas venu à l'esprit qu'en plus de négliger mes amis, mes collègues, mon banquier et un code de conduite décent durant mes crises d'amnésie, j'avais également délaissé la salle de sport. J'étais dans une forme physique déplorable et de moins en moins confiante dans ce projet qui commençait à prendre des proportions insensées dans mon cerveau désormais encombré de sa mémoire. Bien sûr, je savais qu'il ferait noir tant que personne ne serait venu sur place pour remettre le courant. Mais je doutais encore que mes ferventes supplications pour obtenir une semaine d'électricité aient finalement abouti à une réponse positive, ne serait-ce que pour se débarrasser de cette folle au téléphone (moi), et non parce que je leur avais dit qu'ils pouvaient me sauver la vie d'un coup d'interrupteur.

Évidemment, ça n'avait pas été aussi simple mais pas non plus aussi complexe que je l'avais imaginé. La remise en service avait pris une semaine, après quoi, je m'étais trouvée seul maître à bord. Moyennant quelques coups de fil, on m'avait renseignée sur l'emplacement et le fonctionnement du disjoncteur central et des commutateurs de la lanterne. À ce sujet, la lampe était une antiquité plutôt récente, et après quelques allers-retours dans les escaliers, jetant un œil au boîtier électrique, farfouillant les boutons de commande, et suivant les instructions du manuel que je m'étais constitué, tout semblait en ordre.

Comme de bien entendu, quand je suis entrée dans la salle de contrôle en m'attendant à être éblouie, pas de lumière. *Génial.* Un châtiment de plus. J'ai tripoté la lampe quelques minutes pour essayer de l'allumer, et ce faisant, j'ai enfin commencé à prendre conscience que je n'étais plus la Jordan qui avait simulé l'amnésie et encore moins celle qui était amnésique. Je ne me sentais pas minable. Quelle que soit l'issue de ce plan saugrenu, ça m'irait. Je reconnaissais ma part de responsabilité dans la pagaille que j'avais provoquée mais rien que pour le fait d'avoir *agi*, j'étais fière de moi. Je n'avais aucune emprise sur le dénouement. Je ne contrôlais rien.

Je crois que c'est dès l'instant où je l'ai accepté en mon for intérieur que la lumière a jailli ; bon, ça n'a pas non plus été instantané. Disons plutôt pas mal de temps après en fait, parce que je me suis bagarrée avec l'ampoule géante pendant un sacré moment. Pour autant, la métaphore était charmante.

Au début, la lanterne luisait faiblement, timidement. Puis, malgré l'accumulation de poussière et de crasse sur la surface externe de la lentille, la lueur s'est transformée en lumière ardente, d'un éclat si vif que j'ai été tentée de croire que j'allais être emportée par-dessus la rambarde et atterrir loin dans les flots.

Je ne dis pas non plus que ça s'est allumé tout seul. En fait, j'ai donné un dernier coup sur l'ampoule, et ça a marché. Bêtement, je me suis mise à rire de joie en levant les mains vers la balise tonitruante. L'acceptation ? C'était donc ça qui me manquait depuis tout ce temps ? Alors si j'acceptais que je ne perdrais jamais mes quatre kilos en trop, est-ce qu'ils disparaîtraient subitement aussi ? Peut-être. Et peut-être pas (mais ça valait le coup de tenter).

Avoir de la lecture, c'est crucial en situation d'attente. Par exemple : chez le médecin, à l'aéroport, à la gare, et dans tous les autres cas où on est extrêmement pressé ou angoissé que quelque chose se produise. Typiquement le genre de circonstances où j'aimerais que le temps se condense comme dans les reportages sur la nature à la télé, quand on voit une graine en germination devenir une fleur en cinq ou six secondes. Mais moi, j'étais destinée à guetter Travis au rythme de la pousse de l'herbe. J'étais venue au phare dans une telle précipitation que je n'avais rien emporté pour m'occuper. (Oui, j'ai accepté de ne pas avoir de lecture sous la main, mais *non*, aucun livre n'est apparu par enchantement.)

Donc passé les premières minutes de joie et d'émerveillement qui se sont vite transformées en simple méditation à la limite du désespoir, j'ai commencé à faire les cent pas. J'ai marché et j'ai réfléchi. Et puis j'ai chanté. Je me suis assise par terre. J'ai rangé un peu la pièce. Joué au pantin. J'ai mesuré la circonférence de la tour mètre par mètre, en comptant le nombre de pas nécessaires pour en faire le tour. J'ai fait un équilibre sur les mains aussi. Et j'ai marché encore un peu. Je m'ennuyais ferme, mais je n'allais pas abandonner.

Puis il s'est mis à pleuvoir. Je me demandais quel effet ça faisait d'être en mer sous la pluie. J'imaginais Travis, au loin, sur un des bateaux du port, en train de lire ou autre, puis regardant par la fenêtre et apercevant le phare... allumé. J'ai visualisé cette scène des centaines de fois et chaque fois de façon différente, jusqu'à ce que je me rende compte que vu l'heure tardive, il n'était peut-être même pas sur son bateau. Ou bien le bateau n'était plus dans le port. Au fond, peut-être que tout ça était vraiment, *vraiment* une mauvaise idée.

Avec hésitation, je suis sortie sur le balcon de veille, qui était abîmé et déformé par les années et glissant à cause de la pluie. J'ai alors trouvé un nouvel endroit à arpenter. Ça ne me dérangeait pas de me faire mouiller. Ça faisait du bien, c'était purifiant, mais il s'est bientôt mis à pleuvoir à torrents. Là, c'est devenu vraiment maussade. Un épais brouillard gris avait envahi le ciel et je voyais de moins en moins. J'avais l'impression de pleurer mais c'était peut-être juste de la tristesse, cette situation désespérée, et la tombée de la nuit.

Soudain j'ai entendu une voiture. Au milieu de la brume, j'ai vaguement distingué des faisceaux de phares et ce qui ressemblait à une camionnette déglinguée contournant le virage sur le petit promontoire saillant où s'érigeait le phare. Le véhicule s'est arrêté à quelques mètres. Puis quelqu'un a ouvert la porte. Mon cœur, qui voulait en savoir plus, a fait de son mieux pour bondir de ma poitrine par le biais de ma bouche.

Je n'arrivais pas à discerner si c'était lui ou pas mais en tout cas, il y avait quelqu'un. Et dans un coin aussi désert où l'activité est plutôt restreinte, j'avais d'excellentes chances pour que ce quelqu'un soit Travis. Cette probabilité m'a tellement excitée que j'ai couru vers la rambarde pour mieux voir. Et là... j'ai glissé.

C'est arrivé si vite que je n'ai pas pu m'arrêter. J'ai senti mes jambes partir en avant et la bordure extérieure délabrée de la plate-forme céder sous mes pieds. Puis une douleur s'est élancée dans ma cuisse, dont le muscle se distendait sans que mon corps plus ou moins athlétique puisse y changer quoi que ce soit. En dévalant, mes coudes se sont violemment heurtés à la rambarde cabossée, puis, les bras contractés par l'adrénaline et les mains resserrées comme des griffes, je me suis retrouvée suspendue dans le vide, cramponnée au dernier segment de la rambarde. Mes jambes et mes bras me faisaient atrocement mal et je sentais le frisson glacial du sang qui s'écoulait quelque part hors de mon corps. Mais autre chose m'inquiétait davantage : et si ce n'était pas Travis en bas mais un inconnu de la région, juste sorti faire un tour ou curieux de savoir pourquoi le phare s'était rallumé et surtout totalement inconscient du fait que je sois accrochée là-haut ?

C'était le comble de l'ironie. La fille qui avait essayé d'échapper à elle-même était sur le point de disparaître définitivement. J'allais mourir en m'écrasant sur ces rochers et personne n'en saurait rien. C'était peut-être une fin adéquate. Peut-être que je le méritais.

— Nom de Dieu ! entendis-je quelqu'un crier.

Je n'ai pas pu m'empêcher de me demander si c'était fini. Si j'avais loupé la partie où je mourais pour passer directement dans l'au-delà. Après tout, Dieu semblait déjà là.

Évidemment, je ne pouvais pas baisser la tête pour en avoir confirmation. J'étais toute contusionnée, en sang, morte de trouille, suspendue à une rambarde en métal glissante et recouverte de rouille qui semblait prête à lâcher moyennant juste un tout petit encouragement de ma part. La plate-forme du balcon était plus haute que ma tête et mes jambes pendaient dans le vide. Quand j'ai timidement essayé de me hisser en tirant sur la rambarde, elle a grincé en s'affaissant un peu plus. Alors j'ai fermé les yeux et senti la douleur quitter mes bras et emporter ma prise avec. C'est alors que mon sauveur a encore crié, mais cette fois sa voix était toute proche.

— Jordan !

Et ses mains m'ont saisie par les bras. J'ai levé les yeux. C'était Travis.

Ses doigts m'ont serrée comme des étaux sous les coudes, et sous le pincement de sa poigne, j'ai crié fort, mais il a serré davantage. Plus précisément, il est tombé en arrière, glissant lui aussi mais nous faisant finalement tous deux basculer sur la plate-forme.

— Salut, Travis.

— Qu'est-ce qu'une gentille fille comme toi fait dans un endroit pareil ?

— J'ai cru te voir... toi ou quelqu'un. J'étais tout excitée et je me suis juste penchée pour mieux voir.

— La prochaine fois, ne sois pas aussi excitée quand j'arrive, dit-il en se relevant sans me lâcher.

Je me suis mordue la lèvre en essayant de trouver les mots justes.

— Est-ce que c'est toi ? demanda-t-il. Celle que j'ai connue avant l'amnésie ?

Il s'est éclaircit la voix.

— Je veux dire, la vraie Jordan ?...

— Oui, j'ai retrouvé la mémoire, répondis-je, piteuse, mais soulagée de le voir au moins sourire.

— T'es complètement trempée.

— Ce n'est pas si grave, bafouillai-je en claquant des dents.

Travis a enlevé sa veste pour la glisser sur mes épaules.

— Mieux vaut attraper une pneumonie que mourir en dévalant un phare, hein ?

Il a jeté un œil à la lumière dans la salle de contrôle.

— C'est toi qui as fait ça ?

— C'est fait pour, non ? Pour que les gens perdus en mer retrouvent leur chemin ?

— Ou pour les empêcher de s'attirer des ennuis, dit-il en me fixant. Mais ça n'a pas marché. J'ai suivi le faisceau jusqu'à toi.

— J'espérais bien que tu voies...

— La lumière ? supposa-t-il à juste titre.

On a hoché la tête d'un air entendu, puis Travis m'a lancé un petit sourire narquois.

— En tout cas, c'est une sacrée prouesse. J'ai presque du mal à le croire.

Il a regardé autour de lui comme si l'endroit lui était inconnu.

— Franchement, je ne crois pas que je serais revenu ici un jour si je n'avais pas entendu quelqu'un dire que le vieux phare émettait à nouveau.

Je me suis tournée face à lui, incrédule.

— Je croyais que tu rêvais de le ramener à la vie ?

Il a sourit, poussant un léger soupir.

— Faut croire que je me suis réveillé. Comme toi. Les souvenirs ici... ils sont très nets et importants pour moi, mais ce n'était pas un lieu de bonheur. Mon père... l'isolement l'a envoûté. Il vivait comme un homme prisonnier de son passé. Il a quasiment ignoré ma mère pendant des années et s'est replié sur lui-même avant de mourir seul. D'une certaine manière, j'essayais de réparer ça, de redonner une certaine gloire au phare en souvenir de mon père.

— C'était un beau rêve, dis-je doucement.

— Je préfère honorer sa mémoire en rompant avec ce triste et magnifique ouvrage, dit-il en passant la main sur le petit parpaing qui encerclait la salle des commandes. Ce projet est peut-être pour quelqu'un d'autre. J'emporterai les souvenirs avec moi dans East Village... et peut-être Lower East Side.

— Tu déménages ?

— J'ouvre un restaurant, dit-il en souriant avec plus de légèreté. Lorsque je repenserai au passé, je veux voir *plus* que cet endroit.

Il s'est rapproché de moi et pendant une fraction de seconde, j'ai pensé qu'il allait m'embrasser, mais il s'est arrêté.

— Au fait, c'était comment le mariage ?

J'ai levé la main gauche pour lui montrer qu'il n'y avait pas d'alliance.

— Pas de mariage. Bien que je n'en sois pas passée loin. Je suppose que je peux me permettre de te retourner la question ?

— Exact, dit-il sans baisser les yeux ni détourner le regard.

Au contraire, il m'a regardée droit dans les yeux.

— Mon mariage donc.

— Oui, insistai-je, les sourcils froncés.

— Elle s'appelle Jamie Reingold. On était amis en fac, puis c'est devenue ma petite amie quelques années plus tard, et ensuite, voilà. Elle et moi on est allés à Vegas avec cinq autres amis, on a un peu bu, et on s'est dit, allez hop, on se marie. On n'avait jamais abordé le sujet avant, mais après quelques verres de Jägermeister, ça nous a paru une excellente idée. Alors on est allés dans la première chapelle du coin et on a demandé à un type qui portait une chemise en polyester avec un logo Miller High Life[1] dans le dos de nous marier. On était jeunes, impétueux et stupides...

— Et à Vegas.

— Et à Vegas oui... sans vraiment penser au lendemain. Quoi qu'il en soit, on l'a fait. Et ça s'est bien passé pendant environ deux ans.

Il avait l'air de compter dans sa tête.

— Peut-être un an et demi. Je ne sais plus. Un jour, on a réalisé ce que signifiait le mot *mariage* et on a compris que si on rencontrait une personne davantage faite pour nous maintenant qu'on était plus mûrs, on ne pourrait pas approfondir avec elle — ce dont on avait de plus en plus envie à force de s'éloigner l'un de l'autre. Donc on a commencé à

---

1. Bière américaine. (*N.d.T.*)

s'en vouloir mutuellement. C'est idiot mais on ne voulait plus de ce mariage.

Il a regardé au loin vers la baie.

— Ça nous a presque surpris de devoir divorcer parce qu'on n'était pas vraiment sérieux quand on a dit « oui je le veux ». On aurait dû demander qu'il précise la question. Contrairement au dicton, dans mon cas ce qui s'est passé à Vegas n'est pas resté à Vegas. Ça nous a suivis partout. On s'était imaginé qu'on pourrait faire annuler le mariage mais ça n'a pas marché alors on s'est dit OK, on n'a qu'à divorcer. Mais il s'est avéré que la loi new-yorkaise ne prenait pas le mariage aussi à la légère que nous, et obtenir le divorce a été un sacré cauchemar.

— Je vois.

— Un an de séparation, requêtes auprès du tribunal, etc. Mais c'est en cours de procédure, me rassura-t-il. On a fait toute la paperasserie. Du point de vue juridique, on est séparés. Soit dit en passant, je ne l'ai pas embrassée depuis un an.

— Moi non plus, ajoutai-je.

— Heureusement, pas depuis aussi longtemps, répliqua-t-il en souriant.

Il s'est penché, effleurant ma bouche de ses lèvres et continuant à me fixer ; son sourire faisait plisser ses yeux aux extrémités. Et puis il m'a embrassée, cette fois en s'abandonnant, les yeux fermés. Ce baiser a continué, encore et encore, sans se soucier de la pluie qui diminuait, mais s'étirant vers l'avenir. Pour cette fille amochée, trempée et en sang, dont le souvenir de son amour pour cet homme s'épurait à mesure qu'un clair de lune s'imposait à travers le brouillard, tout allait pour le mieux dans le meilleur des mondes.

★
★ ★

Après toutes ces épreuves, ma famille aurait pu subir une métamorphose complète : ma mère se serait transformée en *über*maman archi-présente, ma sœur et moi serions devenues les meilleures amies du monde, et mon cher papa se serait davantage affirmé. Mais rien de tout ça n'est arrivé. Par contre, quelque chose de bien mieux s'est produit : j'ai changé. Cette personne dont je me disais : « Quand je serai grande, je voudrais être comme elle », eh bien, c'est celle que je suis aujourd'hui.

J'ai appris à accepter ma famille telle qu'elle est, et j'ai compris que malgré leurs limites dans certains domaines, tous ses membres avaient des qualités appréciables. Les détester parce qu'ils n'étaient pas comme moi je le voulais ne me faisait que du mal. Un jour, une personne sensée m'a dit : se cramponner à des rancœurs, c'est comme avaler du poison et espérer que l'autre meure. D'ailleurs, si ça arrive − et je ne crois pas qu'elle avait pensé à ça −, celui qui meurt n'est finalement plus là pour vous donner la satisfaction de le voir s'écrouler.

J'ai remboursé à ma mère les loyers qu'elle avait payés, mis les choses au point avec mon proprio (et gardé le canari), et me suis également délestée d'une bonne partie de mes dettes en utilisant un prêt que m'a octroyé Cat (quel choc dans la voix de Cindy de Citibank ! Pour une fois, c'était *moi* qui l'appelais). Oui, je sais que c'est risqué de prêter ou d'emprunter de l'argent à des amis, mais ce sera remboursé dans six mois avec les intérêts ; d'ailleurs, j'ai déjà honoré les deux premiers versements. Apparemment, Cat était plus riche que Bill Gates. Alors elle m'a fait cette proposition, et sachant que moi, Jordan Landau, j'avais désormais toute ma tête, j'ai accepté.

J'ai recroisé mon voisin dans sa parure Tiger Schulmann en allant déposer mon tri sélectif dans le local à ordures. Dès qu'il m'a vue, son visage s'est illuminé, sans pourtant savoir à quelle Jordan il allait avoir affaire, mais persuadé que, mémoire ou pas, il trouverait bien un moyen de faire marcher la docile demoiselle Landau de l'appartement 5E.

— Salut, Jordan ! lança-t-il avec son habituel sourire tout en dents. Vous vous souvenez de moi ?

— Oui, répondis-je froidement en jetant un œil à son paquet en Lycra avant de le regarder en face. Bon Dieu, ça vous ennuierait d'aller mettre un *pantalon* !

J'ai jeté mes ordures dans la benne et suis retournée à l'appart sans prendre la peine d'évaluer sa réaction.

★
★ ★

Au bureau, les choses sont assez vite revenues à l'anormale. Sa liaison ayant été étalée au grand jour, Lydia a rompu avec Kurt qui, apparemment, était surtout attiré par la clandestinité de leur histoire. Il a trouvé un poste dans le service production d'une autre agence de pub. Et peu de temps après, Lydia s'est fait gentiment remercier pour avoir pris des libertés créatives dans certaines situations – en décodé, « pour avoir piqué des créations ». Et c'était tant mieux. Ça m'a permis de me replonger peu à peu dans le bain en passant rédactrice senior au bout de quelques mois, sans être complètement lavée de mes péchés mais en étant perçue davantage comme une audacieuse faussaire que comme un stupide imposteur. Même Art – le fameux collègue idéal – a salué mon retour en me donnant une violente claque dans la main, peut-être à la fois en guise de châtiment et de réinsertion dans le monde des vivants.

Lui comme les autres, il m'avait pardonné. Et moi aussi. J'ai appris à ne plus m'en prendre aux passagers qui conduisaient le Navire Jordan dans la mauvaise direction, et j'ai pris la barre pour le piloter moi-même. C'est le chemin le plus sûr pour arriver au meilleur de moi : Jordan Version 3. Finalement, j'ai compris qu'on ne peut pas fuir qui on est mais qu'on peut assurément *changer*. Chaque jour est une occasion de décider qui on veut être. Ce n'est pas plus compliqué que ça.

Une famille peut sembler entièrement composée de gens à qui on ne supporterait pas de parler plus de dix

minutes s'ils n'avaient pas toutes sortes de détails accablants à utiliser contre nous. D'ailleurs, ils ressentent
peut-être la même chose à votre égard. Mais étant
donné que c'est la seule famille qu'on a, quelque part,
d'une façon définitive et imparfaite, on s'adapte. Et on
trouve un moyen de l'aimer.

Heureusement, on peut choisir ses amis.

★

★ ★

Quelque temps plus tard, en sillonnant la ville à
vélo par une belle matinée de juin, je suis passée
devant le mur juste à côté duquel Travis et moi avions
eu notre accident. Impossible d'oublier ce message
gribouillé à la bombe qui disait toujours :

Dieu est mort.

Nietzsche, 1883

Mais je n'avais pas remarqué ce qui était écrit juste
en dessous :

Nietzsche est mort.

Dieu, 1990

J'avais comme l'impression que la journée allait être
bonne.

Dans la collection
Girls in the city
chez Marabout :

Pour l'éditeur, le principe est d'utiliser des papiers composés de fibres naturelles, renouvelables, recyclables et fabriquées à partir de bois issu de forêts qui adoptent un système d'aménagement durable.

En outre, l'éditeur attend de ses fournisseurs de papier qu'ils s'inscrivent dans une démarche de certification environnementale reconnue.

Photocomposition Nord Compo
Imprimé en France par Brodard & Taupin
47828 - Usine de la Flèche, le 27-06-2008
Pour le compte des Nouvelles Éditions Marabout.
Dépôt légal : juillet 2008
ISBN : 978-2-501-05739-4
40-4574-6
Édition 01